黄田乡恋

——循化县作家协会会员作品集

主编 韩原林

青海人民出版社

图书在版编目（CIP）数据

黄河乡恋：循化县作家协会会员作品集 / 韩原林主编. -- 西宁：青海人民出版社，2024.4
ISBN 978-7-225-06688-2

Ⅰ.①黄… Ⅱ.①韩… Ⅲ.①散文集—中国—当代 Ⅳ.①I267

中国国家版本馆 CIP 数据核字 (2024) 第 052129 号

黄河乡恋
——循化县作家协会会员作品集

韩原林　主编

出 版 人	樊原成
出版发行	青海人民出版社有限责任公司 西宁市五四西路 71 号　邮政编码：810023　电话：（0971）6143426（总编室）
发行热线	（0971）6143516/6137730
网　　址	http://www.qhrmcbs.com
印　　刷	青海新宏铭印业有限公司
经　　销	新华书店
开　　本	720 mm × 1020 mm 1/16
印　　张	21.25
字　　数	330 千
版　　次	2024 年 4 月第 1 版　2024 年 4 月第 1 次印刷
书　　号	ISBN 978-7-225-06688-2
定　　价	68.00 元

版权所有　侵权必究

谨以此书
献给循化撒拉族自治县成立70周年

《黄河乡恋》编委会

主　任：李晓婷
副主任：韩庆功　郭威风　韩宝林　马兰芳
编　委：索　南　韩晓炫　韩原林　马索里么
主　编：韩原林
副主编：郭威风　韩宝林

渗透在骨子里的黄河情怀

——《黄河乡恋》序

李明华

　　河湟谷地是青海乡土文学的一片沃土，生活在黄河边的各民族作家们有着很好的文学创作传统，孕育了很多著名的诗人和作家。在文学方面，他们有着很强的地域辨识度和民族独特性。黄河给循化各民族作家以不同的营养和滋养，特别是特殊的地域环境，不同文化的融合，渗透在骨子里的那种近似于固执的坚守，使得循化文学创作别具一格。

　　因文学的缘分，或匆忙擦肩，和清水湾一晃而过；或悠然小驻，品撒拉族美食；或干脆坐几日，与文朋诗友们讨论文学的话题……我曾有许多机会细细打量这个叫"循化"的地方。

　　滔滔不绝的黄河一路汹涌澎湃，穿越崇山峻岭，流经循化地段时，因为积石峡水电站的大坝，水速减缓，使得闻名遐迩的清水湾锦上添花，俨然成了一座天水一线的清水湖了。黄河积蓄了一些长途跋涉的力气，才能冲出积石峡。

　　在清水湾，黄河一路狂奔的滚滚波涛与野性暂时收敛起来。水流徐徐变缓，河床加宽，难得多了几分撒拉族艳姑般的美丽和温柔。河之北，缓缓上涨的河水，在不断拍打的浪头上飘浮着白色泡沫，淹没了大片的丹霞山体岩石；河之南，村庄炊烟密集，多了一些比较开旷的良田，盛产花椒、核桃、瓜果……野鸭在平缓的浅水里嬉戏，水是蓝的，天是蓝的，循化城就在天水一线的河之阳。她安静地坐落在黄河上游群山环围的风月里，栽柳成荫，插杨成林，就是无意中飘落的一粒种子，也会结出甜美的果子。

作为海东人，我不敢说我是见证了这个地方的人，但至少，我或多或少地目睹了这里的变化和发展。这样一个地方，没有文学的滋养是说不过去的。

与共和国一起成长起来的老一辈作家不仅奠定了循化现当代文学的基座，同时也达到了循化现代文学创作的高峰。在不到十年时间内，县作协会员的著作有二十九部，其中长篇小说四部：韩晓炫的《前世流传的玉》，韩庆功的《黄河从这里拐弯》（一、二部），马明全的《断尾猫》，陈华的《烟火里的尘埃》；散文集八部：韩庆功的《故乡在哪里》《边缘上的思考》《大河东流》《遗落的乡愁》，马明全的《莫道乡关远》，绽海燕的《书签里的时光》，马永祥的《天边的故乡》，马秀芬的《一棵开花的树》；诗集十三部：马忠的《悬崖边上抒情》《尕日莽 阿合莽》《我和我的影子》，马汉良的《沉河》《马汉良诗选》《乡野牧歌》，韩原林的《清水湾诗笺》《生命之恋》，牧雪的《风从高原来》《锄歌》，马索里么的《出黄河》，韩金月的《白马与忧伤》，黎明的《彼岸花开》；报告文学一部：马明全的《红星照耀黄河》；文集一部：韩庆功的《情定循化》；摄影作品集一部：韩新华的《镜界》。

循化文学创作的蓬勃发展令人惊叹，而会员作品集《黄河乡恋》中的黄河情怀与地域风情更使我眼前一亮。我从未如此大量集中地阅读过以黄河为背景的作品。这些作品中，无论是韩庆功的《难忘的友情》、韩新华的《花里的诗与远方》、马明全的《照在镜子里的黄河》、马汉良的《泉殇》、韩原林的《清水湾的金色沙滩》、马索里么的《我的曲玛尔》，还是韩晓炫的《岁月的猎枪》、韩德昌的《项链》等作品，都有着深刻的黄河情结，给人留下美的回望和深刻的印象。在感受这块土地独特生活的同时，也体会了撒拉族、藏族、回族、汉族四个民族骨子里的人性、人情的丰富和美好。他们在创作上的用心、用情、用力是显而易见的，简直就像醉心于厚涂法的油画家那样，一股脑儿在画布上累积着层层颜料，涂抹着循化独特的风土人情。

《黄河乡恋》是地域性乡情、乡恋、乡愁文本，收集在里面的五十余篇小说、散文作品，正像长在黄河边的树木与庄稼，放眼望去，其中有高高的白杨，有婆娑的河柳，有红红的辣椒，有挂满枝头的核桃，有密不透风的庄稼……大致说来，这么多作家和作品集体亮相，这阵势，就是要在地域书写中对循化来一次文学的关照，尝试着用文学的表达描绘地域独特的面相。当然，也给读者带来了一种别样的韵味和姿态，尤其是朴实无华的原生态生活，不紧不慢的生活节奏，给读者以精神上的慰藉。

文学事业毕竟是一项神圣的事业，作为人类的精神家园，它永远具有无穷无尽的魅力。当下，尽管人们对文学创作抱着一种冷漠甚至悲观的态度，但文学并没有像一些人所预料的那样陷入毫无生机的低谷，一茬一茬的后来人风起云涌，在韩秋夫等诗人的抒情文本之后，一个个的叙事文本浪潮喧嚣起伏。

萝卜白菜，各有所爱。人们的嗜好不同，志趣各异，有人喜好运动健身，有人沉醉于书画，然而也有人偏偏选择沉重的文学创作作为业余爱好，《黄河乡恋》中的五十余位写作者便是如此。他们明知文学创作之路是艰苦的、荆棘丛生的、漫长的、孤独之旅，可是偏要将自己的一颗赤心捧给文学，持之以恒地将文学作为精神的家园与归宿。闲暇之余挑灯夜战，写小说，写散文，写作已经成为他们生命不可或缺的一部分，是他们的另一种生活和生存方式，并乐此不疲。

在今天这样一个网络普及，主体各自峰峦高耸的时代，写作再也不是传统文人的垄断与专利。写作的人跟摄影的人一样越来越多，越来越常见，越来越成为人记录内心与表达内心的方式。有人为了表达一种情绪而写作，也有人为了进文学史而写作，但更多的写作者，也许仅仅是为了追求心灵的自由和内心的表达而写作。循化作家的写作不论是抒情还是叙事，都有一个共性，那便是扯不断、理还乱的黄河情结。他们中的韩庆功，为了写四卷本的长篇小说《黄河从这里拐弯》和长篇散文《大河东流》，竟然拼着一股犟劲从黄河发源地走到黄河入海口，这是何等的固执，又是何等的豪迈！

我生活在湟水河边的乐都，这里与黄河有着唇齿相依的亲缘，我想用一首不太成熟的诗歌融入《黄河乡恋》的滚滚涛声之中：

我站在昆仑之巅的云端上，遥望远方。
远方安详。
黄河，中华大地上一棵盘根错节的大树。只要地球存在，谁也无法撼动。
主杆分明，枝叶茂盛，土地长生不老。
跟你一同长生不老的还有苦难和幸福，还有五千年不朽的文明和国度。
五十六个民族生生不息。
因为苦难，才有了国难兴邦；
因为生生不息，才有了百年梦想。
黄河，5464公里的高度好高，才有了黄河之水天上来的盛名。
黄河，是我今生最爱的苍生。
季节风不能抵达的沟沟坎坎，刀刻的痕迹
是岁月和先祖们的面相。多像黄土饱经风霜的颜色。
时间胜于凛冽的西风。裂出的千山万壑，多像劳动者面对苦难的眉头。
与我们身上粗壮的肋骨有着相似的模样和质地。
我是你怀抱中的一滴水。欢乐的时候
升腾为一条龙，一条东方龙。
我是你水里的一粒沙子。惆怅的时候
往下沉，再往下沉，卧薪尝胆
筑牢万里长城。

黄河，一路乘风破浪，冲浪者鼓着青铜的巨臂。
看我们的族长和水手，惊涛骇浪，奋力驾驭着鼓胀的羊皮筏。
划呀。划呀。划呀。
向东。向东。向东。
追赶从东方升起的太阳。
太阳之下。铺满5464公里的长河，多像凝固的青铜。
九曲十八弯，走过了多少滩涂？

一条通天的大河，一千年的梦想只是瞬间。

这护佑人类的长者，这地球上养育苍生的飘带，土黄色的血液，浇灌出一群土黄色的皮肤，凝固成土黄色的大高原。

就在积石峡，我多想遇见一位以斧锯劈石导河的长者，让高原水刻一样地，刻我一脸红红的太阳，也让我朝着一棵大树的根，深扎在地球之心。

每年的清明，坟头上填一把黄土。

啊，我的黄河，我的皇天后土！

承蒙原林嘱托，深怀惴惴之心写下这些文字，充作《黄河乡恋》之序，有负重托。

2023 年 11 月

目录 CONTENTS

第一辑 黄河乡恋

难忘的友情 / 韩庆功	3
岁月的猎枪 / 奥斯曼	15
我的姐姐我的娘 / 马得祥	30
小小病号 / 马晓娟	35
清水湾的金色沙滩 / 韩原林	40
少年，少女 / 韩艳蓉	52
项　链 / 韩德昌	75
赛丽麦的"囍" / 韩福明	84
欲 / 赵　娜	94

第二辑 山水家园

循化人的循化 / 沈海存	103
大爱铸就的黄河英魂 / 马兰芳	115
照在镜子里的黄河 / 马明全	126

花里的诗与远方 / 韩新华　　　　141
清水湾的辣椒红了 / 马成龙　　　　147
循化人的黄河 / 韩忠诚　　　　　　151
泉　殇 / 马汉良　　　　　　　　　156

第三辑　文心词境

交融与进步 / 韩忠林　　　　　　　167
一首放飞的心歌 / 詹晋文　　　　　173
心事如尘　亦可如花 / 韩庆婷　　　177
栖居诗意家园感悟生命真谛 / 高秀琴　179
致海子 / 玛吉阿米　　　　　　　　188
秋　思 / 黎　明　　　　　　　　　191
叙述的魅力 / 启明星　　　　　　　195

第四辑　时光侧影

等你轻声唤我 / 邓丽娟　　　　　　205
问茶龙井 / 索　南　　　　　　　　208
地震之夜 / 韩国明　　　　　　　　211
脚步与翅膀的畅想 / 绽海燕　　　　217
等你万山红遍 / 牧　雪　　　　　　222
时光侧影 / 落　梅　　　　　　　　224
撒拉传驼铃琴声荡故里 / 韩国智　　226
秋的私语 / 才让卓么　　　　　　　228
往事只能回味 / 马吉明　　　　　　230
洋芋蛋的乡愁 / 王　君　　　　　　234
我的外婆 / 胡钰顺　　　　　　　　239
遇见张贤亮 / 李文芳　　　　　　　243

姐　姐 / 孙志强	246
农民的春天 / 绽　愈	249
"父亲"是个柔软的词语 / 张旭蕊	254
那年秋收 / 韩　磊	256
青海湖畔 / 韩玉梅	259
少　年 / 韩子伟	262
花开时节 / 韩福兰	264
我们走在大路上 / 马金花	271
在三江源，我在文字里遇见自己 / 韩　辉	276
光打在你身后 / 安　飒	280

第五辑　依景纪行

微笑的尕斯湖 / 马永祥	285
孟达天池回想 / 马秀芬	288
我的曲玛尔 / 马索里么	291
又做天府客 / 宛如兰	303
孟达天池三步曲 / 马建新	309
园中客 / 张文婷	314
寻访祁连山　拜会岗什卡 / 韩　瑜	318

后记 / 韩原林　　　　　　　　　　　323

第一辑
黄河乡恋

难忘的友情

韩庆功

  2021年9月14日,我依旧在奥土斯山下街子河畔写作到晚上11点,拖着一身疲惫走出写作室,简单吃点夜宵后,正准备躺下时,一阵急促的手机铃声打破了深夜的宁静。儿子志远说,"生福巴巴无常了。""啊……啥?"我一时反应不过来,又问一句:"是生福巴巴无常了?"志远确切地说,刚才生福巴巴家人来电话了,叫他特意转告我的。我看了看手机,已经是午夜时分。

  这个突如其来的消息令我无所适从,怎么也不会想到一个月前还谈笑风生的人,就这样静悄悄地走了。我猜想先生离开这个世界时的种种情形,心里默默地说,亲爱的朋友,我知道,当你最后一眼看这个世界的时候,一定留恋过某些人某些事,只是不知道你牵挂的人中是否有我。我也能想见,就像此刻我掉进孤独的万丈深渊一样,你也一定有过无边的孤寂与落寞吧。

  想起这一年来身边消逝的那些熟悉的面孔,感觉死亡之神正一步步逼近却依然浑然不觉的我;想起还在西宁的病床上躺着的庆峰兄弟,一阵难以抵抗的孤独向我袭来。

我坐在炕沿，吊着双脚静静待了十几分钟。窗外夜色浓重，雨声淅沥。

这一夜，街子河涛声特别大、格外响，无尽的沙沙声加剧着我这个守夜人的落寞。

不知过了多久，手机里传来一声叮铃，打开一看，是一则类似于讣告的短信：

父亲于2021年9月14日晚8点顺命归主。对久病之人，顺命归主是来自真主最大的赐悯！殡礼于9月15日早11点在老家乙日亥村举行，望就近的亲朋好友们参加，并给亡人做好杜瓦！

人在无助的时候，情感极其脆弱，只要得到微弱的一丝安慰，哪怕这种安慰是形式上的，心灵也会获得云开雾散的解脱。这条深夜飘来的短信给了我莫大的慰藉，感觉生福先生并没有离开我们，而是去赶赴他向往已久的另一段无限美好的生命旅程，总有一天，我们还会见面的。

是的，在忙碌的俗世中，我们同住一城，虽隔一街，不也老半年见不了一次面吗？于是我问自己：你又不是没见过死亡，你又不是没写过死亡，真要面对死亡时，怎么会如此六神无主？

恍惚中，我来到窗前，望着老家方向的茫茫夜空，下意识地嗫嚅一句：走好啊，亲爱的朋友！

一时睡意全散，辗转反侧难成眠，睁眼闭眼间，满脑子都是与生福先生在一起的那些或酸涩或充满乐趣的岁月往事。

一

20世纪八九十年代，门外的社会是清一色的，没有什么五颜六色的诱惑，我们上班的人也很单纯，大家都领着同样多的工资，光景日月处在同一个起点上，要风光大家一起风光，要寒酸差不多也都一样寒酸，没有高低上下之分，有事没事爱聚在一块儿。因为信息闭塞，没多少新鲜话题，只能聊一些山高路远的事，相互间很能处得来。每逢周日，我们几个年轻干部轮番到各家吃饭闲谝，引来乡民们羡慕的目光。

我们村老一辈工作干部中，生福先生年纪轻一些，他愿意跟我们这些刚参加工作的后生走动。我到县里后，在农牧局兽医门诊部分得一间临街宿舍，开着门，躺在床上就能望见街上的行人。生福先生那时在我宿舍隔壁的水电局上班，上下班从我门前路过，时不时进来小坐一会儿。

因为是同村人，也因为生命中有着相似的"三句话不离国家民族大事"的理想主义色彩，从我调到县城的那会儿起，就跟年长自己20余岁的生福先生交往下来，一起走过了充满欢笑与忧愁的风雨岁月。

我们在清淡的物质生活基础上建立起来的友谊，并没有因为彼此生活状况的变化而有所冲淡，我们都细心经营着那份"因你的快乐而快乐，因你的忧伤而忧伤"的友情，用彼此对应的情感密码相互打开心灵窗户，进入对方内心世界中最隐秘最深远的角落里。

在平平常常的日子里，我们用一杯清茶、一碗面片作底色，把你来我往中的一声问候、一句念叨、几许关切、几多挂念浸泡成历久弥新的一壶老茶，贴上"忘年交"的标签，抿上一口，醇香无比，意蕴悠长。

现在，我端着清香氤氲的茶壶，茫然无措。

二

生福先生原先是庄稼人，与新中国成立前夕出生的众多撒拉汉子一样，年轻时曾到雪山草原开山修路，到荒漠戈壁挖渠引水，到深山林区当伐木工人，到煤矿当掏煤工搞副业。我朦朦胧胧记事的时候，东风公社引进安装了两台电磨，一台在白庄清真寺，一台在张尕清真寺。生福先生因为做事机灵，喜欢琢磨新鲜玩意，被公社领导看上了，让他管理张尕电磨。电磨的出现标志着水磨坊的终结，开辟了机器磨面的崭新时代，十里八乡的人们赶着驮粮食的牲口，到电磨坊排队等候。

电磨管理员在人们眼里的地位绝不亚于供销社风光体面的售货员，成了令人羡慕的"工作干部"，生福先生从此以公众人物的身份走进大众视野。

由于先生看管电磨的出色表现，不久被公社吸收为亦工亦农的"半脱产"干部，进而招录为民族干部。作为重点培养的年轻干部，他曾被派到青海民族学院（现青海民族大学）进修两年，使他完成了从一个文盲到识文断字再到掌握一定文化知识的历史性跨越，成为民族干部中的佼佼者。

先生不止一次说过他成长生涯中一次难忘而有趣的经历，令我记忆犹新。大约是20世纪70年代，县里决定在东风公社召开农业生产千人大会，公社党委决定让生福先生在会上作重点发言，这对从来没有在这么大规模会上露过脸的他来说几乎是个难以完成的任务。但他并没有退却，他看出公社书记有意给他压担子，觉得这对自己是个非常难得的锻炼机会，二话不说就应承下来。他绞尽脑汁写了一篇三页的稿子，独自一人来到公社大院背后的庄稼地边，在银白色月光下，一遍遍地给在微风中沙沙作响的麦子们"开会"，直到把稿子念得滚瓜烂熟为止。

第二天的千人大会上，他精神抖擞，激情饱满，非常熟练地把稿子念了下来，公社书记竖起了大拇指表扬他，在场的公社干部们对他也都刮目相看。这件事情过后不久，生福先生被任命为东风公社革委会副主任，从此有了个"韩主任"的称呼。

20世纪六七十年代的党政干部是从农民直接跨入机关的特殊一代，在党组织培养下，他们很快把自己打造成"提笔能写，开口能讲，遇事能办"的复合型人才，生福先生便是其中的代表性人物。

他们是在新中国成立初期成长起来的一批民族干部，为建立和巩固基层政权、贯彻落实党在民族地区的一系列方针政策发挥了特殊作用，书写了属于自己的辉煌人生。然而，他们又是不容易的一代，种田的庄稼汉子撂下铁锨，泥脚走上领导岗位，虽然学历背景不深，但他们却出色地完成了时代赋予的使命。我觉得历史不能忘记他们，应该记录他们留下的脚印。在长篇小说《黄河从这里拐弯》中能看到生福先生们的影子。

我的印象中，年轻的生福先生还当过东风公社民兵营营长，他倒挎铁把子冲锋枪，英姿飒爽，潇洒干练，几百名背枪民兵在他有节奏的操练下，喊着口号，甩着胳膊，迈着整齐雄健的步伐，走出场子，走过马路，走进村子，那场面威武极了，壮观极了。他一下下喊口令的情景至今还浮现在我的眼前。

生福先生与同时代的干部们一样，勤学苦练，下苦功夫钻研业务，很快把陌生的一方领域变成熟悉的工作环境。鉴于他在不同岗位上做出的不凡业绩，他先后担任城镇公社副书记、孟达乡党委书记、县水政监察大队长、水管站站长、县扶贫办主任等职。

三

那时的干部们家庭背景都是农民，一只脚迈进城里，另一只脚还在农村，自己在城里开伙食，一大家子还在老家挣工分。他们学历低、工资低，没有积蓄，很长时间靠几十元工资拉家带口。虽说手里有光鲜的商品粮折子，但日子过得依然紧紧巴巴。老一辈干部们的光景都很艰难，要盖几间房屋，往往筹划几年，准备几年，一根椽子一条檩子积攒起来，一块土坯一块砖摞起来，经年累月，细水长流。多数干部们依然过着囊中羞涩的日子，指头缝里不敢轻易漏掉一分一厘，毛毛块块钱都掰开了花。遇事非花钱不可时，踌躇半天后，才磨磨蹭蹭去解开装钱的衣兜扣子。

那时候，生福先生家境不宽裕，尤其是儿女们渐渐长大的那段日子里，生计更显窘迫，过日子像过独木桥，生怕家里有个三长两短而无法对付。每花出去一笔钱，都是划算再划算，手指头捏紧再捏紧，把每一分钱都花在刀刃上。而我们去串门时，先生却舍得花钱，大方地摸出来二三十块钱，让家人去割肉买菜称瓜子，怎么拦也拦不住。

外面的世界很遥远，一年之内连西宁市也去不了几趟。周末我们相约到黄河边溜达，从这头到那头，从那边到这边，绕县城转一圈，看看在不被注意的日子里县城又有哪些新变化。走累了，肚子饿了，街边随便找一家饭馆，或要上一碗面片，或切上一张酿皮，有时我请他，有时他忙着去付钱，实实在在的胃口，简简单单的花销，别有一番滋味在心头。

生福先生是个性情中人，爱憎分明，开心时哈哈大笑，动情时抽泣抹泪，从不掩藏自己的感情。他乐观豁达，热爱生活，凡事拿得起又放得下，始终保持百姓本色，想方设法往艰苦的日子里添加充满情趣的佐料，怡然自得，自得其乐。有一年他给我送了一幅自画的干枝梅图，寓意我的前程像梅花一样绚烂缤纷，希望我们的友情像梅花一样傲雪绽放。至今我还保存着那幅珍贵的画作。

我学的是畜牧兽医专业，我们在一起，免不了谈论一些有关我的专业的话题。有一天先生向我请教饲养奶牛的诀窍，我如此这般说了一通。几天后，他不知从谁家手里买来了一头健硕的黑白花奶牛。他说一生忙惯了，退休后彻底清闲了，这日子倒不好打发，就想起养牛，一来增加点情趣，消磨时光；二来增加点收入，贴补家用。

饲养一段时间后，遇到一个实心买家，便卖出了奶牛。先生开心地说，"头一回做生意得了几百元劳动成果。"后来他在老家养了几箱子蜜蜂，整个夏天跟嗡嗡嘤嘤的蜜蜂打交道，我得了空就到他那儿，陪他喝茶聊天。先生舀一小碗刚刚摇下来的新蜜让我尝鲜，我掰下一块馒头，沾着有浓郁花香味的蜜汁，稀罕地吃起来，打心眼里佩服先生干什么都那么执着，干什么都能弄出点名堂的那股子精神。

据我观察，生福先生真正的喜好可能在养花上。在众多花卉中，他钟情于芍药、牡丹。他老家满院子都栽植了从各处移来的多年生花卉，一开春,红的、白的、紫的、粉的、蓝的各色花儿竞相开放，一丛丛，一簇簇，满院飘散着醉人的清香。

花的主人一边修理花枝，一边无比自豪地给我们讲解每一簇花的来历，以及他特别钟爱的有了些年头的花儿背后鲜为人知的故事。

有时他忍痛割爱，给友人相送一两棵，并叮嘱一番如何"伺候"的要领。他给我留了一棵有四五年花龄的粉红色大丽花，我自知不是养花的主，怕辜负了先生一片好意，就借故说，"您先替我养着吧，等啥时候我家盖了新房子，移栽过去也不迟。"

爱花之人必定热爱生活，生福先生善于在凡常间寻找快乐、营造快乐、享受快乐，以花为媒广结善缘，以花儿的艳丽和芬芳装点生活，营造出一点笑对人生的浪漫主义情趣。

四

生福先生既是我的同乡好友，也是我生命中不可或缺的良师益友。在我成长历程的每一个节点，先生都留下了风过无声、流水无痕的帮助，或一声叮咛、一声提醒，或一句祝福、一句鼓励，让我的天空云开雾散，阳光灿烂。

我当乡长书记那会儿，正处于社会转型期，在社会管理上不可避免地遇到了前所未有的挑战。当时县里有个不成文的规定，所有的矛盾纠纷就地解决。这下可苦了缺乏基层历练的我们，对如何处理村民提出的要求，心里像一页白纸，没有了主张。

这时，时任县水管站站长的生福先生下来检查工作，见我一脸愁容，安慰着说，"该吃得吃，该高兴得高兴，山不转水转，总能找到解决办法。"他的一番话给我些许安慰，下午我跟他下乡检查水利设施。一路上我们认真分析了出现问题的原因，理清了主要矛盾和次要矛盾，意识到如果处理不当，次要矛盾有可能转化为主要矛盾的严重性。先生语气坚定地说，"只要把握住政策法律，走群众路线，没什么好怕的！"提醒我遇事要冷静，一要实事求是，二要坚持原则，三要依靠群众，四要灵活机动。这一番点化，使我茅塞顿开，一套清晰的思路浮现在脑海中。在我的建议下，乡党委很快拿出了化解矛盾的办法。

更多时候，我把一时没把握下手解决的难缠事带回来，或到先生家登门求教，或请先生到我住所，把遇到的问题摊开来，抓住每一处细节，从里到外、由此及彼地琢磨个透亮，往往聊到深夜还打不住。暑往寒来，经年累月，在先生的帮助下，我的基层工作经验日渐丰富起来，啃下了一个又一个"硬骨头"，迎来了全乡社会稳定的可喜局面。

2006年，我遭遇了人生中的寒霜期，因妻子久病不愈，家庭状况一度跌入低谷，日子过得一团糟。儿子将要高考，女儿也要中考，而妻子病情迟迟不见好转，囊中仅有的一点积蓄全被花光，已经到了无法面对两个孩子未来的窘境。

有一天，生福先生把我叫过去，像个考官一样问我："娃娃们的考试有啥打算呐？"我万般无奈地说，"一头忙着看病，没来得及考虑这事。"先生着急地说，"这样不行，离考试只剩下十几天了，再不敢大意了。娃娃的考试是一生的头等大事，可不能因为家事的缠绕而耽搁了！"

见我不言语，先生自作主张地说，"我跟家里人商量了，楼房里腾了两间房子，桌子凳子都弄好了，从今天起，叫两个娃娃过来，一人住一间，吃在我家，住在我家，余下的事，就交给我，你就别操心了。"

我知道先生家并不宽敞，他自己有四个孩子，要腾出两间房子，哪能那么容易呀！但先生不容我分说，就替我安顿好了。

那一刻，我感动万分，眼眶里盈满泪水，仿佛在生活的悬崖边上抓到一把稻草，激起了继续面对困难的勇气。

我和先生之间的友情淡如一杯白开水，那是一种透明的精神层面的交往，任何时候，我们都能看得清对方，懂得彼此关切，不让物质的尘埃落满质地纯真的友情。生活中遇到困难，要不是对方主动提出帮忙，我们一般不张口，怕给对方带来为难。我儿子大学毕业后，先生几次暗示借钱给我，见我不在意，就主动提及借钱的事，说我是单职工，娃娃要结婚，手头想必倒转不过来，他儿子开饭馆挣了一些钱，愿意从中给我接济一些，好让我渡过难关。

虽然我不打算向先生借钱，而且已经从别处筹到钱款，但有了他解囊相助的那句话，使我的内心倍感温暖之余，一下子找到了坚强的靠山。

长篇小说《黄河从这里拐弯》出版后，生福先生表现出来的那份喜悦令我讶异。他说这不仅是你个人的事，而是乙日亥村，白庄镇，撒拉族，循化县的大事，不能随口说一句恭喜的话就完事，他一定要带头做出个样子来，叫更多的人看看。果然，有一天先生带领家人，抬着一面寓意黄河拐弯的有清水湾图案的大牌匾来到我老家。他郑重地说，"你能写出这样的书，也是我这个'亚日'的光荣，是我们全家的光荣。文化的东西该用文化的方式来庆贺，拿钱就俗气了。想来想去，觉得这幅黄河拐弯的镜框最能表达我们全家的心意，看你满意不满意。"

他把这件事看得很重要，病重期间几次说起，我告诉他镜框已经挂到墙上了，还让他看了特意拍来的照片，他这才欣慰地笑了。

西宁的首发仪式之后，县作协在职业中学举办《黄河从这里拐弯》分享会，先生知情后要来参会。我们担心他单薄的身体消受不了，叫他别过来了，但他执意要来眼见一下我的喜事，他在忠祥兄弟搀扶下，拄着拐棍，爬上几层楼梯，颤巍巍地来到会议室，仔细聆听每个人的发言。后来实在支撑不住了，忠祥兄弟扶着他提前回去了。

五

喜欢学习是生福先生留给我的深刻印象，每次去看望他，身边总能看见一两本书，时事政治、法律法规都是他涉猎的内容。摞在窗台上的书籍不知翻过多少遍，书页皱得不成样子，打开看，内页上全是一行行划痕，边角上写着他自己理解的注解或体会。到了万事开怀的古稀之年，还那样执着于书本的劲头，令人动容，让人叹服！

我们的交谈内容大多是天下之事。每逢见面，先生总会把从报刊书籍积攒下来的国内外大事说道一番，外加一些经他思考之后得出来的精彩评说。他说19世纪属于英国，20世纪属于美国，21世纪是属于中国的。他认为当下的我们幸逢了历史上少有的一个盛世，撒拉族在各个方面得到了空前的发展。说起今昔变化，他就拿乙日亥村的前世今生做比较，感慨不已。

最让先生挂怀的是教育文化，从自身经历使他认识到一个硬道理：一个家庭要改变面貌，一个村庄要有起色，一个民族要发展进步，最根本最长远的，就要依靠教育。通过发展教育，培养一大批建设家乡的各类人才。当下的循化教育成了我们每次谈论的核心话题。他问我撒拉族有几个博士生，最厉害的是哪个乡镇哪个村哪家孩子，问最有出息的撒拉娃是哪一个，我就按自己所知道的，一一说给他听："清水下庄村韩学文尕娃在英国获得双博士，清水瓦匠庄马启良阿娜在北京大学，山根村有个娃子在清华大学，下拉边村何米顿阿訇孙子从中央财大毕业,积石镇石头坡村有个娃娃当了西部矿业集团财务总监,草滩坝村有个娃娃开上了飞机……"

先生听得很仔细,想把那些最出色的撒拉娃的情况印在脑子里,然后不住地摇头,不住地感慨。

他外孙也考取了北京外经贸大学硕士,他高兴得眼里闪着光,见人就说起。有一天给我说,他外孙真是好样的,给咱村争了光,他许诺如果娃娃考上博士,出钱宰一只羊来庆贺,邀请我到时候来分享他们家的荣耀。

我告诉他,二队塔海日大叔孙娃子考上了中央民族大学,他说咱山沟里的娃娃到中央去上学了,真了不起呀!接下来,我如数家珍般说起:"忠明兄阿娜已经是处级干部了,德明兄尕娃考上了青海大学硕士,苏莱曼阿訇尕娃当法官了,伊布拉亥木阿訇尕娃当大夫了,舍木苏大学毕业的尕娃考上工作了……"

我一连说出新近参加工作的十几个后生名字时,先生一脸诧异,然后连说几声好。我又说他孙娃子韩熙普通话说得可好了,能主持大型活动哩!先生高兴得合不拢嘴,说咱乙日亥村真是大发展了,要大学生有大学生,要研究生有研究生,当老师的,看病的,写书的,当法官的,从政的,样样人才都有了,工作的后生娃一个接一个,还出了众人面前耍嘴巴子的人才,往后不知会出怎样的高级人才哩!

生福先生家境早已今非昔比,红火兴旺,蒸蒸日上。儿女们都寻找到令他欣慰的人生轨迹,家全人全的好光景让先生无比欣慰。

不过,也有让他担心的事。他说过,最放心不下的是娃娃们在公家单位用权的时候一不小心犯糊涂。他说工作干不到火候上,那是能力问题,至多挨上级批评,而廉政上出事情,那可是原则问题呀,后悔都来不及。鉴于这点忧心,他早晚要在忠祥、忠勇俩兄弟耳边敲敲边鼓。

我宽慰他说,"眼下上上下下抓制度建设,容易出问题的漏洞都给堵住了,只要自个儿行得端正,多半不会有事的。"他听了,脸上现出释怀的神色。

六

今年夏天，由于创作小说和这样那样的日常琐事，有段日子没见着先生了，8月1日从北京回来的路上，我心里隐隐有些牵挂，觉得该去看望一下先生了。这方面我有前车之鉴，因为大意，曾失去过与故去的亲人们最后一次会面的机会。久病之人，一日三变，可不敢疏忽。回家第二天，我就携家人去看望先生。

听见我的声音，背靠被子仰躺着的先生一骨碌爬起来，眼里满含深情，紧紧握住我的手，已经深陷下去但依然炯炯有神的目光在我脸上打量半响，问我这半年都去哪里了，见不着面有点想念呀！

我脱鞋上炕，把这半年来忙于创作和到各处讲座的事如实相告，歉疚地说，没能及时来看望，请求他原谅。我告诉他最近又要出版一部书，到时候把书送过来。先生问这是第几本了，我说第6本了。他眼眸里流露出喜悦之色，说了一通夸奖我的话，自豪之情溢于言表。

先生听力不好，我们的交谈有些障碍，我尽量不说话，让他按自己的思绪断断续续说下去，等到他问我什么时，才凑近他跟前，大着声音回答他的疑问，顺便说一些外面的见闻。

我们依旧说起了国内外大事、县里的事、村里的事、家里的事。他说儿女们都各有归宿了，对他都很孝顺，争着抢着尽孝心，他在"顿亚"上没什么放不下的事了。

我们谈了很久，先生依然谈兴不减，我怕他瘦弱的身体消受不住，就依依不舍地告辞了。他要送我们，我一把拦住，但他执意要下炕来，颤巍巍送到门外，再次说"赛俩目"告别。

想不到，在楼梯口转身回眸的那一眼，竟成了定格在我记忆中永远的画面……

在我看来，生福先生具有浓烈的家国情怀，心心念念国家民族大事，喜为祖国，忧为祖国；他是一位心怀一地一城、一族一群的乡间哲学家，活得明白、磊落、坦然，他首倡的乙日亥村"心系教育 崇尚公德"座谈会如今已蔚然成风；他具有强烈的集体荣誉感，身上能看到老一辈撒拉人为众家利益"不折腰"的凛然之气；他是一位好父亲、好兄弟、好朋友，珍惜亲情，善待亲戚，注重友情；他是一位性情中人，有同情心，知足感恩，乐善好施……

8月15日，生福先生在众朵斯提们的虔心祈愿中深埋于黄土之下，走向另一个世界。

故人已去，逝者如斯。先生的离去，对于他的家人来说，失去了一位朝夕相处的亲人；对于熟悉他的人们来说，失去了一位谈笑风生的朵斯提；对于我来说，失去了一位唤我乳名的挚友，从此以后，没有相见，不见音容，唯有深深的怀念……

作者简介：

韩庆功，撒拉族，青海省循化县人。中国作家协会会员，中国少数民族作家学会会员，青海省作家协会会员，青海撒拉族研究会会员，青海民族大学文学与新闻传播学院客座教授，海东市作协荣誉主席，循化县委讲师团团长，循化县委理论学习中心组特聘讲师，循化县委党校特聘讲师。出版散文集《故乡在哪里》《边缘上的思考》《大河东流》《遗落的乡愁》，长篇小说《黄河从这里拐弯》第一二部，大型文集《情定循化》。

岁月的猎枪

奥斯曼

一

炊烟升起在黄河岸边错落有致的村庄里，拂过绿漆斑驳的清真寺宣礼塔，淡淡地飘向天空——晴朗的天空，是海一样的蓝。村道一边是断断续续栽植的一些树木，有柳树、榆树、白杨树、核桃树……其中穿天杨最为醒目，直直高高地延伸到天空里。村中有一户坐北朝南的院子，院子里生长着五棵树，都是带果实的，一到秋季树上就结满了大大小小的果实，好几个品种好几个口味。果树西南方向的枝干总是伸出院外落在村道上，无人问津它的肆意长势，仿佛人们已经习以为常，但红黄相间的树叶是季节最为显著的特征，也装点了整个村庄。

这就是我的家，我的故乡。

我出生在青藏高原东部一个叫循化的美丽小城，是全国唯一的撒拉族自治县，撒拉族是我国少数民族之一。是的，我是撒拉族。

黄河从我们家乡穿过，我的老家就在黄河的清水湾，我们世代依山傍水而居，我们饮着黄河水，一天天，一年年，在这片深沉而热烈的土地上，我们生根发芽，我们在黄河岸边长大、成熟。

父亲和枪的缘分始于他的青春年代。

那时，新中国已经成立，战火逐渐远离人们的生活，处于青藏高原河湟谷地的撒拉川，虽未留下太多浴血奋战的历史，但革命的热情丝毫不输其他地方，撒拉男儿保家卫国的雄心壮志并未削减——各乡镇各村组建的民兵连依然坚持刻苦训练，随时准备在沙场抛头颅洒热血。

村庄里，除了红红火火的生产队之外，背着枪、喊着口号、列着整齐队形走过的民兵连算是一道最风光亮丽的风景线了。

父亲正是他们村的民兵连连长。

按照上级安排，父亲带着民兵队伍每天认真参加体能、射击等训练，还有少不了的战时演练。那时候的父亲是一位意气风发的撒拉族青年，当然亦是三个孩子的父亲了。

父亲的枪法很准，乡间曾几度传着"神枪手"的美誉，大家见了他都会竖起大拇指。这个是有例证的：同村的阿布都老人，每每谈起父亲，他就立马激动起来，用他有点结巴但又铿锵有力的语气说："穆萨的枪法特别准啊！一百米之外的银圆射掉莫（没）问题啊。"

鉴于父亲的枪法和带队能力，一直以来，他都很受乡里和县里武装部领导的赏识。每每有急难险重的任务，领导都会交给父亲的连队去完成。父亲也曾几度拿下过骄人"战绩"——每次乡上、县里甚至更大范围内组织野外拉练、射击比赛时，父亲和他的连队都拿下过好成绩，争得不少荣誉，自然连队的口碑越来越好，民兵连长的位置越坐越稳。

有一次，省上下达紧急命令，要求县上选派一支优秀民兵连到省上集结，随时做好战时准备。县上根据实际情况，指派了父亲所在的清水乡民兵连到省上集结。那天，父亲匆匆回家和家人告别，来不及多坐一会儿就带着连队连夜赶往省城西宁。看着匆匆离开的父亲，母亲和三个孩子却陷入了恐慌和不安中，特别是母亲，她一夜未眠，心里期盼着父亲能平安地早些回来。

父亲他们集结到省城后，不知为何却迟迟没有接到派往战场的指令，只是一直处于待命状态。这样的状态持续了整整两个月。尽管如此，连队丝毫没有懈怠，时刻渴盼着能上阵杀敌。只是，理想并没有实现，连队在等待中接到了"回原单位"的通知。

父亲带着连队一路沉默着返回了家乡。看父亲他们平安回来了，母亲和孩子们非常高兴，大家紧绷的神经终于松了下来，母亲悬着的心也终于放下了。

对此，父亲却一直很失落，他回忆的语气中充满了叹息："练了半辈子枪，好不容易到了省城，眼看大部队一个个走了，我们却一直没有接到命令……哎！可能……以后，再也没有机会了。"父亲说的时候，一字一句都很沉重，我听着也很失落，但无法深刻体会父亲真实的感受，我知道他的心愿是希望在战场上贡献力量。当然，他也深深地明白服从命令是天职，一切由不得他。

母亲说，那天父亲从省城回到家后，一个人在房间里一直坐到天黑。父亲只是将步枪擦了又擦，还上了一次油，最后认真地挂在了北屋正中的墙上。整个擦枪、上油和挂墙的过程，父亲的脸色一直很严肃，几乎没有说过一句话。

二

时光漫漫，岁月悠悠，农村的生活充满了平淡，日复一日地劳作，四季更迭，轮回一遍又一遍。

只是，生产队的劳动任务越来越多。在大力推行开垦荒地、扩大种植面积等号召下，群众铆足精神加油干，希望年年实现农作物增产增效。

于是，有一年秋收过后，生产队决定给民兵连也分配一些劳动任务，其中给父亲和同村的一位名叫亥力路的叔叔分配的任务是派他们到黄河对岸犁地。

那一片需要父亲和亥力路叔叔两个人犁的土地在村子的北边，与村子隔着一条大大的黄河，本村人习惯叫"河北地"。因为船只交通不完善，来回多有不便，父亲和亥力路叔叔收拾好简单的家当，索性住在了"河北地"，不再每日往返。

他们在"河北地"的黄河岸边寻到一处较为开阔和平坦之地，作为他们的营地。在一棵大榆树旁，他们搭建了两顶简易帐篷，一顶用来住宿，另一顶用来做饭和放置物具。傍晚，他们支起了锅灶，烧起了柴火，生起了炊烟，出门人的犁地生活，就在一杯印有毛主席头像的铁茶缸里开启了。

—17—

枪手是敏锐的，父亲在第二天就发现了令他兴奋的一些情况。

这一发现，给他们后来的犁地生活带来了很多乐趣，改善了他们的生活，使他们枯燥乏味的犁地工作多了不少生趣。

天朗气清的一天，父亲和亥力路叔叔早早犁完地，回到营地丢下农具，来不及拍打身上的尘土就往西面山坡隐去。他们是去寻找一些"痕迹"，更确切地说是寻找能够食用的猎物的栖息之地。

当他们翻过西面山坡时，发现山脚下是一大片树林，这里似乎处于未被开发过的那种原始状态，除了树木还有叫不上名字的灌木长得特别旺盛，树下累积了厚厚的一层枯叶。他俩谨慎地走在树林里，不敢吭声，甚至不敢大声呼气。走着走着，突然，一声短促的"哗啦啦"声响打破了树林的寂静，也着实把他们吓了一跳。原来，是一只受惊的野鸡扑腾着飞走了。他们长呼一口气继续往前走，接着又看到了野兔、野鸽等穿行在树林深处，隐没在灌木丛。当它们看到来访的父亲和亥力路叔叔，有的扑腾着翅膀飞走，有的不紧不慢钻进灌木丛林，最有趣的是，笨拙得来不及逃跑的野鸡，情急之下一下子将头深深扎进厚厚的枯叶中，却留肥硕的屁股在枯叶之上，以为别人看不见它的踪影，其憨态窘容多少有些可笑又可爱。

父亲和亥力路叔叔对视点点头，会心地笑了。

第二天，亥力路叔叔"奉命"回去取枪，父亲送他上了羊皮筏子。看着已经渡到黄河中央的羊皮筏子慢慢走得越来越远，父亲追过去对着夕阳里的亥力路叔叔喊道："哎……猎枪在北屋西面木板床下面的箱子哩啊……""噢，呀呀，知道了。"亥力路叔叔的声音远远传过来，同样在那片霞光中父亲看见他向自己挥手示意，隐隐传来他的笑声，一切构成了夕阳中黄河最美的景象。

次日，父亲继续犁地，但他明显感觉轻松不少，嘴里还哼起了小曲儿。临近中午，父亲从地里劳作回到营地。在看到立在帐篷前的那把他熟悉的猎枪时，父亲笑了。

拿着猎枪的父亲显得很激动，久久地抚摸着猎枪。他想起自己已经很久没有用过这把枪了，有种失而复得喜悦弥漫在他的心间。

两人喝着熬茶，吃着亥力路叔叔带回来的锅盔馍馍和玉米棒，算是吃了顿不错的午餐。餐后他们简单地分了个工，由亥力路叔叔负责下午的犁地任务，父亲则去树林打猎。

亥力路叔叔还半调侃半认真地跟父亲达成协议：只要父亲能打到野味，以后的犁地任务他全包了，父亲便可安心地打猎，改善他们的伙食。

父亲说，那样的年代，能吃饱、吃到肉是他们最大的奢望和幸福。

那天下午，亥力路叔叔带着牛儿去犁地，父亲背着猎枪钻进了树林。走之前，亥力路叔叔还不忘长长地吆喝几声撒拉小调，像是给予父亲信心。父亲听着亥力路叔叔渐行渐远的小调，脸上是淡淡的笑容，握着的猎枪有了更重的分量。傍晚，亥力路叔叔犁完地早早回到了帐房，顺便带来了一捆干柴。他洗漱过后开始烧制熬茶，他甚至提前把盛满水的深口铝锅也支了起来，再小心翼翼地把火种引过去，适量地添柴，把火烧红烧旺。他想着，等父亲的野味一到，抓紧拾掇下锅，美美地来一顿，好好洗去一身尘埃。

一切准备妥当，熬茶已经飘出了香味，柴火烧得也越来越旺，却迟迟不见父亲回来。看着渐黑的天色，亥力路叔叔有些担心了。几分犹豫过后，他丢下手里的柴火，披上皮袄，拿着手电筒，一路沿着田间小径向树林追去。

正当亥力路叔叔心惊胆战地在树林里摸黑寻找父亲的时候，突然一声："别动！"愣是把他吓破了胆子。等反应过来后，亥力路叔叔责怪父亲这么晚了不回来，让他着急。

父亲笑了笑，从身后拿出了三只野味，亮在亥力路叔叔眼前，其中有一只还是鹧鸪呢，抓到它还是比较难的。亥力路叔叔看着眼前的野味，笑出了声："哈哈哈，不愧是连长，打枪就是准啊！走走走，水都烧好了。哈哈哈……"

他们的笑声穿过树林，穿过黑夜，响彻了空旷的山谷。那晚，父亲和亥力路叔叔美餐了一顿。在那顿美餐中，他们感觉自己长久以来的疲倦都不知跑哪里去了，心里也有无比的富足感。

后来的每一天，几乎都有野味相伴他们苦涩的生活。有时，他们的做法也会变一些花样，更为美妙的是，他们把鹧鸪煮熟后，并没有直接吃掉，而是将它作为撒拉面片的佐料，掺进一锅饭里，再满满地舀上一碗，美滋滋地吃下去。那味道、那香气，让他们感受到生活不只苦涩的一面，仿佛幸福也是指日可待。

父亲回忆说，那晚他俩把一锅面片吃得"片甲不留"。他说自己好像吃

-19-

了四碗，还说亥力路叔叔吃得肯定不会比自己少，这时，父亲的脸上都是幸福的笑容。

那段犁地的日子里，父亲和亥力路叔叔就按之前的约法三章，各自分工做事。每天日出，亥力路叔叔将牛儿喂饱后，扛起铁犁去犁地。而父亲就轻松多了，他把茶杯灌满，口袋里再装两个锅盔馍馍，背起枪朝着树林方向走去。

父亲的枪声响起在山谷间、树林里、山坡后……响起在亥力路叔叔的心里。每当父亲的枪声从远处传来时，亥力路叔叔的脸上总会露出笑容，不忘自言自语："这家伙又打准了一只。安拉！为什么他总是那么幸运呢？嘿嘿。"

生产队的生活是重复的每一天，按部就班地劳动。而父亲和亥力路叔叔的犁地任务就没那么无聊了。当遇到阴雨天，他俩搁下铁犁喂饱牛儿，索性背上茶壶和馍馍，一起到树林里搜寻猎物。一起去的时候，他们也是有分工的——父亲是枪手，亥力路叔叔是侦查员，认真的样子就像是在战场。在树林里、山洞里喝熬茶吃馍馍，这样的午饭别有一番滋味。

那时，他们的猎物除了自己食用外，有一部分是捎到家里去的。隔三岔五，父亲送亥力路叔叔渡黄河。亥力路叔叔划着羊皮筏子，顶着月光，将野味送到母亲和孩子们手中，送到自己家中，用野味改善家中妻儿老小们的生活，使他们也能在艰苦的岁月里感受到生活的美好，让他们有了等待与希望。

每当送亥力路叔叔划着羊皮筏子渡过黄河时，父亲看着河中越来越小的羊皮筏子，他的脸上就会有幸福的笑容，内心里充斥着满满的自豪感，仿佛看见母亲和孩子们正在幸福地吃着野味，欢笑声穿过了庭院，飘向了夜空。

三

后来，国家出台了政策，土地开始实行家庭联产承包制。乡干部按人口给大家分了土地，群众开始自主生产经营。我们家分到了五个人的土地：父亲、母亲、哥哥和两个姐姐的共四亩多。

分田到户确实提高了农民群众的积极性，但在那个一穷二白的年代里，大家的日子过得依旧清贫和苦闷，仅仅只是解决了温饱，但家家户户一年到头吃不了几回肉，生活总是淡淡的。

为了让家人生活过得好一点，除了辛勤耕作土地之外，父亲还靠砍柴补贴家用。那时的砍柴点主要选在黄河对岸的竹子山，山上有很多树木，还有一片天然的花椒林，当然也有一些樱桃树、山杏树等。因为要跨过黄河，且山高坡陡路难走，因此没有几个人敢去竹子山，更何况是去砍柴，即使砍下来了，渡过黄河也是难题。那时候的羊皮筏子比较小，仅仅装载两三人，运送大量烧柴不太可能。

父亲却尝试了。当然，面对困难他自然有他的办法。他是乡间最有名的水手之一，这个我是可以证明的：2000年以来，县里每年会举办国际性的强渡黄河比赛项目。从首届开始，父亲连续六届作为民间水手参与赛事项目，为家乡赛事发挥了自己的才能，这一点我们大家是有目共睹的。

所以在那个年代，还算"年轻"的父亲，每年坚持到竹子山上砍柴，他将砍下来的烧柴背到黄河岸边，然后再用羊皮筏子分批运送过来，又用骡子车运送到家里、运送到县城。当砍到一些大一点可以用作盖房子的好木材时，他总是不忍心截断，只用绳子将木材绑好，利用自身会游泳的优势，将身子的一端系在自己身上，连同木材一起从黄河的拐弯处漂流下来。一般情况下，当他和木材顺势漂流差不多200米时，父亲就能上岸，再大一点的木材就需要超过200米的漂流距离了。

有时候运气好，父亲砍到能做"材料"的木材比较多，他只好一天来回漂流五六次，更多时连着漂流七八天。总之，他一定会把好木材全运送过来，再拿到市场上去卖，卖完了再去称几斤糖果、花生、葡萄干或者葵花籽等拿回家，让孩子们解解馋。

随着大家生活条件慢慢变好，大家盖房子的需求就加大了。许多人家盖房子都要用木材，因此对能做"材料"的木材，市场需求很大，有时好多人甚至直接找到家里来，跟父亲"定制"木材。除了经济收入提高外，这一切无疑增加了父亲的负担。当然，父亲为了多挣些钱，无论多苦多累多危险，他都如期交货，让大家放心。

母亲说，那时候的父亲，通过砍柴、卖柴这些别人不敢尝试的生计，确实将家里的生活条件改善了很多，当时我家的生活水平在全村已经是不错的了。那时，村里供孩子读书的人家没几个，而父亲却率先将哥哥和姐姐送到了学校。

出于惯性，或者更是刻意地探寻，父亲对竹子山了如指掌，哪里有树木，哪里有野果林，哪里有草地和饮水源，他都一清二楚。当然，这一切都得益于他的前期"调研"，掌握了这些自然资源分布情况，等于是掌握了"猎物"的出没点以及活动时间段。

在那个岩羊还没有被列入保护动物的年代，竹子山上有很多岩羊，这自然吸引了父亲。于是，有一次父亲与几个年富力强的村民，在阿訇的学房将自己想去竹子山打猎的计划跟大家分享，当然最主要的是招募猎伴。大家听后很激动，也跃跃欲试，但一想到竹子山险峻的路段和陡峭的山崖，大家又退缩了，没人敢报名加入。父亲一个劲地鼓励大家："就算打不到猎物，也可以砍柴嘛，反正不会白走一趟啊……"那天，父亲的演说，在众人的疑惑中断断续续持续了很长时间，但这并没有让他找到合适的搭档，正当众人已经开始散去，父亲失望收场的时候，时任清真寺"木扎伊"（后勤管理员）的亚合亚拉住了父亲——他竟自告奋勇地坚持要做父亲的猎伴，愿意同父亲上山。父亲一声叹息，脸上并不是喜色。因为他知道亚合亚并没有参加过民兵组织，自然没什么打枪经验，不是他心目中的最佳人选，但好心的父亲又不忍打击他的热情和信心，何况目前确实也没有更好的人选，只好答应了他的请求。父亲象征性地跟亚合亚握了握手，算是达成一致，然后离开了清真寺。

很快，父亲和亚合亚的猎人生活在乡亲们的议论声中开启了。他俩背着猎枪去往竹子山的那天，村里好多人甚至从清真寺赶到了黄河岸边，一半是朴实善良的群众为他们送行，一半是怀着讽刺和看客的心态过来调侃几句。但父亲和亚合亚依然像个英雄一样，满面春光地踏上了羊皮筏子。他们像青松一样站在羊皮筏子上，向河岸的村民挥手告别，嘈杂不安的众人目送他们离开。当羊皮筏子驶入黄河急流处时，河岸边的众人中，村里那个头脑残疾的年轻人突然对着羊皮筏子上的父亲和亚合亚大声喊："日特合几！噢噢噢……日特合几！噢噢噢……日特合几！"紧接着众人被突然喊醒似的也跟着一起喊："日特合几！噢噢噢……日特合几！噢噢噢……日特合几！"黄河岸边因为大家的呼喊一下子变得热烈起来，众人的欢呼声令父亲和亚合亚感动，久久地望着黄河岸边，渐渐隐没在呼声中。

从那天起，父亲在乡间开始传出了他的第二个外号"日特合几"。"日特合几"是撒拉语，意为猎人。

运气好的时候，父亲和亚合亚两人每人可以扛一只猎物回来，除了一部分留着自家用之外，更多的一部分都送给了左邻右舍和亲戚，让大家也在平淡的生活中解解馋。

随着时间的推移，家里的生活条件日渐变好，父亲每年都会猎来十几只岩羊、野兔和野鸡之类的，为生活增添了很多生机。有一年，收获的猎物比较多，母亲将剩余的肉都切成小肉块，在烈日下晒干后储存，以备冬天食用，或者遇到"古尔邦""开斋"等节日的时候施散一些生活困难的邻居和亲戚。那时候好多人家里宰不起牛羊，不得不过着"空"节。

父亲的砍柴和打猎也并不是每次都很顺利。听父亲回忆，有一次他和亚合亚去竹子山，接连巡了三四天都没发现猎物，干粮也用完了，就在他们无精打采地回去的路上，行至沙坡时，发现坡下三只喝水的岩羊。他们随即趴下，以免惊跑猎物，父亲沉住气瞄准了猎物，等待最佳时机开枪。不料，枪还未开，猎物却突然惊醒般地跑远了。难得发现猎物，即使没有过夜的干粮，他俩仍像打了鸡血似的，决定去追赶猎物。

他们一路沿着猎物方向寻去，却始终不见踪影。经验丰富的父亲，决定以守为攻。于是，他们就在饮水源对面山坡的草地上埋伏。父亲说，刚才岩羊没能饮水，一定会再次下来饮水的，只要守好位置不惊扰应该没问题。

仲夏的天，太阳毒辣辣地照在父亲和亚合亚埋伏的草坡上，他俩燥热难耐，但是为了不让猎物发现他们，即使浑身湿透他们也一动不动地趴在原地。这一趴就趴了四个小时，眼睛生疼，几乎要晕厥。功夫不负有心人，就在太阳快下山时，父亲和亚合亚同时眼前一亮——他们看见被惊跑的那三只猎物又悠悠地回来了，沿着山路走向饮水源。

夕阳里，父亲无声托起猎枪，小心翼翼地瞄准了猎物。猎物还在移动，还没有开始俯首饮水。吸取上次的经验教训，猎人从准星盯着猎物，屏住呼吸仿佛世界停止转动，手慢慢地滑动到扳机。

"啪、啪……"枪声打破了寂静的山坡，父亲连着开了两枪，亚合亚拔刀就箭步追过去，父亲收起枪后也追上去。三只猎物奔跑在草地上，其中一只没跑多远就倒下了,亚合亚手脚麻利地按民族习俗宰杀了它。父亲继续追另外两只,追到山崖边时,其中一只跳下山崖,朝谷底逃去,另外一只往山顶上跑。这时,父亲停下来,瞄准猎枪往山坡上开了一枪,那只往山顶跑的岩羊应声倒下。这时,亚合亚也赶过来了,他同样追过去宰杀了那一只被父亲开了两次枪后打准的猎物。

收拾好两只猎物后,两人又去追那只跳下山崖的猎物。父亲断定,他一定是打准了那只岩羊的,他给一脸疑惑的亚合亚解释道:猎物受伤后因体能不足总会选择最快的逃避方式,所以那只岩羊跳下山崖,朝谷底方向跑去,但因为受伤绝对跑不远。亚合亚半信半疑地点着头跟过去了。果然,父亲的猜测应验了,他俩追到崖坡上时,看到山崖下面的岩羊,趴在地上已经是奄奄一息的模样。"还真的被你打准了呢!哈哈哈……"亚合亚笑得合不拢嘴。但是,人又没办法像岩羊一样敏捷地跳下崖。正在犹豫为难之际,亚合亚拍拍胸脯说自己体重比较轻,可以下去把猎物拖上来。父亲不放心,但又不想放弃已经打到的猎物,只好将绳子系在亚合亚身上,而另一头缠在自己身上,才小心翼翼地放他下去。亚合亚将自己连同宰杀后的猎物一起绑好,然后父亲再用绳子拉了上来,整个过程是极其危险的,但父亲他们成功了。

那一次,他们像大英雄一样背着三只猎物走进了村庄。远远走过来的时候,那个残疾青年第一个发现了他们,只见他摘下帽子用力挥动,大声喊着"日特合几回来了,日特合几回来了……"喊声吸引了田间劳作和闲在家中的老少,都出门凑热闹,在全村无不赞叹的眼神中父亲和亚合亚进了家门。

四

生活的苦难,对于每个人都是一种考验,有的人倒下了,有的人坚持了,获得的人生也是不一样的。父亲一生好强,做任何事都要做得井井有条,有自己的一套方式方法,绝不允许落后于别人。记得他时常教导我们做人一定要以善良为本,自立自强,绝不能做伤害别人利益的事,也不能做个失败者。

待我出生的时候,家里条件已经好多了,父亲也不用靠打柴狩猎补贴家用了,他发挥撒拉人敢闯敢拼的精神,顺应时代潮流,到一个很远的叫兴海县的藏族聚居区做生意。

热情善良的父亲很快在藏族聚居区结交了几个朋友，并很快与他们结成"许乎"关系（撒拉族与藏族之间的跨族交往关系，意为值得信任的朋友）。他们都很信任彼此。父亲在藏族朋友的帮助下，在一个乡镇开了生活物品供给店。那个小镇，大概是我小学毕业的那年，我跟着父亲去过的，那的确是个山清水秀之地，最重要的是它在整个县城的中间位置，也是两大草原的中心。分散居住在草原和山区的牧民都来父亲的供给店购置生活用品。每次他们都是带着牦牛队来集中采购，声势比较浩大。父亲一边做生意，一边学习藏语，不到半年时间，他已经可以和牧民们日常交流了，生意也做得越来越顺心。

随后的几年，也是在"许乎"朋友才加扎西的帮助下，父亲又做起了冬虫夏草的生意。每年一到夏季，才加扎西就带着父亲穿梭在各个山头间，穿梭在牧民的帐篷间。有了才加扎西这个向导，父亲收购冬虫夏草就轻松多了，也能收上品质最好的虫草。父亲常说，跟藏族人做生意最重要的是要取得他们的信任，只有信任你了，他们才会放心地跟你做生意。

有一年，虫草市场起伏波动很大，虫草生意人都亏本了。父亲也是其中之一，听说一下子损失了20多万元，要知道当年20多万元绝对不是个小数目。那一年，父亲陷入了人生最低潮期，几度生病颓废，度过了艰难的一年。次年，眼看夏季快到了，新鲜的虫草即将上市，有行业人士猜测今年的虫草绝对会升值，价格可能上涨20%左右。这的确是个好消息啊，可惜父亲手里却拿不出2万块钱，如何去收购虫草呢。

也是在犯难之际，"许乎"才加扎西找到了父亲，说他可以说服藏族朋友们先赊账给父亲，等他赚钱了再按约定的价格还账。父亲听后喜出望外，但很快又叹气："谁会给我赊账呢？从来没有过的事，这也不是我做生意的原则。"但才加扎西却没有气馁："用你们穆斯林的信仰保证就没问题啦！"说完拉着父亲就开始往牧民家走去。

一天下来，终于有一家牧民在才加扎西的劝说和保证下，答应将自己今年挖的新鲜虫草赊账给父亲，父亲激动之余答应按市场价的基础上再增加10%作为最终收购价。双方就在笑声中握手达成协议。有了一家，父亲和才加扎西两人顿时信心备足，继续连夜赶往下一家帐篷，当晚就说通了四家。

第二天、第三天，他们又收获了几家的信任，愿意赊账给父亲的人慢慢多起来了。等虫草季临近尾声时，父亲已经收了满满的一麻袋，率先投到西宁的虫草市场。

　　那一年，父亲的虫草卖得不错，虽没有"专家"预测的那么高，但也赚了一些钱。父亲来不及回家看看就背着一包崭新的钱，直接从西宁去了兴海，找到才加扎西后，两人第一时间将钱款还给了曾经给他赊账的牧民。当牧民们一个个拿着崭新的钱票时，他们都对父亲竖起了大拇指。父亲赢得了他们的尊重和信任。等事情全部办完，父亲回家之前专门又去找了一趟才加扎西，递给他一叠钱，感谢他的帮助使他走出了困境。这一次才加扎西也没有客套，点点头笑着接受了父亲的慷慨。

　　那时候，有个问题一直困惑着才加扎西：父亲的收购价总是比别人高出一些，这无疑是违背了生意原则，相反，很多生意人想尽办法把价钱压低，甚至坑蒙拐骗都不鲜见。父亲只是笑着说，他在牧区做生意这么久，早就把这里当作他的第二个故乡了，自然也把牧民们当作朋友和亲人，做生意最重要的是诚信和节制，世界上的钱是挣不完的，自己足够就好，不能太贪婪。才加扎西听了点点头，说他的活佛也经常这样教导他，做个知足善良的人。

　　在牧区的十年中，父亲的生意做得很稳妥。听村里老人说，我们家的五间新式木雕花槽北房是全村第一个修建的，还有父亲那时候的坐骑——幸福牌摩托车，也是全乡没几个人有的。

　　后来，大哥已经成家立业，大姐也从学校毕业后当了老师，她是全村为数不多的几个上班族之一。看似生活一切顺当，家里的条件一年比一年好，但每每茶余饭后，父亲总觉得缺少了什么。

　　原来，他还是舍不得丢下他的那把旧猎枪。

　　于是，每年夏天，他约上几个老友，背上干粮和他的猎枪，坐着羊皮筏子渡过黄河，钻进当年砍柴讨生活的竹子山，再次追寻往日的回忆。当然，出于各种考虑，父亲和他的老友们每次从竹子山回来都是两手空空，没见带来什么猎物哪怕是一只野鸡之类的，但丝毫不影响他们去打猎的兴致。

　　特别是遇到天气晴朗的日子，他一定会去找"许乎"才加扎西、尼玛松宝他们。那时候的父亲已经说着一口流利的藏语了，行走在牧民间与大家的关系如同家人般亲切。他们在松涛间追赶着猎物，在草原上唱着藏歌跳着锅庄，有时候父亲也应邀加入赛马会，在一望无际的草原上驰骋一回。

父亲的猎枪像神话一样存在于他的生命中，也存在于我们的生活中。尽管我不喜欢打猎，但我从心底里感激父亲，他用他的猎枪温暖了我们的家庭，在那个饥饿或是物资匮乏的年代，父亲用一把旧猎枪，给我们的生活带来了很多生机与希望。是的，我们全家人都对父亲存有感激之情。

父亲的那把猎枪，父亲瞄准猎枪时的认真模样，父亲带着民兵连参加演练的场景，父亲打猎回来的自豪神情等，一切都曾在乡间留下过美丽的烙印。小时候，看着父亲扛着猎枪走出家门的背影，也一度让我感受到了男人的另一种美，我觉得父亲的美不是虚夸的，也不是消极的，而是那种扎根在生活中的朴素之美。他质朴坚韧，阳刚执着，热爱着他的生活，珍惜着他的光阴，呵护着他的家庭、他的儿女。

父亲的猎枪，陪伴了他的大半生，它在墙上、在枕头旁、在宽厚的肩膀上，成了他对待生命的诚恳和敬畏。父亲一生经历过各种苦难，却没有一次被生活所真正击败，他始终坚信，在信仰的引领下，人一定要活得充满希望，真主是不会错待一个虔诚善良的人的。这是父亲不变的真理和信条，影响了他一生，也影响我们一家子。

一切停止在猎枪消失的那一年。

对于猎枪消失的缘由，父亲一直没有跟我们讲。我只知道，那一年春，跟往常一样父亲准备去牧区，临走的前一天，他拿出了那把心爱的猎枪，看了又看，擦了又擦，像他的孩子一样温柔地抚摸着，直到深夜。

此后，家里再没有看见猎枪了。冬季，父亲回来时也只他一人，而没有看到那支猎枪。我心中一直疑惑猎枪到底去了哪里，心里也好生怀念。那晚我们围坐在火炕上，父亲只是谈他牧区的生意和见闻，像往常一样谈笑着，而我从他的眼神中看到了某种失落和遗憾。我想起父亲临走前，母亲对父亲说过乡上已经开始收缴枪支，如果发现私藏会受处罚。父亲听了没有说话，只是一遍遍地擦拭着他的猎枪。

母亲看穿了我的心思，有一次父亲不在的时候，她告诉我父亲走后她把猎枪上缴了派出所……那晚我做了个奇怪的梦，梦见父亲回到牧区的山林里，把猎枪埋在了一棵高大的松树下，然后沉默地坐在树下久久地没有离开，像是某种仪式。那是他除了故乡待的时间最长的地方。

后来我又连着做了几个梦，都是关于那把猎枪的，但梦的细节又记不得，这是我的一个缺点，我忘记梦是很快的。

五

日升日落，月圆月缺，黄河里依旧流淌着我们的岁月。

如今，我们生活的年代早已不是曾经一贫如洗的光景了，世界变化得让父亲有些眼花缭乱。每每和父亲走在街上，老人家总是埋怨怎么路上全是汽车，人都去哪里了？我笑着说我也不知道。时代发展的脚步总是太快，好多问题我们都无从回答，不是吗？但我们知道，现在已经不是猎枪的时代了，父亲最好的光阴也已像他的猎枪永远地消失了。

父亲用猎枪温暖了我们，给我们的生活植入了一种希望，还有他的老友亥力路叔叔、亚合亚、"许乎"才加扎西和他带过的民兵连，一切都构成了回忆里父亲生命中不可或缺的珍贵往事。

亚合亚叔叔去世的前一年，有一次他带我去黄河里游泳。他的水性非常好，尽管年纪大了，但在水里他利索的动作着实让我惊讶，也令我羡慕不已。游完后，我俩坐在岸边的沙滩上，他忽然谈起父亲，说他从心底里感谢父亲，是父亲一手带他去砍柴、打猎，后来又带他去牧区做生意……教会了他很多生活的技能，他一生从父亲那里学到了很多很多，父亲让他在全村人中抬起了头，人也活出了样子。

我听了不说话，面对滚滚而流的黄河水思绪万千。心里无限地怀念父亲的猎枪，那把旧旧的又油亮油亮的猎枪。

村庄依旧是那个村庄，变了季节变了人，唯独没有变的是依然悠悠升起的炊烟，还有巷间飘来的油煎葱花辣子肉的味道，那是令我一生都难忘的味道。那香味中夹杂着一幕幕往事，却都是关于父亲的：有他朴素可爱的民兵连；他端起猎枪瞄准时认真又严肃的神情；他和亥力路叔叔在河北营地林间里传出的笑声；他和"许乎"才加扎西连夜收购虫草的匆忙身影；他和亚合亚背着岩羊进村的英雄模样；也有我们一家子坐在夏夜的杏树下吃着辣子炒肉的场景……一切都是黄金岁月里的过往，像油煎葱花辣子肉的味道一样浓烈而难忘，持续了一辈子，喜欢了一辈子。

本文原载《民族文学》2021年第1期

作者简介：

奥斯曼，本名韩晓炫，撒拉族，青海省循化县人。中国作家协会会员，青海省作家协会会员，曾就读于鲁迅文学院第七期少数民族作家班、全国较少民族作家班。作品见于《民族文学》《青海湖》《青海日报》等，作品收录《少数民族文学作品集》《青海世居民族经典记录丛书》等文集。著有撒拉族首部长篇小说《前世流传的玉》。

我的姐姐我的娘

马得祥

　　姐姐对我有一份特殊的感情。在我幼年遭遇狂风暴雨的时候，她和父亲一道用全部的爱为我遮风挡雨，给我撑起一片快乐的童年。大姐是我童年的摇篮，是我生命的阳光雨露。

　　我四岁那年母亲病故，不久之后父亲动了一次手术摘除了左肾。从此家庭的重担压在刚刚懂事的姐姐稚嫩的肩上。一个十二三岁的小姑娘挑起一个大家庭的重担，生活的艰难可想而知。我依稀记得母亲去世那天，姐姐哭得撕心裂肺，抱着我让我看看母亲的脸，让我在幼小的心灵记住母亲慈祥的脸。这是我最后一次看母亲的脸。可我记得的却是姐姐痛彻心扉的样子，至今印在脑海中如海水中的磐石一样无法忘怀。从那以后，姐姐便担当起照料我的重任，替母亲尽她未了的心愿。把她全部的爱和心血倾注在我身上，让我在风雨飘摇中快乐成长，以至于我的童年没有缺少伟大的母爱。

　　从痛失母亲的悲痛中走出来，姐姐顽强地担起了家庭的重担。白天他跟着大人们去劳动，回家洗衣做饭。晚上把我搂在怀里哄我入睡。她给我们几个年幼的姐弟讲故事，教歌谣，让我们渐渐忘记丧失母亲的痛苦。姐姐讲故事很有趣，我们常常听完了一个嚷着她再讲一个。《都生大木生》《阿姑尕拉吉》等，每晚必讲，百听不厌。渐渐地我也会讲了。每当月明星稀的夏夜里，吃过晚饭，姐姐就抱着我在院子里席地而坐，给我们唱古老的歌谣，讲动人的故事。我倚在姐姐怀里望着皎洁的月光，伴随着家乡的蛙声渐渐入睡。

为了一家人的生计，大姐十二三岁就去参加劳动。冬天天不亮，姐姐就背着一个背箓跟着大人们去背粪土。在劳动的人群里姐姐最小。她被装满粪土的背箓压弯了腰。她努力地向前倾，鼻尖几乎要挨着脚尖了。有时脚下稍有不慎，她便摔倒了，粪土撒得满身都是，好心的叔叔阿姨们将她扶起来，帮她拍掉撒在身上的粪土，她又重新背起背箓继续前进。姐姐肩上起了泡，可她从不叫痛，父亲含着泪用布包上棉花缠在背箓带上。就这样姐姐背着我们一家的希望跌跌撞撞地向着明天一步步挺进。夏天，姐姐去地里拔草，起初她分不清野麦和庄稼，善良的邻居大婶们就教她。姐姐很聪明，别人一教她就会。姐姐也很懂事，对邻居们敬如亲人。夏日的太阳火辣辣的，可姐姐总是最后一个回家，童真的脸被晒得紫红，回到家来不及休息，洗洗手就又忙着做饭。姐姐做的每一顿饭如今都香喷喷地飘在我的心间。

至今我清晰地记得，那一年风调雨顺，村里的庄稼丰收了。人们喜气洋洋，沉浸在丰收的喜悦之中。为了表彰生产积极分子，村里开大会。开会那天，全村男女老少都来到清真寺的大院里。高音喇叭播放着激奋人心的《南泥湾》："花篮地花儿香，听我来唱一唱……"我们在人群里钻来钻去捉迷藏。等到队长宣布受表彰的人员名单的时候，全场一片寂静。人们屏住呼吸，紧张地听着。我的心也怦怦直跳。我从人群中偷偷看着姐姐，姐姐咬着下唇，紧绷着涨红的脸。看样子挺紧张的。当队长念到"索菲娅"三个字时，姐姐的脸一下子充满了笑容，带着少女的羞涩，如同满天的飞霞一样灿烂。姐姐迫不及待地跑向立在会场中央的装满粮食的袋子，选中其中一袋，然后拿出一条早已准备好的细绳，把原本已扎好口子的粮食袋子口认真地缠了又缠，扎了又扎，恐怕一粒粮食掉下来。受表彰的人员中姐姐年纪最小。会后人们渐渐散去。姐姐背起她劳动得来的一袋奖品，弯着腰走在人群中。我跟在姐姐身后，如同凯旋的战士一样，我高傲地看着同伴们，神气十足。年少的姐姐身体单薄，可她背起那一袋粮食健步如飞，回到家里姐姐把那一袋粮食放在院子中央，我们一家人围着那一袋粮食兴高采烈，如同逢年过节一样。父亲脸上充满了笑容，脸上的笑容似乎更深了，原本高而尖的鼻子显得更加立体了。

　　姐姐一生很勤劳，为了改善家里的生活条件，她又学会了养鸡。我如今都清晰地记得她养的鸡第一次下蛋的情形。那天一只母鸡"咯咯咯"地叫着，姐姐知道那只母鸡下蛋了，就带我去找。我们先在鸡窝里找，没有，又在草堆里找，还是没找到，最后发现母鸡在炕洞里下蛋了。我和姐姐高兴地叫起来了。可是炕洞很深，姐姐没法拿出来。于是姐姐就让我爬进去拿。我高兴地爬进去了。可是里面很黑，什么也看不见。我就用手乱摸，这一下把炕洞里的灰全都扬起来了，呛得我又是咳嗽又是流泪。可这一切阻挡不了我收获的喜悦。我终于摸到了鸡蛋，小心地拿在手里往后退。那刚下的蛋热乎乎的，都暖到心里头去了。我爬出来后交到姐姐手里，姐姐捧着自己养的鸡下的第一个蛋乐滋滋的。姐姐说趁哥哥他们不在给我炒着吃，我一蹦一跳地跟在姐姐后面跑进厨房。姐姐先在灶台上点起一把麦草，把一个铁勺烧热，然后用抹布擦一下，再倒点油，等油冒烟的时候把油勺放在灶台上，让我用手扶着勺把，然后姐姐小心地把鸡蛋打在油勺里。鸡蛋在油勺里冒着泡"呲呲"地响着，散发出诱人的香味，弄得我直流口水。蛋清变白了，圆的。蛋黄在中心，也是圆的，看起来像一朵白瓣黄蕊的莲花。姐姐把鸡蛋翻了个身，又炸了一会，鸡蛋炒熟了。姐姐把炒好的鸡蛋放在一个碟子里，然后用筷子弄成一小块一小块的，夹起来用嘴吹一吹，然后又用嘴唇试一下鸡蛋烫不烫，确定不烫才喂我吃。我津津有味地吃着姐姐亲手为我炒的鸡蛋，心里美滋滋的。我让姐姐吃一口，她却不肯吃。我这一生再也没吃过那么香的鸡蛋。

　　由于生活所迫，小小年纪的姐姐竟然学会了做衣服。我们姐弟几个穿的衣服都是姐姐亲手做的。姐姐一有时间就给我们缝补衣服。姐姐总是在春花烂漫时就把夏衣做好，而第一枚秋叶飘落时就已做好了冬衣然后藏起来。我们总能按时穿上换季的衣服。我穿的衣服几乎都是大人的衣服改小的，但穿起来合身而暖和。小时候我很调皮，裤子破得最快。所以姐姐做裤子时先把裤腿膝盖和屁股打好补丁，等到补丁破了，就把补丁剪下来。这一下可热闹了，补丁下面部分看起来是新的，而四周褪了色，就像是一个初嫁的新娘站在一个老太婆面前一样。

姐姐给我做的最多的应该是鞋子。由于贪玩，鞋子破得很快。一不小心，脚趾露出来，就像出洞前的老鼠探视外界的敌情一样。所以姐姐总是不停地给我做鞋子。做鞋子之前姐姐先得搓麻线。姐姐搓麻线很在行，她先拿来一团乱麻，然后坐在地上，露出右小腿背，左手均匀地放麻，而用右手心一下一下地在右腿背上搓。左手放麻右手搓，不一会儿工夫就把一团乱麻搓成麻线。姐姐搓的麻线粗细均匀。姐姐有时间就给我做千层底布鞋，千层底就得一针一线地纳，要花不少功夫。姐姐纳千层底的针脚均匀而且非常整齐，邻居们见了常常夸她，每当这时姐姐非常兴奋。鞋子做好之后，为了穿着舒服而且美观，还要完成最后一道工序——打楦头。姐姐先找来楦头，把新鞋弄湿，然后把楦头塞进鞋子里，又把楦跟安在鞋跟部位，最后再在楦头和楦跟之间打紧木楔，这样鞋子绷得很紧而且很好看。接着就放在太阳底下晒，等晒干了就可以穿了。如果农忙没时间，姐姐就给我做塑料底鞋子。鞋子做好之后为了不让鞋底磨破，姐姐又用旧的塑料鞋底给新鞋底补一层。姐姐先把旧鞋底按照鞋的大小剪成前后两片，然后在做饭的时候把一把铁铲烧红，再用左手把剪好的旧鞋底和新鞋底夹在一起，把烧红的铁铲插进两层鞋底间又慢慢抽出来，一股刺鼻的黑烟腾起来，熏得姐姐直流眼泪，可姐姐皱着眉头不吭声。如此的两三回就做好了。姐姐让我脱下露了脚趾的鞋，穿上新鞋，脚底下热乎乎的，一股暖流传遍全身。姐姐做的无数双鞋，让我在人生的道路上一步步前行，从未摔过跤。

姐姐渐渐长大，到了农村女孩出嫁的时候了。没有妈妈的姐姐自己准备着嫁妆。姐姐先请人做了一对木箱，然后又请油漆工刷了漆。刷成了枣红色，又画了荷花，还有蝴蝶停在上面，栩栩如生。在我童年的记忆中，姐姐的那一对箱子是世界上最美的箱子，无论我到谁家总爱拿人家的木箱跟姐姐的比，觉得只有姐姐的箱子最美。

姐姐出嫁那天，我家充满了欢乐的气氛。我和哥哥奔走相告，告诉小伙伴们我姐姐要出嫁了。临行时姐姐抱着我放声大哭，她哭喊着妈妈，诉说着没有妈妈嫁女儿的悲戚，诉说着她走后没人照顾年幼的我的担忧。来送行的邻居阿姨们也哭着安慰她，说一切都有安排，并以美好的语言祝福姐姐婚姻幸福美满。姐姐嫁给了同村的，姐夫他人挺善良的，是个大学生，对姐姐很好，

—33—

对我们更是疼爱有加，像一位慈祥的父亲。记得他们结婚那天，姐夫给全村的人包了一场电影，是一部巴基斯坦影片《永恒的爱情》，那是姐夫对美满婚姻的美好向往。的确，婚后他们一直很恩爱，姐姐操持家务，姐夫在县城上班，过着幸福美满的生活。

姐姐出嫁后，我也上学了，我们之间又多了一份牵挂。我每天放学回家，总能见到姐姐来看我。姐姐见到我就抱起我亲亲我的脸，然后问我饿没饿，又问我有人欺负我了没有。如果我回到家见不到姐姐的身影，便立即放下书包飞向姐姐家。有时姐姐去地里劳动回来晚，我就到地里去找她。要是我哪一天见不到姐姐，我会疯了一样。

在我的人生遭遇不幸的时候，姐姐用她全部的爱如同护花一样护住了我的童年，让我在暴风雨中没有被摧毁，让童年灿烂的阳光同样照在我的心田。我的童年缺少了母亲的身影，却从未缺少过母爱。我的童年与别人不一样，因为别人多了一位母亲的身躯，而我却过早地失去了母亲。然而我的童年与别人同样快乐，因为我的童年同样充满着母爱。

姐姐的爱是哺育我成长的母爱，姐姐的怀抱是我童年充满阳光的摇篮。

我的姐姐我的娘。

作者简介：

马得祥，循化县作家协会会员，喜欢阅读，喜欢用文字表达内心情感。

小小病号

马晓娟

晚上9点，医院眼科大楼七楼九号病房里新来了一位小病人。小病人是个四岁的女孩。女孩的左侧眼睑长了个囊肿，母亲发现肿块是在半年前，那时候只有米粒大小，现在越来越大而且生长速度越来越快，肿块压迫视神经，已经影响到孩子的视力，在当地做了简单的检查后被告知必须要赶紧做手术。

小病号被连夜送到了市医院，大概因为是夜里，医院又没有空床，孩子就被安置在病房过道的加床上。眼科大楼的病房里基本都是中老年病人，而小女孩是病区所有病人及医生护士口中的"小小病号"。留下来陪她的只有她的母亲。

第二天的检查结果跟之前一样，除此之外，更冰冷的现实摆在了眼前。

"左侧上眼睑有一 1.7×1.2cm 囊实性包块，形状不规则，边界欠清晰，考虑占位性病变，待进一步检查。"

囊肿严重压迫神经，孩子已经出现了斜视，手术切除是目前最有效的治疗方法，但术后视力能不能恢复犹未可知。

"什么是占位性病变？"

"手术切下来的病理组织要去做病检,结果是良性就好说,你也不用再担心了,如果是恶性……你别太担心,一切做完手术,等病检结果出来再说。"

"什么意思?"母亲着急得快要哭出来。

"通俗来说就是癌,不过也只是可能,病检结果出来才能确诊。"医生的一番话让这位母亲陷入慌乱中,她几乎狂怒着:"怎么可能,我孩子还那么小,怎么可能得癌?"

在此之前她从来都没有想过自己的孩子跟"癌"有一丝一毫的关系。此时的小女孩还在跟病区的叔叔阿姨、爷爷奶奶们玩躲猫猫,看她活泼可爱的样子,像是天空中自由飞翔的鸟儿,开心的样子仿佛能化解世间所有忧愁。

母亲看着孩子那么开心,两行热泪顺着脸颊流下来,她多么希望自己的孩子永远都像现在这般快乐,多么希望那个病号能换成自己。

"妈妈,你怎么哭了?"伸出小手拭去母亲脸上的泪水,小脸贴着母亲。

"妈妈没哭,宝贝长大了,妈妈这是高兴呢!"母亲把孩子抱得更紧,泪水却更加汹涌。

深夜等孩子睡着,这位母亲来到空荡荡的走廊里,一遍又一遍回想白天医生的话,陷入一阵又一阵的沉思中,她不知道该干什么,翻遍了通讯录却不知道该打给谁,她想给自己的母亲打电话,可是拨出去的瞬间又点了取消,凌晨三点,她不想让老母亲担心。谁都知道"恶性"意味着什么,原本只是担心手术风险及预后恢复,却怎么也没想到跟"癌"扯上关系。那一个晚上她都没有合眼,好像这一切都是一场梦,又或是世界跟她开了一个玩笑,脑子里两个小人在打架,一个小人说没事,说不定病检结果是良性的呢,另一个小人说你完了,你的孩子完了……

夜晚,病房的走廊显得格外安静,夜也显得格外漫长。面对窗外漫漫天际,孤独又单薄的肩膀使劲在颤抖,她不知道自己能做些什么,不停地搓着手,却早已哭成了泪人,泪水打湿了整个衣领。值班的护士看到,过来好心安慰一番又走了。

小小病号的手术被安排在第三天下午3点,因为孩子太小,也因为害怕不配合,只能选择全麻,麻醉师早早就到病房给女孩打了麻醉,护士将小女孩抱进了手术室……

手术室门口一片死寂，很多家属都在焦灼地等待，女孩母亲的神色显得尤为凝重，坐在角落的椅子上，各种念头闪过脑海，紧咬着嘴唇，双手抱拳，一遍遍地祈祷……

手术室的门一次次被打开，平车陆续推出几位病人。下午5点17分，手术室的门缓缓打开，"马米娜家属！"护士大声喊道，母亲连忙赶到跟前，心都跳到嗓子眼了，屏住呼吸等待着。

"这是切下来的组织。"护士将一个装有标本的密封袋晃到眼前，只见一枚大豆粒大小的黄白色组织就那样安静地躺在透明袋里，她双手捧上去想看个究竟，还没看清楚就被护士顺手拿走。

"标本要去做病理检验。"边说着边往里走，手术室的感应门缓缓关闭，等她突然意识过来，想问问孩子情况，门已经关上了。

安静的等候厅，死气沉沉的氛围，让她感到窒息。时间一分一秒地走，这位母亲在一分一秒的煎熬。不知过了多久，手术室的门又开了，手术结束。时间显示下午5点28分。

"手术很成功，病人已转到复苏室，醒来就会由专人送回病房，你们放心回病房等吧。"

主刀医生简单交代了情况就离开了。

环顾四周，发现身边空无一人，手术室门口只剩下这位母亲，此时她再也坐不住了，回想着是不是那个小小的鲜活生命在自己体内孕育之时，就已经被某个不良的习惯或情绪埋下了种子。孤独的身影在空旷的等候厅里颤抖，不知是痛苦还是痛哭，心情一片悲痛。她一会儿坐着，一会儿踱步，一会儿又贴着那无情的手术室门缝听里面的动静，眉宇间那深得不能再深的愁绪在一缕缕加深。白皙的脸上一对柳叶眉蹙得越来越紧，猝不及防的意外使她的人格坍塌了，沉重的现实击得她几乎窒息，柔弱的肩膀承受着无力承受之重，滚烫的泪水划过脸颊的下一秒却是冰冷冷的一片，像是要凝结起来。

又不知过了多久，孩子终于被平车推出来，煞白的小脸，没有一丝血色，输液管、氧气管、监护仪，各种管子连接在女儿身体的各个部位，躺在床上一动不动。左眼用纱布覆盖着，右眼紧闭，嘴唇干裂，渗出的一丝血迹也都凝固在小小的唇角。

从手术室到病房,那段路显得很长很长,穿过了很多道门,她拉着她的小手,内心只想了一句:"你若走,妈妈陪你。"

"妈妈……"微弱的声音小得几乎听不到。

"妈妈在呢,宝贝别怕,妈妈在呢。"母亲一直用自己的大手握着孩子的小手,眼泪再次决堤……

病房里,人们小声议论着,那位母亲伏在孩子的身边,眼睛一眨也不眨地盯着孩子的脸。

深夜10点,麻醉的药效一点点散去。

"妈妈,护士姐姐说我过几天就好了,是不是?"

"是!"母亲的脸上竟然挂着慈爱的笑,这次她没流泪,好像很轻松的样子。

"妈妈,那要过几天?"孩子的声音很小。

"用不了几天,孩子。"

突然,母亲好像意识到了什么,不顾孩子的追问,起身就往外跑,从手术结束到现在孩子的右眼没有睁开过。值班大夫随口说道:"我不清楚手术细节,明天你找主管医生了解情况吧。"

母亲拖着沉重又无助的步伐回到病房,再次将脸贴在孩子的小脸上。孩子没有说话,眼泪流了出来。

过了一会儿,孩子说:"妈妈,我疼!"

母亲弯下身子,把自己的脸贴在孩子的小脸上,用自己的脸擦干孩子的泪水。当她抬起头的时候脸上依然挂着那种轻松的慈爱的笑:"宝贝乖,叔叔阿姨们都睡了,咱不吵醒他们,妈妈给你讲故事好吗?"孩子点点头,眼泪还是不停地流下来。

母亲讲的故事很简单:大森林里的动物们都来给大象过生日。它们各自都给大象送了珍贵的礼物,只有贫穷的小山羊羞怯地讲了一个笑话,大象却说,小山羊给大家带来了欢乐,它的礼物是最值得珍惜的。

不知道母亲为什么选了这样一个故事。孩子一边用手抹眼泪,一边高兴地说:"妈妈,它们有蛋糕吗?我过生日的时候你是不是也会给我买最大的蛋糕?"

"当然要买蛋糕,等你好了,出院的时候我们就一起去买蛋糕。"母亲的声音那样轻快,孩子嘴角微微上扬,露出可爱的小虎牙。

"妈妈，再讲一遍。"于是，母亲就一遍一遍地讲下去，她的手一直握着孩子的小手，脸上依然挂着宁静的笑。

女孩终于忍不住了，眼泪再次流下来："妈妈，我很疼！"并轻声哼起来。母亲一边给孩子擦眼泪一边问："你想大声哭吗？"孩子点点头。病房却是出奇地安静，不知道大家是不是都睡了。那时已经是凌晨1点多了。

"让妈妈陪你一起疼好吗？"孩子点点头又摇摇头。母亲把自己的手放在女孩的唇边说："疼，你就咬住妈妈的手。"孩子咬住了母亲的手，可是眼泪还是不停地流。

后来，孩子终于睡着了，脸上还挂着泪水，母亲这时却是泪流满面。

凌晨3点的时候，孩子就从梦中疼醒了，她叫了一声"妈妈"就轻轻地抽泣起来。母亲忽然没了言语，她不知所措了，嘴里只是轻轻地叫着："我的孩子！"

"孩子要哭，你就让她大声地哭吧。"一个声音在房间里响起。

"孩子你哭吧！"

"让她哭吧！"房间里的人竟然都是醒着的。

母亲看着孩子的脸说："想哭就哭吧，好孩子。"

"妈妈，叔叔阿姨们都不睡了吗？"孩子哽咽着问，眼泪浸湿了她的头发，小脸干净的像个天使。

病房里能走动的人都来到了孩子的跟前，一名40岁左右的陪护妇女拿起一颗草莓："吃个草莓吧，小宝贝，吃了草莓，你就不疼了。"说着眼泪滚落在孩子的脸上，那女人更止不住地哭起来："我从来没见过这么懂事的孩子……"

那一夜，大家都没有再睡，大家都被感动着，被那孩子感动着，被那孩子的母亲感动着。

天空开始慢慢泛起亮光，楼道里响起护士通知病人抽血的声音，小小病号在母亲怀里渐渐睡去……

作者简介：

马晓娟，青海省循化县人。

清水湾的金色沙滩

韩原林

长久以来,清水湾真实地将母亲般宽广的胸怀留给了一代代生活在这片土地上的人们。在乡土、风雨、村巷和炊烟中,驻留内心深处的是你不老的容颜,是你承载的古老传统故事和不老的岁月之歌。

或许某一天,为了一个美丽的约会,你我幸福地走向清水湾金色沙滩极致的美丽,牵手循化十里风情画廊千年不老的风景。

一

艾撒从门口最后一次看到哈丽黛的时候,天空中的云彩正在淡去应有的色彩,炊烟弥漫了整个村庄。她坐在一张细致的仿古式古雕椅上,一张俊俏的脸上有着端庄却难以冲出迷茫的哀伤。

艾撒想着心事,泪水顺着脸颊流了下来。眼看着哈丽黛被别人娶走,从未有过的屈辱感滋生出来,像一块巨大的岩石压在心上,痛彻心扉。

几天下来,艾撒变得憔悴,如路边缺水的花朵蔫弱无力。他抬头看到深秋的一片片叶子正从树顶上飘落下来，落在那破败的院墙上。

艾莎奶奶的眼里含着泪花，瘦瘦的脸上沟壑纵横，白色的盖头掩盖住满头的白发，不时有几根白色的头发从盖头边缘出来，更显得苍老。

"孩子，不用担心，有奶奶在，就没事，我这身子骨强着呢。你长大了，长得像你的父亲一样，壮实，实心眼。你父亲要不是发生意外，第二年就当上伐木队的队长了，做人也好，做事也好，要做你父亲那样的人。"奶奶的眼圈红了，用袖口轻轻擦拭泪痕。

艾撒心里酸酸的，眼泪在眼眶里直打转。

又有几片枯叶飘下来，落在地上。

二

关于父亲，艾撒记不清模样，但父亲在他的心底是那么伟大，心中的分量是那么重。清水湾的那片金色沙滩就是父亲一点一点开垦出来，栽上各种果树的。

七岁那年，去远方做伐木活的父亲突然被运回来，静静地躺着一动不动。他看到奶奶和妈妈默默地伤心。

他听到别的小孩轻声说："艾撒的爸爸死了……"他看着像睡觉的爸爸突然感到害怕，不敢看被单下静静躺着的爸爸。他大声哭起来，显得惊慌。

艾撒被奶奶紧紧地抱在怀里，他看到院中忙碌的人们，静静站立的人们，心想："爸爸死了！"然后看到阿訇给爸爸洗浴，穿上卡凡，被众人抬走。他拉紧了奶奶哭喊着："爸爸被抬走了。"

"孩子，你也去吧，送送爸爸。"

看着奶奶痛苦地挣扎着往外扑，众人抬着爸爸往外涌动。艾撒很快被人群淹没，不知是谁拎着他的手顺着人流来到了坟园。

坟园里挤满了送葬的人们。

几千人的队伍这一刻庄严肃穆，默默为亡人祈祷。

他看到人们把爸爸抬到坟坑边，抬下去，然后送土块送和好的泥，随后尘土像烟一样飞扬起来，最后堆起了一个土堆……

三

　　艾撒今年十八岁，父母早早离开了人世，他是被艾莎奶奶一手拉扯长大的。艾撒是奶奶的命根子，看着他一天天长大，心里的分量自然不得了，给艾撒说媳妇也成了头等大事，而他最中意的当然要数哈丽黛了。

　　这件事艾莎奶奶和艾米奶奶两个老人私下里商量过，这虽然似乎不合时下习俗，但两个老人亲密的程度，使这件事顺理成章。

　　艾米奶奶曾动情地说自己快入土了，把孙女哈丽黛嫁给艾撒，那么就可以安心瞑目了。那时艾米奶奶常这样说着，眼里就开始闪着泪花。

　　可是艾米奶奶却不等大家张罗这件事就离开了人世。哈丽黛和艾撒从小一块儿玩耍也罢，长大也罢，青梅竹马也罢，却有人已经开始撼动他们未来的幸福。

　　那一弯微蓝的新月发出温馨的光芒，星星开始像田野里的花朵一样轻轻地在晚风中摇曳。

　　晚风轻轻擦过两个人粉嫩的脸，柔柔的，像飘着花香。幸福的泪水从她那粉嫩的脸上滚落下来，浸湿了手中的花瓣。

　　而此刻，哈丽黛的母亲却高兴地从家里招呼着把媒人送出来，对着远处的积石川微笑，那是一个多么富足的家庭啊！而艾撒呢，和奶奶相依为命，虽然说包产到户后他爸拼着命开垦了金色沙滩，种上了果树，养了几十只山羊，虽说不穷，但他妈妈不是干活累死的吗？

四

　　艾莎奶奶整日整日得忙碌着，把家里的一切打扫得干干净净。她不愁钱，除了她平时的积蓄之外，家里的羊也不少，其他的更不用说了。

　　艾撒心灵手巧，家里的泥瓦活他都能干。他的羊越来越多，从二十只发展到三十只，由三十多只发展到四十多只，就这样快接近一百只了。因此，年轻轻的艾撒在清水湾的阿什匠村里可以说是个不小的人物。

　　终于有一天，艾撒和奶奶得知哈丽黛要嫁给别人的消息后，艾莎奶奶脸色苍白，硬生生地坐在了地上，不久又站起来，拍了拍艾撒的肩膀，轻轻地说："孩子，这丫头命苦啊！走，和奶奶一起看看咱家的金色沙滩。"

五

艾撒这几天一直在金色沙滩忙碌，把受伤的心，被伤害了的自尊全部倾注到这片果苗茂盛的土地上。时间的确是一剂良药，曾经偷偷地哭过伤心过，但他很快恢复了自信，每天把羊赶上山以后就很少出门，收拾家里的鸡舍羊圈，忙里忙外忙个不停，没过几天把家里的活全部收拾停当。

这时，艾撒想到远在新疆的舅舅，便有了出门的念头，想去看看他们。艾撒犹豫不定，但经过几天的深思熟虑后把想法告诉了奶奶。奶奶默默地听着，脸上显出苍老与无奈，用袖子擦了一把泪，便答应了，然后慢慢起身走出上房，走进了厨房，眼泪汹涌而出，这也许是她唯一容忍自己哭泣的地方。

六

清水湾的深秋变得素淡宁静。黄河静静地流淌，山被淡雾包裹。这美景让艾撒流连忘返。

艾撒准备出门期间，去看过很多地方，他突然发现自己生活的地方真美，马儿坡吊桥，清水河的石头，阿什匠的排筏，石巷集镇，还有清水湾的黄河。

一向湍急的黄河在清水湾显得柔和、宁静，却又不失其原有的粗犷、丰富。群山、沟壑、村落、沙滩、树木、天空远近高低，错落有致，巧妙搭配中构成了一幅雍容、阔达、壮美而绝佳的美景，是那么的让人留恋。

奶奶指着清水湾下游的一处水域，深情叙述当年和爷爷帮助解放军的故事：当年，解放循化的时候，解放军的一艘抢渡船，在伊玛目渡口失去控制，顺流而下，漂流十多里，船上的一百六十名战士处境危险极了。当时你爷爷跳进湍急的水流中，给船绑上绳子，合力把船拉上了岸，船上所有人都获救了。当时的司令员叫王震，被你爷爷他们感动了，留下了一面三角形的锦旗和一个镜框，上面分别写着"英雄救英雄"和"奋勇救船，全村光荣"的十

—43—

几个大字,这让我们阿什匠村光荣着哩。可惜这锦旗和镜框在"文化大革命"中到处借用展览,最后弄丢了。那时的阿什匠村可荣耀着呢,领导来过的还不少呢。

艾撒没想到自己的爷爷奶奶竟然和解放军有这么一段故事,这的确让自己心潮澎湃。

是啊,七十多年了,阿什匠村从土屋矮墙的时代经受历史风雨的洗礼,从生产队到包产到户,从包产到户到改革开放,发展了多少,改变了多少。土墙变成了砖墙,土屋变成砖房又变成楼房。

七

艾撒去过了白庄集市,街子三岔。他特意去了趟撒拉族的"圣地"骆驼泉。从街子三岔到骆驼泉不远,艾撒骑着自行车到来时,正好赶上响礼时间,他洗了小净,抬头看街子寺,这是撒拉族的祖寺,几经翻修,宏伟壮观。

街子寺东边是撒拉族祖先尕日莽和阿合莽的墓,一棵参天大树遮住了半边天,肃穆宁静。

艾撒心潮难以平静。撒拉族多少年的风雨历程在这里悄然印证,出沧桑却充满活力。

骆驼泉流淌着,艾撒忍不住捧一口水喝,泉水凉凉的,从嘴里滑到心底。白骆驼边是一片宽阔的水池,水中长着许多水草,油油的,旁边穿梭着许多小鱼。那亭子也好看,像清真寺的唤礼塔顶端那一层,也可以坐下来休息。

艾撒不由感叹:"这骆驼是撒拉人的命根子啊。如果没有这骆驼化作白骆驼,我们的祖先会走向哪里?"

街子清真大寺还有一件稀世宝藏。当年尕日莽兄弟带领族人东迁时带来的《古兰经》手抄本,据说全世界仅存三部。艾撒知道,今天无法目睹这稀世珍宝。

当艾撒从伊玛目大桥回到阿什匠村时,天快黑了。炊烟弥漫在村庄上空,空气里飘着诱人的味道。

"奶奶,我回来了。"艾撒支好自行车,往屋里走。

"快吃饭吧,奶奶正等着你呢!"

艾撒看到奶奶已把饭端上了桌,便拿起筷子狼吞虎咽地吃。

"奶奶,你也吃吧。"

……

艾撒把一天的见闻说给奶奶听,奶奶听得很饶有兴趣。自从艾撒父亲去世后,奶奶几乎再没出过远门。听着艾撒的见闻,奶奶特别高兴。

"奶奶,哪一天我们再去。"

"再去,好,好。看胡大的口唤啊。"奶奶慈爱地说,摸了一下艾撒的头。

八

深秋的乡村并不宁静,阿什匠村也一样。人们议论了很长一段时间,艾撒结婚这件事渐渐平静下来。

"艾撒要去新疆了。"这一天,阿什匠村又有了一个新闻。

十月深秋的天气开始变凉,大地开始脱去五颜六色的盛装。

艾撒在离家之前整整忙碌了五天时间。他把奶奶的衣食起居安排妥当,家里家外的琐事办妥了,才准备起自己的行装。

"孩子,多带点衣服,天开始变冷了。"奶奶又拿出一个布包,"这是新炸的馓子和炒面,还有你吃饭的碗筷茶杯。"

"奶奶,不用这么多。"

"路上一定要小心,多问问怎么走,坐车要小心。"奶奶说。

"到了你舅那儿,一定要听你舅的话,好好干,不要惹事。"

"记住了,奶奶。"艾撒点点头。

"哦,一定要记住你克里木舅舅住的地方问问人家就知道的,那里的人们都很热情……"

艾撒使劲点着头,泪在眼眶里打转,不让眼泪流下来。

早晨的阳光暖暖地照在大地上。艾撒觉得这个早晨特别美。

奶奶送他到车站,艾撒上了去省城的班车时,奶奶从兜里拿出一个小包,塞给艾撒。

"奶奶,我觉得够用,你自己拿着。"

"拿着，路上花，到了捎个信来。"

九

寒来暑往，时间一天天过去。庄子里的男子纷纷出门，到秋天的时候又回来。

人们不禁担心起艾莎奶奶过的是啥样悲惨的生活。

其实，艾撒早安排好了的。把地租给了邻居，秋天只收一点粮食。家里的羊全部卖了，艾莎奶奶富裕着哩。家里还养着几十只鸡，鸡蛋够艾莎奶奶花销。再说她老人家按时礼拜，按时吃饭，身子骨强着呢。

艾莎奶奶的衣着也是干净利落。白色的盖头，黑色的长裙袍，黑鞋，精神得很呢。

她每天念着艾撒。看到来信时是他走后的二十天。信写得很简单，他说："我到舅舅家了，舅舅待我特别好，在我一再要求下，在一家农场找到了活，活不重，请奶奶放心。秋后准备回家。"

艾莎奶奶不再担心艾撒，但每天都会在墙上画一个道道，算着艾撒回家的日子。

人们见到艾莎奶奶就会习惯地问起艾撒。艾莎奶奶总是自豪地说："这娃聪明，像他爸那样肯吃苦。在新疆有他舅，有活干，不用担心呢。"

艾莎奶奶的喜悦感染到了询问的人，那人叹口气，摇摇头说："可惜了哈丽黛这姑娘，她娘看中的就是钱呢。"

十

"一年过去了。"奶奶在墙上画了一道，"快回来了吧"。

在灯光下奶奶给艾撒绣枕头呢。她老人家眼神不错。已经绣了两个枕头，图案鲜活，梅花、蝴蝶，还绣了一对鸳鸯呢！那是奶奶看了日历上的图画剪下来，照着画，精心绣出来的。

秋天，树叶红了。院中的那棵树上挂满了果实，黄中透红，绽露于枝叶间，探出一个个可爱的小脸蛋。

艾莎奶奶摘一大盘果子，放到树下的桌子上放好，又起身准备给自己倒杯水。

"奶奶——"

艾莎奶奶继续走，她正纳闷，是不是耳朵听错了。

"奶奶。"艾撒回来了，正大包小包地提呢。旁边站着一个姑娘也甜甜地叫了声："奶奶。"

艾莎奶奶不敢相信自己的耳朵眼睛，惊呆了。等奶奶回过神来，艾撒早已拉住奶奶的手。

艾莎奶奶笑了。眼泪却顺着脸流下来。

"奶奶，这是阿古丽，你孙儿的媳妇，给你带回来了。"

艾莎奶奶还是不敢相信自己的眼睛和耳朵，欢喜地抚摸了一下艾撒的脸，又抚摸了一下阿古丽的脸。脸上笑着，眼泪却不受控制在灿烂的脸上肆意流淌。

这姑娘俊俏极了，乌黑头发，身着一身合体的长裙，短靴。皮肤白白净净的，眼里含着羞怯。

奶奶一看欢喜的不得了，一把拉住她的手，便捡一个最好的果子给她吃。

"奶奶，你也吃！"

"吃吧，来。"奶奶又递给艾撒一个大的，"来，咱们一起吃。"

十一

十月的阿什匠村一向是平静的。阳光暖暖的照过人们的脸，人们幸福的谈论着今年的收成。在广场健身器材前新修成的那一排凳子上，人们又有了一个新闻。

"艾撒领着个新疆媳妇回来啦，美若天仙呢！"

此刻，阿什匠村沸腾起来了。

刚开始，小孩子们三五成群的来看，阿古丽拿出带来的糖果分给他们，后来媳妇们也争着来看，阿古丽羞涩地跟她们打招呼。

"艾撒本事大，带来的姑娘多美啊！"人们纷纷称赞。村头巷尾人们都在谈论艾撒。艾撒穿着的一套西服更引起了人们的羡慕和称赞。

一时间，人们反而纷纷讥讽那些还没结婚的男青年，他们羞得不敢露面呢！他们悄悄找到艾撒，要他给自己介绍媳妇呢。

"艾撒大哥，你的阿古丽有没有妹妹呀？介绍给我呗。"

十二

遇见是一件多么重要的事啊！

缘分也好，命中注定也罢，当艾撒第一次看到阿古丽时，心"扑通"地跳了几下，脑门有点发闷。

阿古丽正在田野里摘了一篮子菜回来，穿着一袭淡绿的长裙，耳边插着一朵鲜花，边走边弯腰采摘草丛里的花朵，手里的野花散发着淡淡的清香。

看见艾撒正看着自己，便羞红了脸，飞快了往家里跑去。

夕阳拖长了阿古丽长长的、跳动的影子，空气里充满香味。艾撒心动了，痴痴地看着她。

一边忙碌的克里木舅舅刚好看到一这一幕，大声哼着小调，愉快地回去了。

空气里弥漫着淡淡的清香，阿古丽倒也开朗，见面时的羞涩没有了，倒显得落落大方。

"阿古丽，你嫁给艾撒算啦！"

"哦，让他做女婿，这小伙不错嘛。"性格豪爽的克里木舅舅常常大声地对阿古丽的父母说。

艾撒给奶奶叙述这些事情的时候，艾莎奶奶疼爱地抚摸着阿古丽的头发，欢喜地流下眼泪。

艾莎奶奶拿出自己精心绣的一对绣花枕头给阿古丽，又拿出一对银质的手镯给阿古丽戴上。

十三

艾莎奶奶开始准备艾撒的宴席，她幸福地忙碌着，召集了亲戚党家，宰牛宰羊，炸馓子，置办干果，一时间家里忙起来，热闹起来。

金色的十月是个忙碌的季节。

艾撒的党家和孔木散都来了。鞭炮零零散散地响着，孩子们欢喜地跳着笑着，他们要一睹美丽的新娘。

门口挤满了男女老少，因为情况不同，今天的迎新娘仪式不用轿车，在众人的吆喝下演绎一场过去热闹的婚俗场面。

艾撒的叔父被众人簇拥下反穿了皮袄，戴上萝卜做的眼镜、小红辣子做成的耳环和高高的纸帽，背上木头枪，装扮一新推上前来，逗得男女老少笑得前仰后合。众人不知从哪里牵来一头牛，然后他骑到牛背上，吆喝着那牛东蹿西跳……

院子中间，一个胡子花白的老人清了清嗓子，讲述的故事从尕日莽阿和莽东迁的历史开始，时而深沉凝重，时而舒缓悠扬，时而幽默风趣。八百年风风雨雨的征程流淌在了人们的心里，一股温暖亲切的暖流传遍了全身。大人们互相问候、祝福！

宴席在人们的欢喜和祝福中进行着，空气中弥漫着欢乐和幸福。

十四

阿古丽醒来时，天才蒙蒙亮。她从炕上坐起来，看着身边酣睡的丈夫，轻轻摸了一下他的脸，便躺下。掀开窗帘的一角，明亮的光线便透过窗户照进来，屋内墙上大大的"喜"字便有了暗红的颜色。

一时间，阿古丽忘记了自己在什么地方，先是有种做梦漂浮的感觉，好像经历过绿荫葱茏的原始森林，然后经历过一片花海，花儿红极了。接着，最红的那一朵在风中摇曳、荡漾，和水融为一体……

阿古丽醒来时，天已大亮，艾撒也起来忙去了。阿古丽跪在窗前，凝视着窗外秋天的早晨和这个陌生而又亲切的家，两眼闪烁着幸福的泪花。噢，多美的早晨啊！这白墙灰瓦四合院镀上了朝霞洒落的金色，那棵果树叶子上的朝露亮晶晶地闪烁着，多美的家呀！

阿古丽跪在那里看着窗外所有的景物，浑然忘记了周围的一切，也忘记了自己是新娘，直到艾撒一只手放在她的肩膀上，她才猛然惊醒。

—49—

十五

  在清水湾这块土地上的传统伦理中，自由恋爱是一件难以启齿的事儿，但善良的人自有属于自己的幸福。

  这里的人认为一个好女孩应该是温顺、勤劳、贤惠、善良的。女孩子对自己的终身大事是羞于过问的。而对阿古丽来说，人们又表现出极大的宽容，从来没有什么闲言风语，即便是有也罢，很快被人们视为毁谤而不存在了。在她的身上，具备了一个女人所具有的美丽、贤惠、勤劳、善良的美德。他们知道劳动会成就一切。所有的变化，所有的赞誉，都是从辛勤劳动而来。

  艾撒用心经营着金色沙滩里的果木，引水造渠，又从外地引进了优质苹果树苗和葡萄树苗，夫妻俩格外用心，很快，三十来亩的金色沙滩被绿色包围。

  金色沙滩在变化，清水湾在变化！

  的确，循化这个偏远的地方发生了巨大的变化，街子三绒厂，伊佳民族服饰，天香辣子等企业雨后春笋般纷纷亮相了。

  艾撒反复考虑过，到森林伐木、到沙漠挖金子的时代已经一去不复返了，在青藏线上搞运输也不太现实，到大城市开饭馆也仅仅是眼前的利益，再说奶奶这么大岁数，放不下。事实上，艾撒不用酝酿，他的蓝图已经在清水湾的金色沙滩画成：苹果园，葡萄园，绿色土鸡养殖基地，农家院休闲旅游……

  不到两年，艾撒的金色沙滩园林与养殖基地初具规模。清水湾的马乡长牵线与旅游局签订了清水湾金色沙滩绿色休闲旅游的协议。

  在秋天，当一个个游客从清水湾的美丽中尽兴而来，走进艾撒的金色沙滩时，阿古丽总是会摘一篮苹果葡萄送给远方的客人，并把金色沙滩美好的祝福送给他们。当游客们在葡萄园深处舒服地落座，四散飘香的农家院饭菜就摆上了餐桌……

十六

  清水湾变了，青砖灰瓦，四合院的建筑成为一道亮丽的风景线，金色沙滩已经发生了巨大的变化。

这一年,艾撒和阿古丽去沙湖考察,是因为收到一位银川热心游客的邀请。

　　艾撒从沙湖回来后,便兴冲冲地说给奶奶听:"沙湖不就是一个湖周围是沙子吗?远不如我们的清水湾美呀,如果我们进行开发,那是多美的景象啊!奶奶,你看,高山、流水、小船、树木、沙滩,周围种上各种花木,再投资一些游乐设施,加上宾馆,我们的父老乡亲都会富起来的呀!"

　　"对呀,奶奶,我们的清水湾真美!"阿古丽说。

　　"我呀,看着金色沙滩就足够啦。你父母去得早,要不,可以看看今天的你们,看看当年的沙地变成了什么样?"奶奶抹了一把泪,说:"还是现在的政策好啊,旧社会哪里有今天这般光景啊!清水湾是个好地方,以前是马车,后来是自行车,现在什么车都有,是可以继续开发了!走,我们去看看清水湾。七十多年了,发展了,咱循化的变化真大呀!"

　　金色沙滩一片金黄,清水湾的十里风情走廊连接着远处高楼林立的循化城。清水湾的西边,那一大片水域将会是黄河水磨主题公园和水上度假村,一座桥连接了清水湾的两岸。一山一景,一水一桥,宁静与红火,素淡与明艳自然地搭配在一起,美丽极了。宽阔的水上群鸽自由飞翔,独特的景致夺人眼目,充满独特的风韵气息。

　　艾撒和阿古丽扶着艾莎奶奶站在清水湾东侧的观景台上,艾撒比画着给奶奶讲着这几年的变化。远处建起的亭台上又飞过一群鸽子,向清水湾的黄河中央飞去。河边一艘摆渡艇在彩霞中激起层层浪花,向对岸驶去。

　　他们漫步在清水湾的沙滩上,夕阳正从西边的水域落下,霞光如金子般地洒在了清水湾的沙滩上,闪闪发光……

作者简介:

　　韩原林,撒拉族,中国作家协会会员,青海省作家协会会员,中国少数民族诗歌学会会员,鲁迅文学院第37届高研班学员,现任海东市作协副主席、循化县作协主席,出版诗集《清水湾诗笺》《生命之恋》等多部。

少年，少女

韩艳蓉

深秋是那个少年该换鞋子的时候。那个少女说，脚底下暖和了，身上才不冷，心里也就踏实了。那个少女便是比少年年长3岁的姐姐。

看着又断成两截的书包带，放学路上，我一路上都在发愁，想着回家怎么给姐姐说。因为姐姐已经说过，再弄断了包带她就要告诉阿爸，想起阿爸黝黑而绷紧了的脸和粗厚的巴掌，我心惊胆战，想着，我就把书包抱在了怀里，这样至少进家门的时候，阿爸看不见我断了带子的书包。

每天放学时候也是农村煨火炕的时间。家门虚掩着，推开门，离大门不远的炕洞里正散发出一股刺鼻的炕焦味和牛粪味，和村里家家户户煨炕冒出来的干草烟雾纠缠在一起，飘飘荡荡，弥漫在村里上空。我喊了几声姐姐，没人应答，扫了一眼驴圈，驴也不在，只有忙碌了一天的黑色的大骡子独自悠闲闭目安神，我习惯性地踢了它一脚，然后迅速翻过护栏。"姐姐，姐姐，姐姐……"没人应答，那就应该是去驮水了。我跑进厨房，拿了一个馒头，沾了点辣椒，边啃边飞速跑向黄河边。

自从阿妈去世后，家里所有的活自然而然就全落在姐姐一个人身上。她就像个被设定好时间的闹钟一样，从早忙到晚，承担起了一个农村成年妇女的所有活，农忙时节还要跟着阿爸到地里，从学着锄草到收割麦子，甚至还能帮着阿爸堆麦垛，村里人跟阿爸说姐姐顶得上一个儿子。

还没到河边，远远就看见姐姐正在吃力地拿着铜水瓢往身边的水桶里灌，我边拍打着已经开始枯黄的草，边快步跑过去。

"姐……""你怎么来了？""家里没人。""你不用写作业啊？""要写呀！""不是跟你说不用来吗？我一个人可以驮回去。""阿爸说，这两天上头雨下得大，河水涨了，让你小心点！""哎呀，知道了"。我看着水桶里水快满了，过去把驴牵过来，姐姐直起身子，擦了一把脸上的汗水，看着浑浊的河水，喃喃说道："幸好，家里麦草已经干了，可以收了！"金色的夕阳侧照在姐姐的面庞，一瞬间，在我的脑海里，眼前这张红扑扑的脸和阿妈的脸重合在了一起……

"愣在那儿干吗？赶紧过来帮忙呀！"

我一下回过神，"哦……哦……"

"让你别来非要来。"姐姐嘴里依旧嘟囔着。

"一、二、三。"我俩一起使劲，把两只水桶安放到驴背上，姐姐熟练地一拽一拉，好使两只水桶在驴背上平衡稳妥，不掉下来，接着拿起水瓢，"走！"

"看见没，水这么浑，衣服都洗不干净，别再把衣服弄脏了！"

"你有完没完，唠叨个没完，以后我的衣服你别洗了""我不洗？好好好啊，我巴不得呢？"

"我回家就把你的东西全摔了，你以后也别想跟你的女伴们玩过家家。"

"你敢？""怎么不敢？我才不怕呢？""我告诉阿爸去！"

"哈哈哈，阿爸才不管呢！阿爸说你都可以嫁人呢，还玩过家家，不知道羞呢？""你……你……"姐姐涨红了脸，半天说不出话来。

"再说呀再说呀！"姐姐不说话了，狠劲拍了一下驴脖子，"走啦，还愣着干什么？蠢驴！"

驴使劲弓着身子，有段时间我甚至以为它是故意转给我看的，终于上了一个陡坡之后，姐姐问："今天你们学什么呢？"

"你又问，什么都没学！""不可能，快告诉我呀！""我怎么告诉你，你怎么这么笨啊，从书上学的东西，是要写到本子上的呀！你看我带本子了吗？"

"那回家你教教我呗！"

秋天过早地给农村的一切披上了瑟瑟寒意，河边的野草已经迫不及待地躲到温暖湿润的落叶下，连续几天的秋雨裹卷着路上的泥土，我跳跃式地走，轻巧地躲着路面上的几个小水坑。

"你要是教我识字，家里那只鸡下的第一个鸡蛋煎给你吃！"姐姐歪着头想了一会说。

"真的？"

姐姐很认真地说，"真的！"

"好耶！快走！"我抓起驴尾巴，使劲拍打。

"疯子！"姐姐一如既往，回了我一句。

自从我上三年级以后，姐姐每次都会拿不少好处贿赂我，让我教她识字。有时候是在阿爸面前替我说好话，有时候帮忙掩盖我的淘气行为，甚至有时候偷偷拿阿爸柜子里的白糖泡给我喝，那是我都不敢动的！不过，自从阿妈去世后，我真的没有吃过鸡蛋，家里的鸡都还小，没有下蛋！

晚饭过后，外面的空气里裹卷着寒意，但是兴奋的姐姐还是把我拉到外面摆好的那张桌子前，她仔细削好铅笔递到我跟前，"轻点写，别压太重，别再用牙咬了！"她自己则拿起一只被我咬得伤痕累累的铅笔，那铅笔被改造成足以握在手里的长笔了。每次找不到刀或者削铅笔的东西，我都是用牙咬。姐姐不知道从哪儿找了一个钢笔帽，把小铅笔头的一段塞进笔帽，这样她还可以用好一阵。

教人识字对于原本就缺乏耐心的我根本就是一种折磨，但为了能吃到鸡蛋，我叹了一口气，开始"教书"。

姐姐学得很认真，就算有时候我恶作剧地让她死劲写，她也会照做，让她用最大的声音念，她也会一收往日的含蓄，大声读出来。有一次我甚至看见阿爸也在偷偷地笑，但她浑然不知。

学习一般都会在我不耐烦的教训中结束，而姐姐永远在感激中为我端茶递水。

　　记忆中的秋天是铺天盖地的叶子，姐姐和几个女孩每天都背着箩筐去树林扫落叶，一秋天过去，堆放在墙角的叶子足够整个冬季煨炕，而秋叶是我的玩具。我精挑细选出最大最完整的叶子，用长长的绳子把叶柄串起来，拴在裤腰带上，然后拖着一条长长的黄色尾巴回家，这是我特有的技能。

　　家门敞开着，我拖着"尾巴"进门，一眼就看见姐姐站在草堆前，脸上神神秘秘又异常兴奋。她跺着脚兴奋地小跑到我跟前，把紧紧揣在腋窝底下的两只手轻轻地抽出来了。"鸡蛋！"两只红褐色的鸡蛋赫然出现在她的手心。

　　"嗯，鸡蛋，今天下的，我估计是刚下的！"

　　我惊奇地盯着姐姐手里的我朝思暮想的鸡蛋，"你怎么发现的？"

　　"你和阿爸都出门后我就听见鸡一直在院子里溜达，跟平时不一样，婶婶之前说过鸡下蛋之前都会这样的！"

　　"在窝里找到的还是？"

　　"窝里，不是，是草堆里，我跟了它一天，累死我了！"

　　"跟了一天？"

　　"对呀，要是它把蛋下到别的地方怎么办？要是丢了怎么办？"

　　我想接过她手上的鸡蛋，被她一下躲开了。

　　"姐，你说话算话吧？""什么呀？"

　　"你不是说咱家鸡下的第一个蛋，煎给我吃的吗？"我一下子急了。

　　"我说过吗？"姐姐神气十足。

　　"你说过的，教你识字的时候说过！"

　　"我怎么不记得？"姐姐眼睛仍旧死死盯着手上的鸡蛋。

　　"你以后还学不学了？""不学了！""什么？不学了？"

　　"对，不学了，我要拿鸡蛋去换大豆，可以换很多呢！"

　　"不能换，姐"，我一把扯住她。

　　突然，"砰"的一声，我很清晰地听到了什么东西落在地上的声音。

　　"你干什么？鸡蛋掉了！"我和姐姐都傻眼了，地上的灰土就像事先埋伏好一般，瞬间就把摔碎的蛋液舔得干干净净，等我俩反应过来，只有一个蛋壳了。

"你……"姐姐举起手，眼看着巴掌落到了我头上，我没躲，知道自己闯祸了。

过了好一会，姐姐轻声说："走吧，给你煎，我说笑的呢！说好给你的嘛！"姐姐一脸轻松抓起我的胳膊。

厨房里黑乎乎的，从屋顶上的透气窗直射进一道强光，在地面上打下一个洁白的光环，显得其他区域更加黝黑，灶台虽然被姐姐收拾得井井有条，但长期被干草熏过后留下的黑灰，依旧那么肆无忌惮地裸露着，甚至当我从被熏得黑乎乎的锅里拿一块馒头时，也会抹一手黑。村里家家户户都是这样，时间长了，泥砌的灶台在烈火的灼烧下会大块大块地脱落，木头拼成的菜板、面板当然也只是一种摆设，我一直以为，大人们想吃白面想疯了，才会把那么多木板子合并成大面板，以为这样白面自然就能铺满厨房。

姐姐小心翼翼地将剩余的一个鸡蛋窝在手心，原地转了几个圈，想找个稳当一些的地方放下来，但没找到。便对着我喊："赶紧拿个碗过来！"

我迅速收起了以往什么都要跟她对着干的劲头，把碗递了过去，"放灶台上！"

她鼓着腮帮子，对着碗使劲吹了吹。

"你手上什么东西？怎么抓一下都能把碗弄脏！"她嘀咕着，轻轻把鸡蛋放进碗里，又用手碰了碰，然后端起碗站在了窗户下那一道太阳光底下，端详着鸡蛋，傻笑着。

"达伍德，你看一下，咱家鸡下得鸡蛋跟婶婶家的不一样啊！"

"什么？鸡蛋还有不一样的？"

"是啊！你看，这个鸡蛋大，而且鸡蛋壳很薄，都能看到里面的蛋黄呢！"

我瞪大眼睛使劲看，"哪儿呢？""笨蛋，好好看，从这边看！"姐姐把我的头掰过去，对准了她那个角度。

我使劲眨眨眼睛，碗里那个鸡蛋悄悄窝着，在太阳底下微微泛着黄。我用手一扒拉，它便轻轻在碗底摇摆。但我还是看不出来有任何不一样，满脑子都是煎好的鸡蛋。

-56-

姐姐还在笑嘻嘻看着，我有点急了，她要是再不给我煎就来不及了！

"鸡蛋是用来吃的，有啥好看的，你是不是想拖到阿爸回来，不让我吃。"

姐姐白了我一眼，把碗放在灶台上，

"你就急成这样？说好下的第一个鸡蛋让你吃，会让你吃的，去，到院子里抱一捆油菜花秆来，要干透的！"

等我把一捆油菜花秆重重扔在灶前，姐姐已经把鸡蛋打到了碗里，金黄色的蛋液贴着碗边还在打转，几个似透非透的小泡正在慢慢破裂。

我突然闻到了一股鲜美的味道，奇香无比。

我拿起筷子，刚要去戳那几个小气泡，"别动！"姐姐奔过来夺走了筷子，将手里一撮盐细细地撒进了碗里，又搅拌了起来。

笨重黝黑的灶台将姐姐瘦小的身体堵得严严实实，"咳咳！"一阵干咳之后，很快，一股浓烟从干草灶膛里冒了上来。姐姐一边用铁木棍拨拉着正在燃烧的油菜秆，一边迅速拿起手边一个小铁勺架在火苗上方。

"把油碗递给我！"我像猴子一样蹿上碗柜，刚要伸手去拿，姐姐又喊："小心点，别把油撒了！"

平日里姐姐做饭很抠搜，很少见到油星。

我从来没有见过煎鸡蛋。母亲在世的时候，有那么几次是阿爸生病了后阿妈煮鸡蛋给阿爸吃，我也跟着沾光，病人吃不了的蛋黄全都丢我嘴里，此后很长一段时间内，那种美味一直停留在舌尖挥之不去，也成了我吃香喝辣的炫耀资本。

我不知道煎鸡蛋是怎样一种味道，于是隔着灶台伸长了脖子看姐姐煎鸡蛋，光看正在被火苗欢快舔舐的铁勺，就更加按捺不住了。

姐姐用一块干净的抹布把铁勺擦得发亮，小心翼翼地用油刷在铁勺里均匀地抹上薄薄一层油，又把铁勺支在了火苗上，她不时用手试着铁勺的温度，眼睛紧紧盯着勺子内壁逐渐升起的一缕青烟。

"滋……"一声，一阵浓烈的香味扑鼻而来，铁勺底瞬间铺上了一层淡黄色的蛋液，而后在火苗地舔舐下满满凝固，色泽也逐渐由淡黄变成明黄，和黑黝黝的勺子形成鲜明的对比。

姐姐用手腕的力量轻轻抖动着铁勺，好让鸡蛋均匀摊开，她用筷子轻轻挑起一个角，把已经煎好的那一面反过来，又是一声"嗞……"

我站在火灶前，嘴巴和手心莫名痒得像被千万个蚂蚁在挠。

终于，姐姐递给我一个碗、一双筷子，"吃吧！看把你急的！"

鸡蛋静静地躺在碗里，我拿着筷子捣了一下，想把它夹碎，但筷子留下的印痕很快消失在弹性十足的鸡蛋中。

"哎呀，你笨不笨啊，连吃都不会，还能干吗？"姐姐一把抢过碗，两下就把鸡蛋帮我弄碎了，"吃！"

"你也吃！""我不想吃，你赶紧！"

我看了看姐姐，她的脸可能是因为一直对着灶火，这时候红彤彤的。

"姐，你吃一口，就一口"。

姐姐想了想，笑着拿起我的筷子，沾了沾碗底，伸出舌头舔了一下，"嗯，盐够着呢！赶紧吃吧！"

"姐，你吃一点！""哎呀，你赶紧吃吧！一会阿爸回来了你想吃都没门！"

"那我给阿爸留一点吧！"

"笨蛋，就一个鸡蛋，怎么留啊，你话怎么那么多，还吃不吃了！"

虽然心里对阿爸还是有点牵挂，但那一点点愧疚很快就淹没在对鸡蛋的欲望中。

我和姐姐蹲在地上，好像周身都被鸡蛋的香气笼罩似的。那是我这辈子吃过最好吃的鸡蛋。

多年以后，我还是很清楚地记得，每次轮到姐姐吃，她只是抿一下筷子，自始至终没有吃一口。

那天晚上的气氛比往常要凝重很多，连平日里一到饭点就焦躁不安的狗都安静地趴在窝边，越来越明显的寒意逼迫蚊虫争先恐后地绕着昏暗的灯光打转取暖，落满了灰的灯泡发出轻微的吱吱声。

我盯着电灯泡，双手各拿着一只筷子，敲打着黑黢黢的饭桌边缘，等着饭菜上桌。阿爸洗完手坐到桌子前，拿起自己的筷子在我手背上狠狠敲了一下，"吃饭的时候不许敲打碗和桌子，怎么就记不住呢？跟你说过多少遍？唵？"

说着，看了一眼厨房，又叹了一口气。

姐姐正在厨房忙碌。

阿爸的脸黝黑而僵硬，平日里话便不多，自从阿妈去世后，他更沉默了。更多时候他都在地里忙农活，春天播种、秋天收割，夏天挖地窖，为冬天贮存洋芋和大白菜做好准备。

晚饭点早就到了，我饿得按捺不住，屁股就像万根针扎一般，在小方凳子上左蹭右磨，时而双脚都收起来蹲上去，时而两只脚伸直劈成一个大字，时而试着单手在凳子上立起来，时而弓下身体试图从凳子底下倒看阿爸……

这时，姐姐从厨房走出来了，端着我最爱吃的面片和煮洋芋，更让我惊喜的是面片里居然有羊肉，我"哇……"一声，都顾不上说话，端起大碗狼吞虎咽。

那个时候，肉是只有逢年过节或者家里婚丧嫁娶的时候才能吃到的稀罕物，村里家家平日吃的最多是面，有时候甚至连白面也是很紧缺的，大多数家里都是吃青稞面、豆面。

很快，一碗下肚，姐姐赶忙起身去给我盛饭。我拿起一块滚烫的洋芋，"哎哟"一声又迅速缩回了手，阿爸用筷子捡起一块放在我面前，低声说："慢点，又没人跟你抢"，说着，放下了碗筷，愣愣看着姐姐的背影，好一会，回头白了我一眼，又重新端起了碗。

我有点奇怪，但也顾不了那么多，很快碗又见底了。

等到姐姐又舀好饭做到小凳子上，阿爸突然低低地说："定下来了，你看行吗？"

阿爸的口气好像是在跟姐姐商量，但语气却不容置喙。姐姐涨红了脸，手里端着碗，低着头，拿着筷子的手不停地搅动着碗里的面，一言不发。

我边往嘴里扒饭，边含含糊糊问："定下来什么事啊？"

阿爸放下碗，大口喝了好几口水，"今年冬天，你姐就出嫁"

"什么？"我的碗定在了嘴边，"你叔叔说，是一户好人家，再说翻过年你姐都16岁了，再不嫁，邻居亲戚们会笑话的。""姐，你要嫁？"

姐姐依旧连头都没抬，还在使劲搅动着手中的筷子，碗被扒拉得咯咯响。

我回头看看阿爸铁青的脸，不知道为什么，心底里突然冒上一股子火气，使劲将筷子头插进了桌子中央的一碟洋芋盘，顿时，洋芋左飞右滚，我狠狠把一大块洋芋塞进嘴里，对着阿爸喊道："不行，我不让姐嫁。"话音未落，我头上便挨了重重一记筷子，"哪有你说话的份！"

阿爸说得对，撒拉族人祖祖辈辈都遵循着一条传统，家里大大小小的事定夺都是阿爸的意愿，尤其是儿娶女嫁这样的大事。在他们看来，包办是最直接也最稳固的婚姻结合方式，双方家庭只要谈好彩礼、礼节、嫁娶时间等。这是一场与儿女无关的婚姻，儿女只需要完成仪式。

羊肉面片索然无味，我单手摸着头，火辣辣地，"我不同意！"平日在阿爸跟前我连大气都不敢出，今天不知道哪儿来的底气，我依旧倔强着。

阿爸哼了一声，"天气越来越凉了，明天得抓紧时间把剩下的油菜杆子晒了，下雨就全完了！"姐姐"哎"了一声，起身给阿爸的杯子里续满了水。

我又喊道："姐，你真要嫁了？"

姐姐瞪了我一眼，这让我更是火冒三丈，不知道哪儿来的劲道，顺势推了她一把，姐姐丝毫没有留神，一下打了个趔趄，手里的开水壶"砰"一声掉地上，碎了。

"嘶……"地上迅速冒起了一股热腾腾的白烟，姐姐尖声喊道："你干什么？""是你自己没抓好……"我有点害怕了，"你推我干什么？"

姐姐的声音还是比平日高很多，"壶都打掉了，还吃什么吃，你赶紧给我起来"，我放下碗站起来，看着阿爸，已经做好了挨一顿揍的准备。

"去把扫把和簸箕拿过来。"姐姐冲着我喊，她的脸显得很僵硬，那是她第一次冲着我吼。

她转身问："阿爸，再舀一碗吗？"

我很自觉地蹲在离阿爸不大远的地方，帮着姐姐将捡起来的壶胆碎片放在簸箕里，同时等着阿爸的巴掌落下来，等了一会却不见动静，抬头刚好看见阿爸欲言又止的脸，他满是胡须的嘴角抽搐着，像是在极力忍着什么，脸上柔和的表情却也是我从来没见过的，我有点惊呆了。

空气好像就这样沉默凝固了，过了好一会儿，阿爸开口了："那户人家不错的,家里人口不多,那男的说是在县城上班,人也老实。"

"哦。"姐姐没抬头。

"咱们一个农村的能嫁到县城,亲戚邻居们都说你有福,他们脸上也有光。"

"哦。"姐姐还是没抬头。地上的玻璃碎片跟水混在一起,有的已经插进土里,姐姐慢慢捡着,认真而仔细。

"媒人说等那边的消息,提亲的人来了就可以把日子定下来了。"阿爸说完这句话站起来,"该做礼拜了",端起门背后的净水壶出去了。

"你哪儿来那么多话?挨打还不够吗?"阿爸一出门,姐姐瞪着我,看得出来她很生气,"家里本来就两个壶,让你打掉一个,阿爸做礼拜开水不够用怎么办?"

看着姐姐拿着扫把和簸箕走出去的背影,我很诧异,也很恼火。一大群蚊子蛾子依旧在围着电灯泡打转,有的离太近被烤焦了,粘在电线或者电灯泡上,黑乎乎的。

阿爸和姐姐的碗里都还剩下没吃完的最后一口饭,我重新端起碗,却已经没有了胃口。

但肯定的是,那一晚,我在迷迷糊糊中听到了姐姐压抑的哭声,我也肯定,那不是梦。

那一年,我12岁,姐姐15岁。

姐姐的婚礼和村里所有女孩一样,完全按照传统的撒拉族习俗进行。

出嫁那天,亲戚邻居家的老老少少男人一字排开,按照长幼顺序站在院落中间,阿爸站在人群中,脸上露出难得的笑容,他冻得通红的脸微微抽搐着,嘴里哈出来的热气不断地冒上来,在他眼前一闪即逝,白色的帽子在一堆撒拉族男人中间并不显眼。我觉得他应该往前站一步,至少让新郎家人能一眼认出他就是亲家,但是阿爸似乎并没有意识到,也许并不在意,因此和对面即将结成亲家的、也是一大群男人的大家庭面向而立着。

按照习俗,这种场合女人们是不能露面的,因此,门背后、厨房门帘后、院落里临时搭建用来做喜宴的帐篷里,都摞满了女人们急切的脸。和男人们不一样，女人们更注重男方家送来的彩礼、给新娘的嫁衣和给娘家每一个女眷送的鞋子，这会在很长一段时间成为所有亲戚、全村人茶后饭余谈论的话题，她们的评判更是今后自家儿女嫁娶的一个重要参考。

姐姐和所有待嫁的女孩一样，被安顿在单独的一间房间里独自待着，而且只能在坑上待着。我吊儿郎当地看着满院子的人，揪揪这个小孩的头发，抢抢那个小孩的包子，或者偷偷往兜里抓一把瓜子，但眼睛总是不停地瞟着姐姐的房间。

那件原本被堵得严严实实的窗户很明显被掀起了一个极小的三角，周边的窗帘皱皱巴巴，我能感觉到那是姐姐的手紧紧握在那里。突然，我看到了姐姐的眼睛，那双红红的、耷拉着眼皮的眼睛。那双眼睛打量着院子里忙碌的人，好像一切都跟她没关系。有几次好像定在什么人身上或者什么东西上，我顺着看过去却什么也没有。

突然她看见了我，狠狠瞪了我一眼，猛地扯了一下窗帘，那双眼睛消失了。

我有点失落，随即大喝一声，对着伯伯的孙子踹了一脚，他正在对着院子里的苹果树尿尿。

院子里，一大堆男人开始互道"赛俩目"，阿爸这时候被哄笑着推到了一张方桌前，矮矮胖胖的媒人满脸堆笑，对着阿爸说："知感真主，成了这么大一桩喜事……"后面的话我还没有听清楚，就被一大群潮涌般往桌子边靠拢的男人们挤到最外围去了，大家哄笑着，推挤着，每个人脸上都挂满了喜庆，躲在缝缝角角里的女人们想出去又不敢出，都拼命伸长了脖子，想听到外面男人们究竟在说什么。在男人们一波波粗犷的笑声之后，媒人带着阿訇进堂屋，阿爸跟在后面，谦让着客人，引着亲家门上桌准备吃送礼喜宴。

这时候我才看见那张方桌上多了几样东西：一沓叠得整整齐齐的钱，最上面的是一张5元的，我由此肯定都是五元的，几套红红绿绿的新衣服，和一件蓝色的衣服叠得整整齐齐摞在一起，最吸引我的还是衣服上面摆放的一双黑色的皮鞋，鞋面泛着油光，圆柱状的鞋带轻轻耷拉下来，已经被系成了一个漂亮的蝴蝶结，我从来没见过塔沙坡的任何一个女人穿过皮鞋！

我站在桌子前，突然意识到这是姐姐的彩礼，我回头看看姐姐的窗户，死一般寂静。

阿爸尽了最大的力拼凑了婚宴上所需的一切，用一整个夏天在生产队的工分，和别人讨价还价，那四分自留地更是被他照顾地无微不至，萝卜、大豆、洋芋、白菜，应有尽有。

撒拉人的所有婚丧嫁娶都离不开亲戚们、邻居家的帮忙，哪怕一场小小的诵经纪念，男男女女老老少少都会自发来帮忙，大家更会分享秋收后的第一顿尝鲜、自家院落里的第一颗红枣和第一口出缸的酸菜，在互相的支撑和依靠中，延续着古老的情感。

婚宴开始了，在食物奇缺的年代，撒拉人对食物的改造能力异常强大，哪怕只有面，心灵手巧的女人们也能神工鬼斧，巧夺天工。一种馅料一种包子、一种花式一道菜，阿爸一直在堂屋跑来跑去，给送礼的客人满茶、递筷子，他还递给我一个大铜壶，让我去添茶。堂哥堂叔们将屋子里的火炉烧得"嗞哩哇啦"乱响，几个锈迹斑斑的铜壶里溢出来的茶水泼溅到木炭和牛粪上，呛鼻的青烟绕着柱梁乱飞，客人们被冻得通红铁青的脸这时候变得炙热通红，媒人大声和亲家们说着我阿爸有多厚道，说我姐有多能干，更多人则是在专心致志地吃饭。

一个土火锅上桌后，意味着婚宴结束了。婚宴结束后，按照习俗，阿訇要念"尼卡合"，这意味着姐姐是大家公认的明媒正娶，也意味着姐姐真正属于别人家了，就像完成一个交接仪式，从阿爸的手里交到姐夫一个人的手里。

这种独有、看似蛮横的婚约方式却让世代撒拉族人对婚姻无比忠诚。

桌盘被迅速撤下后，阿爸和伯伯的大儿子一个一端，把一大盘盛满了核桃、花生、红枣的铁盘端到了阿訇面前的桌子上，坑上，老汉们完全收起了刚才吃饭时候的热乎劲，神色凝重，媒人拿起一条长凳，放在正对着阿訇的地上，然后恭敬地站在坑边上。阿訇清了清嗓子，"好吧，现在，咱们开始吧！"话音刚落，伯伯就转过身来，冲着我们几个端茶递水的小孩和几个亲戚喊道："出去，出去，都出去！"我还没反应过来，就被伯伯的儿子拎起来清场了！

堂屋的门被关上了，但阿訇念经的声音依然能听得清清楚楚，我迅速绕过其他人跑到窗户边上，爬上了满是干刺的木头窗子上，夕阳返照的光芒炽烈而刺眼，我用手搭成一个拱字，透过窗花的小格子望过去，一眼就看到一个大男孩端端正正坐在长条凳上，通红着脸。

那是我第一次看见了新郎，那个马上要成为我姐夫的男孩，他有点慌乱，不时用手指压着凳子，或者用手指压着指关节，用极小的声音回应着阿訇，有时还转过头去看跟他一起坐在条凳上的比他年长的男人，然后又迅速回过头看着阿訇，炕上的老汉们用审讯的目光望着他，严肃而神圣，屋里所有人都面对着阿訇围在了新郎的后面，他们一会齐刷刷低头凝望着新郎，一会儿又同时抬头小心翼翼地看着阿訇的反应。这种状况持续了好一阵，我感觉整个屋子里的气氛很诡异，甚至外面女人们叽叽喳喳的声音都听不到了。

我趴在窗户上正看得起劲，一个年长的老人突然回过头，用手指头弹了一下窗户，惊得我跳起来，忘了悬在空中的身子，重重地落在了地上。

就在这时，屋子里传来一阵哄笑声，接着正对着我头顶的窗户被打开了，一个大铁盘"唰"一下泼出去了，核桃、花生、红枣滚满了院子，男人、小孩"轰"一下，瞬间一群身体满满登登把地面都覆盖住了，大家疯抢着，我也毫不示弱，一个箭步扑过去，推开面前的几个小孩，迅速扫着角角落落遗落的干果。最终，手上的两颗枣和一个核桃让我有点扫兴，我觉得我应该比别人多拿一点，因为我是新娘的弟弟。

院子里的哄抢终于停止了，孩子们兴奋地晃着抢到的战利品跑向各自的阿妈，女人们小心翼翼、喜气洋洋地从孩子们手里拿过去装进各自的口袋。按规矩，这些干果要带回家，好让大家都能沾沾喜气。

房门打开了，媒人带着新郎首先走出来，那个大男孩脸红得像烧红了的铁烙，后面跟着一大群通红着脸的男人，他们手里都拿着大红的被面。一直在屋外等候的大伯走上去，把一条大红锈金的缎面绸子扎在了新郎的腰上，然后又小心翼翼地从怀里拿出一个用手帕包的严严实实得白帽子，在一声声哄叫声中戴在了新郎头上。道贺声像翻滚的黄河水扑打着耳蜗，娘家夫家的所有男人们蜂拥而上，将大红被面层层披在那个大男孩身上，那个大男孩不断地用手压住帽子，不让它掉下来，脸更红了，身上的红色金色一层撩一层，一条堆一条，都快盖过他的头顶。这种高涨的情绪立刻蔓延开来，让院子里

-64-

变得热闹无比。

但是我还是看见了他的眼睛,不时瞟向那扇被厚重的窗帘遮得严严实实的窗户,窗帘死一般沉寂。

婚礼的喜庆热闹劲一直持续到太阳落山时分,送礼的人都走了,叔叔伯伯和亲戚们也都陆续离开了,院子里一下子空了。

快到天黑时分,姐姐打开了房门。

她的脸白白的,扶着门看着院子,过了好一会儿之后又进去了。我有点失望,觉得她应该说点什么,或者冲我吼一下骂一下。我从裤兜里掏出弹弓,对准家门口半闭着眼的狗,这只死狗,平日里远远看看陌生人就叫嚣狂妄得很,今天居然跟死了一样,一整天趴在窝里,对家里的乱哄哄充耳不闻。我半闭着一只眼瞄准,"嗖"一声,第一颗石子打出去了,"嗷……"的一声,毫无预兆中狗狂叫了一声。

"你干什么呢?"姐姐尖锐的声音从屋里传了出来,接着便冲出来了,手里拿着一件衣服,蓝色的!平日里姐姐说什么我都会习惯性地回嘴,就像阿爸说的,我俩一整天打的嘴仗顶别人一年内说的话,尤其在我劣行难改的时候,和姐姐之间的斗嘴能持续一整天。但今天,我甚至不想和她说话。

看着院子里乱糟糟的一切,我喊道,"我想干什么就干什么!"

"你再说一遍?狗怎么惹你了?"

"你管得倒挺多的?你凭什么管我?"不知道为什么,我根本压不住那股子火气,声音越来越大。

姐姐扶着门框,"你还有理了?你看你把衣服弄成什么样了?脏得跟个没人要的野孩子!"

"我就是没人要,我就要弄脏,你又不是我妈,我用得着你管吗?"

院子里瞬间安静下来了,屋檐上的几只鸟扑棱着翅膀也飞走了,这时候我才发现,姐姐原本和村里所有女孩一样红扑扑的脸,此刻苍白一片,这是我从未见过的。她嘴角抽搐着,环视了一下院子,目光最后落在我身上。冬季的风刺进裤管里,我哆嗦了一下,冻得通红的手僵硬得像根木头,我低头努力想把弹弓装进裤兜里,但不知为什么,莫名感到一阵委屈,眼泪就出来了。

姐姐轻笑了一下，"你犯什么神经呢？都可以娶媳妇了还掉眼泪！"

她很快恢复了往日的语气，"今天没吃饭吧？婶婶说你今天就知道捣乱，还打其他小孩。""我没有，阿乙草想偷我弹弓，他自己摔倒了！""他都吵死了，上次我不在的时候管阿爸要走了我的滑冰车，气死我了！""那都是去年的事了，你还记着啊！"

姐姐从厨房端出来一些剩饭放到狗面前，说，"看吧，都需要我管吧！"说着站起身，对着我说，"走，我俩到婶婶那去一趟！""干嘛去？我不去，咿，对了，你不是一直要待在炕上不能出门吗？""谁说我不能出门？""大人们都说新娘子就得待在炕上，不能出门，不能见人，要把脸遮住，不能让人看见。"姐姐的脸瞬间又变回来了，掺杂着羞涩，"你一个小孩哪来那么多话！"说着大踏步过来抓起我胳膊就往外走。

叔叔不在，婶婶看到姐姐很诧异，"丫头，你怎么出门了？需要什么你给我说就行呀！"

姐姐抿着嘴轻笑了一下，一如既往的乖巧，"婶婶，我……""丫头你说，没事，需要啥？""婶婶，我想……我想用一下家里的缝纫机！""缝纫机？你干什么用啊？是今天送过来的新衣服不合身吗？婶婶帮你改！""不是的不是的，是……"姐姐嗫嚅着，"我可以用吗？"

婶婶用疑惑的眼神打量着姐姐，又看了看脏兮兮的我，"真不用我帮忙吗？你这丫头就是怕麻烦人，好吧，你自个儿用吧，还在那屋！"

"好嘞婶婶，那我过去了啊！"姐姐拽着我就往里走，"快点，都这会了，天都黑了，一会就看不见了！"

婶婶家拥有村里唯一的一台缝纫机，村里几乎所有人的新衣裳、新被褥都在这台缝纫机明晃晃的针头下诞生。

等姐姐把那件蓝色的衣服铺展在操作台上的时候，我才发现，那是她的嫁衣！

"姐，那是你的新衣服，你嫁过去要穿的！"

姐姐抱着一个满是杂乱物品的木箱子，头几乎埋在了里面，"那又怎么了？哎呀，剪刀呢？应该就在这里呀！"

"你要把新衣服剪了吗?"

"是呀,给你做新裤子!"她抬起头,"不许给我扯了啊,这可是毛布料呢!你没穿过吧!"

对于衣服、裤子、料子,我不大懂,"你穿过吗?"我问姐姐,她这回已经坐到缝纫机前,双脚很熟练地压在踏板上,嘴里抿着一根蓝色的线头,正准备穿线。对于姐姐的身板来说,黝黑发亮的缝纫机显得硕大,但在她的手底下很是听话。"穿过吧!阿妈以前拿她的的确良衬衣改给我穿了,还是一套呢!嘻嘻……"接着她叹了一口气,"这件衣服要是大一点就好了,也可以给你改成一套穿,多漂亮!"

说话间,在一阵"嘶嘶"声中,衣服已经被姐姐扯得四分五裂,操作台上,姐姐熟练地摆弄布块,不时用一块白色的山石画着淡淡的印记。

看着放在一旁的几个晶莹剔透的扣子,我觉得有点可惜。

"我不想要,我有衣服穿!再说你新衣服没了,你怎么跟阿爸说,怎么跟他们……跟那个男的说!"

"毛料的你有吗?有吗?你要是跟阿爸说,我就揍你,过来!"

姐姐拿着一个白色的量尺,把我拽过去,撩起上面的衣服,给我量身。已经逐渐发黑的天色让人有点看不清尺寸,姐姐仔细看了半天后,笑着说:"又长个子了,衣服都来不及做,你还真是有福,蓝色的还真适合男孩子穿,这条我做长点,你可以穿到明年呢!"

缝纫机的轮子开始随着姐姐脚上的发力转动起来,齿轮发出有节奏的声音,姐姐快速翻动着手底下的布块,针脚整齐、细密,漂亮得像小绵羊的牙齿。叔叔一家人都还在地里忙活着,还没有回来。我一屁股坐在门槛上,看着姐姐十指飞扬,她抿着嘴巴,嘴角微微上扬,专心地缝着新裤子。

我一惊,姐姐的脸和阿妈出奇的相似。

阿妈去世后,姐姐便替代家里的女主人的位置,迅速站在伯母、婶婶和嫂子们那一辈队伍中,我和阿爸也从未为了家务事开口请过人、求过人。

天色已经完全黑了下来,姐姐带着一脸困意的我告别了叔叔家。路上,她再三叮嘱我不要和阿爸说,虽然我看不到她的脸,但是那语气中的不容置疑,让我很难再跟她对峙起来。姐姐解下自己的头巾，把裤子包起来，然后解开我棉衣的扣子塞进我怀里，"回家后，你就直接进屋里睡觉，听见没？别让阿爸看见！明天早上起来，你就把新裤子穿上，知道了吗？"我点点头。

回到家，阿爸独自一人坐在炉子边喝茶，浓浓的牛粪味驱净了冬季的阴暗寒冷。

"阿爸，你……你还没睡啊？"姐姐轻轻走到阿爸跟前，和往常一样添茶水。

我猫着腰跟在姐姐后面，径自走过去上炕，把被窝拉开钻进去。

"你看你身上全是土，怎么不脱衣服就钻呢？"阿爸嘴里虽然训斥着，但完全没有了往日的严厉。

"我去叔叔家了，"姐姐轻声说，"婶婶让我过去，说给我交代一下！"

阿爸叹了一口气没说话，揭开一直放在炉子上的锅盖，"吃吧，你俩今天都没吃！"

锅里，几个热腾腾的白面包子像婴儿的脸一样白嫩，抖动着散发出的香气瞬间把一屋子的牛粪味盖下去了，我躺在炕上都能闻得到那是萝卜馅的，说不定还有菜瓜馅的呢！一顿饱餐之后，我很快入睡了！

第二天就是姐姐出嫁的日子，按照习俗，女儿出嫁一般都是在下午，但是送亲的人早早就站满了院子，大家都在谈论着姐姐的礼金、嫁衣，还有那一双精致的皮鞋。

"昨天见桌上那一沓钱了没？我男人说有200元呢！"

"是啊，真是值钱了，这孩子有福！"

"光是新衣服就有四套呢，听说那男的还是个国家干部，每个月都能拿到工资！"

"不过话说回来，赛丽麦是个多能干的孩子，干活她都能顶上一个男孩呢！"

"是啊，你看她把家收拾的多好，尤其是把她弟弟照顾得多好！"

"她爸根本都不用操心家里的活，跟她妈在的时候一个样呢！"

"我都没见过她弟弟穿过一天脏衣服，比我们的孩子还干净，我们有时候还顾不上呢！"

"也是啊，这孩子也命苦，她妈走得早，那么小的孩子得干家里所有的活，伺候着老的小的，都是她弟弟的半个娘了，也不容易啊！"

"那些都过去了，嫁个好人家才是有福气，你看，咱们塔沙坡，哪个女的穿过皮鞋？哪个嫁到城里了？"

"这下他阿爸可放心了，咱们丫头不知道以后能不能有这样的福分！"

"哎，也是，不过以后他爷儿俩就没人伺候了！"

"你看还有接亲的，我可是头一回坐拖拉机……"

伯母说新娘在出嫁之前是不能见人的，她拉上了厚厚的窗帘，原本就昏暗的屋子里最后一点光线也被遮住了。一对醒目的红木箱就放在炕头，婶婶、伯母、姑姑都交错着手插在袖子里，等着给姐姐换新装。满屋子的女人脸上都笑眯眯的，看见门开了，姐姐回头看到了我，她从头到尾打量了我一下，目光最后落在我裤子上，嘴角扬了扬，指着炕上她原来放衣服的旧木箱说："你上去，把那个打开！"

新娘按规矩都是要哭嫁的，但姐姐跟伯伯大女儿嫁人时的又哭又闹截然相反，她看上去有点不自在，有点害羞，也有点紧张，但还算平静，甚至有点淡然，好像这一切跟她没有关系。

箱子里面被分成了两半，每一摞最底层是两三件衣服，衣服上面整整齐齐摆放着放着三双鞋子，每一双鞋子都用一条细布条绑得结结实实，看鞋的大小，我知道这些是我和阿爸的，只是不知道姐姐什么时候做的，她哪儿来这么多料子！

"你把左边的那双鞋子拿下来！"姐姐说。我刚要跳下炕，姐姐却把我按在了炕沿上，她对着我跪在炕上，解开布条，很仔细地给我穿上了新鞋子。

"这不就好了吗，跟裤子很配！"她好像在自言自语。

屋里的女人们开始叽叽喳喳。

"哎，这孩子，这时候还惦记着弟弟，得赶紧穿旗袍了，接亲的人早就到了！"

"可怜啊，这娃娃以后怎么办呢？" "嫁出去的女儿泼出去的水，再有心也不能一辈子不嫁吧！"

"那鞋子做得比我都好，娶个这样的儿媳妇，比家里有十个女娃娃都强！"

一群女人围到姐姐身边，开始给她换衣服。伯母开始清场，我又被赶出去了。

那个年代，盛装也不过是涂一点粉，抹一点胭脂。按照撒拉族的习俗，出嫁前，女孩们需要由自家姐姐或嫂子帮她们梳洗装扮，最重要的事便是梳头仪式。姐姐和嫂子们把新娘的头发分成左右两份，用木梳边梳理边使劲向上扯，左三下右三下，女孩子们疼痛的眼泪便意味着她们从女娃娃变成了女人！

等着送亲的男人们贴着墙根，惬意地晒着太阳，见我从姐姐的屋里出来，一边揪我的脸蛋一边叽叽喳喳，"你姐姐真有福！""你阿爸这下可放心了，姑娘嫁得好！""早点生个男孩，这辈子才叫扎根了！"

阿爸站在家门口，看着停在门口的一匹黑得发亮的马、一辆拖拉机，笑眯眯地。

终于，姐姐被伯伯家的两个儿媳左右搀扶着，从房间倒退着出来了。一袭大红色旗袍裹着她的身躯，修长而单薄，我从来没有注意过姐姐居然这么高挑，从背后看我都认不出来。一个巨大的银锁挂在她的脖子上，锁上的铃铛叮叮当当乱响，在太阳余晖下反射出夺目的光芒，跟蒙在她头上的大红纱巾纠缠在了一起。姐姐的脸被完全蒙住了，她的手紧紧抓着两边嫂子的胳膊，规规矩矩地倒着走，但脚步跟跟跄跄，头在急切地摆动，好像要把蒙在头上的东西摔下来，又好像寻找一个可以让她站稳的支点。同样是缎面绸子的淡绿色裤子显得有点短，那双漂亮黑皮鞋的蝴蝶结轻盈摆动着。我清晰地听到皮鞋踩在松软的地面上，依旧发出清脆而干净的"咔咔"声，和姐姐胸前的银锁一起演奏着什么。

原本在院子里玩耍的小孩子们看到新娘"轰"地一下全围了上来，我明显看到她抖动了好几下。嫂子笑着打趣道，"赛丽麦，你真的不哭啊？"旁边另一个嫂子接过话茬，"看来你等不及嫁了啊！"后面跟着的女人们哄堂大笑，伯母说，"赛丽麦哪像你们能闹，再说，哭了还不得照样要嫁？"

嫂子一边帮姐姐扯了扯旗袍一边说，"嫁个那么好的人家有什么哭的呀？

生个大胖儿子让你哭都不哭了呢!"

　　门口,那匹黑色的马温顺地立着,拖拉机上却已经挤满了人,甚至连驾驶座上都挂着几个,叔叔伯伯们和男人们在拖箱里哄笑着打趣着,笑声传遍了整个村子。有些不能去送亲的村里人或近或远地观望着,都想看看传遍了整个村子的那辆拖拉机,想看看新娘脚上的那双皮鞋。

　　我永远不会知道姐姐此刻到底在想什么,也许在那个连镜子都奇缺的年代,姐姐甚至都没能见到自己穿旗袍的样子,没能见到自己脸上的那一抹胭脂。

　　浩浩荡荡的送亲队伍出发了,姐姐坐在那匹黑马上,像一面旗子一样的红色的身影在队伍最前面,随着马儿脚步的节奏颠簸着。那天下午居然没有起风,冬天的阳光暖暖的,两边嫂子们自顾自笑着闹着。我像个吸血鬼一样一直盯着姐姐,看到她肩膀颤抖,看到她挺直了身子,看到她腰塌陷下去,好像很害怕从马背上掉下来,我知道姐姐从来没有骑过马。拖拉机轰鸣着用极慢的速度跟在后面,没有马骑也挤不上拖拉机的男人和女人们或三五一群,或两三一伙,大家的笑声燃烧了塔沙坡的冬天。而我带着一群孩子,时而跑在队伍前面,时而又在队伍走远的时候狂奔追逐,一路上,我都能听到阿爸没有责备的呵斥声和伯伯们充满善意的哄笑声。

　　离家越来越远,一种被抛弃的感觉再次捅向我的心窝。第一次是阿妈去世,这一次,姐姐出嫁了!

　　姐姐出嫁后的第二年,我上了初中,那个年代的孩子们根本没有依赖父母的习惯和念头,我和其他同学们一样,很快适应了寄宿制学校生活,也很快融入新的集体当中。起床、做早操、吃饭、上课、下课,老师的责骂根本唬不住我们这群农村孩子,紧闭的学校大门和门上那一张"严禁私自外出"的警示牌当然也关不住我们的野性,于是逃课,比上课还自然。

　　姐姐第一次到学校来看我,就是因为逃课。

　　等不及下课铃响,老师还没走下讲台,我们就像一群饿狼,迅速从课桌抽屉里拿出早就准备好的饭盆,一阵"叮呤咣啷",争先恐后地跑出教室门,跑向食堂。还没到食堂,"马晨,你姐姐来了!"同班一个同学在后面喊我。

　　"啊?"我一下子蒙住了,"在哪儿?""学校门口啊!"

我突然有点不知所措，有点高兴还有点害怕。姐姐出嫁后，我和阿爸只能在她回娘家的时候见到她。幸好姐夫是个极好的人，对姐姐很好，她婆婆也把她当自己的女儿看，所以她回娘家的次数比其他女孩要多。

我将饭盒往就近的窗台上一搁，就往外跑。

三月虽然已经是春季，但春风却依旧携带着冬季的刺骨，还没到学校门口，远远就看见姐姐抓着学校铁栏门，急切地向里看着，已为人妻的她和所有撒拉族妇女一样，带着绿盖头，身上的棉袄笨拙厚重但干净依旧。

"姐，你怎么来了？""哎呀，瘦了呀，吃不饱吗？"

姐姐说着眼睛看向食堂，"吃不饱了要跟我说呀！""你怎么来了？""我……我……哦，你老师托人给家里捎话，说你老不来上课，我没给阿爸说，你怎么回事啊？怎么会不去上课呢？你去哪儿了？"

姐姐一连串的询问让我哑口无言，看着她冻得通红的脸，我突然感到很委屈，突然想起来我有多想她，才知道姐姐对我有多重要，但没意识到自己已是泪流满面。

"怎么了？达伍德你……怎么了？有人欺负你了吗？"姐姐慌了。

"没有呢！"我忍着抽泣，不敢直视姐姐的眼睛。

"你怎么了啊？你要给姐姐说啊，你……"姐姐的声音带着哭腔。

"姐，真的没有，姐夫他们还好吧？"

姐姐吸溜着鼻子，"都好呢，你姐夫说让你好好学，有什么需要的跟他说！"

"你婆婆他们对你好吗？"

姐姐笑出声，"你怎么这么婆婆妈妈的，婆婆对我很好，家里也没什么重活，就是想你和阿爸！"说着，姐姐的眼泪又流下来了。

"还没吃饭呢，看，姐姐给你带了什么？你看！"

隔着铁栏杆门我和姐姐都蹲下来，我伸长了脖子，和小时候看她煎鸡蛋一样，姐姐把包里的东西一个个翻给我看，空气中瞬间充斥着各种味道，姐姐亲手烙的饼、腌白菜、煮烂了的洋芋……最后，姐姐冲我神秘地笑了笑，接着小心翼翼地从包最底层拿出了一个用油纸包裹的圆柱形的东西，她歪着脑袋笑："猜一猜，这是什么？"那神情和小时候一模一样。

-72-

"我不知道啦！我看看！"我上去夺，姐姐敏捷地躲开了，我俩都大笑着。

"你肯定想不到的！"姐姐神秘地笑着，然后一层一层把油纸揭开，一个精致的铁罐出现在我眼前，光滑的罐体上用花花绿绿的东西写满了字，不知道是用什么印上去的，看上去很漂亮。看着最大的三个字，我惊奇地喊出声，"麦乳精！"

"是的，麦乳精，你姐夫单位里发的，婆婆说我太瘦了，让我多吃点，呶，我给你带过来了！"

我一下子蒙住了，那个年代，麦乳精并不是人人都能吃到的。这么贵重的东西姐姐居然带给我吃，"你婆婆是给你吃的，又不是给我，我不要！""哎呀，你小子长大了啊，拿着，这儿没地儿吃，你把这个包提回去，别弄丢了！"说着，硬是把包塞到了我的手上。

"我不要！"我倔强地看着姐姐。"你拿不拿？""不拿！""你要气死我是不是？那好，我这就回家把你逃课的事告诉阿爸去！"

"你……""你什么你，拿不拿？"

"你怎么跟妈一样，非要……"我突然住嘴。

姐姐的眼泪又下来了，她端详着我的脸，"是呀，妈要在的话，看见你瘦了肯定比我还心疼你！你怎么就不听话呢？怎么叫我放心呢？"

眼前这张脸让我意识模糊，终于，姐姐哭了，"你和阿爸的衣服谁洗，谁给你们做饭，鞋子和衣服破了怎么办？我要是个儿子多好，我就能帮你们了。"

我第一次看见姐姐的眼泪在我面前肆无忌惮地流下来，"姐，你别哭了，你……姐……"我说不出什么话来安慰她。"姐，我拿着，我全都拿走！"我迅速把包从姐姐的手里接过来。

"你以后……好好上课！"我拼命点头。

关于逃课，姐姐什么都没提。

如今，我和姐姐都老了，那个少年，那个少女，我们都满堂儿孙，满屋欢笑！

在我少年时代的意识里，我对阿妈的理解，定格在姐姐身上。姐姐走的时候强颜欢笑，她永远也不会知道，我多想叫她一声"阿妈"！如今，姐姐的孙子们对她的依赖已经远超他们的父母，我想，有一天，他们会不会也像我一样，想到奶奶就想到阿妈！

撒拉人家里女人永远是食物的主宰者，一阵忙乱后，"吃饭咯！"孩子们欢呼着奔向饭桌，一张大桌子被挤得满满当当，姐姐牵着我的手，让我挨着她坐下。桌子上同样挤满了各种吃的，"姐姐，那个时候要是有这么多吃的，我就不用为了一颗鸡蛋啊、一颗糖呀，挨阿爸的巴掌！""嗨嗨"姐姐笑着，还是抿着嘴，"要是有这么多好吃的，也就不是那个年代了，你看现在这些孩子，喂他们吃还得哄着满院子追着吃呢！再过两年我连追都追不动了，那就饿着吧！"

外甥笑着说，"我妈什么责任都往自己身上揽，连小孩子们淘气不吃饭，我妈也觉得是自己的错！"

"是啊，阿妈们还不都一样，她小时候对我也一样！"

姐姐始终笑着，小孙子爬上她怀抱，用小手抹着她脸上的皱纹，搂着她的脖子蹭着脸。外甥媳妇端上了一盘洋芋，"舅舅你尝尝，我妈说你最爱吃煮洋芋！""吃洋芋好，现在你们都吃不上自家种的了，哎，现在都没多少人种了！"

秋天依旧是收获季，新鲜的洋芋煮熟后自然脱皮，暴露炸开了，裸露的淀粉带着淡淡的黄，像奶粉也像面粉，一股熟悉的味道扑鼻而来，这是小时候让我着迷的味道！

作者简介：

韩艳蓉，青海省循化县人，循化县作家协会会员。

项　链

韩德昌

一

黄昏,太阳从云缝里收起最后一抹金色的余晖,暮色轻柔舒缓地舒展开来,麻雀在渐渐变淡的蓝色天空中悠闲地鼓动翅膀,玲珑娇小的躯体划着灰色的曲线,掠过空中。高大挺拔的白杨树,泛黄的叶子在微风中摇摆,发出窸窸窣窣的鸣声,烟霭缭绕在树腰。

七十八两口子一东一北,背靠着被子,围着小炕桌,十七寸的长风电视机播着长风电器广告。他仔细地夹着碟子里的线辣子炒肉,一筷子一筷子地送进嘴里,辣得受不住时,抢着喝两口红糖泡茯茶,一会儿工夫,汗就从两鬓间流下脸颊。樱桃前几日帮亥姐阿奶收拾果园子,见树上的冬果梨又大又嫩,忍不住吃了几个,肚子和胃一起闹得厉害,头重脚虚的,好几日还没有恢复。看着男人吃喝的动作,忍不住咽了口唾沫:

"不就是个绿辣子,看把你急慌的样子,好像有人来跟你抢似的!"

"阿奶!说句不中听的尕实话,你气不要涨,你除了嘴紧(馋),其他上能耐都一般，倒是生养的两个丫头，锅灶是锅灶，针线是针线，没说头。吃了我们哈七麦的辣子炒肉，东来顺的菜看一眼就饱了。"

一听这话，樱桃坐直了腰，把纱绒盖头下端掀上头顶：

"真是个狗脸，说变就变！我能耐一般，咋了？还不是给你端吃端喝的二十多年，尕娃丫头的养了一大堆？到如今，倒嫌我能耐一般。"

说着，拿起筷子，拣了一块肉嚼起来，"少林拈花手"，一出手非同小可，一瞬间的工夫，菜里只有辣子没有肉。

看到后果，七十八端起搪瓷缸子慢慢汲着。

"阿大、阿妈！你俩说什么呢，这么热闹？"

尕丫头哈七麦端着盘子进来了，笑着问。

"有什么可热闹的，哈七麦！自从你阿姐住了校，家里活你干了不少，从明后起，阿妈好些了，饭还是阿妈做，不要耽误你学习。"

"没事的，阿妈！作业在学校都做完了，不影响学习。"

说着，把盘子里的油泼辣子、醋摆在桌子上，面片碗递给二人。

"你阿哥还没有回来？唉！都二十五六的人了，还不娶媳妇，像个没有笼头的尕驴。"

"说了七八个，哈三就不点头。这回尕胡才哥在石头坡马家有个外甥女，模样家道都好，十拿九稳的能成。"

"明日你不要耽搁，到食品公司称二斤桃酥，再到临夏杂货铺称一斤春尖细茶、一斤桂圆、一斤红枣、二斤冰糖，答谢一下尕胡才哥，顺便叫他多操个心，抓紧些。告诉他，等事情完了，媒人的礼一定好好答谢。"

"后晌刚见了他，叫我准备办宴席，还在他白庄相好的朋友那里说好了牛肉，下了定钱。"

"婚事要是谈不拢，买那么多肉咋办？"

"尕胡才哥拍着胸脯保证了，这主还是能做，说好了，明后天，叫哈三到食品公司看看姑娘。"

"就怕到时候阿舅也做不了主。"

"你这个婆娘，哪来这么多碎话，面片也堵不住嘴？哎！你不是肚子不受活吗？怎么又是辣子菜又是面片，说话还这么碎？"

看到男人撒泼的老毛病又犯了，她轻轻叹息了一声，端起面片吃了起来。

二

吃过晌午饭，哈三撕了一盘葵花籽，坐在结满果实的黄金帅苹果树荫下，不紧不慢地嗑。院子里的花坛里，一串串的海娜花开得像升腾的火焰；臭金莲笨拙厚实的花瓣散发着一种古怪的味道；新品种的玫瑰，就像刚嫁过来的新媳妇，还没有熟悉环境，怯怯地、娇羞地露着脸庞，紫红的花朵散发出醇厚浓郁的香气，蜜蜂忙着采蜜，蝴蝶在花枝间翩翩飞舞。

嗑了一阵，他起身把小凳子靠墙立在廊檐上，吃剩的半个葵花盘子放在窗台上，从西房拿出扫帚铁簸箕收拾干净了地上的葵花皮。

一头率性而生的头发自然地披在头上，没有修饰的痕迹，再高明的理发师也说不出属于哪种发型，末了总是像医生百试百灵的绝活——拍片子、挂吊针一样，嘿嘿一笑，说"自然发型"。头发下一双小而宽的眼睛，目光柔和温顺，鼻梁略塌、鼻尖微微上掀，唇线柔和清晰的嘴唇紧紧抿着。

他看着大衣柜镜子里的自己，沉思半晌，缓缓地打开衣柜，在叠好的衣服当中挑了件灰色的半新的长袖线衣。

"阿大的线衣，正合适。"

转身又拿了一套自己三年前做的蓝毛华达西服。穿上衣服换好鞋，用手理了理头发，回身对着镜子，再看了一眼。

三

下午3点15分，他敲开了食品公司财务室的门。

一进门，一群人围着一张办公桌说笑着吃绿皮核桃。

"尕胡才大大说她是开票员，叫马学莲，姑娘有两三个，到底是哪一个呢？"

"批发二十斤红糖，麻烦你们开一下票？"

说笑声停了，有人说道："马学莲，票开给。"

一个姑娘走了过来，身躯娇小、苗条，小圆脸清清亮亮，没有施粉描眉，上身穿一件浅绿的的确良花衬衣，黑色小喇叭裤，半高跟白凉鞋。

她坐到自己办公桌前，打开抽屉拿出票据、复印纸、复写笔，刷刷地写了起来，写到一半，想到了什么，半天没动，一片隐约的红晕像海浪涌上沙滩一样漫过丰腴白嫩的脖颈、脸颊。

"听说是家里最小的，看样子果然是娘老子的心肝宝贝，稀罕的了不得，娇嫩得像清晨刚开的带露水的芍药牡丹。可惜，呵口气就吹皱了，不适合栽种在我们农民家的花坛里。"

"给，票开好了，二十斤，批发价每斤两块半，共五十块钱，到保管那里提货。"

他随身拿出钱，数了数，递了过去。

"多了十块！"

又递回来十块。

他起身道了声麻烦，就到仓库拿了红糖。

到了村子，进了舍木素阿爷的杂货铺，二十斤红糖四十八块钱卖给了舍木素阿爷。

四

国庆一过，天气说凉就凉。

昨夜，一熬煎，七十八在炕上烙了一夜的饼，东方泛白的时候才迷迷瞪瞪地睡着了，醒来时，嗓子抓得紧紧的，像套了个箍。他感到凉意更浓了，披了一件夹袄，沙哑着嗓子对尕娃说道：

"哈三，昨天尕胡才大大来了回话，说沙坝塘陈家就是食品公司开票的那个姑娘，家里人倒很满意，只是姑娘是临时工还没有转正，到元旦转正了才吃宴席。这转正不转正的其实跟吃宴席也没有多大关系，照我看多半是姑娘不同意。真要是这样，这牛肉都下了定钱，折点本卖给肉摊子，还是存到肉联厂的冷库里，你看咋办是好？"

看着父亲突然苍老的脸庞上黯然的神情，哈三站了起来，转身拿起挂在柱子上的牛尾巴拂尘，打着裤脚：

"阿大，你别熬煎，这陈家的姑娘，我看了，插在花瓶里摆在办公桌上是好看，但是我们家的花坛里栽不活。再说这一家的门关了，还有百家的门开着。你等着，这媳妇我自己去找，天黑前给回话。"说着，推上永久大链瓦出门了。

一出门，他骑着自行车沿着小路上了托坝村姑姑家。

姑父正在院里浇花，哈三说了声"才俩穆"问候，笑着说道："姑父，麻烦你在庄子里给我找个媳妇。"

姑父咧开大嘴笑着说道：

"找媳妇不难，只是你想找个上班的，还是农民？"

"当然是上班的！"

"就现在？"

"就现在！"

姑父放下手里的水壶，洗了手。

姑父领着哈三，在村子里转悠。

在托坝泉边，一棵老柳树巨大的树盖下，凉风习习。几个半年纪的男子围坐一团在下象棋，为了悔棋，双方吵得脸红脖子粗。

姑父指着一个黑脸矮个子：

"他有个姑娘，今年刚毕业，在伊麻目小学当老师，各方面都好。"

"你就问问他情况，就说姑娘今年许不许人家。"

姑父走过去，拍了拍那人肩膀，对着他说了几句，一起走到僻静处，两人又说了一阵，那人还回过头看了看哈三，说罢又去看下棋。

"他说家里光阴不太好，指望姑娘的工资，两三年不许人家。"

"到别处转转吧！"

过了托坝清真寺，拐进北边一个巷道，一直向北，横着一条水渠，泛着绿意的水缓缓流淌。姑父指着一排白杨树下的一个铁门：

"这家有个姑娘，和我一个学校，不知道给不给？我避一避，你进去看一看，就说是买牛。我先回去，在家等你。"

哈三推开门，防着狗走了进去。

—79—

北面一溜五间新盖的阳式房子，西面三间穿廊，传出一阵阵的笑声。

一进房门，就像猪八戒掉进盘丝洞。

哈三只感觉到有七八个姑娘，难分大小，一色的正值妙龄，娇笑嫣然，似春风吹过八百里芙蓉园，群芳吐蕊，什锦摇曳，虽是陋室矮屋，也难掩华姿。

看到哈三，笑声停了。

哈三定了定神，缓了缓。才看清六七个姑娘围着坐在实木沙发上的阿妈。

哈三对着老人说了声"才俩穆"问候，脑筋一转，把买牛的事变了一下：

"姨娘，麻烦打听个托坝五十三的家在哪个方向？"

老人听了，笑着说道：

"啊呀尕娃！托坝五十三的家就在水渠斜对面哩！不知道家里有没有人，上午都在洋芋地里，走、走，我领你去看看！"

看到五十三家门，哈三说道：

"姨娘，麻烦你了！你回，我自己进去就行了。"

老人就是不回。哈三硬着头皮，被老人领着，绕过门道里的手扶拖拉机走进院里，一个身材高大，须眉花白的阿爷正带着儿子孙子一大群坐在台阶上穿线辣椒。

哈三对着老人说了声"才俩穆"问候，说道：

"阿爷，五十三在家吗？我家修房子，想找他拉几车细沙抹墙哩！"

老阿爷大手抄着耳朵，大声说道："什么？……五十三？拉沙子哩？哎呀！黄南搞副业去了，三个月了……"

从五十三家出来，哈三再三感谢老人。

回到姑父家，姑父正在葡萄架下喝着盖碗茶，哈三抓起凉好的盖碗茶一口气喝得干干净净，放下盖碗，添了水：

"姑父，我一进姑娘家，还没有说话，人家就已经知道我去干什么了。"

"看清楚姑娘了吗？"

"六七个姑娘，都像是一杆枝子上的花一样摇着，你说我能看清楚吗？"

"就是那个左脸蛋有个酒窝，酒窝里有个黑痣的那个！"

"姑父，你没见那阵势，别说是酒窝里有个黑痣，就是酒窝里有朵牡丹，我也花了眼看不清楚啊！"

"看你那点出息，你姑拌了凉面，你先吃晌午。我这就去问问。"

姑姑端来了葱花拌凉面，哈三放了两勺子油泼辣子、油泼蒜，浇了醋，美美地吃了两大碟子。

吃罢饭，喝着盖碗茶，姑姑喧起家常，问起父母、庄稼收成。

下午4点左右，姑父推门进来了。

"姑娘家给了回话，今天是星期天，这个星期四，在学校见一面，互相了解了解，人家小刘姑娘不去饭馆。下午5点左右，你就到红旗大学校，顺便买些新鲜蔬菜水果，称一斤肉，再买些瓜子糖果，不用买饮料，我那里有上好的毛尖、冰糖、桂圆。你姑姑到时候也在。利索些，可别叫人家姑娘看不上。"

吃着晚饭，哈三向阿大阿妈详细说了情况。

阿大阿妈听了笑得合不拢嘴，笑着只说："你这尕娃！"

哈七麦听了，睁着一双大眼睛，笑眯眯地问道："闯进一伙姑娘堆里，你不羞吗？"

"羞得想找个老鼠洞钻进去。但羞是羞，可不能叫别人看出来。"

五

星期四，没到下午5点，哈三骑着自行车进了红旗大学校，仍然穿着蓝西装，灰线衣。

姑父、姑姑严严实实地交代了一番后出去了。

他端着杯子喝茶，陷入沉思。

响了一阵铃，一会儿，门外响起高跟鞋急促的节奏，是姑姑。

领进来一个姑娘。

一种奇怪的感觉，一种不应该在相亲时出现的感觉攫住了他。

这是一种什么感觉呢？他紧紧搜索、捕捉这感觉。

姑父说话声在耳边嗡嗡，他只听到"……刘老师……"

坐在桌前的靠背椅子上，他终于捉住了这感觉——"项链，是她脖子上戴的项链模糊的轮廓。"

他轻轻汲着茶，嚼着茶叶。她和姑姑生起烤箱，洗菜、做饭。

烤箱是老式的，姑姑、姑父轮流摆弄了几次，只冒烟熏人，感觉不到热气。

他走到烤箱前，提起铝壶，看了看炉洞眼，放下壶，抓住炉灰拉杆"咣当、咣当"地拉了几下。

"啊呀哈三！这火弄熄了咋吃饭？"姑姑惊叫着，她们一起围过来。

"别慌，会着起来的！"

说着，又提起壶，拿起火棍仔细捅了几下，放下壶，转身坐了下来。

两人切着菜，不时回头看看烤箱，只是不敢动壶。

不一会儿，水壶"呲"地响起一阵重浊的响声，再过了一阵，就沸腾起来了。

火一起来，一切都顺当了，气氛也热活起来，叮叮咣咣地炒好菜，下了面片，围坐在办公桌前吃起来。

一会儿工夫，吃罢饭，收拾了桌子，她们洗了碗筷装进柜子。

葡萄、苹果、瓜子摆上桌子，吃吃喝喝地聊了一会，姑姑、姑父拿起手电筒去查宿舍。

哈三拿起暖瓶给她添了水。

这是一个怎样的姑娘呢？

他首先仔细盯住了挂在她温润精致的脖子上的那串"项链"。

不是耀眼的工艺精良的黄金链子，只是一截普通织毛衣的绿腈纶毛线，串着四五个外表像玉，其实是石头做的大豆般大的小兔、小猫、小狗的挂件、几个大小不一的钥匙，垂下来停在胸前。上身穿着一件黑白相间的、横条纹的腈纶毛衣，左腹部有个无盖的大口袋，他只觉得她这件毛衣穿了很长时间，又感觉是件人为做旧的高档货。一件白色的西裤，紧裹着饱满修长的双腿，大小适度的脚上穿着一双粉红色的旅游鞋，鞋带绑着花扣，看到这些，她幽深活泼的眼睛，挺拔的鼻子，小巧温暖的嘴，圆润的脸，轻松地束成一把的秀发，修长柔软的身材倒没有给他留下太深的印象。

他终于卸掉多年来沉重地压在他心头的巨石，推到西西弗的山顶，一身轻松，游鱼一般浮出水面，看到湛蓝辽阔的碧空、金子般辉煌的至尊太阳。

从懵懵懂懂的初恋，到失恋，一直到如今心灵的苍茫寂寥，他惧怕带着自己真实的情感面对这个世界，面对自己的亲人、情人。希斯克里夫带着对凯撒琳的希冀，微笑着进入墓穴，那么……

偶然碰到她？不，她是自己找到的。

一股温暖清新的血，开始在他血管里流动，他甚至能感觉到这流动产生的微微的暖意，如冬天站在温暖的阳光下，遥望山那边青翠深沉的松林。

他轻轻地开口了，从学校一直讲到毕业、工作，再讲到今天的生活，他看的书以及他向往的未来。

她静静地听着，忘记了自己骨子里掩盖在冰雪之下的矜持与淡漠，渐渐地，笑意从内心深处溢了出来，像炽热绽放的玫瑰一般盛开在清秀的脸上。

熄灯的铃响了，姑姑和姑父回来了。

听到脚步声，他赶紧把碟子里的大瓣瓜子倒进塑料袋递给她。

"拿着，闲了吃，是专门给你买的！"

她轻盈地笑了笑，拿过来塞进毛衣的大口袋里。

姑姑和姑父进来后，她只坐了一会就走了。

姑姑和姑父闭着嘴笑个不停。

"你阿大从小都说你羞脸大，我和你姑父害怕你面对着姑娘说不出话，不放心，在门外听了一阵，啊呀，你俩说说笑笑的声音，学校大门外都听得见。"

晚上10点，趁着月色，他骑自行车回家了，大门虚掩着没有上扣子，阿大阿妈关了电视，一起学习《礼拜基础》，看到尕娃，齐声问："情况怎样，姑娘各方面都好吧？"

"性格、模样都不差。"

"抓紧些，阿大的心都操干了。"

"阿妈，你们别急，这回的很圆满，再说一切都有个真主的安排。"

窗外的世界在清凉的月光下静静散发轻柔的迷梦似的气息。真主啊！这柔和宁静的月光下，入睡的是一群怎样的不安分的灵魂啊！

作者简介：

韩德昌，男，撒拉族，循化县作家协会、书法家协会会员，2013年、2014年在《驼泉》杂志发表短篇小说《破茧》《故土》《项链》。

赛丽麦的"喜喜"

韩福明

赛丽麦盼"囍"

赛丽麦面向墙角跪坐在炕上，盯着墙上大红的"囍"字图案，眼前闪过那段不堪婚姻的一幕幕画面。

父母为了早点卸下自己的责任，赛丽麦被早早嫁到黄河北岸的村子。那个家，比自家富裕很多，她不需要像家族中的姊妹一样出去打工挣钱。她们一家觉得这是真主对她的恩赐。没过多久，她不这么想了，那个他和他的妈妈让这恩赐成了现世的地狱。

他是个独生子，从小被父母疼爱，他想要得到的，他父母会想尽办法满足。他长得也很赞劲，较高偏瘦的身材，从小优裕的生活使某种优越感已渗入到他骨子里。五年前，他父亲在矿上翻车去世。他继承了所有家产，县城繁华地段的四间店铺，两辆东风牌大卡车。母子俩将店铺和卡车都租赁给别人，收着不菲的租金，过着安稳的日子。

赛丽麦嫁过来的第二天，没有忘记母亲的叮嘱。黎明的曙光还停留在黑夜中，距晨礼时间还有几刻钟，她已拖着连日来的疲惫起床。

她摸着黑穿上了喜庆的红色旗袍，套上羽绒大衣，轻手轻脚地出了婚房，趁着月光拿起了立在门后的竹扫把。

扫院子时，不便的着装与鞭炮的硫磺味，使赛丽麦非常难受。即便如此，作为一个新入门的媳妇，赛丽麦不敢有丝毫的懈怠。

偌大的院子扫干净了，赛丽麦正往厨房走去。他妈妈手提汤瓶从房间出来，将汤瓶内剩余的水泼向院子，对赛丽麦喊道："把大门口也扫掉，扫到马路边。"没等赛丽麦回话，她就返回房间做晨礼。

昨天嫁进来，今天就看到颐指气使的婆婆的脸，赛丽麦没有不爽，只是害怕。借着灯光轻轻拉开门前的路灯，顺手拿起刚放回去的扫把。

路灯挂得很高，却照不到百米外的马路上。冰冷的水泥路面没有生活垃圾，赛丽麦将碎石和树枝扫入路两边的小渠。

扫到马路边时，做晨礼的人散礼了，三三两两的从赛丽麦身边路过，赛丽麦觉得自己一定很狼狈。往回走时，她半走半跑，生怕路人透过红纱巾看到她狼狈、委屈的样子。

新婚不久，他就几乎不回家过夜，只是每隔几天回来一趟，每次回来都是天快亮的时候，一直睡到响午，醒来将自己拾掇体面，饭都不吃就出去。

赛丽麦什么都不敢问，有一天，大着胆子小声地问了一次。他什么都没说，瞪了她一眼，赛丽麦一阵害怕，那以后再也不敢问了。

他妈妈不怎么出去，整天待在家里，让重金"买"回来的儿媳不闲着。儿媳干过的活，都要"审核"好几遍，稍有不满，就劈头盖脸地臭骂一顿，反复折腾，直到满意为止。没过多久，赛丽麦干活不知道累，动作麻溜得像个雀儿一样。

开春时，他妈妈让赛丽麦在荒废的后院种满了线辣椒和其他蔬菜，围着院墙栽了十几株花椒树。在后院大杏树下支起了牛棚，养了两头黑白花奶牛。一整天下来，赛丽麦没有片刻休息的工夫。尤其到采摘花椒的季节，手和胳膊被花椒树上的短刺划开了好多口子。

回娘家时，赛丽麦流着泪将自己在那边的遭遇倾诉给她的母亲，她对母亲讲到她不想再回那个家。

母亲听完女儿的不幸，用自己那一辈人受的委屈、吃的苦，劝赛丽麦要"忍耐"，还将婚姻的"真经"传授给女儿：婚姻需"忍耐"二字维持。

就凭母亲给赛丽麦的"真经"，赛丽麦熬过了一关又一关，他的恶语相向，他妈妈的百般挑剔，赛丽麦都"熬"了过去。

赛丽麦"熬"了四年，直到看见车上那个女人。

他整夜不回家，是在外面赌博，欠了一屁股债。担心要债的逼到家里，就将两辆卡车抵给了别人，还了债。

开赌场的老板是内地过来做生意的，经营过五金铺、烟酒店、鞋店，亏了些钱。在这个小县城打拼了几年，发现这个宗教严禁赌博的地方，仍有很多赌徒。赌徒不少，却没几个固定场地，整天"打游击"。觅得这个挣钱的"商机"，"精明"的老板在南山脚下租了个荒废多年的大院子，周围有些许繁茂的大树，院子坐落于树林间，显得比较隐秘。赌场老板将院子收拾干净，中间砌了隔墙，东边自家住，西边设成赌场，西房和北房被隔成了十来间赌房。

大方的老板将钱借给一心想翻本的赌徒们，高额的利息阻挡不了赌徒们想翻本的痴心。与赌桌上堆成小山的钞票相比，高价的茶水费和场地费算不了什么。这些算不了什么的钱，对赌场老板而言，像是挖到了金矿，将这些赌徒生活的希望一丝丝地收入囊中。

赌场老板有个俊俏的女儿，原本探望父亲后打算返回老家的她，和他见过面后，就再也没回去。

两人刚接触时，他以赌博为名天天去见她。后来，他的心思完全在她身上，几乎不赌了。赌场老板被抓前，他去赌场纯粹就是为了见她。

赌场老板因开赌场、放高利贷被抓。

他对那个女人许诺会照顾无依无靠的她，那个女人为了他哪儿都没去。两人在县城租了房，计划着同居的生活。他回家取衣物时，那个女人不肯独自留在房里，非要陪他回去。

车停在门口，他没让那个女人下车，独自回房间收拾东西。

从牛棚提着水桶到前院来接水的赛丽麦，透过车窗看见了那个女人。

他两手提着塞满了衣物的包从房间出来，看到了发呆的赛丽麦，他脸上的表情丝毫未变，更未出现愧疚甚至一丝的不安，上车走了。

那天夜里，赛丽麦的泪流到了天亮。

四年来，赛丽麦"忍耐"着、期盼着、希望着有一天，能和其他姐妹一样，他可以带给自己幸福。一天天过去了，一年年过去了，幸福始终等不来。在痛苦的期盼中，盼来了更深的痛苦。赛丽麦不相信自己的婚姻会如此不堪，不相信自己会如此不幸。

窗外传来了晨礼的邦克声，赛丽麦像往常一样，起来收拾房间，却没有像平常那样收拾完房间去拿门后的竹扫把。她出了门，穿过马路，丢了魂似的走到黄河岸边。流了一整夜的泪，再多的泪也该流干了。可眼泪还是像泉源一样，不断地流，流到马路上，流到黄河里。

缓缓地，清晨的黄河水缓缓地流，赛丽麦缓缓地走向河里。她感觉不到寒冬里黄河水透穿骨髓的冰冷，也听不到划破清晨宁静的滔滔水声。一步一步走向黄河，水下迈步很吃力，赛丽麦毅然迈着走向生命尽头的脚步。河水及腰时，步子已经迈不开了，赛丽麦纵身往河水深处一跃，一头扎进了黄河里。

赛丽麦感觉脚踝被什么东西拽住了，使了很大劲都没能挣脱。她被拉回了岸，模模糊糊看到拽她的人影。越是想看清楚，眼睛越是睁不开。

暖暖的，后背上的暖流穿过脊椎流遍了赛丽麦全身。赛丽麦睁眼看到了一位陌生的老奶奶，老奶奶脸上充满着祥和，祥和的皱纹在讲述着无尽的故事。

老奶奶对躺在炕上憔悴的赛丽麦说，她五十多岁的儿子晨礼完回家时，远远看见河边发呆的赛丽麦，发现不对劲。赛丽麦跃进黄河时，他正好赶到，跳进去将她救了回来。幸亏老奶奶的儿子是黄河里翻滚长大的，也亏她命大，一把就拽住了她的脚踝。

老奶奶倾听了赛丽麦的不幸，为这个不幸的丫头流下了眼泪。

老奶奶抚摸着赛丽麦的手说道："阿娜依，所有生命是真主创造的，自己结束自己生命的人是要入地狱的。你今生如此不幸，死了还想进地狱吗？寻找今生幸福，两世吉庆才是我们最应该追求的。"

老奶奶的话像一把匕首刺入赛丽麦的心，她从未想过去"追求"，习惯了被安排，从未去追求甚至去想过追求婚姻、生活、人生，自己就像一个生活的傀儡，事事被安排。

老奶奶抹掉同情的眼泪，说道："我们这一辈经历过的磨难和艰辛，你们永远无法体会，像你般脆弱，我有十条命都不够活到现在。"

老奶奶将身子挪到炕边，转过身，两手撑着炕沿吃力地下了炕，拖着鞋，佝偻着身子，缓慢地将脚挪到炉子边，从炉子上拿起一个小烧水壶，倒了半杯滚烫的熬茶，又缓缓地将脚挪回到炕边，将半杯杯子放到炕上，吃力地上了炕，挪到赛丽麦身边。

赛丽麦将枕头竖靠到墙面，后背靠上枕头，双手接过老奶奶递过来的熬茶。

老奶奶对赛丽麦讲起了自己的经历，老奶奶十四五岁时嫁给了一个残疾军人，他跟着马家军和孙殿英军队在宁夏的血战中，被敌方的大刀砍断了左腿。多次死里逃生的男人，心灵比身体受到的伤更大。老奶奶每个晚上都要挨男人的毒打，渐渐地，身子被打麻木了。残疾男人精神越来越差，老奶奶二十出头，他就无常了，也没有留下后人。

老奶奶说真主怜悯自己，七年后，她嫁到一个富农家庭，即便自己要下地耕作，但雇着很多长工，记不起那段时间吃过什么苦。舌尖至今还留有那时享的富，吃过白面馍馍和面条，偶尔还能吃上有羊肉的菜，这辈子的福在那个家享尽了。生了三个娃，两个大的没了，活下来的是救赛丽麦的那个大伯。日子过了十来年，家里因为是富农成分，田地被分给了没地的人家，自己的男人也死去了。

老奶奶说人一辈子不会都遭罪。改革开放后，她嫁给了一个阿爷，阿爷有五个孩子。把自己娶过去，就是为了伺候阿爷。后来，阿爷在村庄开了间小卖铺和压面铺，阿爷的儿女们光阴都挺好，让老奶奶自己支配两个铺子的收入。阿爷去世后，阿爷的儿女们对自己挺好，愿意照顾她这个后娘。

老奶奶告诉赛丽麦，那段时间她存了些钱，一些用在了阿爷的丧事上，另一些存了下来。救赛丽麦的大伯去河州干了好长时间的苦力活，挣了些钱，这些钱在盖房子、娶儿媳妇时都用上了排场。后来，自己还是跟着亲儿子来这儿过光阴了。

老奶奶说自己的两个孙子都在上大学，家里的光阴越来越好。吃饭时，孝顺的儿孙在桌上摆满了肉啊、甜食啊，可人老了，这些富享不了，该享的富都享在那段能吃上白面馍馍和面条的日子里了。

老奶奶平淡地把自己经历过的磨难和幸福都讲给了赛丽麦。

得知赛丽麦跳河后，安分守己的父母也被激怒了，带着怒气想追过去讨个说法。

赛丽麦劝住了父母，她不想让人知道跳河的事，更不想与那个家有任何瓜葛，唯一心愿就是离婚。自己对那个家的一切，被河水冲走了，永远也倒淌不回来。

可怜的女人，男人不说离婚，连离婚的资格都没有。在娘家待了两年，托了好几个乡上有威望的阿訇去处理，狠心的他都不答应休掉赛丽麦。

世道很讽刺，赛丽麦得以离婚，全靠那个女人。她快要生娃时，希望报应不要报到肚子里的孩子，让他与赛丽麦离婚才安心。

可怜的赛丽麦，离婚不需要去办理任何手续，结婚时哪办过结婚证。男人隔空的一句"我把赛丽麦休了"，就算随了赛丽麦的心愿。

赛丽麦追"囍"

望着大红的"囍"字图案，赛丽麦眼睛渐渐模糊，到最后只能看到模糊的一团红色。

脱离苦海的赛丽麦想牢牢掌握自己的命运，就与当面匠的弟弟劝说父母到内地开饭馆。老实本分的父母考虑了很长时间，从亲戚们手里借了七万块钱，在杭州开了拉面店。

小小的拉面店，分工明确，由赛丽麦掌舵，负责收钱、收拾前厅、当跑堂，弟弟负责拉面，母亲炒菜，父亲采购。

摆着七张桌子的小小拉面店，不到半年就还清了亲戚们那儿凑的七万块钱。

开店的这五年时间里，每隔一段时间就会有媒人和亲戚打来电话说亲，甚至有亲戚不远千里专程跑来说亲。这些年，都跑出去开馆子，光阴都好起来了，男方的条件一个比一个好。

说亲起初，赛丽麦父母坚决回绝。过了两年，挡不住说亲团，心里也替女儿着急。母亲对赛丽麦提过几次，赛丽麦总说再过两年，两年过后又说再等两年，根本无心结婚。

直到弟弟的大腿被一桶开水烫伤，在租房里躺着休养了三个月。

父母打算把店暂时关了，等弟弟养好伤再开店。赛丽麦坚决不同意，店关了，老顾客都没了，再开起来要费很大功夫。

父母拗不过赛丽麦，只好托亲戚在老家找个面匠过来帮忙。

易努斯的到来，化开了赛丽麦的心结。

易努斯和赛丽麦家是同乡邻村，也是个穷苦人家的孩子。父亲自小就离世，自幼与母亲相依为命。十来岁就到北京老乡的饭馆打工，当了两年跑堂。串了一年的羊肉串，串一串羊肉能挣几分钱，勤奋的易努斯一个月能挣不少钱。后来，舅舅来北京开饭馆，踏实好学的易努斯很快学会了拉面，当上了饭馆里最挣钱的面匠。

易努斯的舅舅做主，给易努斯娶上了媳妇。丈人是个砖厂老板，家境殷实，很疼爱这个女儿。

易努斯娘儿俩对媳妇百般心疼，在北京当面匠的易努斯为了能照顾好媳妇，特意返回老家当面匠。不承想，换来的却是媳妇的埋怨，说易努斯在家门口当面匠，她嫌丢人。

易努斯为了不使她嫌丢人，带她一起去了北京，他去饭馆拉面，媳妇在租房里闲坐。

过了一阵，狠心的媳妇给易努斯留了张纸条回了老家，说她要回娘家，劝他别来找她，更别来接她。

易努斯买了第二天的火车票赶回了老家，直奔媳妇娘家，媳妇却躲起来不愿见他。见过世面的丈人劝易努斯先回家，说自己和丈母娘会劝女儿回婆家，让他回家等。

易努斯娘儿俩一连等了好几天，丈人和丈母娘始终没有将媳妇劝回婆家。

焦急的易努斯又一次来到媳妇家，丈人说自己丫头铁了心不回去，他可以将彩礼退还给易努斯，让易努斯休了自己女儿。

自小有志气的易努斯不知哪来的眼泪，边哭边喊："我不要退回的彩礼，我要我媳妇。"

易努斯的眼泪没有换回他的媳妇，换来的却是娶亲时的部分彩礼。心痛和不舍抵不过媳妇似铁的心，易努斯不得不成全了她。

易努斯没有像其他男人一样，一离婚就着手再婚的事。他把自己的痛苦化为干劲，自己当大工，雇了个小工，在自家院子盖了四间东房，还翻修了原本简陋的厨房。

家里的工事结束后，易努斯又前往北京舅舅的饭馆拉面。北京的拉面馆越来越多，老家周边几个县的人都出来开饭馆，北京成了清真面馆竞争最激烈的地方。舅舅的生意越来越惨淡，坚持了两年，将拉面馆低价转让给老乡后，易努斯跟着舅舅返回了老家。

缘分注定了赛丽麦和易努斯在经历过各自的痛苦后相遇。

赛丽麦的饭馆因没有面匠关了近一个星期，即使发高工资也没人愿意跑这么远来当临时面匠。

赛丽麦的舅舅打电话来说找了个好面匠，是他一个熟人的外甥，过两天就到饭馆。

易努斯来杭州正值酷热的七月份，赛丽麦的父亲一早就去火车站接他。

易努斯一声"赛俩目"道向收拾前厅的赛丽麦母女俩，站在凳子上擦饮料罐的赛丽麦匆忙下来，回了声"赛俩目"。

易努斯宽阔、结实的上身穿着白衬衣，两个袖子往上挽着半截，将衬衣塞进了浅色的牛仔裤，肩上挎着衣物不多的浅蓝色肩包。两天前剪的平头和满脸的精神，丝毫看不出乘坐了两天火车的疲态。

此时的赛丽麦，头戴着黑色的薄纱巾，宽松的卫衣上套着粉色的围裙，下身也是件宽松的牛仔裤。滋润在江南的水乡里，赛丽麦的皮肤比初来时白嫩了许多。

没一会儿工夫，赛丽麦将三盘凉菜、两个热菜、两个饼子、一碗面摆在易努斯桌前，在火车上吃了两天泡面的易努斯一点都不客气，便一扫而光。

赛丽麦父亲让易努斯去租房里休息一天，买点日用品，第二天开始上班。

易努斯说买的卧铺票，火车上睡了两天，不干点活，反而不舒服。他取出肩包里的白色大褂和帽子，径直走向厨房。

三十出头的易努斯是个资深的老面匠，不仅面拉得有劲道，下面速度也奇快。即便店里的七张桌子坐满人，也不会让任何一个顾客等太久。

易努斯平时话不多，踏实、能干，干活时井井有条。早上进厨房到下班从厨房出来，清理卫生、和面、拉面、刷锅，不需要任何人帮忙。

易努斯的到来，使赛丽麦的生意比之前更好，但面匠的工资对一个小饭馆实在是一笔很大的开支。休养了三个月的弟弟，腿上的烫伤留下了很大的疤，却一点也不影响活动。

自从赛丽麦和父亲把易努斯送到火车站后，赛丽麦像丢了什么似的，很少算错账的赛丽麦，接连几天都算错了顾客的账。

老奶奶那把"追求"的匕首又一次刺痛着赛丽麦的心。连续失眠几夜后，赛丽麦对母亲讲出了要嫁给易努斯的心意。让母亲将自己的心思告诉父亲，让父亲找人向易努斯传达自己的意思，如果易努斯愿意，让他找媒人来说亲。

赛丽麦的父母早看出了女儿对易努斯的心思，也挺喜欢易努斯。只是这种事只有男方主动找媒人说亲，哪有要求男方来说亲的。

尽管在内地待了这么久，赛丽麦的父亲思想开放很多，但对要求男方来说亲的这件事，觉得不太合礼数。打电话给老家的弟弟，将这事托赛丽麦的小叔去想办法。

赛丽麦的小叔和易努斯的舅舅打过多次交道，也是老熟人，两人的千里姻缘也是水到渠成。

两人的喜事正好搭上了老家"移风易俗"的顺风车，家境不太富裕的易努斯不需要重金"买"媳妇。省下来的钱为两人未来生活减轻了不少的负担，过不了多久，两人就能开一家饭馆了。

赛丽麦得"囍"

赛丽麦抹着眼泪，呆呆地望着墙上的"囍"字图案。房门被推开，易努斯坐到了炕头上。

"这个'囍'被你望穿了吧？"易努斯边说边脱了鞋，盘着腿背靠窗户坐下。

赛丽麦转过身，双手抱着并拢的双腿，抬头面向了易努斯。

"客人都打发走了吗？"赛丽麦问道。

"走了，客人和家里帮忙的人都回去休息了。"易努斯关心地问道"晚饭怎么不多吃点，给你端过来的饭没吃几口就被他们端回去了。"

"不怎么饿，不想吃。"

"是不是看了一晚上的'囍'，看着把肚子填饱了。"平常不善幽默的易努斯问道。

赛丽麦扑哧一声笑道："'囍'怎么能吃饱呢？"

易努斯认真地回答道："这个'囍'可以吃一辈子。你瞧，这个图案是由两个喜连在一起的，一个像你，一个像我。今后咱俩的心要连在一起，'囍'就会跟随咱俩，咱俩可以吃一辈子。"

赛丽麦回头再看"囍"字图案，果真像两个人，一个像他，一个像自己，"囍"字就像两个人依偎在一起，为什么自己一晚上都没看出来呢？

"今后咱俩要彼此忍让、彼此信任、彼此理解、彼此尊重，要将咱俩的婚姻经营得像天堂一样。如果相互不珍惜，就会像地狱一样，会使人痛苦不堪。"易努斯将从痛苦的头婚中领悟到的真谛表达了出来。

"我这么久没有再婚，是恐惧结婚。但我没有对婚姻失去希望，没有觉得婚姻对我不再重要，恰恰是觉得婚姻非常重要。生活本来就不容易，如果再经历一段不堪的婚姻，就真活不下去了。"赛丽麦说这话的时候眼泪不停滴向红色的床单。

看到赛丽麦不停地流泪，心软的易努斯一把将赛丽麦揽入怀中，用右手轻轻将赛丽麦的眼泪擦干。

透过窗户，可以看到两个"囍"，真是"尔侬我侬，忒煞情多，情多处，热似火。"

作者简介：

韩福明，循化县作家协会会员，青海公安文联会员，作品《聚礼》曾发表于《青海湖》。

欲

赵 娜

一

有的人还活着,
有的人已经死了。

二

他在生活里活着,不满现状。
他在日子里死去,遗憾终身。
　　客厅的全家福在清晨的第一缕阳光里显得格外温暖。这是他们结婚的第七个年头,妻子温柔贤惠,是别人口里难得的好妻子,女儿乖巧懂事,是人们常说的别人家的孩子。
　　"爸爸,你今天送我去上学好不好呀?"
　　"我很忙,让你妈妈送你去!"

"哦，好吧。"

"那啥，我先走了！"

"哎，早饭都没吃呢！"

"不吃了！"

三

"早啊！"

"早，哟，你可真是幸福有嫂子这么好的妻子，看看这每天都干净整洁的一身衣服哦，你再看看我这衬衣，皱的我都不好意思了！"

"得得得，赶紧工作去，就属你话最多。"

办公室，他坐在电脑前，望着桌上成堆的文件小山，是啊，他又要熬到深夜。已经记不清处理了多少文件，熬了多少个深夜，他知道必须得熬着。

秒针追着分针，一晃眼已是万家灯火，他站起身透过玻璃看着街上的车水马龙，内心的不满，随着每一条疾驰而过的车流肆意的倾泻。他想要的从来都没有得到过满足，欲望蚕食鲸吞，爬满全身，不可收拾。

四

"喂——"

"有个饭局，牵扯你其中的一个项目，有人的一只脚已经插进去了，你要不要过来看看？"

"嗯，马上过去！"

凌晨一点，灯红酒绿，纸醉金迷。震耳欲聋的音乐声，叫嚣着，似乎要吞没些什么。早已习惯这些的他，居然也被震得心脏开始不舒服起来。"他的东西，也敢抢！凭什么？"

"哟——什么风吹的您大驾光临了？真是失敬失敬，来来来，快坐！"

"有些东西，咱们开门见山？"

"既然你说出来了，那我就没啥好隐瞒的，我已经跟他们签了合同，咱们的事儿，就等下次再合作愉快咯！"

"那就祝你们合作愉快，先告辞了！"

欲望的神经崩断，关上的门，再次被推开，血液的腥味儿盖过酒的刺鼻，充斥弥漫在整个房间！

"快！送我去医院！不要放过他！"

一阵昏天黑地之后，世界变得清净，静得让人害怕。

五

"年轻人！年轻人！快醒醒，醒醒！"

头疼欲裂，勉强中睁开双眼，映入眼帘的是一张慈祥又善良的脸。

"你是谁？这是哪儿？"

"我是一个迷路的人，年轻人，你这一身的伤是怎么弄的啊？"

撑着坐起，环顾四周，才发现这一片都是墓地。突然来的一丝丝风，吹得他有点清醒，后背也开始跟着发凉。

不过看这老人不像是坏人，身上的伤也撕扯得他没了力气，索性就随意靠在一块墓碑上。

六

"你这是家庭、事业一个都没顾得上，还把自己弄成这样，真是跟年轻时候的我一模一样啊。起初的我有一个特别漂亮贤惠的妻子和一个听话懂事的女儿，工作也不错，算是那个时候啥都有的人了。可惜啊，人呢，是经不起欲望挑唆的，是不会满足的，我为了自己所谓的欲望，忽略她跟女儿，甚至到了不闻不问的地步。"

"然后呢？"

"然后啊，确实我在工作上如鱼得水，越来越好。高处不胜寒，可我偏偏喜欢这份寒，想独享，接着就想尽一切办法去不断索取，却忘了世上是有物极必反这东西的。"

"后来呢？"

"后来啊，我欲望满身，咎由自取。留下妻女，把灵魂交给魔鬼，坠入地狱了！"

七

"你？你已经死了是吗？"

"对，你别害怕，我不会伤害你的。你是不是也有一个温柔贤惠的妻子跟一个乖巧懂事的女儿？"

"我妻子是这个世界上最理解跟最懂得我的人，怎么会有这么好的人。她从不跟我吵一句，不管我多晚回去，都会等我，给我做好一日三餐，整理好衣物。操心好我跟女儿的一切，照顾好家里，根本就不需要我担心。"

"唉，这……！"

"还有我女儿也是，特别听话懂事，我不知道那么小的孩子，怎么会那么懂得去理解我跟她妈妈呢？理解我的忙，理解妈妈的辛苦。"

"跟我女儿特别像，我女儿也这样，她甚至都不舍得跟我闹。我什么都没做好，我是一个失败的丈夫，不合格的父亲。你知道什么最可怕吗？"

"嗯？什么？"

"我只能在她们的梦里说想念，没办法擦掉她们的泪，甚至连一个拥抱都给不了！"

八

愧疚夹杂着悔恨，哽在喉咙最疼的地方，膈得他生疼生疼的。

"谢谢你跟我说的这一切，我……"

"快回去吧，你的妻子肯定在等着你，千万不要像我一样，让日子遗憾，无法弥补。更不要成为欲望的奴隶，你要好好的过好日子啊，好好活着，别留遗憾！"

拉货的大货车，轰鸣着发动机驶过，车灯在刺眼中一闪而过，老人不见了。

此刻的他只想回家！回家！

九

"回来啦，哎哟，这伤是怎么回事啊？快坐下，我去拿药箱！"

"对不起！对不起！对不起！"

"快松手，我喘不过气了！"

沙发上的男人，掩面痛哭，妻子匆忙拿过药箱，坐在男人面前。

"忍着点儿啊，可能会疼，还有小点声儿哦，姑娘睡着了，可别吵醒她啦。"

"嘶——"

"呼呼呼，给爸爸吹吹，吹吹就不疼啦！"

睡眼惺忪的女儿，不知道是什么时候跑到他身边，对着他包扎好的伤口吹吹，小脸写满了担忧。

"明天爸爸去送你上学好不好？"

"真的？"

"真的，爸爸不骗你！"

坐在一旁的妻子看到这一幕，嘴角扬起一抹很好看的笑，特别好看。

"快回去睡觉，明天还要上学哦。"

"我要你跟爸爸陪我一起睡！"

"好好好，让爸爸先抱你回房间，妈妈收拾一下药箱，就来哦。"

男人抱起女儿，抱得特别特别紧，生怕抱不到，生怕……

十

清晨是鸟儿一展歌喉的大剧场，着调儿的，不着调儿的，合在一起倒是一出盛大的音乐剧了。

"快吃哦，吃完了，爸爸好送你上学去呀！"

"你也过来一起吃吧。"

三个人的饭桌，是有温度的。

"妈妈再见！"

女儿踮起脚在女人脸上深深一吻，男人也学着女儿的样子，轻吻了女人一下。

"路上慢点哟，注意安全呀！"

女人打开了许久未打开的唱片机，随着舒缓的音乐，在客厅里翩翩起舞。是的，她曾是一名舞蹈家，在事业的顶峰期，遇见了他，有了女儿。放弃一切，回归家庭。

"爸爸再见哦！"

满是笑意的小脸，让他的心不由得想安分下来。老人的话在他的脑海里回荡，他明白，他要改，他会改。

"好，下午接你放学！"

"好耶！"

作者简介：

赵娜，汉族，笔名鸢旧，90后，循化县作家协会会员，喜欢用笔底的文字表达所想所感。

第二辑

山水家园

循化人的循化

沈海存

心心念念,踏上积石山下的这方土地,扑面而来风的味道:清新!

心意温婉,漫步黄河拐弯的清水河岸,脑海闪现诗的美感:风雅!

咂润嘴唇,走遍撒拉家园的大街小巷,空气中氤氲着撒拉美食的烟火:喷香!

悠然信步,欣赏这座小城的风土人情,姑娘小伙迎面走来:攒劲!

没错,这里是——循化人的循化!

你对循化的印象停留在几月?是厚言厚语欲呼而出的三月,还是浓妆艳抹热烈盛情的七月?是深藏不露酝酿故事的九月,还是厚重深沉寂寞难耐的腊月?不管何季,不管几月,待这片土地,胸中一定有故事,有情怀,不相忘于江湖,相见不如怀念。

天不言而四季行,地不语而万物生。循化,这季节的宠儿,世外的桃园,在熙攘纷扰的人世间独特地存在。在光鲜的外表和孤独的傲慢中,在坚强的灵魂和柔弱的内心中,在远行的脚步和黄河的牵绊中,在乘风的翅膀和局限的桎梏下,以儒雅婀娜的气质静静地傲立,让人评说,让人遐想,让人欲罢不能，向你，向我，向世界，抛开一路悠扬的歌……

神秘，追寻远古的故事

　　今遇老友，提起循化，提起拉木峡，提起行程。老友说，比起从前，今游循化，仿佛穿越时光隧道，在山山水水弯弯道道中依河而行，无意间与循化窈窕的身影擦肩相撞。拉木峡不再厉言厉色，红土山不再干涸寡味，一直向前延伸的道路不再愁肠满怀。

　　穿过一段狭长的隧道，向前走，鳞次栉比的村庄敞开温暖的怀抱迎接远方的客人。向左拐，宏伟的街子清真大寺，神秘的墓碑，一汪古老的清泉仍是梦境中的模样，远古的故事，也从这里酝酿。

　　八百年前，尕勒莽、阿合莽两兄弟率领一百余名族人从中亚出发，牵一峰驮着一部手抄《古兰经》、一碗故乡水、一碗故乡土的白骆驼，一路跋山涉水一路艰辛，终于在循化气候湿润静谧的黄河岸边找到东方乐土。

　　撒拉族先民初迁到循化时，定居在街子骆驼泉边。而后两位兄弟领袖深谋远虑，不断向四周拓展生存空间，于是形成了"六门八户""四房五族"和"撒拉十二工"。所谓"六门八户"是指尕勒莽有六个儿子，六个儿子的后裔，便是后来的"六门"，发展成为六个村子。由"六门八户"形成了街子的八个村子。所谓"四房五族"，是指居住在街子的上六工的撒拉人。"四房"是尕勒莽的第一至第四儿子的后裔。"五族"是指"外姓五族"。乾隆《循化志》有记载，"外姓五族，而马姓十居其九"，即指马姓、沈姓等撒拉人。

　　所谓"撒拉十二工"，是指随着经济和人口的繁衍，清朝雍正时撒拉族形成了一种名为"工"的行政区划单位，意为城镇。以循化为中心分为十二"工"。城西为上六"工"，城东为下六"工"，全称"撒拉十二工"。后历经战争，撒拉族人口锐减，"十二工"合并为"八工"，循化西部的街子、苏只、查加、查汗大寺被称作"上四工"，东部的清水、孟达、张哈、乃曼被称作"下四工"，合称"撒拉八工"。清政府为加强管理，于雍正八年（1730年）在十二工的中心草滩坝筑土城，取名"循化"，据清嘉庆《循化志》记载，"以生番归化，遵循王化之意，设循化营，驻兵八百"。

八百年的民族，八百年的历史，八百年的奋斗，八百年的沧桑，八百年的故事，强悍的撒拉族人只在一声"满足"中厚积薄发，生生不息。

惊讶吗？倾听悠远的涛声

八百年前从中亚远道而来的撒拉先民们永居在青海东部，这片土地一定有其动人之处。也许是乌土斯山肥沃的黑土，也许是天固地设的群山屏障，也许是悠然而下的黄河如歌如泣的涛声，温婉悠长的远山呼唤，也许是心灵的触动，发展的信念，恒久的信仰，于是在黄河厚实的怀抱里，他们踏实地安下了家。

黄河从青藏高原巴颜喀拉山发源，自西向东穿越青海、四川、甘肃及山东等九个省，最后从山东的东营市入海。青海，是黄河的"根源"，也是黄河的"娘家"。黄河犹如闺中待嫁的美丽姑娘，依依不舍地穿过青海省内十一个县区，最后与循化县温柔相拥，在积石峡谷激昂相别，勇敢跨出娘家省直奔远方的大海。在雄奇壮观的积石山，她留下了悠久的传说。

战国时代《尚书·禹贡》有"导河积石，至于龙门"之说，清梁份《秦边纪略》有"盖黄河入中国，始于河州，禹之导河积石是也"的记载。相传大禹治水吸取了父亲鲧失败的经验，将治水战略从"堵截"变"疏导"，使水能够顺利地东流入海。他将中国分为九个州，首先治理九州的土地，该疏通的疏通，该平整的平整，使得许多地方拥有肥沃的土地。然后他治理山，疏通水道，让水能够顺利往下流。

积石山北端被黄河拦腰切断，形成一条长约二十五公里的积石峡谷。积石峡里黄河汹涌澎湃，水流咆哮，峡谷中留有许多大禹导河传说的遗迹，如禹王石、大禹斩蛟崖、骆驼石、天下第一崖等。相传巍峨的积石山，挡住了黄河的滚滚水流，每到雨季，拥塞的黄河水泛滥成灾。大禹来到积石山，察看了地形，便带领万民挖山削崖，要在积石山开凿一道峡谷。这时一条恶龙横行过来，挡住峡谷的开凿。大禹非常气愤，狠狠一斧劈下去，把恶龙斩成两段，继续凿山。直到现在，黄河北岸的崖壁还是红红的，传说就是大禹当年斩恶龙留下的斑斑血迹。大禹经过千辛万苦，终于凿成一条石峡，滔滔黄河顺着峡谷东流而去，消除了这一带的水患，这条峡谷就是现在的积石峡。从孟达乡木场村出发，翻过一道坡，在黄河南岸有一尊磐石，高约三米，石上有似人腚压出的二米左右的痕迹，形象逼真。同侧上部有斧柄靠放压出的痕迹，也很形象，这块石头叫"禹王石"。《河州志》记载："青石高八尺，宽七尺，长一丈，大禹导河时常憩其上，坐痕至今犹存。"

而县域内，黄河大气绵长的身躯依山而傍缓缓流行，像一条彩带飘落在循化小城的脚下，温柔不激昂，壮观不亢奋，滋养着这里的山山水水一草一木。在这里，先后孕育了仰韶文化、马家窑文化、半山文化、马厂文化、齐家文化等。在这里，"爱国重教，造福人民"为主的伊斯兰文化得以传承和发扬，撒拉族与各族人民和睦相处，互利共赢。更为震惊的是，1939—1946年间，青海军阀马步芳俘虏四百余名西路红军将士在今循化红光村进行残酷的劳役建设，红军将士们秉持着"中国必胜，红军必胜"的信念与敌人开展不懈战斗，并与当地撒拉族群众结下深厚情谊的一段历史在21世纪被挖掘、被真实还原，红光清真寺和西路红军小学在如歌如泣的岁月中向人们诉说着这段伟大的红色历史。红光村以"全国爱国主义红色教育基地"的特殊身份，向全国各地各行各业的爱国人士讲述着那段尘封近百年的红色历史，激发了和平年代各族人民的爱国情怀，教育人们珍惜和平珍惜幸福。循化县西路军爱国主义教育中心主任马明全先生是这段"红色密码"的破译人，他的著作长篇报告文学《红星照耀黄河》详细而生动的记录了这段历史，回响不凡。

在这里，黄河是一种气节，是一种文化，更是一种象征。当地政府以黄河为背景，以不同方式展现了八百年来撒拉族在黄河浪尖上拼搏的"筏子客"气节，黄河是他们的根，是他们走南闯北的底气，更是一种精神的体现，黄河水已深深融入他们的血脉里。

漫步在黄河大桥边，感慨且惬意。你看那古韵唐瓶，线条流畅优美，透露着民族文化，一边是清规戒律，一边是礼赞祈祷，一边是胸怀四海，人生的透，思过的悟，生活的酸，皆在都是雕花梁的唤礼楼间一笑而过；你看那青阶红椒，一边是独上栏杆，一边是火红烈焰，一边是静谧凝重，一边是生动鲜活，黄河的青，黄河的黄，黄河的稳，在农家串串红椒的衬托下深厚而悠远。你看那东西动脉公路纽带，围绕着黄河中心大桥，依靠着黄河中心大桥，又牵连着黄河中心大桥,从这里向四周散开,像美丽的彩带,像天使的翅膀,更像一条条动静脉,打通了这座小城的各个发展关节,与外界沟通连接,注入鲜活的发展血液。

凭栏而望,黄河在大气磅礴洋洋洒洒间永不停息,又在清水湾优雅而安静地拐弯,吟诵著名循化籍作家韩庆功先生的著作《黄河从这里拐弯》诗句:"今夜／我用思念的弯钩／打开岁月的暗窖／捞起为你封存的那罐醇酿／让你长久地醉卧在我的心头。今夜／我用枕边的呢喃／邀约一只燕子／请求它衔来／曾经丢落在／你房头的那粒红豆／植入我荒凉的心头／让重新长起的一片嫩芽／点缀我苍白的世界"。对黄河的思念,犹如著作中主人公对爱情和一位女子的纠思,热烈而真诚。

向往吗?品尝"民族家宴"文化

久别的闺蜜再三嘱托我回西宁时带些循化的手工辣椒面,她说怀念那种"香而不辣、油而不腻、艳而不俗、华而不炫"的舌尖享受,我笑她是一个有心的大吃货。的确,说起饮食,循化的面食、肉食、菜系、靓汤、茶水等饮食系列,其种类、品种之多,简直数不胜数,尝不胜尝。就循化辣椒而言,从青椒到红椒,一直陪伴人们的味蕾走过季节的交替。最值得一提的是线椒鲜艳的红色,勤劳的人们将一串串红线椒制作成"红色的瀑布"悬挂在屋檐,形成独特的"红色秋景",蔚为壮观。聪慧的循化人将那耀眼的红色称之为"中国红",将"中国红"顶礼为当地美食的"中国红底色"。

是不是吃货,遇见"民族家宴"就知。前些日子有朋友说起循化的"民族家宴",颇为怀念。一桌"民族家宴",囊括了循化当地风土人情、餐饮文化和待人礼遇。品"民族家宴",品的不只是一桌饭食,更重要的是遇见了一场隆重的"撒拉家宴"文化。食物是自古以来最"神圣"的赏赐,撒拉族更是将吃饭视为最有仪式感的活动,他们深知一饭一粥来之不易,深知当下幸福生活来之不易,饭前总要默默地祈祷。遇见琳琅满目的"民族家宴",心情是激动的,胃液分泌格外旺盛。

一场盛大的"家宴"在八宝盖碗茶、各色干果比拼中拉开了序幕,喝盖碗茶,品干果足够专注，任窗外狂风斜雨。各种面点是民族餐的"主角"，馓子、油饼、油搅团、各种包子……叫不上名字没关系，但品尝时一定要"嘴下留情"，"滑过舌尖"即可，不可过量。如此时占满胃容量，后续的美食只能"无缘"味蕾。勤劳智慧的撒拉族妇女在本民族饮食基础上，吸收了其他民族的优点，将各种面点外观制作得尽善尽美，味道独一无二。

盛情厚意的八宝盖碗茶，碧水流潾，表达了撒拉族细水长流的交友之道；金黄色的馓子似一条条金色丝带，勾勒出撒拉族对待朋友的真诚友谊。金黄酥脆的油饼，尽显撒拉族热情包容的待客之道。内容丰富的各种包子，表达了撒拉族女子的内在美和对美好生活的向往之情。手抓是撒拉族的"绝活"，不管时光如何变迁，手抓的美味始终不变，独特的风味和浓厚的乡愁不知拴住了多少游子的心。当古铜色的火锅登场，惊艳了全场。撒拉家宴的铜火锅不仅吃饭那么简单，它是一种对家乡和亲人的思念，是一种家庭氛围的渲染，更是一种情怀的寄托。不管在何时，只要有铜火锅的地方一定有温度有满足。不管在何地，只要有铜火锅的地方一定是故乡的味道，触景生情，思念愈浓。五颜六色的美味菜系更是表达了撒拉族人民对祖国的赞美和对五彩缤纷美好生活的向往之意。"雀儿舌"杂面饭和"指甲盖"尕面片最后登场，表示丰富多彩的民族宴即将接近尾声，薄巧精致的面丁在汤汁的衬托中香味四溢，像天上星数不胜数的尕面片是撒拉族对客人最美好的祝愿，祝愿挣钱多，好运多，友谊的银河永不干涸。

从县城出发沿黄河迤逦东行，一座农家园坐落在清水湾三岔交通路口处。据说这里能吸引人们驻足品尝美食的理由只有一个，那便是"阿奶搅团"，也有同事雅称为"中国的比萨"。多年如一日不变的格调，不变的味道，不变的价格，看似其貌不扬，实则内涵丰富，不知拴住了多少人的味蕾。从"阿奶搅团"品尝出一种年代感，这一碟搅团从过去岁月大浪淘沙一路走来，舌尖丝滑的同时，勾起了一种怀旧感，童年的记忆又在脑海复活。也品尝出一种乡愁感，这一碟搅团如母亲手中的风筝线，无论走到天涯海角，总能触动游子思念家乡的心弦，母亲的音容笑貌仿佛在眼前。

在循化还有很多美味小吃，如雷打不动的杂碎，傲慢存在的烤羊肉串，身姿透明小巧的水晶包子……勾起食欲，倍感亲切。原来岁月静好如此简单明了，简单的美味，清雅的淡茶，过去的回忆，便构成了一幅"现世安好"的岁月图画。

据说，在"第九届中国美食节暨第七届国际美食博览会"上，循化推送的撒拉族美食被授予"中国名宴"称号，小吃"搅团"获"中国名小吃"称号。最具民族特色的杂粮雀舌面、馓子、手抓、面片等，以制作精美，民族特色浓厚，符合绿色营养健康和大众消费的发展趋势，赢得了评委和现场观众们好评和肯定。

在循化这片世外桃源，外乡人想走进来，暂且离开纷纷扬扬的繁华都市，放下手忙脚乱的繁杂事务，在与世无争中享受舌尖美味。里面人想走出去，在磨炼和闯荡世界中收获成就感，同时背负一种使命感，把家乡美食推送到祖国的山川角落，让更多人了解和美循化。

羡慕吗？记住"艳姑"的风采

"艳姑"是循化的又一个标志性词语。美女何其多，循化人偏爱用"艳姑"这个大胆而浓烈的词称呼本族年轻女性，这可谓前无古人后无来者。有人向往循化美食而念念不忘，有人憧憬循化美景而依依不舍，更有人因循化"艳姑"而流连忘返。都说留恋一个人而向往一座城，也因留念城里的故事而想念一座城，或二者皆兼而有之。有人说她们世世代代沐浴在黄河怀抱中，喝黄河甘甜的水，看黄河潮起潮落，才会出落得天生丽质艳而不俗。还有人说，这样的美貌是本民族的善良品行和喜欢干净的习惯熏陶而成，长期岁月酝酿了相由心生的美貌。

如本土诗人牧雪的唯美描写："是骆驼养育的精灵／是黄河的女儿／多情的眼睛会说话／黛眉如月／把远方／含在嘴里／拨动思念的心弦／黑发如瀑／暗淡了星空／嫦娥也嫉妒／手绘锦绣牡丹／绣出的画里／凤凰下界／梅开枕头／婷婷而立是阿娜／楚楚而动是阿娜／阿娜走过／杨柳也羞涩……"

作家马明全在《火一样的阿娜》中描写道："每一个撒拉汉子内心深处都有一位人见人爱，花见花开，流水有痕，落叶有声的女子，她们不在都市繁华的街头，也不在摩肩接踵的集市。而在撒拉'八工'幽静深巷的大门小户中。如在撒拉'八工'的任何一个村庄，在巷口、在泉边、在阡陌，见到'翩若惊鸿，宛若游龙'似洛阳神的小女子，她们惊鸿一瞥，飞快地闪到一旁不让人见到真面目，那才是人们苦苦找寻的'脸若银盘，眼似水杏，唇不点而红，眉不画而翠'的撒拉美女"，充分刻画了"深巷藏秀色，远观泛诗意，近赏待歌唇"的人间美好。

"艳姑"蕴含撒拉女性的智慧。撒拉"艳姑"女英雄韩罗山八姑和临产的女儿救解放军磨船的故事在民间传为佳话。1949年8月，解放军第五师十三团二营的一百六十多名战士在敌人的封锁下从草滩坝渡口乘坐磨船抢渡黄河。由于水深流急，船靠不了岸继续向下游漂流。在河面越来越窄，水流越来越急，船速越来越快的情况下，战士们企图用船桨顶住崖石，船桨折断，用刺刀顶住两边石壁，刺刀折断。傍晚，失控的船很快冲到清水乡阿什匠和乙麻亥村一带，这时战士们看见远处半山坡上躲避战乱的老乡，战士们急忙向他们摇动手中的帽子求救。船如果再往下一点，就进入巨浪滔天的积石峡，顷刻之间船毁人亡。这时撒拉族水手韩苏力毛纵身跳入湍流，用尽全力急速游到大船前飞身上船，抓起船上的牵绳，在大船转弯离岸较近的一刹那将牵绳扔到岸上。这时在岸边的韩罗山八姑和临产的女儿将船缆接住，扯住大船，然后大声呼喊救船。乡亲们纷纷用力拉住船，将船拉靠岸。老乡接住绳子返身游回岸上想用力拉住船，可沉重的木船在急流中拉着人朝前移动，情况危急。在这紧急关头，韩罗山八姑把自己腰间的皮绳解下来，用力甩给拉船的两名乡亲，她看见不远处有一块巨大的石头，飞快地将船绳系在大石头上，当船接近大石头时，两个撒拉男子和妇女韩罗山八姑很快绕到石头后边，将绳子紧紧拉住，船慢慢停了下来，这条脱缰的野马终于被制服了！后来，撒拉"艳姑"韩罗山八姑和怀有身孕的女儿救解放军木船的故事一代代流传下来，不得不说她们是最有智慧的撒拉族"艳姑"。

在循化，还有一位"汉族艳姑"，她的名字家喻户晓老少皆知，是当地人们心目中的智慧"女神"，她就是邓春兰。起台堡村是道帏乡唯一的一个汉族村落，是西北地方史上一个声名显赫的村落。这里曾经是一个军事屯堡，是一个历史上文化氛围极盛的村落，当地人有"先有起台堡，后有循化城"的说法。长期受汉族文化历史的沉淀，起台堡村孕育了诸多精英人物，据老人们介绍，这里曾经走出了一百多位大小政府官员和杰出人物，邓春兰、邓春膏、邓春霖等是小村落杰出人物的代表。

邓春兰，字友梅，1898年出生在循化县道帏乡起台堡村的一个耕读世家。自幼受其父邓宗进步思想与人格品德的耳濡目染，第一个响应女子上学受教育的号召，不缠足，先在循化家乡上小学，毕业后在兰州进入其父创办的女子师范学校读书，毕业后在兰州一小学任教。1919年五四运动进入高潮，邓春兰于5月19日给当时北大校长蔡元培寄信一封，第一个提出"解除大学女禁、国立大学增设女生席"的主张，并要求首先入学。"以为全国女子开一先例"为主呼吁大学解除女禁，并投书报界。8月3日，北京《晨报》发表《邓春兰女士来书请大学解除女禁》的报道，为女性进入高等学府制造了空前的舆论，在全国社会各界引起了极大的反响。同年，甘肃省以邓春兰为代表的六名成绩优秀的女生破天荒的被录取。1920年2月，邓春兰进入北京大学哲学系，成为中国首批与男生同校的女大学生。在北大学习期间，邓春兰发起成立了"春晓学社"，倡议男女平等，妇女解放，改良婚姻制度，废除买卖婚姻，废除纳妾营娼，禁止早婚与缠足，要求妇女参加政治活动，担任政府职务，享有管理国家权利等。邓春兰为中国的女性解开了"封建制的枷锁"，彰显了那个年代女性独特的智慧和魅力。

探寻吗？倾听"文化自信"的琴瑟和鸣

我一直在思考一个问题：循化撒拉族文学之路上不断绽放的"文化自信"源于何处？经过多年的关注思考及与本土文人的沟通交流，终于有了初步的答案。

中华民族上下五千年璀璨厚重的文化底蕴，是撒拉族文学发展的底气。撒拉族文学在祖国繁荣富强的强大怀抱中发展壮大，骨骼硬朗，脉络健康，血肉丰富，秉承"道路自信、理论自信、制度自信、文化自信"，在文学发展之路上既有共性又有个性，既有传承性又有创新性，既有开拓性又有发扬性，走出了一条不寻常的民族文学发展之路，坚固了"民族发展之魂"。

珍藏在街子清真大寺的手抄本《古兰经》，是撒拉族文学发展的根源。

八百年前，撒拉族先民阿勒莽和阿合莽从中亚将一部手抄本《古兰经》、一碗故乡水、一抔故乡土驮在白骆驼的脊背上，从此驮起了一个民族的命运和责任，驮起了一个民族八百年的发展历史。《古兰经》像一座民族历史文化发展的丰碑，树立在每个撒拉尔心间。

积石山下的黄河水和两岸的故土，是撒拉族文学创作的动力。黄河孕育了源远流长的中华文明，哺育了华夏儿女，培育了"黄河浪尖撒拉人"的骨气和拼劲。这些年，走南闯北的撒拉族人，硬是翻过大力加山，蹚过拉木峡，在风口浪尖中创出一条壮丽的发展之路。撒拉族的拼搏精神，在文化文学的助力和渲染下得以传承和发扬。

创建于2017年的循化青年文学像初生的婴儿，近几年在循化籍作家韩庆功先生、马明全先生和诗人韩原林先生的带领及社会各界文学爱好者的支持和鼓励下，从蹒跚学步到健壮青年，取得了可圈可点的好成绩，走出了一条丰富多彩大放异彩的文学之路。细数近几年取得的文化成果，如数家珍，如品山珍，如浸香氛，惊喜有余。

撒拉族作家韩庆功先生的著作《黄河从这里拐弯》第一部和第二部已闪亮问世，期待先生正在潜心创作的《黄河从这里拐弯》第三、四部。这是一部描写撒拉民族发展历史的"活化石"文化书籍，都说撒拉族的发展历史大气恢宏，但就是缺少点文化气质，此著作正好填补了这个空白。先生的著作还有散文集《故乡在哪里》《边缘上的思考》《大河东流》和《情定循化》，期待揽怀拜读。

撒拉族作家马明全先生的著作《红星照耀黄河》一经出版发行，一鸣惊人，先生以此著作向党的百年生日献礼。散文集《莫道乡关远》及长篇小说《断尾猫》，又为循化文学发展增添了浓墨重彩的一笔。

撒拉族诗人韩原林先生的诗歌集《渡口归人》《生命之恋》《清水湾诗笺》等非常值得一读。原林先生台上教书育人，台下写诗化人，一个背负民族文学发展责任的有志青年。他的诗，清新而又独特，像烈日下的清凉，闹世中的恬静，寡淡中的遐想，总能使人在心浮气躁中静下心来找到共性共鸣。

已故诗人马汉良先生的诗歌集《乡野牧歌》，虽仍无缘拜读，但去年旧时读过他的一首小诗，已拨动心弦。"看累了／书替我／合上文字的双眼／

我顺手／将一种沉重／放到茶几上……"

诗人牧雪先生的诗歌集《风从高原来》也已闪亮问世。牧雪先生是一位篮球教练，同时又是一位诗人。先生在球场上风火干练，在书桌前的儒雅文静，我一度惊讶于这两种气质又是如何相融相分的，很多次拜读过牧雪先生的诗歌，便有再读再再读的想法。好诗果然如茶如咖，让人欲罢不能。

还有绽海燕老师的诗文集《书签里的时光》，马永祥老师的散文集《天边的故乡》，马秀芬老师的散文集《一棵开花的树》，陈华老师的长篇小说《烟火里的尘埃》、韩金月老师的诗集《白马与忧伤》、马索里么老师的诗集《出黄河》等，在循化文学的天空像一颗颗闪亮的晨星，闪烁着耀眼的光芒。

知足吗？带走歌声和祝福

一句"知足"囊括了撒拉族所有人生哲理和处世态度。

在他们看来，"广厦三千，夜眠仅六尺寸；家财万贯，日食不过三餐"，"济贫扶弱"是他们生活里永远的主题，活到老，行善到老，但行好事，莫问前程，凛然大义。知足！

在他们看来，"活有多久，路有多长，财有多少，命有多大"一切皆是定数，不强求，不悲观，"尽人事，知天命"，得到默然，失去坦然，少有牢骚和抱怨，更没有怀疑人生。知足！

在他们看来，人在世间走一遭，该发生的总会发生，该来的总会来，当遇到生活的坎坷或命运的不公时，他们总会坦然一笑，"兵来将挡，水来土掩"。知足！

在他们看来，儿孙自有儿孙福，条条大路通罗马。在教育子女上，他们想得通，没有"不让孩子输在起跑线上"之忧。高官厚禄，吃糠咽菜，在他们眼里，都是生活该有的模样。知足！

陶渊明在《桃花源记》中描写："土地平旷，屋舍俨然，有良田、美池、桑竹之属。阡陌交通，鸡犬相闻。其中往来种作，男女衣着，悉如外人。黄发垂髫，并怡然自乐。"

循化人的循化，何尝不是呢？

"坐，请坐，请上坐；茶，敬茶，敬香茶"，是他们豪放本性最贴切的写照。

"有朋自远方来，不亦乐乎"，是他们好广交天下之友最真实的写照。

"一声乡音如兄弟，要袜子连鞋都给你"，是他们掏心掏肺真诚待人最确切的表达。

"骆驼吃盐穿沙漠，人心志气比天高"，是他们强悍面对所有困难最强大的表现。

不论到达黄河大桥，还是离开黄河大桥，都会听到一首悠扬的歌："要想游览来循化，请把河桥跨，看到一个尕撒拉，你会喜欢他。远方的客人到我家来做客，热情好客循化人，让我留念他。朋友啊，快下马，快进我的家，来吧朋友把汗擦，拉拉家常话，家乡特产招待你，让你饱口福，我用歌声祝福你，幸福万年长！"

冬天总会过去，我们和春天有个约会，知足！

循着歌声和祝福，我们再次相约在秀丽的大美循化，知足！

友谊的流水万年长，我们带走歌声和祝福，似水流年平安如意，知足！

祖国的怀抱更加温暖如春，我们祝愿伟大的祖国繁荣昌盛，知足！

作者简介：

沈海存，汉族，青海省作家协会会员，循化县作家协会会员。相信热爱生活热爱文学热爱文字可抵岁月平凡。

大爱铸就的黄河英魂

——追记舍己为人的撒拉族英雄韩热者布老人

马兰芳

2019年8月7日,循化县清水乡下庄村64岁撒拉族老人韩热者布三入黄河奋力抢救三名溺水儿童而英勇献身。噩耗传来,全县各族群众分外悲恸,以"撒拉族英雄"奔走相告。8月20日,我随循化县文化界38位友人前去看望慰问老人的亲属,了解当时的营救场景,作随笔《黄河浪尖的英雄儿女》。8月29日,因县政协《筑梦之路》编委会约稿,再次前往下庄村了解老人平凡而又悲壮的一生。

清水乡政府专门安排乡干部郭润南为我指路搭伴。一大早,小郭就来到电视台门口,搭乘她的便车,又接上早已在乡政府等候的驻村干部云启德,我们一起向下庄村进发。

初次认识两位年轻干部,我们的话题自然而然就转到老人身上。因为要给老人申报青海省见义勇为先进个人,郭润南曾经来取过老人的身份证。她说,从身份证照片根本看不出老人有什么特别之处,对于老人的举动,乡干部也是倍感敬佩。

"假如遇到这样的事,估计救不了别人,自己也要搭进去,或者顶多在岸上大喊大叫罢了!"

"啥也没想,就跳进去,普通人做不出来。"

"没想到'黄河浪尖的撒拉人'的英雄形象却被一个矮小的白发老人诠释了。"

"老人用自己的实际行动诠释了社会主义核心价值观的真正内涵。"

由于大家对老人及这起突发事件的热议,驻村干部云启德一直在努力回忆与老人打交道的每一个细节,他说:"老人从来没有到乡政府要过钱、要过物,也没说过什么困难。""老人既不是党员也不是村干部,更不是阿訇,只是一个普通的农民,普通的撒拉族老人罢了!"

有一件事让云启德至今记忆犹新,去年9月,云启德和副乡长韩志全去验收水厕达标工作。老人家里的水厕不仅合乎规定,修建也很漂亮,顺利通过验收。而老人家门前的旱厕因没有建围墙,对美化亮化村容村貌有些影响,云启德就提出让老人拆除旱厕,老人二话没说就痛快地答应了,说是一定会配合好乡政府的工作。等云启德再次到村时,旱厕已经被拆除了。云启德说:"老百姓家自个建的旱厕,都不愿意拆,乡干部去做工作时,很多人虽然面上答应,却迟迟不愿拆除,但老人厚道,识大体,顾大局,咋说就咋做,一点也不含糊,对村里的工作全力支持配合。"这是他对老人留下的唯一一次印象。

说话间,已到下庄村村口。下庄村坐落在黄河岸边坡地上,各家各户的庭院都依地势而建,不太宽敞,像囊中羞涩的小孩子。村庄绿树掩映,干净整洁,一条晶晶亮亮的小渠水随地形向河岸处哗哗流去。巷道不宽,曲曲折折,七拐八弯。村道出口处还能容一辆小轿车勉强通过,越往里,越窄,也越陡,车辆也开不进去,地势明显向河滩处延伸。

一路上,迎面碰到有村民出门,云启德愉快地一一向他们打招呼。看得出,他和村民比较熟络。

队长韩哈三是老人的邻居,两家隔两块菜地门对门相望。正是开学报到的日期,韩哈三和老伴正要送孙女去学校报到,摩托车已经驶出村道,得知我们的来意后,把事情交代给老伴,自己领着我们到家里小坐。

村道的陡坡口有一个岔路，往下走是韩哈三的家，往上走是老人的家。老人的家在菜地以上的台地上，韩哈三的庄廓在菜地以下。站在韩哈三家门口仰望，台地上一条小道，两个一模一样的绿色大铁门朝东南方向依次排开，相距不足15米，分别是老人两个儿子的宅院。据韩哈三介绍，老人住在小儿子家，日常吃饭在大儿子处，儿孙满堂，家庭美满，生活幸福。

现年69岁的韩哈三曾是当地一条响当当的撒拉汉子，他年轻时在黄河浪尖上讨生活，黄河上的事，没有他不知道的。在长期与黄河打交道的过程中，韩哈三练就了一身过硬的水里功夫，是村里有名的"水把式""水里王"。他深谙水性，看水流走向和波涛起伏就能够判断出水下的全部情况。早年去河北种地，他一个人要带7把铁锨泅渡过河。全清水湾也只有他有能力将牛、羊、马、骡送过河。在黄河上，他用牛皮袋拉过人、拉过水泥、运过粮食，还运过手扶拖拉机。用"黄河上的交通工具"来比喻韩哈三，一点也不为过。

谈到韩热者布老人，韩哈三立刻肃然起敬："老人会水，抢救3个孩子，把力气使完了，才会陷到淤泥里，不然应该能够游出来。""地上乏了，就可以休息，水里乏了，就没办法休息，沉下去，就再也出不来了。""水里救人是很危险的事，抱着个人，自己的手臂没办法活动。技术再好，活动不了也没用。""若是被人拽住，就动不了，动不了就会害怕。估计当时情况太危急，没时间去想害不害怕这个问题。若害怕，就不敢跳了。""他个头小，胆子不大，但眼看三个孩子危在旦夕，也顾不得年老体弱就跳了进去。唉，到老了，摊上这么个事，也没时间想，只想把孩子救出来，不承想却把自个的命送了。"韩哈三以自己常年在黄河上的经验猜度老人当时的举动并连连感叹。

"最近常有陌生面孔在村口打听老人的住所，三三两两前来，连省上的领导也来了。有撒拉族、藏族、汉族、回族，大家不分民族差异，都来表达对老人的敬意。一个西宁的汉族干部还专门托村书记转交给家属慰问金。""是个好人啊！一辈子默默无闻，隐忍善良，从来也没有和别人争过、吵过或红过脸。村民都说他是'舍黑提'，是撒拉族有大功劳的贵人，这话一点也不为过。""他比我年纪还小，却先走了一步。"一席话说完，韩哈三黯然伤神，沉浸在悲痛之中，久久缓不过神色，黯然地与我们一一告别。一生在黄河里驰骋的韩哈三，打从心底里佩服老人的勇气。

"看，这就是老人拆掉的旱厕，痕迹还在。"走出韩哈三的院子，拐上老人家的小道，云启德对着下面菜地间一处空地轻轻地指道。

空地前就是老人的庄廓，一面绿色双扇大铁门朝东南方向半掩着，门前干干净净，清清爽爽。此刻，这扇普通的大门却在我们心中有千斤之重，大家都沉默着，不知道该用怎样的方式去敲开这扇门。说心里话，我是实在不忍心再去打扰老人的亲属，将他们正在修复的伤口再一次撕裂。

正在犹豫间，县政法委、检察院、法院、公安局的几位领导从老人家里走了出来，他们步履沉重，神色肃穆，敬重之情溢于言表。郭润南说，"可能是去看望慰问老人亲属的。"

借这个机会，我们就顺势走了进去。迎面墙上，一幅瓷砖拼成的"金桥富路、连年有余、幸福家园"的山水贴画将小小的院落映衬得清新靓丽。三间北客厅和四间西厢房都用撒拉族最喜爱的木雕做了简单的装饰，并统一用了上金黄色的喷漆。小小庭院里树木葱茏、盆花点缀，显得干净、别致、典雅，彰显出主人的聪明、勤劳和雅趣。而如今，这个曾经幸福美满的家庭却因老人的离世承受着巨大的悲痛。

听说我就是写作《黄河浪尖的英雄儿女》的作者，老人的大女儿便再三邀请我去北上房喝茶。北上房东面墙壁上是一幅"舍己为人、品德高尚"的锦旗，这是8月19日县委书记和县长前来亲授的。上款为：清水乡下庄村见义勇为模范韩热者布同志。落款：中共循化县委、循化县人民政府。时间：2019年8月。这面大红锦旗既是县委、县政府对老人光辉事迹的充分肯定，也是对老人家属的安慰，它不仅是一份敬意，更是代表了一份深深的思念，所以老人的亲属把它珍重地挂在堂屋正中央。

堂屋内虽然陈设简单，但香气萦绕，窗明几净，闻讯前来宽慰的乡邻或陌生人络绎不绝。我不敢过分打扰，一再坚持到西厢房随便聊聊，沿炕边坐下。

应我的要求，老人的亲属们来到了西厢房。

未语泪先流。老人的大女儿韩秀珍哽咽着向我们介绍了老人的一些情况：

老人弟兄四个，排行老三，两个姐姐，两个儿子，两个女儿，九个孙子。有慢性肾病，身体有些浮肿。两个儿子在县城积石宫东侧开了一间小油坊，这是全家唯一的经济来源。老人住在小儿子家，全家在大儿子处一起过活吃饭，一大家子人和和美美，从来没有家庭矛盾。

这两年油坊生意不太好，家里生活比较拮据，老人也从不说破，给他买件新衣服，却一再推辞："有穿的，就行。"村里很多人去朝觐，老人也很想去，但他不眼热，一再坚持："找个指标，会加重孩子们的经济负担，还是等以后条件成熟了再说。"其实，他不是不想去，他是不想因为自己的朝觐幸福而加重孩子们的辛苦。他说："真主并没有要求人们负债去朝觐，还是先做好平时的功课吧！"因此，对于朝觐的事，老人一拖再拖。

老人养一条小狗，平时的喂食、清洁等都是自己亲自打理的，他还对巷道里流浪的小猫小狗也多有照顾，时常把剩饭剩菜留给它们，从不浪费食物。碰到事情，总要自个琢磨去解决，从来不愿麻烦别人。但遇到别人有困难，他总是不遗余力，倾力帮助。

想起8月7日发生的事情，大儿子韩学功泣不成声："我爸爸是一个很朴素很和善的人，为人特别低调。父亲常教导我们不要占别人的便宜，自己的困难自己克服，尽量不要麻烦别人。""事情来得太突然，早晨他还在油坊帮我做事，下午却……"他说，村里小孩比较多，自行车坏了，都来找老人，"父亲勤劳聪明善良，什么活计都会做，虽然没上过学，但特别能干，经常给孩子们修理自行车。隔壁邻居有需要帮忙的，父亲从来不推辞，完事了，还不让人知道。"

说话间，韩秀珍想起多年前的一段往事：以前家里特别困难，基本生活都是大问题，父亲还是坚持要供几个孩子上学。母亲不理解，有时会唠叨两句。有一次，她无意中听到父亲对母亲说："家里的困难事，别跟孩子们唠叨，没用。"在老人的坚持下，韩秀珍顺利完成了九年义务教育。

老人的离世对于老伴韩买扎姑无异于晴天霹雳："12点从油坊回来，说是累了，稍躺了一会，在家里做完礼拜，饭也没吃就出去了，却再也没能回来。"

据村支书韩乙四夫回忆，出事前几天，老人特意因为村里垃圾车的事找

—119—

过他，说是老伴腿脚不好，村道坡陡，去送垃圾有困难，希望来拉垃圾时，垃圾车能够到家门前。这也是老人给村里提的唯一一次要求。

韩文广是老人的四弟，个头矮小，先天性身体羸弱，有3个孩子，其中两个残疾，家里相当困难，房子多年失修，是村里的贫困户，这让老人日夜牵挂。韩秀珍告诉我们："爷爷走时，就把四叔托付给了父亲。"

"别人家的哥哥是哥哥，我的哥哥是父亲。三哥总说，这两年不赶着修房子，等哪天他不在了，这修房子的事怕也要落空了。"这是韩文广时常挂在嘴上的话。前年，韩文广终于住进了3面共11间新屋，谁也不相信这是一个贫困户的房子。

一语成谶，韩文广一家欢欢喜喜住进了宽敞明亮的新屋，而老人也真走了。

村里当阿訇的大哥韩文新对自己没能帮上弟弟韩文广什么大忙而时常感到有些惭愧："的确是这么回事，老四困难，身体也不好，干不了力气活，前年是老三领着儿子们帮了近两个月，才盖了新房，他是出钱又出力。"

"每次来弟弟家走亲戚串门，从不让空着手回去。"时时感受娘家亲情温暖的大姐韩乙米娜老泪纵横，再也说不出啥。

大儿媳韩如古亚从小缺少父爱，老人把她当亲生女儿看待。听到公公去世的消息，她哭晕过去3次。在我们说话的时候，她一直躲在角落里悄悄抹眼泪。

提到公公时，小儿媳韩哈七麦止不住泪如雨下："就像亲生父亲一样。有时我和丈夫拌嘴，公公都是骂他不说我。结婚14年，从来没说过一句重话，也从来不摆公公的架势。爸爸常说，'哪个孩子不做错事，等年长点就好了'。"多么可亲可敬的公公，我不禁感慨。

我注意到，在采访的两个小时里，自始至终有一个妇女靠在衣柜前，时而抽搐，时而哽咽，强压着悲痛默默流泪，估计是顾虑到我的工作而不敢放声大哭，看起来年龄要比韩秀珍大许多，一问却是她的妹妹韩哈齐麦。

韩哈齐麦婆家在积石镇西沟平庄村，接到父亲遇难的消息，正在山上放牧的她也顾不得羊群失散，直接从山上跑了回来。

"你也说两句吧！"我不忍心她压抑着悲痛。

"说不来，只有哭，不会说。"话未落，韩哈齐麦一顿号啕大哭。

韩哈齐麦有3个儿子，90岁的婆婆瘫痪在床，生活艰难，老人总是明一股、暗一股想方设法接济她，就差把半个家搬了过去。失去了慈爱的父亲，对于韩哈齐麦来说痛不欲生，至今无法接受，父亲的音容笑貌始终浮现在她眼前挥之不去。

"什么声音？"这时，我听到窗外清脆的音乐声。

"是收垃圾的车子到了家门口。"老伴韩麦扎姑禁不住悲从中来。因老人的请求，从此后，韩买扎姑再也不用爬坡去送垃圾了。

不愧是党的十九大代表，村支书韩乙四夫办事还挺麻利的。这让我稍有点心安，老人的事，村里办到了。往后的日子，也只有这如期而至的音乐声陪伴着韩买扎姑度过漫漫余生，这也是老人生前为妻子所做的最后一件事。送垃圾的事虽然解决了，可是往后的日子里，还有谁会这般呵护自己的妻子呢？

"父亲活着时，是一个平凡得不能再平凡的人，谁也想不到他会做出这样的举动。"韩秀珍强压着悲痛，梳理着自己的情绪，以前她也没有思考过这个问题，看到那些文章，才知道自己的父亲是多么的伟大。

可是时光不能倒流，谁也无法挽回这场悲剧，即便我们眼里流血也无法改变已经发生的事实。

应我的请求，韩秀珍向我出示了老人的照片和生前的一段视频。照片上，老人骑着摩托车，前面载两个孙子，后面捎两个孙子，其乐融融。视频是今年夏天全家外出野炊的场面，老人身材矮小，面容慈祥，白衣、白帽、白发、白须、体态微胖，神态自若。她说："老人特别疼爱孙子，九个孙子，个个都是老人心尖尖上的肉。"孙子们想玩篮球，老人就埋了两根木杆在地里，用铁圈做了个篮球筐，夹在一起让孩子们玩。她说："家里的孙子，最大的15岁，最小的4岁。这次被救的三个孩子，最大的13岁、最小的9岁，和他们都差不多，父亲又怎能忍心不救他们？"

"当我接到消息，赶到县医院时，父亲躺在病床上，侧着身子，斜歪着头，在机器的振动下身体在不住地抖动，嘴里大口大口地吐出红色的泥浆，小便也是红泥浆，没有知觉，没有温度，床单、枕头、地板上都被泥浆染红了……"这触目惊心的场面，至今让韩秀珍如万蚁噬骨。

这时，我想起海东市电视台《河湟365》节目中记者采访最后一个获救孩子和他母亲时的话语："如果没有爷爷，我的生命就没有了。是爷爷把生命让给了我。""为了救我的孩子，老人才失去了生命。"是的，如果没有韩热者布老人，也许今天失去生命的是她的儿子，是老人用自己的生命换来了他人的幸福生活。

然而，在这个小屋里，在我的眼前，妻子失去了相濡以沫的丈夫，儿女失去了慈爱的父亲，弟弟失去了尊敬的哥哥，儿媳失去了亲切的公公，孩子们失去了慈祥的爷爷。看着眼前呼天抢地的场景，我实在不忍心将采访继续下去。

应我的要求，韩秀珍带我去小儿子韩学良家参观了老人生前的卧室。一个衣柜，一面炕，两条被褥，室内带一个卫生间，墙上一面挂钟还在滴滴嗒嗒走动，然而，老人的人生却永远停留在2019年8月7日下午3点。家人在整理遗物时才发现，老人竟然没有一件全新的衣服，柜子里的都是穿旧了的。

"父亲特别聪明，他种植的一棵树能结三种果实。"出了屋门，韩秀珍向我们介绍栽植在院子中间的一棵果树。擅长园艺的老人在院子中间嫁接了这样一棵能结三种果实的树。在我看来，这三种果实就像老人勤劳、智慧、善良的高贵品德。

思忖间，我环顾了这个小小院落，北面三间客房，西面四间厢房，东面四间厢房，南面大门入口处墙壁上是一幅"祥竹盈门，富水长流"的瓷砖拼画。整个院落简朴，雅致。祥竹迎门，青翠欲滴，这让我感受到了老人的气节和胸怀。

"没有了爷爷，小狗饭也不吃，也不叫唤，不出窝，整个都蔫了。狗也会哭吗？"孙子指着墙根下的小狗嘟囔着，小声向我们询问。

我没有看见过狗哭泣的样子，但万物有灵，我想，狗也有悲伤的时候。

韩学良已经到油坊干活去了。韩秀珍告诉我们："油坊是一大家人最主要的经济来源，要是父亲在世，他也不会让我们一直深陷在痛苦中，人总要往前看，生活还要继续下去。"

"这是父亲给小狗刷毛和洗澡的工具。"送我们出大门时，韩秀珍指着门口处墙壁上的毛刷和铁环。这些都是老人亲手做的，我能想象到这些精巧独特的工具给予小狗狗的偏爱与温暖，暗想，这一定是一个富有爱心的老人。

告别韩秀珍，我拨通了韩建成的电话。听说我要见他，二话不说就来了，领着我们向事发地点奔去。

时间再次倒退到8月7日下午3点左右：

清水乡乙麻亥村几个儿童在清水河入黄河口外嬉水，韩热者布老人在200米处的堤坝下干活。突然三名儿童溺水，"救命啊！救命啊……"声音急促，此起彼伏。

"坏了，有人溺水了。"老人立即放下手钳子，急忙循着声音赶去，两个在附近干活的外地民工也赶了过去。

在清水河汇入黄河的入口处，三个小孩在泥水中挣扎，性命攸关，万分危急。

并没有十足把握的韩热者布老人来不及思考，手里拉了一根铁丝就蹚了过去，两个民工拉着铁丝绳的另一端在岸边协助。

冒着生命危险，一次又一次，老人救出一个又一个素不相识的孩子，把他们送到安全处。

"救命啊，救命啊！"还有一个在不远处的泥水中扑腾。

"绳子不够，再给一些。"这是韩热者布老人生前最后一句话。

为了营救第三个孩子，老人毫不犹豫地挣脱了绳子，游到了孩子身边。

他抱起孩子，让孩子吊住自己的脖子上。水有些深，他想游出来，但双腿已深陷在淤泥中。英雄的壮举已定格在这一时刻，精疲力竭的老人奋力一举，将孩子举过头顶，自己却深深地陷进了淤泥中。吓呆了的小孩半个身子淹没在泥水里，双手还抱在老人的脖子上。

离此400米处正在台地上砍树的韩建成从堤坝上迅速跑了过来。只见小孩半个身子在离河岸七八米处，老人的头顶在河水里若隐若现。

他急忙翻下堤坝向河岸奔去，脱下衣服，也蹚到河水里。刚进去2米，淤泥就淹到腰部，他只好退了出来。他一边在村子微信群里大声呼喊："出事了，

出事了，村里的年轻人们，赶快到黄河边上来。"一边着急四下寻找营救的工具。

这时，韩麦扫地也赶来了，他拿来一根两米长的木棒。

"太短，够不着。"

"前面有砍伐的树木。"

两人拉来一根6米长的树干。韩麦扫地将树干扔进河里，也跳了进去。这时韩舍乙布也赶到了，大家立即投入到紧张的营救中。

韩建成钻到河水里，将呆若木鸡的小孩拉了出来。这时，老人的身体露出了水面，韩建成拽起老人衣角，在大家的协助下将老人拉到岸上。

"把头放低，按压胸部，进行心肺复苏……"在富有经验的韩麦扫地指挥下，韩热者布老人有了一丝轻微气息。

随后赶到的村民们在村书记指挥下七手八脚扎起担架将老人抬出巷道，接上车，拉到县医院进行抢救。不成，又立刻转到省医院进行抢救。

当韩建成用沉重的话语向我再次叙述事情的大概经过时，我再一次禁不住将满眼热泪投向远方。

从堤坝上往下看，河滩上那根搭救老人的树干还在，是那么刺目、突兀。

在清水河汇入黄河的入河口，积石山静静耸立，冲天而上，黄河水滔滔不绝，依旧向东。浑浊的清水河与青色的黄河水在入河口交汇，一浊一清，泾渭分明，犹如老人无私无畏的选择。在黄河博大的胸怀中，浑浊的清水河也缓缓汇入交融，化一江清流滚滚向东。

"河对岸是什么地方？"沉默良久后，我好奇地向韩建成询问。

"噶么西郭里，撒拉语，叫竹子沟。"

"有竹子吗？怎么取了这个名字，好像连棵草都没有。"我不解。

"没有竹子。是老人们传下来的，我也不知道为什么叫竹子沟。"韩建成小声嗫嚅。

这时，在我的心里好像有了答案："无私奉献，坚韧不拔；顶天立地，虚怀若谷；不图华丽，清淡高雅；英雄本色，向阳而生。"老人不就是这样一簇盈门祥竹吗？

青山有幸埋忠骨，黄河无意留英雄。这时，正午的阳光在河面上反射出耀眼的白光，我仿佛看到一个白发、白须、白帽、白衣、衣袂飘飘的老人从黄河浪尖上大踏步向竹子沟快速隐去，他面容慈祥，神色流转，笑容在竹林里若隐若现。

英雄落幕，精神永存。愿老人英魂在天长安，愿人间大爱地久天长！

作者简介：

马兰芳，女，回族，青海省作家协会会员，现任循化县文联主席。2008年创作的散文《天堂里的奥运石》获当年河北省"我与奥运同行"征文活动一等奖，该作品还收编于《民族文学》《人民文学》杂志社联合举办的《我和你》——象山杯"我与奥运"全国有奖征文优秀作品选；2009年创作的《悠悠豆香浓》获西海农民报"改革开放三十年有奖征文"三等奖。2019年，应县政协《筑梦之路》编委会约稿，创作纪实散文《大爱铸就的黄河英魂——追记舍己为人的撒拉族英雄韩热者布老人》并收录在《筑梦之路》一书中。

照在镜子里的黄河

马明全

  我的家乡循化在甘青两省的交界处,是青藏高原与黄土高原的交界处,是全国唯一黄河流经县域全境的小县,是一个可以诗意栖居的地方。黄河在它的胸膛里流过了不知多少年,水始终是清澈见底。这里的黄河有着与众不同的气质,一年四季把整个县城照在镜子里,宜人的气候和如画的风景使黄河显得干净纯洁。我一直都自然而然地认为黄河的名字和河水颜色没有关系,因为我从来没有看到过黄河的水是黄的。同样,我一直以为黄河的水就是家乡看到的那么大,从来没想过她的源头在哪里,河水最初的模样是怎样?

  此去河源长,天路千百里。

  我决定沿着黄河逆流而上,去找寻黄河源头。9月的高原,天高地阔,草黄雁飞。海拔4500米以上的玛多县是一个因地理位置而出名的城市,它是黄河流经的第一座县城,隶属青海省果洛藏族自治州,是青海省海拔最高的一个县。"天上玛多,黄河源头",是中华民族的母亲河——黄河的发源地。玛多,藏语意为黄河源头。黄河从巴颜喀拉山发源后,数百条河流汇聚到高地玛多,由此,玛多也被称为黄河源头第一县。

从玛多县城向西南行，就立马进入巴颜喀拉山。其实玛多本来就在巴颜喀拉山北麓下，它是青藏线进入玉树的门户。原本心想领略一下高大宽阔气势雄伟的巴颜喀拉山，没想到汽车在宽阔的柏油路上蜿蜒盘旋。眼前掠过无数的牛群、羊群、黑色和白色的帐房，还有绒毯似的草原。高原的风光虽然无限美丽，但我不忍惊掠这块生灵们栖息的净地，一心在于巴颜喀拉山的真容。

车行到一个山头，眼前出现一个天然的豁口，上面标示牌上赫然写着"巴颜喀拉山口，海拔 4824m"，这里竟然是世界上第二个海拔最高的巴颜喀拉山垭口。我们在不知不觉中已经来到了一个极具重要意义的地理坐标。对于巴颜喀拉山垭口我是早已做过攻略的，它是一个重要的地理标志性垭口，是全国较高的垭口之一。就自然地理意义来看，巴颜喀拉山垭口既是一个气候的界限，200毫米等降水量线，半干旱区与干旱区界线；也是一个河流的界限，北麓的约古宗列曲是黄河源头所在，南麓是长江北源所在，长江水系与黄河水系在这里分手。就行政区划而言，这里是玉树和果洛的分界线。就文化而言，也是安多地区和康巴地区的分界线。

我们来到垭口时，先行的人已经站在这里宣告极限挑战取得的成功——大家的身体没有任何不适的反应。4828米海拔的高度可以说是对自己极限的体格挑战的胜利。我站在垭口四望，这是一个景观的汇集之处，这里比较高，垭口两边都没有可以阻挡它的高山，所以看得更远更广，在这里有一种"会当凌绝顶，一览众山小"的感觉。垭口上有许多人在这里挂经幡、撒风马、拉泽、煨桑。

我们向玉树进发的同时，知道黄河源头就在右侧与我们擦肩而过。那是巴颜喀拉山北麓的几处小盆地，虽然我们在一段路程中与她的源头是平行的。但是，山路十八弯，想要走近她是不可能的。在这里，除了公路之外，基本属于三江源保护区范围，而且半道上没有到达源头的公路。

从玉树返回之后，我们执着地再一次想进入三江源保护区的黄河源头。好在当地的有关部门协调和帮忙下，我们进入了三江源保护区，2个多小时的颠簸，终于到达离县城以西110余公里的黄河源牛头碑。

江河近，马蹄轻；秋草黄，牛羊肥。

在几百公里的路途，我们为绿草如茵的大草原所迷恋。在一望无垠的高原草地前行。由于国家对黄河源区进行大规模生态环境保护和恢复工程，这里已经没有牧民，有的是日益增多的各种各样的野生动物：藏原羚、藏野驴、狐狸、各种水鸟和鹰等不时进入我们的视野，我们进入了真正意义上的黄河源区。玛多的野驴特别多，和那些野鹿、野羊惬意地在属于它们的广阔天地里或食草或伫立或凝望。似乎它们有无尽的思恋。这块被保护的区域在它失去多年后，又回归到了它们脚下。这里原本就是野生动物们的天堂，人类的极限，恰好是它们最适宜居住的环境。

前方期待的自然是耳闻已久的"姊妹湖"的容颜。这两个"深藏闺中"的姐妹湖是鄂陵湖和扎陵湖。

从玛多县城出发，途经玛多水电站水库，它的修建使得玛多县终于摘掉了全国唯一无电县的帽子。最初只想用于发电的水库，现在看来又有了新的作用：只见库区周围一片绿色，草长水深，鱼翔浅底。水库的库容特别大，蓝色的湖水浩浩汤汤，直逼远处的丘陵和小山。它似乎更像一个无声的导游，她那湛蓝色的湖水的尾翼，渐渐变成一条河的时候，我们又看到了一片蓝色的大湖。首先映入眼帘的就是鄂陵湖。"鄂陵湖"藏语意为"蓝色的长湖"。南北宽东西窄，状如金钟。水色清澈碧绿，阳光明媚之时，天空的云彩、周围的山峦皆倒映水中，如明镜一般。我们在蓝天白云下，在水天一色的草原上，就像一只流动在天际的精灵，车子也变得慢了起来。

水似天，天在水，水天一色镜中映；

草色青，湖更清，草原山丘呈双影。

我们周围的一切都像照在镜子里一样，没有一丝瑕疵，没有一丝雕琢，浑然天成。也不知人在草原行，还是草在镜中生？车在公路上依湖而行，忽而走低，忽而又走高。就在瞬间即逝的高处，我们远眺这些湖泊，在阳光的照耀下，熠熠闪光，宛如夜空的星星，非常美丽。我们的内心是想俯瞰所有的"星星"的，无奈车在海中行，星从身边过。内心虽有美好的愿望，但是现实中总是在身边错过风景。这些沼泽中星星点点的水泊就是中华水塔的重要涵养区。

路行半程，在鄂陵湖边上一处开阔的地方，我们远远就看到了一座别样的建筑。在广袤的草原，最想看的就是草原，但是看完草原以后最希望出现的就是牧民的帐房或村落。果不其然，我们被美丽的风景吸引过后，也被远处出现的建筑所吸引，或者不如说是另一种期待。

　　渐渐走近，再走近。才发现这里是以措哇尕什则多卡寺为核心的一处村落，是汉藏佳话的传说地——柏海迎亲滩。

　　公元638年，吐蕃派使者到长安，提出与唐通婚的请求，唐太宗答应和亲。公元641年李道宗持节护送，公主一行来到今玛多县城，沿河西行至柏海（原扎陵湖、鄂陵湖总称），同久候于此的松赞干布相会。这一段故事，我曾经听说过，但是能够在第一现场感受逶迤千里的唐蕃古道流传着的这一段千古爱情佳话，使我的思想穿越到一千多年前的唐王朝和吐蕃王朝的鼎盛时期。自此干戈狼烟的杀伐争战已不再，雪域高原开始吟唱起田园牧歌的祥和乐章。唐蕃言和，汉藏携手！我想，见证这一切的应该就是眼前这个清澈见底的湖水吧？清澈的东西最能打动人心！文成公主宝玉一般纯洁无瑕的心，有这样的青天作幕，绿地作床，蓝湖为浴，再也般配不过了。

　　有一座山突兀地立在柏海迎亲滩西侧，也逐渐把鄂陵湖挡在了身后。看似近，走时远。上牛头碑的山看起来不大，车开起来却越来越困难，感觉很近的山，却在车子七拐八弯的山路上行进了好久。或许我们急于想看到黄河源牛头碑心切，在山顶，车子刚刚停稳，我们就急不可待地下车。停车场离山顶的牛头碑大概有30米远的距离，而且铺设了石基台阶。这短短的三十几米，是我们一路走来，走得最艰难的一次。

　　登上海拔4610米的牛头碑，由于海拔高，不一会儿就已经气喘吁吁。爬到顶端，瞬间便被别样的壮阔所吸引，全铜铸造的牛头碑朝湖而立，围栏上系着纯白圣洁的哈达，五彩经幡随风飘扬。在这个制高点，俯瞰四周，全是高山雪原。

　　左手鄂陵湖，右手扎陵湖。这对姊妹湖就像两面天空之镜，把离天最近的青藏高原照在她巨大的镜子里，不假雕琢和修饰。

　　目之所及，天空湛蓝，湖水蔚蓝。鄂陵湖、扎陵湖湖水清澈见底，水波潋滟，湖天一色，蓝天、雪原、高山和湖泊尽显勃勃生机。当我们终于站在山顶时，眼睛为之一振！观赏着"姊妹湖"的壮丽风光，天气非常好，我们徘徊在天和地的边缘，远古与现实之间，虽然没有"会当凌绝顶，一览众山小"的意境，但在牛头碑山上可以看到的广阔和壮丽却是不可言说的。

-129-

牛头碑由玛多县人民政府于1988年9月修建于措日尕则山顶峰，相传，这里是格萨尔策马称王的圣地，也是松赞干布迎娶文成公主的地方，现在在玛多县域依旧保留着迎亲台。

站在这里，措日尕则山西边的扎陵湖以另一种容颜展现在我们面前。扎陵湖的形状刚好和鄂陵湖相反，它东西长，南北窄，酷似一只美丽的大贝壳。她藏语意为"白色的长湖"。它的水色碧澄发亮，扎陵湖南面方向是黄河的入湖口，河水流经之地水色发黄，远看似一条乳黄色彩带将湖面分成两半，一半清澈碧绿，一半微微发白。纵观扎陵湖的湖水白茫茫一片，在玻璃镜子一般干净的天空下，目力可以到很远的地方，群山和白云在湖的周边交相辉映，湖面太宽阔，我们没办法看到对岸的草原。她们以清幽美丽见称，这里风景如画。她们小家碧玉，温润，精致，被称为是"黄河上游的两颗明珠"。如果来到这里你会尖叫连连，惊讶于呈深蓝色的湖水怎么会与"黄"河扯上关系。

当然，真正意义上的黄河源，却在牛头碑西南200公里处。黄河源的一支，在西起青藏高原巴颜喀拉山脉支脉——查哈西拉山南麓的扎曲。扎曲发源于查哈西拉山，河长70千米，河道窄，支流少，水量有限，一年中大部分时间断流。

约古列宗曲位于星宿海西，在三条上源中居中，发源于约古列宗盆地西南隅，水量甚小，为宽1.0-1.5米，深0.1-0.2米的小溪。

卡日曲发源于巴颜喀拉山支脉各姿各雅山的北麓，有5处泉水从谷中涌出，汇成宽约3米，深0.3-0.5米，流速约3米/秒的一条小河，河流终年有水。

约古宗列曲与卡日曲汇合成黄河源头最初的河道玛曲，"玛"即玛夏，藏语意为孔雀，"曲"是河，"玛曲"即孔雀河。多么美妙的名字啊！

从黄河源头的玛多县，到同属果洛州的达日县近350公里的河道，黄河容千流，纳百川，经过许多河流和湖泊的浸润，她的水量逐渐丰盈起来。她像一位刚刚学会趴着走路的女孩，似乎没有目的地、无拘无束地来到位于青海省东南部，地处四川、甘肃、青海三省交界的果洛藏族自治州南部的达日县境内。

黄河水在这里漫过谷地宽滩，携带着荒原的泥沙逐渐淤积下来，像正在学会站着走路的幼女，四肢由纤细慢慢变得粗壮，将身体的河床慢慢抬升，生命的力量在毫无声息中向四周的荒野绽放，甚至有点肆意。漫流在宽滩的黄河形成网状水系，散漫在自由自在的草原上。流水不断切割和逆变侵蚀，主河道出现了洲岛环流，高原黄河湿地因此形成。尽管河水的气势已经初现，但是黄河依然眷恋着草原母亲的怀抱，平缓地向前流淌。在高山和草原之间，像一条银色的飘带，滑向天际。

与天连接的只有玛沁县境内的阿尼玛卿雪山，它是一座庞大的雪山，被称为"黄河流域的山中之王"。阿尼玛卿雪山奇峰突兀，山势陡峻，气候多变，冰峰雄峙，冰川厚度达数十米，是黄河流域最长最大的冰川。海拔6282米的主峰玛卿岗日，俯瞰着大河急流勇进。周围有17座海拔5000米以上的山峰，终年积雪不化。雪峰突兀如水晶玉石一般，高山发育的上百条冰川，雪山源源不断地融水流入黄河。因此，阿尼玛卿成了黄河上游最大的水流量补给站。阿尼玛卿的雪水融化，使黄河一下子成长为懵懂女孩。她变得多情和害羞，突然遇到了表白。在阿尼玛卿庞大的身躯面前阻拦着黄河东去，黄河抿嘴一笑轻盈灵动地沿山体从玛卿雪山脚下绕流，就像拂过他的每一寸肌肤。英武挺拔的阿尼玛卿神山使九曲回环的黄河第一次听到了爱的密语。

从亿万年前大地造就了青藏高原的那一刻起，巴颜喀拉山脉东南部逐渐隆起一座著名的山峰，那就是位于青海省久治县境内，被誉为果洛发祥地而受到人们尊崇的神山——年保玉则，他被称为"天神的后花园"，久治县也因此而闻名。久治县境内河流、湖泊众多，风光绮丽，沿途的黑河水有很大的落差，滔滔流向黄河，沿岸牛羊马成群，膘肥体壮，点缀在草原上，黑河黄河交界之处鱼儿肥大。淳朴的牧民辛勤耕耘在这片土地之上，五颜六色的帐篷使得自然风景锦上添花。清丽的黄河两岸草原宽广，犹如绿茵地毯，各种美丽的小草野花让人流连忘返，发出一股股芳香，沁人心脾。这里的黄河依旧是一个懵懂无虑的女孩子，在草原深处采撷着各种美丽鲜花，黄河的身体被五颜六色的花朵所包裹和装点。然而，格桑花或许是她钟爱的花神，从源头一直陪伴她左右。

是的，黄河似乎为了证明她流到下游后才变黄的事实，她从久治县串到甘肃的甘南玛曲与四川阿坝交界地带。川甘青三省交界处是纯粹的草原牧区，孕育了青藏门户丰饶的河曲草原。

九曲黄河第一湾

天边神骏河曲马

享誉海内外的河曲马就是河曲草原赠予这片土地最好的礼物。因为这一片湿地太过平坦，黄河像扑进水草深处的羔羊，恋恋不舍地在其间流淌，以至于在丰美的牧场里她似乎迷失了方向，走着走着，结果又遇到岷山的阻挡。于是河水突然掉头向西北而去，形成了举世闻名的黄河首曲——玛曲，藏语中"曲"就是黄河的意思。当奔腾的"天河"划过玛曲草原。她没有呼啸而过，而是九曲回转，平稳缓流，无声地向无尽的远方延展，释放出女性柔软的曲线美感，河水在广袤无垠的牧场徘徊。可能是因为水泄不畅，形成了很多汊子、沼泽、洲岛和湖泊，在这片天然自成的优质草地里，造就了一块高原生态湿地，有著名的若尔盖湿地和曼扎塘湿地，也是中华水塔的重要涵养区。

欲使自己成长，走一些弯路是必须的经历吧！黄河在青海境内有两处是两进两出，正如人生的曲折往返，迂回摸索一样。当黄河短暂流经甘肃玛曲县后向西北流去，又由河南蒙古族自治州流入青海境内，自东南由西北流出县界。这里的黄河大峡谷位于县城西南56公里的宁木特乡境内，全长30公里，黄河两岸高山耸立，松柏茂盛，陡峭的石壁上有许多岩洞，黄河水流湍急，气势磅礴。在流入果洛州玛沁县时，也经过了黄南州河南蒙古族自治县，县界以黄河为界，除了果洛州黄河两进两出之外，黄南州也是两进两出。是两座高山直接改变了黄河上游的流向。

黄河，穿过阿尼玛卿山之南（玛多、达日、久治县），在川西北川大草原拐弯，回到阿尼玛卿山北上（河南、同德县），穿过兴海、共和、贵德县，冲波逆折回川，切出深深峡谷、似海洋般湛蓝！因为，青海境内有祁连横亘北部，东部是西倾山——秦岭是横卧在中华内陆腹地的巨龙，黄河不得不从宁木特峡谷中间穿过在青海大草原拉开一道裂痕，灰色巨岩巍然矗立在两岸悬臂之上，与阿尼玛卿山平行竞走。

白色的雪山和碧绿的黄河水，一个在天际，一个在谷底。像两只踏歌而舞的舞者的水袖，他们就是这样遥相呼应地张扬着青海的大美。

有句话是"无限美景在险峰！"其实被河水切割的峡谷同样壮美，这里充满激情。河水与峡谷日夜不停地发生碰撞，发生摩擦，就这样创造了大自然的奇迹。时间造就的东西永远是最珍贵的，就像玉石。它不是凝聚了日月的精华，而是见证了地球的沧海桑田。这个叫河南蒙古族自治县的地方，历史上叫作"河南蒙旗"，一个被藏文化包围的蒙古文化圈，不同于我们认知上的蒙古族。这里也是一个神奇的地方，这里孕育了名马——河曲马，也孕育了著名的苏呼欧拉羊，同时也孕育了拥有不冻河之称的洮河。就是这样一个神奇的黄河小城，同样也是干净辽阔，同样也是河水清澈，天空碧洗。

　　青海的天空，蓝是湛蓝；

　　青海的云朵，白是洁白；

　　青海的黄河，绿是碧绿。

　　黄河文化孕育的中华文明，其发源地就是昆仑神话的发源地。文明的留存地多半都和河流有关，正如流水。农耕文化与游牧文化的长期碰撞、角力使中原农耕文化最终还是冲破了草原游牧文化的堤坝，冲向草原并淹没了草原游牧文化。中原农耕人四处迁徙的过程中，把中原农耕文化也带到了各地，开始影响其周围邻近地区的各少数民族及其文化，使游牧民逐渐融入中原农耕文化体系中。

　　这个现象，在同德县有着明显的痕迹。河南县和同德县隔河相望，虽然它还是以游牧文化为主的草原地区，但是它的很多地方已经有大片的农田和农作物。尤其是宗日遗址出土的舞蹈纹彩陶盆和双人抬物彩陶盆以及骨叉等珍贵文物的一一发掘，让我们不得不重新审视这片看似贫瘠的土地。

　　五千年前的文物精华，再一次证明黄河流域是中华民族早期文明的发祥地之一。

　　今天，当我们再次解读神秘宗日文化代表作品之一的多人舞蹈彩陶盆时，得出了这样一个结论：同德人从远古走来，他们一直痴迷地舞蹈着，从这狂野奔放的舞步中，分明听到了他们大步前行的铿锵足音。宗日遗址是马家窑文化在青海境内黄河上游分布的最远点，因文化内涵有一定的特殊性，被命名为宗日文化。这一珍贵的文化遗址是穿透历史回望远古时代的文化隧道。

　　宗日遗址位于青海省海南藏族自治州同德县，是新石器时代向青铜时代过渡代表性遗址，也是黄河文明标志性的起源地。这里的马家窑文化、宗日文化、齐家文化共存于一处遗址，标志着黄河流域上游率先进入青铜时代，也是中国进入文明时代的标志性遗址。马家窑文化多人舞蹈彩陶盆和齐家文化铜戈都是国宝级文物，宗日文化独具特色，墓葬形式多种多样且贫富分化明显，意味着黄河上游不仅以彩陶为标志的新石器时代定居农业文化发达而且率先进入青铜时代和多民族复杂社会，宗日遗址的发掘，无异于打开了又一座地下文物宝库，以彩色陶器最引人注目。宗日遗址是马家窑文化在青海境内黄河上游分布的最远点，其文化内涵有一定的特殊性。宗日遗址中最常见的具有地方特色的文化因素，与甘青地区其他已知的新石器时代同类遗物有明显的差异。宗日文化类型的确定，对研究高原早期民族如藏族、羌族的起源和社会发展以及民族交流，有着极其重要的意义，它的发现从一个侧面反映了包括同德县在内的高原腹地在远古时代并不是蛮荒之地，而是中华文明的发祥地之一。

兴海县境内的黄河蜿蜒迤逦，这里的黄河大都是在高山峡谷中穿行。黄河干流从玛尔档峡至班多峡切割形成的峡谷段落，具有独特的高原气候，峡谷段谷深水流急，景观组合丰富，是原始面貌保持较好的V字形峡谷段。河床两边的峡谷地带都是比较开阔的草原平地。而临近黄河的河道，几乎是悬崖。站在路崖边，往下探深不见底，山体被分割成一道道、一片片、百米高的山墙，像人造工程，砌出这样齐刷刷的道道山墙！这里的黄河在壁立的悬崖下几乎是静止的，水量已经很大的黄河被束缚在山墙之内，又被狭窄的河道峡谷裹住。就像待字闺中，刚刚发育的女孩子，但是峡谷生命的张力愈发饱满，想要冲破禁锢的嘶吼。

黄河从西向东北流经县域，境内有黄河一级支流曲什安河和大河坝河，两河长期冲刷形成两条冲积河谷地带，沿河两岸地势较低，气温暖和、水源充足、物产丰富。

提起龙羊峡和拉西瓦，人们脑海中浮现的第一地名往往是共和县、贵德县，殊不知，这两个水库的南岸都是贵南。

贵南地处黄河南岸，本身就深受黄河的眷恋，6000年前，先民们就在这里繁衍生息，并创造了灿烂的拉乙亥古文化遗址，从贵南县尕马台遗址出土的我国年代最早的七角星纹铜镜，如今已成为青海省博物馆的镇馆之宝。

在贵南，在黄河南岸，龙羊峡的美一览无余，顺着黄河往下游走，还有一个水上明珠，那就是拉西瓦水电站。贵南地势相对平缓，几乎和黄河平行，这在高原峡谷众多的黄河上游是少见的河床现象。地质运动和水的力量在这里留下几个褶皱，形成了几条深沟，而这些深沟，就是大自然赐予人们最理想的居住地。黄河干流上最窄的峡谷叫野狐峡，位于青海省同德县、贵南县。左岸为高四五十米的石梁，右岸为高达数百米的峭壁，河宽仅十余米，从峡底仰视，仅见一线青天。

龙羊峡在青海黄河上游，上距黄河发源地1684公里，下至黄河入海口3376公里，是黄河流经青海大草原后，进入黄河峡谷区的第一个峡谷。"龙羊"系藏语，即险峻沟谷之意，峡口只有30米宽，峡谷全长33公里，坚硬的花岗岩两壁直立近200米高，黄河穿越其间，河谷宽10余公里，河谷两岸，一边是起伏峻险的茶纳山，一边是连绵不断的莽原，中间是一片宽阔平坦、肥沃丰腴的盆地，整个峡谷成了一个巨大的天然库区。是建设水电站的绝佳坝址，龙羊峡水电站坝址就选于此峡口。电站建成后，这里成为我国第一高坝，龙羊峡水库被人称为"世界上最深的水库"。

我们也曾乘游船绕了龙羊峡水库一小圈，那里碧波荡漾，湖光山影，苍穹碧野，心旷神怡。我才顿然醒悟到，黄河水在这里是"清"的。把高原大地的大美原模原样地照在她蔚蓝的湖水之中，是别样的天空之镜。清清的黄河水，是大自然的赋予，是人们对黄河利用和改造的结果。在大峡谷中，水是那么轻柔，那么温情，高高的峡谷，潺潺的河水，都被雨水点缀得更加妖娆，更加迷人，简直是一幅国画风格浓重的山河图，就连周围的空气也随之变得特别湿润，特别爽洁。乘着游船畅游峡谷，感觉"船在水中走，人在画中游"。

被誉为"峡谷之王"的龙羊峡黄河大峡谷有着令人惊叹的峡谷奇观。龙羊峡的黄河河道是天下一大奇观，是黄河河道的一段天堑之景。两边陡峭高耸的山崖，中间是碧绿的流水，只有从中间乘船穿过，才能体会到置身其间的震撼，人类在自然面前是如此的渺小！30多公里的河道，壮丽巍峨的山河在黄河的周边挺立。九曲十八弯，蜿蜒的峡谷延伸，碧波荡漾，清风徐来，水波粼粼，三两只鸟类在头顶飞过。两边峰岩高耸入云，奇形怪状的岩层叠在一起，生命力顽强的岩羊在其间跳跃。从上往下看黄河大峡谷真的会发现不同的美，真的是角度不同，你所看到的景色也不一样。走在栈道上仿佛进入了大自然博物馆，不同的角度看到的景色不同。成群的柱状地形，远远望去真的很像一片森林。我感受到了大自然神奇的鬼斧神工，释放了所有的压力，远离城市的喧嚣，感觉浑身轻了很多。这里气候宜人，真的是避暑胜地。蓝天、白云、湖泊、小镇……龙羊峡显得格外安静，如果想远离城市的喧闹享受暂时的宁静，这确实是一个值得去的地方。

勾勒了一幅立体腾龙的巨画，大河几经百折从世界屋脊走下，在草原峡谷奔流了1670公里之后，终于从龙羊第一峡口冲出，又掉头继续东流。黄河进入人称小江南的贵德盆地以后，流经森林草滩时，泥沙逐渐沉降，水质变清，再次形成河谷湿地。走近那奔腾着的黄河水，远观碧水奔流，宛如一条绿色绸带在飘然飞舞；近看绿浪清流，疾驰如箭；再看黄河两岸，层林尽染，风情无限。

国务院原副总理钱其琛，曾风尘仆仆来到贵德县的黄河岸边，他深情地凝视着碧波粼粼的母亲河，轻轻地弯下腰来，掬起一捧清洌的黄河之水，而后，挥毫题下了"天下黄河贵德清"七个大字。这意味深长的题字，不仅是对这清清黄河的惊叹，也饱含着对青海高原秀美山川深情的赞美。天下黄河贵德清早已远近闻名。咆哮的黄河在人类的驾驭下放慢了脚步，她不光带给我们人类经济的繁荣，还带给人们美丽的风景！贵德地处黄河谷地，上有龙羊峡锁关，下有松巴峡守护，四面环山，平川开阔，土地肥沃。展现在你眼前的是：一片荒山、青水、碧叶交相辉映的别致景色。走近清澈碧绿的黄河岸边，放眼望去，千里黄河，盈盈碧水，清风徐来，微波荡漾，此时的你才能目睹到"天下黄河贵德清"的美丽景致。

贵德黄河岸边的"黄河少女"雕像清秀、质朴、柔美，她半裸着上身，手捧秀发，扬撒着梨花，充满了希望和青春之美。长长的秀发表现了少女的纯洁和健康，平和的神态里透出一种本性的善良和对人世间生活的达观安详。表情宁静坦然，静态中带着动感，风采华韵中有着中华传统美德的韵味。

碧绿黄河水缓缓流淌，河岸两边植被茂密，远处是被皑皑白雪覆盖的巍巍山峦，一派优美的景色令人心旷神怡。中华母亲河温柔静谧，静如处子的少女时代在这里完美呈现。由于河流的切割和冲刷，河谷盆地独特的地理环境，壮观的溶蚀地貌和丹霞地貌出现了，山原、水体、森林、草滩景观相映生辉，黄河望见十八丹峰，不做停留就进入尖扎县的李家峡了。

李家峡水电站位于青海省尖扎县和化隆县交界处的黄河干流李家峡河谷中段，上距黄河源头1796公里，下距黄河入海口3668公里，是黄河上游水电梯级开发中的第三级大型水电站。尖扎县有丰富的水利资源、旅游资源。水电资源得天独厚，黄河纵贯南北，在尖扎县和化隆县相互交错，在他们境内流程全长96公里。

在著名的坎布拉国家森林公园下面，周边由群山围绕。坎布拉景色大气，登高眺望，李家峡水库尽收眼底，远处大山，灰的、棕红的，层层叠叠，美不胜收。坎布拉地貌是丹霞风景地貌，红色砂砾岩"色如渥丹，灿若明霞"，大型山体如柱状、塔形、城堡，陡峭直立，雄伟壮观，气宇非凡。小尺度的造型貌似巨人、兽类，各种造型栩栩如生，形态千奇百怪，有鬼斧神工之妙。山峰挺拔，雄浑壮丽，充满阳刚之气，具有很强的自然风光魅力，堪称全国之最。这些天造地设的美景，倒映在李家峡水库中，阳光下山阳面红褐、山阴面深褐、水浅处碧绿、水深处湛蓝。群山峻峭，水面辽阔，山水辉映，极其壮美。黄河由此流出，依然清澈见底，与寻常见到的黄河迥然不同。

尖扎人人会射箭，人人喜欢射箭，射箭已经成为尖扎人生命中不可或缺的存在，有"神箭之乡"的美誉。依托射箭，尖扎县搭建了与世界交流的平台，五彩神箭也成了尖扎的金名片。黄河走廊水利风景区以奇特的丹霞地貌建立了一系列水文化景观，穿越李家峡水库和坎布拉丹霞地貌的黄河走廊被命名为第七批国家水利风景区。

当碧水湖光遇见赤色丹霞，黄河给古老的坎布拉增了光彩，黄河首现一处形貌绝伦的极致景观，群山始终挡不住大河激流，她又急匆匆到甘青交界地带的循化，切开最壮美的地理华章，流水的长期切割造就了古什群峡和积石峡。

古什群峡从隆务河桥到赞卜乎村，全长15公里，是黄河自尖扎进入循化的必经之地。古什群峡两山对峙，崇山峻岭，高耸入云，陡壁如削，殷天蔽日，形势十分险要。黄河入峡后，因河道狭窄，河中礁石暗伏，滚滚河水飞湍造漩，咆哮而下，登顶观景，蔚为壮观，十分险绝，循化古八景中有"什群急湍"之称。

出了古什群峡，视野开阔，这里由于河水万年的冲积，形成的土地平坦肥沃，自汉代以来一直是屯田之处。

循化，这个深藏在神州大地青藏高原东部的蕞尔小县，在亘古恒久的高原大地上，寒来暑往秀出自己与众不同的色彩与个性：这里既有浑厚的文化积淀，又有优美的田园风光；既有高原景色的粗犷和博大，又有江南风光的娟秀与文静，享有着"天下黄河循化美"、高原江南、瓜果之乡和高原水乡之美誉。黄河两侧丹霞包裹的小村落，在红的山绿的树清的水之间，形成别具一格的神奇灵秀的水上丹霞，深邃幽静的峡谷曲流。

黄河在循化县城穿城而过，由南北两侧红色的丹霞山与穿城而过的碧绿的河水组合，两边是山中间是水，满目丹霞苍凉和满怀绿荫柔美尽收眼底。形成丹山碧水景观，动静相生，摇曳多姿。温暖的阳光慷慨地洒满循化大地，瓦蓝的天空，红色的丹霞地貌，碧波荡漾的黄河水，绿茵茵的小麦和葱郁的树木，交相辉映，适宜的海拔和各种茂盛的绿植使空气越来越清新，呼吸越来越顺畅，呈现了一幅人与自然和谐相处的画面。极目远眺，村庄中的各色树木葱郁茂密、九曲萦绕、黄河清澈见底。这些构成丹霞、绿水、青山相互衬托的诗情画意的自然画卷，缓缓步入公路，俯仰之间却让你有恍如画中游的感觉。在绿色映衬的各色丹霞中，向世人展现了一个神秘而美丽的容颜。

习近平总书记提出的"绿水青山就是金山银山"的可持续发展的先进理念，非常符合"天下黄河循化美"的赞誉。这里没有大城市的喧嚣，像一个在黄河母亲怀抱中熟睡的安静的小镇。这里气候温和、夏无酷暑、冬不胜寒。因1800米的海拔这里晴天较多，气候适宜，日照丰富……这里有山有水，这里有静有动，这里可以安放灵魂的地方；这里是可以枕着黄河入睡，伴着涛声醒来，一切显得那么自然，和谐，宁静；这里可以抬头看黄河，低头闻香花。陶渊明"采菊东篱下，悠然见南山"也不过如此。有人说最理想的生活是，在大城市奋斗，在小城市生活。走过红尘岁月，看尽人世繁华，回归平淡人生。这里可以让奔波不安的灵魂，得到诗意的栖居。择一城终老，循化是青海高原不可多得的宜居宜游宜商的河景小镇。

循化的夜景是黄河赐予的特殊的荣耀。夜色中的黄河在灯光的照耀下像无数道彩虹，在水中摇曳。岸边的亭台廊桥倒映在水中，被多彩的灯光照射着，

-138-

如梦如幻的河岸景象，完全被黄河照在她多变的镜子里。那山，那水，那人，透出一股江南水乡的朦胧之美和现代之美。

黄河九曲十八弯，唯美不过清水湾！黄河在青海循化的清水湾来了个华丽的转身，以河水为墨，以浪尖上的撒拉族筏子客为笔，洋洋洒洒书写了一个大写的"S"。

在我国，关于大禹治水的英雄故事和神奇传说不胜枚举，关于大禹治水的遗迹众说纷纭，各地都有。好多学者认为大禹治理黄河，就是从黄河上游的循化县积石镇开始。大禹治水的积石山，指小积石山，系祁连山延伸部分，它的起点就在循化县黄河清水湾，在这里的黄河曾经被积石山包围阻隔。

我国历史上大禹治水的民间传说流传千古，据《尚书·禹贡》载，大禹治水"浮于积石，至于龙门"；清朝的梁份在《秦边纪略》云："盖黄河入中国，始于河州，禹之导河积石是也。"积石山，指小积石山，系祁连山延伸部分，是循化撒拉族自治县的主要山脉。如果说这些古籍中所记载的禹导积石、导河于积石的历史典籍是一个未解的历史之谜，那么，循化下游的青海省民和县喇家遗址的发现和发掘，可以说有力地佐证了史书中禹导河积石的记载和大禹斧劈积石，疏通黄河的英雄故事，绝不是人们随意编织的神话传说和民间故事，而是确有其事。

黄河从源头到循化流经了1900多公里后，她从呱呱坠地的襁褓婴儿，到牙牙学语蹒跚学步的幼年，再到逐渐丰满的少女时代，黄河成长的每一步青海都没有错过，黄河在青藏高原大山大川的哺育下，已经出落成一个闭花羞月，沉鱼落雁的少女。

循化境内一西一东的公伯峡水库和积石峡水库，那两汪碧波无垠的水库，就像黄河离别青海时的最后两面镜子，把她最美最清澈的影子照在镜子里。

积石峡同样重岩叠嶂，峡中黄河奔流湍急，洪涛巨浪，声震如雷，浪拍石崖，滔滔东去，一泻千里，被称为"积石奔流"。峭壁上层层叠叠的纹路，相传是大禹凿山导河时留下的斧痕，被称为"积石神功"。积石峡出口的积石关就是青海和甘肃的界碑。

她进入甘肃之后，又在留恋哺育她长大的故乡青海。在短暂地在甘肃大河家镇停留片刻之后，她又再一次进入青海省民和县境内，这正如新娘出嫁

—139—

后第三天"回娘家"的习俗一模一样。她路过"接官亭"，驻足滋养了被誉为"东方庞贝"的喇家遗址，而后进入最后一关禹王峡。禹王峡周边的川道河谷里，依次分布着繁星点点的远古文明。在黄河、湟水、洮河、大夏河的臂弯里，依偎着马家窑文化、马厂文化、卡约文化和辛店文化，这里有禹王治水的千古传奇。有禹王座椅、禹王擂鼓台、禹王盛水缸、禹王足印、禹王祭祀台、禹王洞等等。这些远古文明的璀璨星光，与"禹迹"所涉及的神话传说交相辉映。黄河步大禹之后尘，为四方黎民百姓，义无反顾扎进前方征途。

青海大地和黄河相依相伴，相互滋养，终于把她抚养至碧玉年华。在最美的循化把她打扮得花枝招展，清新明丽。她在积石峡里，黄河波涛的轰雷声中把女儿远嫁。不论她遇到什么样的磨难和艰辛，无论她的容颜如何变得沧桑，在我们青海人心目中，她永远是清澈透底的少女模样，永远映照在镜子里。

自此，她穿行在中华大地上，成为中华民族的母亲河，她以女本柔弱，为母则刚的姿态！用饱满的乳汁哺育亿万英雄的中华儿女。

作者简介：

马明全，男，撒拉族，民盟成员，青海省循化县人，从事教育工作。青海省"四个一批"文化名家·拔尖人才，全国少数民族文学学会会员，青海省作家协会会员，鲁迅文学院少数民族作家培训班二十六期学员，青海省海东市评论家协会副主席兼秘书长，循化县作协副主席。出版有散文集《莫道乡关远》，长篇小说《断尾猫》，长篇报告文学《红星照耀黄河》等100余万字文学作品。

花里的诗与远方

——拍花断想

韩新华

一

喜欢摄影的人，总是向往着远方，向往大河奔流，向往浩瀚星空，向往牧羊姑娘清澈的眸子，向往套马汉子铁打的臂膀，就像溪流向往江河，骏马向往草原，摄影人的荣耀在远方，在比远方更远的远方。

在为摄影发狂的年代，我也曾奔波于山高水远间，困顿于雪原荒漠处，心心念念的摄影梦里只有天涯，只有海角。及至消退了激情，收敛了野心，放慢了步履，才发现身边就是摄影的天堂。由此，我不再仰慕蓝天雄鹰，只愿做一只追逐芬芳的蝴蝶，翩跹于百花丛中，尽情采撷小草上的露珠、花瓣上的美丽，在寸草片花间感念天地之悠悠，感受人间的快乐和忧伤。

二

　　撒拉尔故里，惠风和畅，风情万种。除了暖暖的阳光和甜甜的空气，最多的便是各色各样、各姿各雅的花儿了。只要你有一双欣赏美的眼睛，有一份怜香惜玉的心境，抬头低眉间，总会有花影扶疏、馨香涌动，温润你的眼睛，滋养你的心灵。

　　拍拍那些艳丽怡人的、妩媚动人的、馨香袭人的花儿吧！看它们摩肩接踵，热热闹闹，在蓝天丽日下用灿烂的笑脸昭示着上苍赐予的明媚时光。

　　拍拍那些看似平淡无奇、柔弱无助、默默无声的小花小草吧！也许没有人给她们唱赞歌，甚至少有人多看她们一眼。但是，你看她的神态，不卑不亢，傲气凌云，不为天地争春，只为独自绽放，用最精彩的模样，展现着伟大生命的全部时空。

三

　　一草一世界，一花一天堂。只要你是鲜活的生命，就有放飞梦想的资本，只要你是一朵花儿，就有绽放灿烂的权力。即便是一生匍匐在地皮上、淹没在名木佳卉下，但是，在你降临人间的那一刻，造物主便赐予了你一个美好、尊贵的名字，连同一份高尚的品格和别样的灵性。

　　美丽，只有姹紫嫣红的不同，绝无高低优劣的区分。都说牡丹尊贵，芍药狐媚；都说蕙兰高洁，罂粟邪恶，殊不知，所有的赞誉与贬损、偏爱或冷落，都是世人将自己的憎恶喜好强加给了无辜的花儿！

　　草木原本无瑕，人有情趣不同。花花世界，千姿百态，鸟飞蓝天，鱼翔浅底，你有你的狂野，我有我的精彩，你用你的姿色站位，我以我的清纯化人，你的优雅无法复制，我的纯真无人替代，在熙熙攘攘各领风骚的世界里，你我都是独一无二的存在。

　　你眼中的星星，在别人的夜空里，也许是耀眼的太阳。你在欣赏别人的美丽，而在别人心里，你是诗、你是远方一道靓丽的风景。难道不是吗？

　　我们都是凡夫俗子，无以具备揭示生命本质的智慧和学养。也许，我们永远也无法洞悉大自然的奥秘。但是，这又有什么关系呢？我有清澈的眸子、聪敏的耳朵，可以去探寻、去聆听一朵花儿前生今世的秘密；我有慈悯的胸怀、柔软的身手，可以去感知、去呵护每一片花瓣上闪烁的生命之光。

远方不在远方，诗意总在心里。当我们窥见一朵花儿的奥秘，才知道它不仅是大地精灵的嫣然一笑，更是救治心疾的良药；才知道有些花儿妖娆妩媚最宜芬芳共赏，而有些花儿暗香袭人好不过开在心里。换句话说，当你读懂了一朵花儿的心事，其实已经抵达了你所仰望的远方。

四

说到这里，不禁又想起我的清水湾。那里有一处断崖式的单面山体，百丈悬崖临河壁立，如铜墙铁壁，如刀劈斧斫，巍峨壮观，气象万千。

皇上崖相传是大禹疏浚河患时坐帐指挥的地方，故得此名。

滔滔黄河以不可阻挡的气势飞流急进，直冲乙麻亥村而来，却遭遇了皇上崖决绝的抵御，不得不悻悻然折首拐弯，遂形成了清水断崖、大河弯流的绝世壮景，而乙麻亥村自古至今稳稳当当安然无恙。

皇上崖是我们村的靠山，更是我们儿时的天堂。印象中最美的要数开在崖坡上的那些野花。我至今叫不上这种花儿的名字，只知道春末夏初是它们的节日。纤细的茎秆，毛茸茸的叶片，叶片上托着指甲盖大小的花儿，椭圆形的花瓣，不是红色，不是黄色，也不是白色的，而是蓝色！是天空般的那种蓝，宝石般的那种蓝，星星点点，闪闪烁烁，像极了天上的星星！

然而，对小蓝花儿，我有一段难言的愧疚，久久无法释怀。这缘自我曾经对这种花儿有过某种偏见。儿时的眼里，小蓝花美则美矣，却总觉得它矮小，柔弱，小气，又那么孤独地长在皇上崖上，实在有负于大禹的浩然气势！所以，随意采摘随意扔弃，却从未有过一丝的怜惜，甚至不屑于打问它的名字。可是，小蓝花们从不介意人的异样目光，兀自长着她的叶，兀自开着她的花！

及至长大后的某一天，小蓝花竟然让我心头一热、鼻子一酸。忽然间，这小小的弱弱的不言不语的野花，让我有了一种说不清道不明的亲近感。什么是渺小？什么是伟岸？什么是柔弱？什么是坚强？什么是短暂，什么是永

—143—

恒？什么是生命？什么是灵魂？家乡的小蓝花用她纤细的身躯，让我懂了许多许多。

一滴水可以折射太阳的光辉；一朵花里书写着全世界的幸福或痛苦。从那天起，这些蓝宝石般的小花便幽幽地盛开在我的心里。

五

话已至此，我还想续一段皇上崖的故事。

皇上崖是我们乙麻亥村的天然屏障，是我们生生不息的水脉、血脉、人脉之所在。村里有个不成文的约定：不能在崖上动土。因此，自古以来没有人敢从皇上崖上挖走一捧砂石。

但是，默默守望终究抵不过时代的变迁。先辈的约定在这一代人身上失约了，大禹扎帐督战的皇上崖上，先是被竖起了高高的输电塔架，随后，几栋村办建筑在挖机的轰鸣声中拔地而起，其外墙偏又敷以诡异的颜料，与原本红褐色的崖体反差迥异，不仅悚目而且惊心。而曾经用生命之光妆点过皇上崖的小蓝花们，自然被钢铁大侠铲断了根迹。

在外地游客的眼里，清水湾逐年多起来的这些新玩意儿，是理所当然的。可他们哪里知道，多少野性的、原始的、纯朴的、亲切的、与血脉息息相关的、与情感紧紧相连的东西，却眼睁睁地远去了。对生于斯长于斯的清水湾人来说，这样的流转，也许是致命的痛！

寒来暑往，我不止一次去过皇上崖拍摄大河流韵。阳光如昨，清风如昨，只是曾经雄狮般咆哮过的黄河早已被驯服成了一只温顺、乖巧、软懒、屏声静气的小猫，皇上崖当年的威武霸气早已不复存在，而星星般闪烁的小蓝花早已无踪无影。缘此，每去一次清水湾，我的心境便跌落一番，以至不忍心将镜头转向乱象横生的皇上崖，就怕触碰到乡愁里的那一处心痛！

我知道梦痴乡语的乡愁，是村头那棵老榆树下的荫凉，是村尾那眼泉水的清亮和甘甜。没想到才下眉头又上心头的，还有皇上崖上那些蓝莹莹美嘟嘟的小花儿。只要小蓝花们旺旺地开着，故乡便是色彩斑斓的、芬芳鲜活的、丰盈温暖的。撕心裂肺的痛是，我连它的一幅靓照都未及留下，小蓝花们已成了永远的绝响。

哦，故乡，我看不到皇上崖威武的故乡，听不到黄河咆哮的故乡，闻不到小蓝花芳香的故乡，你还是我魂牵梦绕的故乡吗？每每思之，不禁凄惶，不禁潸然！

哲学家雅斯贝尔斯说过："教育的本质意味着一棵树摇动另一棵树，一朵云推动另一朵云，一个灵魂唤醒另一个灵魂。"我想，我喜欢摄影，大概也是这样的缘由吧。我喜欢拍摄花儿，喜欢发掘、追寻、聆听花儿背后的故事，不过是想由此"摇动""推动""唤醒"人性中被困顿已久的一些什么。

诚然，这样的拍摄和追寻，于我也许不是太难的事，而试图借此"摇动"或者"推动"一些什么，便是一种不堪之重。但我依然相信守正笃实，久久为功。至少，可以点亮生活中的细微欢喜，给自己一些慰藉与深情；至少可以"唤醒"正在被世俗一点一点尘封的良知，让内心变得更加纯粹、更加宽广、更加丰满，让生命变得更加富足、更加高贵。

六

19世纪英国著名诗人兰波在《黎明》中描述了他的清晨散步："我遇见的第一件好事：在晨曦洒落的幽径上，一朵花告诉了我它的名字。"

兰波是少有的少年天才诗人，19岁，毅然告辞文学，37岁，贫病交加的诗人在不舍中永远地回归了空灵宁静的天国。我相信，正如兰波自己所标称的，他是一位神奇的、具有超人能力的"通灵"者。我甚至相信，兰波在他清晨邂逅的那朵花里，一定看到了、听到了、感到了凡人所看不到、听不到、感不到的东西。

庆幸的是，我们每天都在用脚步亲吻那条铺满落英的小路，每天都与那朵沾满露珠的花儿相遇，我们甚至可以轻轻走进花儿们的心房，与纯净如水的她们来一次灵魂的畅谈，只要我们愿意。

由此说来，我们真的要好好珍惜每一朵花儿，珍惜每一个花开妩媚、花香飘逸的晨昏。由此，你可以在冥冥中感知和参悟上苍是何以造化了花儿这种极致美丽的模样，用以装扮阴阳两界，让芸芸众生在人间有秀色可以感恩，在天堂有馨香可以相伴，在美的教化中远离罪孽的诱惑，在芬芳中稀释所有的苦难，在真善美的引领中获得永远的安宁……

我们也许很难陶冶出兰波的浪漫气质，更无从练得所谓的超人秘籍，但只要我们心怀感恩，便有机会从一朵花儿的绽放或凋零中，窥见生命脆弱里的坚强、纤细中的丰盈、平淡里的奢华、缺憾里的圆满、微小中的伟大、短暂里的永恒。

七

回味一下初吻一朵花儿时的情景吧，瞬间的惊奇，瞬间的惊艳，瞬间的惊心，绝对是一场旷世的艳遇！或许，除了"美得像花儿一样"这样笨拙的比喻，很难找到更加妥帖的字眼、更加精妙的架构，用来安顿我对花儿的礼赞，用来感恩花儿带给我的洗礼和成长。

总有一些美好值得记录，总有一些感动值得铭记，总有一些尘灰需要洗涤，总有一些灵魂需要唤醒。把爱装进心里，去拍拍身边的花花草草吧，去听听这些小精灵背后的大故事吧，她们，才是值得你守候一生的诗与远方！

作者简介：

韩新华，循化县清水湾人，青海省摄影家协会会员。钟情于文字，迷恋于光影；镜界显境界，作品见人品。

清水湾的辣椒红了

马成龙

已是深夜,窗外的雨声渐渐变小了,喧闹的世界也趋于宁静,而我依然没有丝毫的睡意,忍不住又拿起手机翻看以前的照片,突然看到去年秋天在清水湾拍的一张照片,照片里红红的线辣椒挂满了一个农家门口的两侧墙壁以及一棵高耸又宽大的核桃树上,那辣椒红得耀眼、纯粹。

而此刻,照片里辣椒的火红灼伤了眼角,我不禁想念清水湾红红的辣椒,还有清水湾的红红的人。我想,这场秋雨后,清水湾的辣椒又红了吧……

清水湾是我年少的记忆里最美的风景,第一次邂逅就深深爱上了她婀娜多姿的身段,并一如既往地爱着。我记得姑父是我们家族里第一个拿彩屏手机的人,当初由于好奇我好不容易把那个摩托罗拉手机从姑父手中拿过来端详,我按下一个按键,屏幕亮了,背景图却一下子吸引了我的眼球,图上还有字"九曲黄河第一湾——清水湾",年少的我对"清水湾"这个词以及对这个地方全然不知,便问姑父清水湾在哪里,他说就在不远处的清水,这个模糊的回答没有让我心服,他说的不远,在我隔着屏幕看来,却是那么的遥远,而又那么深深地吸引着我,于是幼小的心里就有了有朝一日能目睹清水湾以及黄河的心愿。

而缘分，总是眷顾着向往美好的我。

有一次，远嫁县城的姑姑在家里住了一段时间后就要回婆家，她因为那边没有亲人，一下子适应不了那边的环境，就恳求父亲把我带我过去，父亲因为秋收正忙，就欣然允诺姑姑的请求。于是姑姑带着幼小的我坐了一辆绿色吉普车前往县城，我一路上沉醉于第一次乘坐汽车的喜悦中，却渐渐头痛欲裂，进而胃中翻江倒海，姑姑看出我的难受，说我晕车了，招呼司机路边停车，我下车后就蹲坐在路边，把头靠在腿上，过了一会不再那么难受，就慢慢把头抬起来，却突然被眼前的山水景象惊住了，这不正是姑父手机里的那张图片吗，可与手机小小屏幕里比起来，不知要美上多少倍。一条绿色的水从远处缓缓流过来，到达这儿时，遇上了一半是青色一半是黄色却同样高大巍峨的大山，于是，碧绿的黄河水索性就绕着山拐了一个弯。

黄河北岸是雄伟的大山，而正拐弯处却有一块郁郁葱葱的较为平缓的山坡，似乎还能看到村庄的样子。对，就是一个村庄，我看这个村庄背靠高山，面前又有磅礴的黄河，好像与世隔绝一般，却又感觉保持着联系，因为隔着河就可以看见这边的情况了；黄河南岸绿树成荫，草木丛生，而最吸引眼球的就是一大片一大片的火红，我问姑姑那红的是什么，姑姑指着路边一户人家说，就是挂在那墙上的辣椒，我看到一棵树上也全是那红红的辣椒，不禁心生疑惑，又问姑姑辣椒是长在树上的吗，姑姑说那树是核桃树，人们把辣椒挂在树上，是为了更好的风干。我正沉醉于清水湾火红的情景中，司机却催促我们上车，而我把这秀美的景色装进了心里，无论往后远去何方，都时时惦念。

后来每次路过清水湾都要停车下马，驻足片刻，再后来，把清水湾无数次摄入镜头，带向远方。

我对清水湾如此痴情，不仅是因为清水湾的风景、清水湾火红的辣椒，还有清水湾的人。记得上初中时，班里的同学一半都是清水的。在我的印象里，清水的同学特别真诚，容易相处，容易交付真心，男同学阳光帅气，女同学清秀可人。而自幼喜欢交朋友的我，基本上与清水籍的同学成了好朋友，虽然现在不常联系，但只要碰到他们，就一定能聊得很开心，丝毫不减当年的激情，经过了岁月的波折后，相互间的友谊更加深厚了。

在清水湾还有一个人对我影响很深，那就是亦师亦友的韩原林老师。我与韩老师相识是在高一那会儿，那时我正涉足写作，对文学的热爱闪亮成耀眼的火光，而同样热爱文学的韩老师刚好发现了我，从此我们时常坐在一起讨论文学，谈论生活百态。韩老师是一个很敦厚的人，性格温和，任何时候都不急不慢，做事考虑周到，他的文章就跟他自己一样，细腻又秀美，他是在清水湾的河边长大的，对清水湾这一方土地爱得比任何人都浓烈，他大部分的作品中都表现出对清水湾深深的爱恋。他不仅在写作方面教导着我，而且为人处世方面也给我做着榜样。有一次我跟他开玩笑说，我很喜欢清水湾，想写一些有关清水湾的文章，问他是否愿意，他说清水湾是他的，也是我的，更是所有撒拉人的，让我把清水湾当成故乡，而我在他允诺之前，早已偷偷把心交给了清水湾。我喜欢清水湾，更喜欢清水湾的人，希望今后能一直做韩老师的学生、朋友、知己。

清水湾虽说地域位置属于清水乡，但清水湾是所有循化人的故乡，是所有游子的牵念。我发现很多外出做生意的撒拉人，把清水湾打印成大图，挂在店铺里最耀眼的地方，当闲暇之余想念故乡，看到清水湾就在眼前时，就又有了拼搏的劲头，虽然身在异乡，却不再那么孤独。

我们热情好客的撒拉人，给远方的朋友送礼时，一定会捧上盛产于清水湾的火红的辣椒酱，撒拉人把所有火红的情感都装进一瓶小小的玻璃罐里，敬献给最珍贵的朋友。如果你收到撒拉人送给你循化的辣椒酱或者一串红辣椒，那一定是他们最真挚的问候，最衷心的祝愿。

清水湾是不是九曲黄河第一湾我不知道，但我知道的是，黄河在经过撒拉尔的故乡时，忍不住回头，留恋着这一片土地里勤劳勇敢的撒拉人，而我们对这中华民族母亲河的爱更是无比深厚，黄河与我们融为一体，我们也被世人称为："黄河浪尖上的撒拉人！"

然而此刻，我又陷入了一个困惑与无奈之中，因为现代文明的需要，黄河上游兴建水电站，积石峡水库大量蓄水，淹没了循化境内大片良田，而清水湾也难逃此劫，曾经大片的辣椒地全被淹没了，从前婀娜多姿的清水湾也日渐臃肿，那些以开发为名义的人，把清水湾的岸边挖得满目疮痍。而现在，每一次路过清水湾时,就像河水淹没清水湾那般,泪水也淹没了我的眼眶……

我在这不眠的夜晚,看着手机里的清水湾以及清水湾辣椒火红的照片时,就像当年第一次在彩屏手机上看到清水湾那般,从骨子里向往这一方火红的土地。

我想,今天的一场秋雨后,清水湾的辣椒都应该红了,母亲就会把倾注了思念的火红的辣椒挂在核桃树上,借着辣椒的高度眺望着远方——迟迟不归的游子。

作者简介:

马成龙,撒拉族,90后,青海省循化县人,喜欢写作与摄影。

循化人的黄河

韩忠诚

一个平平常常的日子里，舜帝的子民们和往常一样都在各自的土地上开开心心地播撒着、耕种着，而在舜帝所耕种的历山之畔气氛却异常紧张。

一个治理黄河的团队即将出发，团队首领禹郑重地从舜帝手中接过治水所用的三件神器——定海神针、开山斧和耒耜。

对于年轻的禹而言，治水无疑是一件困难重重又不得不完成的使命。因为就在不久前，因禹的父亲鲧治水九年无功，尧帝便派祝融将其杀死于羽山之上。禹背负痛苦，更背负着去援救生活在水深火热之中的黎民百姓，以拯救天下苍生为使命而踏上了治水的行程。

禹汲取父亲障水法治水的失败教训，采取疏导治水。《尚书·禹贡》有大禹导河积石的相关记载，说明其一开始就依据山脉地形，从源头"导"水、"疏"水。而大禹治水的首站，现今的青海省循化县积石峡附近还有当年大禹轮斧劈山的遗迹和相关治水的优美传说以及由此形成的青藏高原的绝美名片之一——清水湾。

禹一定知道治水之路必定险情重重。但他一定不知道的是，当他转身出发的那一刻，他的故事与后来者孙叔敖、西门豹、王景等治水英雄一道被载入史册，而有关黄河的故事，也将从此进入中国人的视野并影响至今。

2016年8月，学术刊物《科学》杂志指出，黄河上游积石峡和循化盆地发现的堰塞湖和洪水沉积物为大禹治水和夏朝的存在提供了地质学依据。既然大禹治水的故事与隆起于青藏高原上的积石山有所关联，那我们的故事就从积石峡（山）所在的高原小城循化开始说起吧……

循化，是全国唯一的撒拉族自治县，也是青藏高原与黄土高原的过渡地带。县城背靠积石山，黄河从县城穿城而过。如同世界上许多伟大的城市一样，循化的坐落形态亦是如此——"依山""拥河"。

尕勒莽和阿合莽无疑是一个伟大民族的杰出战略家和优秀舵手，他们在东迁途中展现出了非凡的眼光，长途异国迁徙后竟能在黄河上游找到一块风水宝地。谁能料想，这一迁移便是百代近千年。

七百年后的我们依然无法想象，尕勒莽和阿合莽是如何在强大意志力的支撑下翻过高山、横穿沙漠、涉过大河来到循化的，但这些已经相距十分遥远的先辈东迁历史，仍然使我们振奋，使我们向往，甚至还受到一些鼓舞。尽管历史典籍里没有记载他们沿途的故事，但穿越七百年的时空，我们依然相信，或许正是这段神秘的东迁故事带给了循化厚重的文化底色。

而黄河循化段，承载着多少循化深厚的底气和循化人劈波斩浪的豪迈精神。这种敢于突破、勇闯天下和不怕艰难险阻的意志与大禹在积石山上抡斧斫山、凿山导河的精神及撒拉族祖先从中土撒马尔罕向东方寻找乐土的英雄气概是一脉相承的。

古希腊历史学家希罗多德曾经说"埃及是尼罗河的赠礼！"这句话高度概括了尼罗河与古埃及文明之间的关系。在探寻一个城市和一个民族的发展时，河流的作用是显而易见的。犹如形影相随，恰似唇齿相依，几乎每一座伟大的城市都有一条如雷贯耳的河流或一座地标似的名山大川与之相随相伴，镌刻着历史的亲切与人文的魅力。如欧洲的塞纳河孕育了巴黎，也聚集了法国古往今来的许多强盛文化的影子；多瑙河更是如同一条蓝宝石项链，串起了两岸的城市群，充当着欧洲文化交流的隐形密码。

黄河对于循化而言何尝不是如此！

黄河流经循化县城约90公里，从西峡（拱北峡）正式流入起算，一直到黄河流出青藏高原的最后一道峡谷—东峡（积石峡）为黄河循化段。黄河在循化展现了其多样的身段，在拱北峡和积石峡展现着她急躁湍急的性格，而在清水湾更是与众不同，她竟是静止的，似乎是在留恋青藏高原上的最后一方热土，久久不肯离去。

因黄河局部调节气候的原因，在循化你能感受到置身江南美景时的惬意，但这里却又分明是深藏于中国西北角的高原小城。呵，多么奇怪的自然现象啊，多么美丽的地方啊！

我想谁都无法否认，循化的美一多半都来自这条穿城而过的河流。既然河流对一个城市和一个民族的作用如此巨大，那我们不得不探寻黄河对循化究竟意味着什么？

黄河对循化的意义，首先是为我们提供物质之粮。黄河水除了为两岸农田提供最为普遍的灌溉之利以外，县域内在黄河上建造的四座水电站为国家提供了一笔客观的税收收入，并为常年遭受黄河水灾的沿岸群众的移民搬迁创造了物质条件。各种地形地貌以及生长、栖息在黄河边上的动植物为循化提供了丰富的旅游资源。

从地理学角度而言，地处黄河谷地的循化被四周的大山环绕，有效阻挡了青藏高原严寒而漫长的季节风，造就了夏无酷暑冬无严寒的温和型气候，而这种独特的气候使得循化被冠以"高原小江南"的美誉，造就了循化七八月花红柳绿、麦浪如海、果香沁人的景色。

自然地理条件为历史文明的出现提供了可能，而创造辉煌文明的到底还是人民。生活在黄河沿岸的循化人借助河水之力，创造性地制造了人类交通运输史的奇迹、黄河中上游常见的水上工具——羊皮筏子，以供沿岸居民运输人员、物资等，真可谓一方水土养一方人。它见证了循化人征服黄河、横渡黄河的雄心壮志，是那个火热年代留给我们的无尽回忆，而黄河浪尖上的筏子客和突破大山阻隔、顺河而下的汉子便是时代最靓丽的弄潮儿。

当然，用现今公路、铁路兼具的眼光来看，我们无法领会在那个交通极其不便的年代里，黄河所赋予沿岸群众的运输之利，可是在探索历史文明的源流时，谁也不能无视河流的这种作用。有撒拉族民歌证明了黄河与撒拉人之间的这种特殊关系：

> 黄河上度过了半辈子
> 浪尖上耍了个筏子
> 撒拉人是时代的人尖子
> 走到哪里都是汉子

　　黄河关照人们的世俗生活，更关照人们的精神疆界。黄河在为循化提供最基本的灌溉、运输、旅游之粮外，最为重要的是为我们民族和个体注入源源不断的精神之粮。这种精神和我们海东人民在波澜壮阔的奋斗历程中所形成的"耕读传家、崇德尚美、团结互助、守正笃实、艰苦奋斗、勇闯天下"的海东精神如出一辙。

　　黄河，她像一位敦厚的长者，更像一个调皮的孩子。数千年来，她伴随着人类的文明史，决堤过1500多次。即便是雄才大略的汉武帝在面对黄河泛滥时也曾一度无可奈何，故而所作《瓠子口》一诗，表达自己的无奈；在明清二代，治黄、保运甚至成为明清的国家要务，河清海晏便成为人们的美好愿望。而就是这样一条河流却被称为中华民族的母亲河，她孕育了华夏文明，催生了无数的灿烂文化，也因而被历朝历代的无数文人所吟诵。

　　黄河是一种精神象征，她塑造了无数循化人的精神性格，是我们生生不息的精神源泉。小时候常听兄弟民族说：撒拉人割断头，还能喝黄河水。这是一种无畏的、豪迈的精神，她教会了我们坚强、大气，于是我们从不无病呻吟、矫揉造作，在黄河劈波斩浪的精神引导下大步向前。黄河的每一个激浪、每一段峡谷都记录着我们民族清晰的脚步，留下了循化人为创造美好生活而敢闯敢拼的身影……

　　黄河是一种文化符号，她彰显着河湟文化的深邃、表现出独特的民族文化和历史文化。我深知，任何一个将目光投向黄河的人，哪怕仅是寻幽览胜，又或者一句简单的喟叹，都将是超凡脱俗的，而黄河将自己身上的精神品格源源不断的传输给我们。

　　精神，也许这就是黄河给予无数人最宝贵的财富吧。是啊，除了精神，你也无法解释一部上下五千年的中华文明史，一大半篇幅竟是由万里黄河抒写和渲染出来的；你也无法解释一条河流竟能使远在千里之外的游子思乡而夜不能寐。

黄河是母亲河。如果没有黄河，我们就无法感受到老子："上善若水，水善利万物而不争"的精神哲学；也无法领会孔子面对黄河时用："逝者如斯夫，不舍昼夜"所表达的对时光匆匆的慨叹。如果没有黄河，当我们的豪情壮志受到阻挡时，我们无法表达出"欲渡黄河冰塞川，将登太行雪满山"的艰难险阻之情；我们在面对人心险恶时就不会有："人间更有风涛险，翻说黄河是畏途"的感慨……

春节回乡，班车从公伯峡高速出口驶出后，一直疾驶在黄河边这条曾经从积石关到甘都盆地的乡村公路上。在这条见证了隋炀帝西巡、文成公主进藏的黄金通道上，我极目远眺，继而沉思。黄河到底蕴藏着多少历史玄机？凿进了多少历史的悲欢离合？咆哮的河水又诉说着历史怎样的吟啸歌哭？

如今，大禹治水的故事早已远去，而黄河上耍筏的汉子依然驰骋在祖国的大江南北。也许，大禹治水的传说只是寄托着人民的美好愿望，新时代黄河流域生态保护和高质量发展，已成为国家战略，保护母亲河也是我们每一个循化儿女义不容辞的责任。我们知道无数的大江大河最终聚集在难分彼此的大洋中，而万古的黄河，不只属于中国，也属于全人类。因此，唯有将母亲河装在心里呵护她、关心她，我们才不至于在追梦的征途中迷路。

当面对滔滔东去的河水时，我不再想为逝去的岁月唱挽歌，只想在新时代的天平上，重新估量我们这个民族赖以生存和延续的生命力量。当我再次看到黄河边人潮涌动的游客和嬉笑打闹的孩子们时才明白，能够使得一个民族生存和延续的力量就来自于无敌的人民和高山大河所赋予这一方热土的精神品格。

作者简介：

韩忠诚，笔名格律诗，青海省作家协会会员，先后有作品刊发在《民族文学》《瀚海潮》《莽昆仑》《湟水河》等报刊。

泉 殇

马汉良

我是在一个暮春的黄昏,带着千般幽思去寻访儿时的玩伴——托坝泉的。望着满目的荒凉和泉水中几株瑟瑟的芦苇,我轻轻拭去了挂在她脸颊的一滴冰凉的泪水,我始终担心,在稍不留意时,她会决绝的弃我们而去!

天下名泉何其多也,单中国泉城济南就有七十二名泉之说,这也只是个泛指,实则名泉却星罗棋布、不计其数。

唐代茶圣陆羽游历祖国的名山大川,品尝各地的碧水清泉,按冲出茶水的美味程度,将泉排出了名次,确认庐山的谷帘泉为"天下第一泉";江苏无锡的惠山泉为"天下第二泉";湖北蕲水兰溪泉为"天下第三泉";第四泉为陆羽泉;第五泉为扬州大明寺泉;第六泉为招隐泉;天下第七泉为白乳泉;天下第八泉为洪涯瀑布泉;天下第九泉为淮水源泉;天下第十泉乃龙池水泉是也。

当然,仅凭陆羽一人嗜茶之味蕾,想道尽天下甘泉之"圣",或为其排序未免有失偏颇,更为天下徒留了遗珠之憾!茶圣陆羽的游历名山大川,也恐怕只限于一隅了。

唐代张又新又将天下名泉排序：济南趵突泉为第一；无锡惠山石泉为第二，苏州虎丘泉为第三；丹阳观音寺水为第四；扬州大明寺泉为第五；松江水泉为第六；淮水泉为第七。

对此，欧阳修说："唐代的天下，滔滔长江在南，滚滚黄河在北。河、湖、泉、井不可计数，陆羽、张又新没有走过几州、几府，他们所评七泉只限于东南一角，谁能保证除此之外，长城内外、黄河上下、天府四州、苍茫楚地，再没有好水？陆张两位并未品尝天下之泉，就轻易地下此结论，这又如何可信。凡事需调查实察，寻根求源，不可人云亦云，拾人牙慧。"

泉水之美，天下有之。

古人笔下的名泉，几近绝美，在此亦以己偏好举其二三。

谷帘泉：陆羽的《茶经》世称"茶神"，谷帘泉经他评定，声誉倍增，驰名四海。历代文人墨客接踵而至，纷纷品泉题留，宋代学者王禹偁考究了谷帘泉后，在《谷帘泉序》中说道："其味不败，取茶煮之，浮云散雪之状，与井泉绝殊。"宋代名士王安石、朱熹、秦少游、白玉蟾等都饶有兴致地游览品尝过谷帘泉，并题写下绚丽的诗章。白玉蟾对飞流的谷帘泉及泉区胜景赋诗："紫岩素瀑展长霓，草木幽深雾雨凄。竹圣一蝉闻竹外，溪东双鹭过溪西。""步入青红紫翠间，仙翁朝斗有遗坛。竹梢露重昼犹湿，松里云深夏亦寒。"

庐山康王谷，又名庐山龙。《星子县志》记载说："昔始皇并六国，楚康王昭为秦将王翦所窘，逃于此，故名。""康王谷深山有泉，发源于汉阳峰，中道因被岩石所阻，水流呈数十缕细水纷纷散落而下，远望似亮丽晶莹的珠帘，悬挂于谷中，因名谷帘泉"。

陆羽泉：陆羽泉，原在江西上饶广教寺内。唐代茶圣陆羽于德宗正元初（785-786），从江南大湖之滨来到信州上饶隐居。之后不久，即在城西北建宅造泉，种植茶园。据《上饶县志》载："陆羽宅在府城西北茶山广教寺，昔唐陆羽常居此，号东冈子。刺史姚骥常诣所居，凿沼为溟之状，积石为嵩华之形，隐士沈洪乔葺而居之。《图经》羽性嗜茶，环有茶园数亩，陆羽一勺为茶山寺。"

由于这一泓清泉，水质甘甜，被陆羽评为"天下第五泉"。唐诗人孟郊《题陆鸿渐上饶新开山舍》诗中有"开亭拟贮云,凿石先得泉"之句。陆羽开凿迄今有一千二百多年历史。清代张有誉《重修茶山寺记》"信州城北数(里)武岿然而峙者茶山也,山下有泉,色白味甘。陆鸿渐先生隐于尝品斯泉为天下第四泉,因号陆羽泉。"至20世纪60年代初尚保存完好,可惜后来泉脉断绝,如今在这眼泉边只留下清末知府段大诚所题:"源源清洁"四个篆字,作为后人借古凭吊古迹的唯一遗迹了。

陆羽当年在上饶隐居时开石头引泉,种植茶园,在当地时代僧俗仕宦中间,产生了深远、美好的影响。茶山寺,陆羽泉曾在历史上成为上饶著名胜景,像刘景荣等人为此写下了许多佳句。

趵突泉:位于济南市历下区,南靠千佛山,东临泉城广场,北望大明湖、五龙潭。是以泉为主的国家级旅游景区特色园林。该泉位居济南七十二名泉之首,被誉为"天下第一泉",也是最早见于古代文献的济南名泉。

趵突泉古称"泺",早在2600年前的编年史《春秋》上,就有"鲁桓公会齐侯于泺"的记载。北魏郦道元的《水经注》也写道:"泺水出历城县故城西南,泉涌上奋,水涌若轮"。元代书法家赵孟頫在《趵突泉》诗中赞曰:"泺水发源天下无,平地涌出白玉壶"。康熙皇帝南游时,曾观赏趵突泉,兴奋之余题写了"激湍"两个大字,并封为"天下第一泉"。如今泉北有宋代建筑"泺源堂",堂厅两旁楹柱上悬挂有"雨雾润燕华不德,波涛声震大明湖"的对联。西南有明代建筑"观澜亭",亭前水中矗立的石碑,上书"趵突泉"三字,为明代书法家胡缵宗所写。泉东为"来鹤桥",桥南端耸立一古色古香的木牌楼,横额上有"洞天福地、蓬山旧迹"字样……

值得一提的是,趵突泉南大门,装饰得富丽堂皇、雍容华贵,大门匾额上的"趵突泉"蓝底金字,是清朝乾隆爷的御笔,有人誉为中国园林"第一门",也算是实至名归了。

天下之泉,地之眼,心之灵。人心旺则泉奋涌;人心灭则泉败泯。呜呼哀哉,自然之道,罚乎于后!

至于冠誉和传说,我等不必究其名位、溯源,天下泉之神圣与灵动者大抵自在人心!真可谓,情发于内,而渲之于外。

循化泉之众多,如深林之鸟鸣。吾之爱泉,独情甚于托坝泉者也!

托坝泉位于青海省循化县城西郊的托坝村，"托坝泉"是外庄人的习惯称谓，而本村人叫"麦子泉"，叫"麦子泉"可能是因为泉中芦苇长得很像小麦。

　　据记载，托坝泉春秋盛水时，方圆近五百亩，而夏冬枯水期，也有二百亩之大。源南（阴洼庄）而北流，贯于村中，灌良顷沃野，终归黄河而博其大。

　　除村东南的主泉（龙头）而外，其小之者，不胜枚举，灿若星辉。

　　托坝泉甘洌清纯，柔酥如春雨，养心怡神者而不枉其性。泉中生灵、花木自得其乐，与天不老。

　　主泉中，上泉者人之茗饮；下泉者生灵之吮渴。泉之南，恰有一古道穿柳荫而东西，宜便于四庄村民和慕名旅游者汲用矣。

　　昔托坝泉之胜状，四时之不同，而昼夜之景象迥异也。

　　春之深不可名状。微风十里，芦苇浩荡；玉指抚烟，风箫蒲瑟；水波涟漪，香草深处自是柳笛牛背。然四旁古木参天之胜，跳珠依依之景，乃是心情潮涌，忘而返归之溢心耳，罢了，罢了！正是：

　　　天含轻丝万古潮，
　　　烟依垂柳千秋韵。
　　　泉鸣脆笛蝶舞处，
　　　人语幽径莺闹春。

　　夏之盛藏于其里。柳摆艳阳，鹤舞浅水；云凫戏夏，捞虾捕鱼；花眼迷离，水草傍地。牧童者，柳帽芦衣，遮阳撑雨。东吟西和，人醉牛铃。则是天景诗韵！诗曰：

　　　二三点新雨奏泉，
　　　四五缕骄阳散金。
　　　六七只仙鹤踏浪，
　　　八九影顽儿捞梦。

—159—

秋之远归于其大。烟波浩渺，曦和沉金；云驰深水，蝶蜂互答；老枝藏蜜，野蔬之品，口腹之饥欲。天人之乐，尽在其中。泉际斜阳，雾纱飞瀑；西村亢礼，东巷暮鼓；南坡庙愿，北野河涛；毛蜡飞花，误拾落霞。秋之大者，乃天水之映！有道是：

　　近水鹤鹉话夕斜，
　　远空鸳鸯舞霞醉。
　　炊烟朦胧宿月下，
　　宾鸿掠光入画中。

冬之韵倾于其素。垂柳晕雪，泉雕琼骨；洌水交通，碧虚封寒；鱼跃晶露，陀螺旋；冰车绽浪，鸟惊云；暮沉夕阳，岁月婵娟。丹青妙手，自然之奇也！有诗云：

　　翠藻碧苔弄霁霜，
　　暖龙冰肌蒸寒云。
　　潜流明水藏鱼虾，
　　闲云远风鸣鸥鹭。

托坝泉之昼，若天明云净，半泉游芦，半泉跃金；草藏风情，蟾喧人意；暖村苍木，相环互生；农家晚炊，积石饮香。至则细雨若帘，地润泉幽，依泉傍河者，仙居神往之所。云雾接霄，魂淋甘露，魄浴洌水，心墨千秋，灵弋画中。

托坝泉之夜，虫逐泉嬉，金狗哮天；月宿明镜，嫦娥凝露；玉涌泉底，光被星汉；寺庙粼波，钟鼓银涟。李白的《古朗月行》诗如句"小时不识月，呼作白玉盘"等也品不透托坝泉夜之瑰丽与神奇。美哉，天上人间！

托坝泉之胜景，不仅是其大观自然，更在于其文化龙脉。

乌山庙：据史传，"乌山庙"方两亩之地，在托坝村"龙口"之南，涓流其下，而奋涌其口。乌山庙大门正中朝北，门楣之上悬挂蓝底黑字"乌山庙"。

院内苍松翠柏，庙以其正殿述之：坐南朝北，整幢建筑雕梁画栋，青砖碧瓦，四周廊道贯穿，唯坐北建筑为二层廊房。庙分南北两院，以一圆拱景门相通。南殿为正殿，殿正中悬挂蓝底黑字的匾额"乌山宝殿"四字，正殿供明朝大将常遇春之塑像，楹柱刻楹联："在天修得功成归，普明一生永平安"，门楣撰有："四方威灵震，庙貌垂千古"的字样。"乌山庙"建在托坝泉"龙口"以南，是有当年常将军征战路经此地，拴马宿营的缘由。

玄妙的是，汉族人烧香供奉的是"十回保朱"打天下的回族猛将之一的常遇春。

大凡一地建"乌山庙"（五山庙）都寄寓其"坐镇一方，保国安民"之意。

据传，常遇春是天生的先锋，军中有"常十万"之称。

各地的五山庙都说所供塑像是包裹其遗体而就的。其实，常遇春的陵墓在南京市太西门外紫金山之阴白马村，他于1369年在柳河州暴病而逝，朱元璋赐葬钟山。墓高2.4米，墓基周长约29米，现墓茔与墓前石刻保存完好，有石柱一，石马、石羊、石虎，武将各二，石兽雕刻工艺精湛，神形兼备，武士双手扶剑，顶盔贯甲，威武雄健，现碑上镌刻"明故世祖开平王常遇春公元墓"系清同治十年（1871年）二月重修时其裔孙所立。至于朱元璋将帅封神之说，更富传奇色彩。汉族人中传说明太祖朱元璋火烧庆功楼，遇难元勋大闹阎王殿，要求还魂再返人间，但诸将帅尸骨销化，阎王只好封他们为地方神。回族大将常遇春被封为"五山龙王"，循化"五山池"也是他的封地，成为人们敬仰的英豪化身。还听说，循化清水扎木泉水是常将军的策马神鞭化成的。循化有些地方的藏族人也信奉"五山庙"和达里加"五山池"。究其原因，相传，在吐蕃时期，有一位叫达里加云布杰的将领在此地受命戍边，他统领千军万马出征时，擂战鼓以振士气，后来他去世转为山神。

老人们说，"五山池"是因达里加神池周边有五座山峰而得名。

若遇大旱，托坝泉周边的汉族群众用"阴轿"抬着"乌山神"常遇春塑像，在托坝泉边焚香，磕头求雨。听说，三天后总有一场透雨润泽四方。

有位长者说，托坝泉"五山庙"，一定要写："乌山庙"三个字。因为在此庙竣工庆典的那天，有人看见一只乌鸦，背着个慈眉善目的和尚飞进了"五山庙"。所以叫"乌山庙"是有禅意和机缘的吧。

-161-

无独有偶，在托坝泉主龙口稍西南，有一处回族墓园，这里安葬着一位回族先贤，关于他的传奇也很多，最让民众心口相颂的，是在不雨之年，他率众站到泉水里，颂祷请雨，保一方风调雨顺。果然不久，自会降下及时甘露。托坝村的汉族群众，也为敬仰他，逢年过节，要到先贤墓焚香、祭拜。先贤去世后，每逢旱季，回族群众都要聚集到其墓地祈福求雨，都如心之所愿。

龙脉一承，多少年，这个回汉聚居的大村落，都比邻若亲，同兴家园。

据说，托坝泉藏宝无数，令许多贪图者觊觎。相传早年一个英国传教士来到托坝泉，将一对金狗中的一只，在星密月暗时抱走。自此，月夜吠天的金狗两相寂寞了。

还好，沉卧泉底的金牛还在，藏在水草深处的另一只金狗和数不清的金蟾共回族先贤、乌山神善愿佑人护畜与托坝四庄和这一方热土幸福绵长！

不知起于何时的托坝泉端阳节，是托坝泉深厚历史文化的一个重要组成部分，其盛况无与伦比。

在节日前一周，就有来自托坝四周和西北大部的各族群众及不知国籍的外国人，在无泉水的空地和高地上，扎帐篷、埋锅灶，提前做好过端阳节的所有准备。

据老人们讲，托坝泉端阳节要过七天才能结束。汉族群众烧香拜神、祈福还愿，还把包好的粽子抛入泉水中，以祭祀和纪念伟大的爱国诗人屈原。游人如织，商贾如潮，当地的特色小吃和来自各处的商品，令人垂涎欲滴，目不暇接：凉粉、甜麦子（甜醅）、糖瓜、炒大豆、粽子……小孩的响气球、小喇叭、拨浪鼓、蜡染彩陀螺……日思夜盼的端阳节终于让小孩们享受到一年当中只有一次的那种美味，自由与甜蜜的心，在一枚风筝的上空恣意翱翔……

白日里揽尽各种风华，到了傍晚时分会享乐的人们，在自家扎的帐篷门口席地而坐，尽情享受妻儿们端上来的各种面食和很难吃到的一块手抓羊肉，在品味美食之后，男人会从泉中汲水，用老式的铜茶壶，烧干树枝煮沸，美其名曰："牡丹花"的开水。然后拿最好的春尖茶泡"三泡台"碗子，请老友们慢慢呷饮，静听蛙声齐鼓，素娥浴娇。再哑一口白天没漫够的"花儿"。鸟儿私语，荡出层层涟漪，潮潮的心思，随着歌声弥散在遥远的天际……

青黛色的山脉在远处奔跑,安详的大地,如金牛卧泉。

托坝泉端阳节发展到鼎盛时期,还增加了体育项目,如赛马、打篮球、打蚂蚱等。

日子像时光皱褶的额头,但此时,热爱生活的人们得到更多的却是幸福和快乐!

后来还有托坝泉四邻学校的学生作业展和成绩评优等内容。"耕读传家"历来是百姓们藏得最深的心经。

更有玄异者,当夜深人静时,芦苇深处,便有婴啼、狗吠、人神诉机……寻者近,声愈远;寻者远,声愈近,其诡秘者,不可言说。

托坝泉琴韵万古,恩泽方周,润物灵性传颂千载。有人说,托坝村出了那么多读书人,只因喝了托坝泉的水!而我以为,托坝四庄出了很多声名远播的读书人,除了庆幸,我们永远都不应该忘记去跪乳和反哺托坝泉,是她赐予了我们泉一样的禀赋!

大哉我托坝泉!壮哉我托坝泉!仙妙神玄者我托坝泉也!

无可比其胜者我托坝泉也!冠托坝泉为"天下第一泉"已晚矣!

曾有人在圈建城池时,想占囿托坝泉部分土地,但最终还是未能如愿。

托坝村,自古护泉如眼。听说,村上有一位叫白奶奶的回族老人,她们家在黄河睡着时,女儿们背水舀来的三桶金子。老奶奶和管事的人说好,只要不占地,就给他一皮袋金子,那人就答应了。但在兑现金子时,老奶奶只给了他一老鼠皮袋金子,管事的知道是被耍了,也只好悻悻作罢。白奶奶虽说拿出了一老鼠皮袋金子,但那毕竟也是满满的财富呀,可为了护泉,她做了别人无法做到的事情。后来,马步芳也想高价购地,在这块"风水宝地"修公馆,也被一位德高望重的老人率众严词拒绝了。

村里的人不为诱惑,不畏权势,力保托坝泉不受侵害,他们的智慧和功德后人不该忘却。

其实,泉之名胜,故事之奇,不外乎是让故乡变得更温暖、神奇而引以为骄傲和自豪吗?

神州之大,从古至今泉之盛者亦多,其颓蔽者也不在少数。其间,泉之无迹无踪,缘由深甚,吾等伤!慨之!戚之!深乎于心。

泉衰、草黄、鸟飞、蛙匿……托坝泉之殇，则天之悲，事之哀也！

大凡泉消亡之原因大同。至于传说，个人自去心领神会吧。而托坝泉稍异之，可能是也：

全球气候变暖，源流锐减；听老人们讲，泉以南十几公里之外，曾因截流而使托坝泉差乎断流，加之"治河造田"，"龙口"之水被巨大的水泥管道深埋于黄河；由于现代质素和凝混的原因，托坝泉羸弱游于一丝。

嗟夫！盖观盛衰，泉之消诸，又岂托坝泉乎！

前两年，乌山庙院中两棵高大的柏树还在，真不知现下安然无恙否？

泉喜是琴，泉悲是泪！心在琴与泪的指尖颤抖。

泉是水之心，水悲极而无泪。后来我们发现，她的泪水滴滴穿透大地的伤口。身后，万物的呼吸席卷了灵魂的荒漠！

今日之中华鼎盛，乃民族之幸，文化之幸，更是泉之幸！泉盛之期不远矣！

残阳如血，两只水鸟，在我的头顶绕三匝而去，归隐于茫茫暮色，它们也是来寻祖的吧？

托坝泉眼眸深陷，已装不下鸟儿衔来的浩大天空！

无边的黑夜在辗转反侧，我和一些不眠的灵魂，用跪地的泪水向着苍茫穹谷大声悔罪——

饶恕我们吧，请给世界一滴泉水！

作者简介：

马汉良（1962.4-2019.12），回族，青海省循化县托坝村人，在《人民日报》《人民网》《诗刊》《民族文学》《读者》《绿风》《星河诗丛》《中国文学》《中华风》《诗领地》《西南当代作家》《青海湖》《青海日报》《瀚海潮》等报刊发表了几百篇诗文，出版有诗集《沉河》《乡野牧歌》《马汉良诗选》三部。荣获多项诗大赛一等奖等奖项，诗歌入选多种诗选。2014年录入"十二五"国家重点出版物出版规划项目《中国回族文学通史》，2017年入选《中国回族文学大系·诗歌卷》，2018年入选《华夏亲情诗典》、入选谭五昌主编的《2018中国新诗排行榜》。中国少数民族作家协会会员、青海省作家协会会员。

第三辑

文心词境

交融与进步

——论《黄河从这里拐弯》女性角色叙述的现实意义

韩忠林

《黄河从这里拐弯》这部小说中描写女性的比重相对较小,但在小说铺设的故事中女性却扮演着非同寻常的作用,她们从情窦初开的少女到鲜花绽放的少妇、从娇羞矜持的儿媳到内敛持重的婆婆,她们用一贯的善良淳朴、温柔贤惠和任劳任怨的品行托起出门闯荡的汉子们的半边天空。作者通过对女性的精练叙述来表现女性世界中鲜为人知的特殊一群,进而推动以男性为主角所演绎的故事。所以,要读懂这部小说,首先要读懂小说中女性人物的内里外表。

小说中第一位出场的女性人物是张金花(她后来起了个撒拉语名字:麦姆娜姑),她是整个故事的起点人物,是带动故事走向的一条重要线索,是奥斯曼家族从浮浮沉沉到兴旺发展的一条生命线。她的出现,对苏吉里村是个意外,对奥斯曼家是个"改换血亲"的机遇,而无数个"张金花"们有意无意地加盟,对封闭环境下以"内循环"形式繁衍生息几百年的撒拉族又意味着什么呢?

顺着这部小说提供给我们的这样一些看似无意却煞费苦心设计的小端口，我们会发现潜藏在小说中的一条暗线，细心的读者可以找到奥斯曼家族在苏吉里村大大小小风浪中为什么能够转危为安、与时俱进的内在缘由。一个人是这样，一个族群何尝不是如此！

从《黄河从这里拐弯》（第一、二部）这部120多万字长篇小说的整体叙述中我们会感受到，由于撒拉族坎坷曲折的发展进程、山大沟深与外界隔绝的生存环境，其文化基因在很长一段时期内受到外界微乎其微的影响，整体上保持了原初的风貌。在长期的社会实践中，既传承了伊斯兰文化的两世兼顾、终极关怀理念，又弘扬了游牧文化的开拓进取精神，吸收了蒙古族文化的豪放大气风格、藏族文化的睿智豁达风度、汉族文化的厚德载物风范。在相对封闭的20世纪30年代，奥斯曼与张金花的结合无疑是极其鲜见的个案。但就是这样一株"南花北移"的独苗，不但没有枯萎，反而在贫瘠的撒拉之乡呈现出旺盛的生存活力，由此给奥斯曼家族骨血中注入了连他们自己都意识不到的儒家文化基因。

小说开篇中奥斯曼与一群来自西北的撒拉族、回族等少数民族战士远赴中原大地，与日本侵略军殊死搏斗，用生命和鲜血维护了中华民族的尊严。也许，他们开赴前线最初的动机是处于"不叫外人欺负"的本能防卫，可能喊不出热血激荡的口号，但战争是残酷的，刀光剑影中每时每刻都面临着生与死的考验。奥斯曼们视死如归的英雄壮举宛如天边彩霞，映照着他们内心深处的爱国情怀。正如小说中张金花的父亲张乡绅说的：若不是小日本欺负到俺家门前，怎知道俺国家还有这样的英雄好汉哩。奥斯曼通过解救张金花并和她喜结良缘，让撒拉族文化和儒家文化的枝节在特定环境下攀缘错节并开出绮丽之花，使成长在中原文化腹地的张金花在完全不知前途的情况下跟着奥斯曼来到陌生的西北大山深谷。

张金花移居客乡，说明了"天下没有远方、人间都是故乡"的道理，也印证了撒拉族谚语中"永远不知道女人的坟头会在哪里"的说法。不过，张金花的到来，给世代与外界鲜有接触的苏吉里人带来几分好奇，他们通过她这扇"窗口"在将信将疑中知道了大山之外那些"稀奇古怪"的事情，无形中打开了他们的认知之外像来世一样神秘莫测的另一重世界，同时她也给奥斯曼家族的代际传承中引入了一股源自儒家文化的"外血"。这是奥斯曼家族向世袭血统告别的分水岭。至此，从语言的混杂开始，在生活习俗和思想观念上奥斯曼后裔不可能保持原本清一色的突厥血统。对一个世代单传的家庭来说，这种从内而外的变化无疑是革命性的。

张金花在融入奥斯曼家庭及撒拉族的过程中，情感上没有出现太大的波折，基本上平静地接受了命运注定的现实，包括贫瘠的土地、破败的家院、陌生的人群以及他们所秉持的信仰。当然，这一切与老家亲人在日本铁蹄下生还无望的惨景有关，更与她深爱着奥斯曼有关，也与能给她生命慰藉的儿子有关。

某种程度上，与那些流落至此的难民相比，张金花在苏吉里人眼里是体面的客人，苏吉里村人毫不犹豫地接纳了她，他们的目光中不但看不到丝毫鄙夷的神色，反而给予了她精神和物质的双重抚慰，奴海阿爷为他们的婚事奔波就是例证。因此，张金花与苏吉里村是双向接纳的结果。尽管她在这里看不见鱼米之乡的繁华，却保住了作为一个女人该有的尊严。

同时也要看到，张金花终究是一位裹着小脚足不出村的乡间女子，她无论出嫁到什么地方，其一生注定是平凡的，不可能像有皇室背景的文成公主那样给她的第二故乡带去更多变化。这方面我们对张金花不能寄予太多期望。从这样的现实立场出发，小说没有给她赋予太多"功能"，正好说明了作者对历史叙事的客观态度。毋庸置疑的是，无论苏吉里人多么笑脸相迎，无论奥斯曼如何体贴呵护，张金花融入这个新群体的过程不可能是轻松的。她从一个衣食无忧的掌上明珠到为人妻为母的角色转换，心灵所经受的煎熬是任何人都无法替代的。

然而，人终究是环境的产物，任何事任何物任何人都会因适应特定的环境而变化，张金花的变化也是不可避免的——从成为"麦姆娜姑"的那天起，她开始从内而外地变化了。这种改变当然是双向的，环境改变她的同时，她也在润物细无声地改变着她生活的环境。但耐人寻味的是，张金花身上的某些习性至死都没能改变，比如喝白开水、不睡热炕、喜爱干净等，这是她内心中不想妥协的本能使然，还是身体机能的生理需求，我们就不得而知了。

张金花不仅一把屎一把尿养大儿子，而且还亲自帮他们抚养下一代，教他们识字，潜移默化中传承仁义礼智信，让儒家文化中"居中间、和为贵"与撒拉族文化中"忍耐、不记仇"等价值理念进行"中和"，这充满着乡间

—169—

人家少有的处世智慧，使小说中的奥斯曼家族在沉浮跌宕的势态中避免了大伤元气的挫折，少走了一些弯路，也使影响故事进程的两个关键人物——韩来福和韩志兴身上表现出内敛、忍让、谦和的品行，使他们在与其他族群的相处中显得从容有余。

可以看出，作者在宏观叙述上带有某种倾向性——试图解说撒拉族是如何从姓氏、建筑风格、文字、文化认同等方面成为中华民族的组成部分。这当然是一种值得肯定的具有进步价值的文学表达。奥斯曼家族在起起落落中跟着时代步伐亦步亦趋向前迈进的经历就是一部活生生的中国故事。还有一个看点就是，作者通过细致入微的叙述奥斯曼夫妇相濡以沫的婚姻故事，体现出外表粗犷、内里精细的撒拉族男人不易外露的情感世界，为我们了解撒拉族的人文世界提供了新视角。

如果说父系社会代表着一个民族的信仰和外在特质，那母系社会就代表一个民族的性格和内在素养。纵观撒拉族社会演进史，从撒拉族先民与藏族通婚起，就敞开了它与周边其他民族的血缘融合之门，与异族女性通婚的撒拉族男人比比皆是。但耐人寻味的是，作者为什么"舍近求远"，让男主人公偏偏与遥远的中原地区女性通婚？这当然是一种良苦用心之计。中原地区是华夏文明核心地带，作者通过张金花和撒拉族营长奥斯曼缘于抗日战争的婚姻，使儒家文化、伊斯兰文化、藏族文化在这片并不宽阔并不富足的土地上奇迹般找到了彼此交融、相互作用的契合点，生长出"一生'许乎'情，一世交往、代代相传"的民族团结常青树。正是在这样的线条上，小说形成了波澜壮阔的民族团结画卷，文本也在大开大合的故事中获得了源源不断的叙述动力。

多元文化对个体生命产生作用的痕迹在小说主人公韩志兴身上体现得淋漓尽致。韩志兴是奥斯曼家族中汉文化程度最高的成员，他从小在奶奶身边长大，听奶奶讲故事，读书识字，待人接物，这些造就了他异于其他撒拉族青年的性格特征，他的内敛深沉、谨小慎微、优柔寡断、浪漫情调、敏感脆弱、不甘沉沦、渴望改变命运等都带有明显的儒家文化特征。也可以这样说，小说中伊斯兰文化和儒家文化交融的结果造就了主人公韩志兴的信仰、性格和个人命运——这也是近百年来有志于改变族群命运的新一代撒拉族青年在多重文化背景下复杂而艰难的心路历程和成长经历。

实际上，张金花给儿子起名"韩来福"时就有母性在新生命的召唤下对未来滋生的一丝美好期许。作者通过描写张金花这个女性，充分肯定了她所代表的儒家文化在撒拉族发展变化中所产生的"滴管式"浸润作用——正是有了无数个"张金花"的加入，才使撒拉族在血缘上摆脱了过于"内循环"的局限性，在文化上呈现出现实主义的开放姿态，在与外族的通婚中不断弥补蓄积能量所需的新鲜血液，因而铸就了海纳百川的包容品质。这也从另一个方面说明了不少逐鹿沙场的强势族群消失在历史的烟尘时，同样被他族包围的撒拉族为什么不仅没有消失，也没有被边缘化，反而茁壮成长的内在原因。

作者通过深入挖掘、展现奥斯曼家族在一波三折中艰难向前的故事，展望了撒拉族的未来发展——像不断拐弯的黄河最终汇入大海一样，自觉融入中华民族伟大复兴的历史进程。

小说中原籍河南省的三岔沟公社党委书记姜云峰这个角色的出现是个匠心独运的安排。他是张金花在此间相遇的第一个老乡，情感上自然有几分相近。有一次姜书记专门去看望张金花，并给她手中塞了两张"大团结"票子，老乡见老乡，两眼泪汪汪。之前，非常忌惮公社党委书记的苏吉里大队书记哈目日只是听说姜书记惦记着张金花，当他目睹姜云峰对张金花的真情关照时，不能不考虑奥斯曼夫妇与姜云峰的这层特殊关系，在奥斯曼被列入千夫所指的"四类分子"时，不仅不为难他，还给他安排了看林子的轻松活。从这个意义上说，张金花以自己都意识不到的特殊身份保护了已经成为惊弓之鸟的丈夫，使小说中流溢着一种温暖的喜剧色彩。

说到这里，需要提及被不少读者忽略的一个细节。初看小说，我们对充满英雄主义色彩的奥斯曼的"政治前途"会有渐行渐高的期望，期望他成为一个叱咤风云的大英雄。但随着他解甲归田，身上军人光环的顿失，一踏上苏吉里村的土地，立刻还原成一介布衣，让我们不免有点失望。这一点，正是需要我们琢磨的地方。撒拉族先民为守边固疆做出了巨大牺牲。据《循化志》记载，明朝年间撒拉族先民应招出征十七次，六位撒拉族首领战死沙场，马革裹尸；清朝年间，一些撒拉族青壮年被朝廷征兵，远赴京冀一带作战，在京郊跟八国联军正面抗争，保卫民族利益。到了民国，像奥斯曼一样的撒拉族热血男儿不问左右，一声令下便奔赴抗战前线，与侵略军殊死搏斗。据一位撒拉族文化工作者介绍，一千一百多名撒拉族军人参与了抗日战争，占撒

—171—

拉族当时总人口的4.7%。值得一提的是，奥斯曼们舍命救国的情怀朴素而单纯，他们没有太大的政治抱负，不觊觎别人手里的权力，不在乎拼死沙场后应得的荣耀，放下战刀的那一刻，该是哪身行头就是哪身行头，该干什么就干什么。这种"拿得起，放得下、不计较"的生命姿态是撒拉族人在什么时候都能淡然处世的精神品格。

归根结底，对张金花这个女性角色的描写是这部小说从起点上就开始放大格局的点睛之笔，由她串联起来的线条使整部作品在时间和空间维度上具有了拓展宽度、掘进深度、提升高度的可能性。不难看出，作者试图以万里黄河作为精神意象，站在中华民族共同体主流立场建构了《黄河从这里拐弯》的故事架构，由此展开的故事避免了一些无伤大雅的小纠结，以波浪式前行的画面展现了波澜壮阔的时代主题，既体现了田园时代的撒拉族风貌，又展示了与其他民族融合发展中带有别样成色的撒拉族特点，把地域性、民族性与时代性熔于一炉，使我们深刻体会到张金花所代表的主体文化对一个人口较少民族的绵绵滋润。这也可以说明奥斯曼家族在文化意义上一步步脱胎换骨、亦步亦趋跟上时代节奏的内在原因，对当下铸牢中华民族共同体意识具有很好的现实启迪。

作者简介：

韩忠林，笔名摩督鲁，文学爱好者，一直把文学当作人生阅历的另一种途径，沉迷于通过阅读来体验千万种人生。

一首放飞的心歌

——评歌曲《我在循化等你》

詹晋文

前不久,我在手机上看到一段视频,眼前顿觉一亮,是一首撒拉族新创歌曲,歌名为《我在循化等你》。出于专业敏感,我接连听了好几遍,感觉此歌曲冲破了撒拉族歌曲音域狭窄、音调老套的格式化藩篱,有一种内在的亲和力与冲击力。再看编创人员署名,在曲作:韩佩兰、王建忠;词作:韩庆功、韩佩兰;演唱者:韩佩兰;笛子领奏:韩占武;音乐制作及混录:王辉。面对这些熟悉的名字,心生讶异之际,更多的是佩服和惊喜。这些天反复欣赏这首给人以全新听觉感受的撒拉族歌曲,感慨颇多,觉得有必要评说几句。

我认为,一首优秀声乐作品的面世,必须是"几好凑一好"。首先,要有很好的歌词;其次,要有一位很好的曲作家为本歌词写出美好的符合歌词形象的旋律;其三,要有一个很好的音乐制作,或者是要有一个很好的乐团;其四,要有一个很好的歌唱家;最后,还要有一个很好的音响师全力配合。只有这样,才能将一首音乐作品推介出去。

令我稍感意外的是,该作品词作者、曲作者、演唱者、器乐领奏者竟然都是撒拉族。这预示着"犹抱琵琶半遮面"的撒拉族音乐像"忽如一夜春风来",找到了正向突破的穴位,这的确是一件值得高兴的事。因为,在音乐文化的浩瀚岁月中,撒拉族的音乐表达相对滞后于其他少数民族。而《我在循化等你》的出现,使我们不得不重新打量撒拉族音乐。据我所知,作为集中本民族力量齐心打造并完美推向社会的原创作品,《我在循化等你》当属首例。在此,就这首作品的创作谈几点粗浅看法。

这首歌的最初创意者是韩佩兰,她心里首先萌动了创作这样一首歌的春芽。韩庆功先生在原词基础上做了修改和提升。他是近几年来活跃在我省文坛的撒拉族作家,在不到十年的时间里,先后出版散文集《故乡在哪里》《边缘上的思考》《大河东流》、长篇小说《黄河从这里拐弯》第一二部(三四部创作现已截稿)、大型文集《情定循化》,写作量500余万字。他用独特的观察视角、清新俊逸的文字、真挚浓烈的感情、新颖凝练的笔法,把最能代表循化的自然风光和民族风情的元素写进歌词(比如积石山、黄河、孟达天池、丹山碧水、骆驼泉、清水湾、盖碗茶、紫葡萄、红辣椒、绿盖头、撒拉汉子),冠以"我在循化等你"为题娓娓道来,款款表白,敬邀远方的客人来循化观光、旅游、做客。这些充满着循化元素的歌词被优美旋律激活后,必将为宣传循化发挥积极作用。

作曲主创并首唱这首歌曲的韩佩兰,我是比较熟悉的。她曾经是我的学生,在小学三、四年级的时候,我就在循化文化大院教她学习小提琴演奏。经过一些基础乐理知识的学习,一般的乐理包括记谱工作她是能够完成的。可是,一位没有任何创作经验的音乐爱好者能写出如此别具民族特色,并具有一定艺术水准的完整作品,完全出乎我的意料。从歌曲质量和创作初衷来讲,我认为这是一首我们一直举目期待而迟迟没有被创作出来的优秀作品。经网络传播,这首歌赢得较好社会反响,听众认可度一路走高。在我看来,这个作品的出彩之处至少有两点。

其一,旋律极具民族性。曲作者综合运用孟达令、三花草令、巴西古溜溜等撒拉族诸多音乐文化元素,十分巧妙地架构旋律线条。各种音乐元素衔接紧密,在整体旋律中显得异常统一,没有任何杂乱之感,委婉、优美、流畅、清新。

其二,词曲配合相当完美。特别是曲作者运用圆舞曲节奏及音乐风格铺陈旋律发展，充溢着自然、亲切、真诚的气氛；尽管曲式中存在些微瑕疵，但瑕不掩瑜，歌曲中间以散板追求的清、幽、淡、远之意境，恰到好处地将词作者敬邀远方客人来循化做客的恳挚之情表现得淋漓尽致。值得一提的是，我省知名作曲家王建忠老师画龙点睛的修改使这首作品的旋律更为顺畅，成色更加鲜亮。

民歌作为音乐艺术的一种表现形式，能够酣畅淋漓地表达一个民族的精神气息和思想情感。所以，演唱又是一首优秀歌曲在推介过程中非常重要的一个环节。韩佩兰虽然没有系统学习过声乐专业演唱技法，但就这首歌曲的演唱而言，她以撒拉族骨子里特有的民族文化基因将乐曲中的欢快情绪和歌词要义表达得活灵活现，特别是将中间的散板段演唱得委婉、柔顺、流畅、甜美，极具感染力，达到了作曲与演唱者在感情色彩上的完美统一。就此而言，我认为民族歌曲还是由本民族歌手演唱为好，使民族性和艺术性相得益彰、浑然天成。

音乐制作的王晖老师是我省优秀的音乐制作人之一，现任青海师范大学音乐学院副教授、青海师范大学音乐系数字音频实验室负责人、中国音乐家协会会员、中国录音师协会高级会员。曾先后去美国纽海文大学、中国音乐学院、中国传媒大学、上海音乐学院学习电脑音乐制作、录音、作曲、配器等专业技能及理论知识。近几年来，她潜心编配制作《格萨尔王的故乡》《欢迎你到玉树来》《巴西古溜溜》等诸多青海少数民族声乐作品。在《我在循化等你》这首作品的制作中，她以繁简相对的复调织体，将民族和声与传统和声相结合，并以笛子作为色彩乐器加以渲染，很好地彰显了作品特有的风格，为这首作品整体质量的提升发挥了锦上添花的功效。

我们在聆听这首歌曲时，很自然地被引子部分嘹亮、清新的笛声所吸引，其领奏者是被誉为"高原笛王"的撒拉族国家一级演奏员韩占武先生。1984年他考入青海省艺术学校，师从笛子演奏家杨鹏图先生，1989年考入西宁歌剧团，从事笛子演奏专业；曾荣获"黄河流域九省区民族歌舞器乐大奖赛二等奖""河套杯民族歌舞器乐大奖赛二等奖""中国西部民族文化博览会大奖赛金奖和十大金手指荣誉称号"；2004年赴中央音乐学院深造学习，师从我国著名笛子演奏家戴亚先生，2008年录制了《美丽循化、撒拉笛韵》笛子独奏专辑,由中国唱片公司成都分公司录制并发行;2013年赴上海音乐学院学习,师从我国教育家笛子演奏家詹永明先生,并在上海音乐学院举办《美丽的骆驼泉》韩占武笛子独奏音乐会,当年在西宁体育馆举办"庆国庆·韩占武笛子独奏音乐会"。韩占武笛艺技术全面,刚柔并蓄,2013年在香港举办的"龙凤吟香江"第五届中国民族器乐展演邀请赛荣获青年专业组一等奖。由他独奏的《呀嗨呷!撒拉尔》《撒拉族主题变奏曲》等作品在省内外重大比赛中屡屡获奖,成功填补了我国撒拉族无笛子表演曲目的空白,得到国内外音乐专家的高度认可和好评。他在《我在循化等你》中的编配介入和吹奏表演,使得这首作品的伴奏音乐得到色彩性的装饰和升华。

　　一首歌曲是一个时代的缩影,是一个民族靓丽的名片。透过《我在循化等你》这首声乐作品,我们看到了循化文旅人为发展本地区旅游业所做的努力,可以看到包括音乐艺术在内的撒拉族文化全面发展的端倪,也可以看到撒拉族对音乐文化的追求从内在的被动接受到外延的主动表达的显著变化。

　　作为毕生致力于循化音乐艺术发展的音乐人,我殷切期盼撒拉族音乐艺术以《我在循化等你》的成功展演为契机,在形式和内容上取得更大突破。

作者简介：

　　詹晋文,字尚艺;艺名乐竹;斋号乐竹居。男,汉族,中共党员,1957年11月28日生于青海省循化县积石镇。现系中国音乐家协会青海分会理事,青海省民族文化促进会理事,青海省民族管弦乐协会理事,海东市音协副主席,循化县音乐舞蹈协会主席,政协循化县第十一、十二、十三、十四届委员,原循化县文化馆馆长。自1991年开始音乐创作,歌曲作品有:《撒拉阿娜一朵花》《秀丽的孟达》《撒拉尔的家园》《相约循化 相约黄河》《撒藏回汉亲如一家》《战役归来》;舞蹈音乐《撒拉阿娜上学》《英雄救英雄》在青海省电视台、中央电视台多次播放,并多次荣获国家、省、市级奖励。交响组曲《寻找家园》(第一乐章:长途跋涉;第二乐章:骆驼走失;第三乐章:找到乐土;第四乐章:建设家园),填补了撒拉族从无交响乐的空白。撰有具有较高学术价值的音乐论文《我对撒拉族原生态音乐的认识》。

心事如尘　亦可如花

韩庆婷

每个人的心中都有一亩田，种植阳光，收获温暖；种植花朵，收获芬芳；种植恬淡，收获满足；种植希望，收获快乐；种植坚韧，收获成功。在清浅的时光里行走，安静若素，浅拾繁荣，笑对烦忧。在平凡的生活中找到真正的自己，固守一份希望，去解读幸福的内涵，勇敢走向未来。学着去礼貌每一份尊重，微笑对待每一份挑战，珍惜每一份机遇。在这样一种独特的充实与温馨间，向着明天更好地出发。

总能在小说中找到生活的缩影，看到普通人的生活真面目。《活着》便是这样一部有灵魂的小说，在一段段跌宕起伏的故事情节背后，我们听到了每个人最真实的呐喊和最动情的诉说。读完这本书我恍然明白，原来，活着是一种态度，它是一种坚强的忍耐，更是一种对生命执着的希望。

福贵，一个历尽世间沧桑与磨难的老人。生命里难得的温情都被死亡一次次撕扯得粉碎。生活沉重的压力与死亡即将降临时常让他坠入一种游离的深渊，可是因着那份活着的梦想，他依然以笑的方式哭，去接受生活一次又一次的挑战。他走过了百味人生路，他脸上的每一条皱纹，都是那些刻骨的岁月最真实的写照。阴晴圆缺，喜怒哀乐的过往给老了的福贵一种活下去的希望与力量。

家珍，本是米行老板的千金小姐，带着一份对美满婚姻的期望跟福贵默默无闻地过着穷困的生活。一直保持着贤妻良母的本性，静听着岁月给她带来的苦难与欢乐。用一颗坦诚的心去迎接着生命中的潮起潮落。她是福贵在黑暗里的一束光，是福贵在孤独与绝望中的希望。她在福贵最失意的时候给了他最耀眼的火光，给他安置了一个心灵的家园。

《活着》中的福贵和家珍，让我不由得想到循化县的山水，福贵如同循化县的山脉，历经沧桑却依旧保持着坚韧的生命力。家珍，则如同循化县的山间清泉，静澈人心，默默无闻用心灵的温暖洗涤岁月的风尘。

从福贵和家珍的身上，能感受到他们生命的坚韧与情感的澎湃。他们在一次次欢喜与哀伤之间的生命经历中，在绝望与希望之间的冷暖交换中，在活着与死亡之间的交替弹奏中，品味着生活的酸甜苦辣。带着活着的梦想，演尽岁月的光影，舞尽生命的豪情，直至曲终尘断。是活着的梦想给了他们太多闯荡江湖的勇气与踏遍山河的决心。

时光不会为谁停留片刻，岁月也不会为谁的伤悲而停止流转。让我们懂得珍惜卑微生命中蕴藏着的那些微小却如金子般闪亮的希望，让我们懂得活着的梦想可以一步步把无边的苦难变成继续前进的力量。有梦想地活着，哪怕只是一剪春风，一缕阳光，一抹心语。守着梦想，在季节的最深处，默默地聆听时光悠然划过的声音。做一个热爱生活的人，做一个有梦想的人。

雪的美在于轻盈，而冬的美在于沉淀。让心纯澈。让梦旖旎。载着梦想，栖息在时光的缝隙里，看风吹叶落，看雪舞阑珊。纵使人生中一路荆棘，一路风雨，却因为心中有一份梦想而默默地坚强。因着梦想的力量将生活演绎得圆满和精彩。

人这一生，心事如尘，亦可如花。

作者简介：

韩庆婷，循化县作家协会会员。

栖居诗意家园感悟生命真谛

——读韩原林诗集《渡口归人》有感

高秀琴

2024年3月15日,在作协群看到韩原林老师的诗集《渡口归人》出版的信息,让人很欣喜振奋,很多会员纷纷以自己的方式表示祝贺。

《渡口归人》是韩原林老师继《清水湾诗笺》《生命之恋》之后出版的第三部诗集。我到积石大街书香苑书店取赠送给我的签名诗集《渡口归人》。当我从一纸箱的书中寻找属于自己的那一本签名诗集时,发现原林老师在每一本书中夹了一个写了姓名的小便笺纸,方便各自取书。从这一点可以看出原林老师是一个比较细心的人,这也完全符合他的性格,这些细节无不体现着他作为一名高中教师的严谨。

写作是一件极其不易的事。身兼数个角色的他,在不影响日常工作、生活的前提下脱颖而出。进入一种自我创作的模式绝非易事,这种角色的转变只有写作者才能懂。那么,既然这样,很多像原林老师一样的本土写作者为什么面对重重困难还要坚持写下去呢?

他们心中有爱,对家乡的热爱,对文学的热爱,对地区文学发展、文化发展的自我担当……他们绝不是为名利而写作。

　　这个答案从作品中已经得到印证，无须质疑。坚持写作，在时间的长河里自我蜕变，一部部带着情感、带着温度、带着泥土清香和烟火气息的文字，汇聚成文学的园地。

　　那些文字里有原野、村庄，老宅和亲人们，有春夏秋冬、雨雪雷电，还有那条母亲河……

　　他们生活在烟火人间，希望用文字播种每一寸荒无之地；他们的内心深处萌发着希望的种子，就像在种了多年土豆的地里种下玫瑰；他们想去开垦、种不同的作物，他们心中始终怀揣着希望，对一切充满美好的向往。

　　比如：这首《葡萄架下》，这首诗描绘了一个宁静、美好的乡村场景，表达了诗人对生活的喜爱。

葡萄架下

走进你的世界
一个人
走进那条河流之上的村庄
从此，我的心，长久居留在此

葡萄架下
手抓羊肉端上桌
盖碗茶里溢满清香
你说：席上坐的都是亲人

一条河流与时光雕凿的痕迹里
与时光同老的阿丽玛温婉善良
她说：索菲亚阿依霞挑水的路上
一路笑语和霞光

手携牧鞭

唱牧歌

赶羊群

和你一起走进黄昏

站在打麦场

高高的草垛上

说了一辈子的知心话

摘一篮子的星星

你在画里,手指触到的地方

一书幽香,一纸温暖

便是你旧时诵读的模样

宁静至极

  诗人走进村庄,心也长久停留在这里。在葡萄架下,品味着清香的盖碗茶,感受着亲人们的温暖。时光在河流和村庄留下了痕迹,与时光同老的阿丽玛善良温婉。诗人想象自己和亲人一起赶羊群、唱牧歌,走进黄昏。最后,诗人站在草垛上,回忆起过去的知心话,仿佛看到了旧时诵读的模样,感受到了极致的宁静。

  这首诗充满了对乡村生活的向往和对亲情、友情的珍视,同时也透露出一种对过去美好时光的怀念。整体风格清新自然,给人以温馨、宁静的感觉。

  灯　塔

那属于眼睛和心灵的恩赐啊

那属于万物和人类的幸福啊

如果我再次写到死亡

请不要介意我的卑微和单薄

我描绘的天空疏朗

　　我书写的季节饱满

　　我终将在孤灯幽暗的夜

　　带着温度

　　穿越人世间的河流

　　这首诗以"灯塔"为主题，探讨了生命、死亡、幸福等深刻的话题。

　　诗中把灯塔看作是眼睛和心灵的恩赐，以及万物和人类的幸福，强调了它的重要性和意义。当诗人再次提到死亡时，他表示自己可能会显得卑微和单薄，但这并不影响他对生命的理解和表达。他描绘的天空是疏朗的，季节是饱满的，这表达了他对美好事物的追求和对生活的积极态度。最后，他表示将在孤独和幽暗的夜晚，带着温度穿越人世间的河流，这暗示了他在面对困难和挑战时的坚韧和勇气。

　　整首诗既有对生命的热爱，也有对死亡的思考，体现了诗人对人生的深刻洞察。同时，诗中的"温度"和"穿越河流"等意象，也传达了一种积极向上的力量和对未来的期许。

　　诗集《渡口归人》根据内容分为"生命册""旧书笺""镜中人""烟火味""摆渡人""归隐客""画中行""短歌记""掌灯人"共九辑。我们通过分辑，可以看到整个诗集的清晰脉络。至于诗集的质量在这不做过多的评价，每个读者会有每个读者的答案。一本书的好坏或读者喜欢程度，往往是由内外因决定的，十万个人解读同样一本书，会有十万个不同的答案。

　　个人拙见，原林老师的书出版问世，就是他对自己在写作道路上的又一次提升和自我的远行，也是对后期创作的一次答卷，一次突破。在同一条路上来来回回，却终将抵不过人生中所谓的极简命题。

　　当《渡口归人》诗集与自己面对面时，何尝不是在回望每一个"渡客"的过去，也像在渡人生的春夏秋冬，像暴风骤雨后迎来每一个风和日丽的清晨，在渡口用一生迎来送往所有的记忆，记住熟悉的人和村落。犹如原林老师诗歌里那一抹清水湾里夕阳下的金黄照亮着诗意中所有的美，陪着前行的人，人世间每个人都是渡客，在归途也在渡口。人生就是一场又一场的往返，不知在哪里歇脚，永远没有终点。就像那被人记起又遗忘的渡口，只有在归来时把记忆深处的火苗引燃，照亮归途中熟悉的那条弯弯曲曲伸向前方的路。

  渡口归人

  我喜欢极了那水墨画里渡口的意境
  此刻，他在渡船上
  拾起一片黄昏的霞光
  装进衣兜

  他把卖土豆的钱数了数
  抚摸买给妻子的一块小镜子
  又把给小儿女的小物件
  一件件理了一遍
  他从倒映在水里的山头上
  看到自己的家
  和站在土坡
  等待自己回来的三个孩子
  他们
  看他行走
  看他渡河
  看他上山坡
  看他走进村庄
  看他融入炊烟升起的黄昏
  看他的灯火和自己一起融入夜色
  ……
  世界只剩一个人的时候
  可以想想自己的事
  干净的底色里

铺开的人生像一条河流
也像一棵书

一树杏花在屋檐
倾尽全力
像极了渡口归人
怒放的生命

读完这首诗，我们可以看出他是从自小生活的亲缘之地获得养分，并通过用诗歌的方式反哺生他、养他的那片土地。

这种艰难的写作值得肯定和赞扬！

在平常，让我们普通读者去书写一下自己所生活的场景，总有一种无处下笔的感觉。这种感觉来自太过熟悉的环境和熟悉的人，已融入习惯之中。

从这首诗看出，作者相信只有出走后，在经历了风雨的洗礼后，才能体会到隐入烟尘的坚持和坚守；也相信只有不断在惊涛骇浪里拍打自我，历练自我、才能像一只一飞冲天、自由自在的鸟儿一样，摆脱自我束缚，脱颖而出。

摆渡人

摆渡人拉低了帽檐，一场雨
就要下来了
他要赶在一场风前，渡向彼岸
他在等一个人

水湾的涛声低低地压过来，又回转而去
那鸟儿来回穿梭在雨中，在汪洋里
俯冲，奋起，向远
他还没有来

夜幕扯下来
他像摆渡人放飞的鸟，云雨路上却不见踪影
他得等
一声吆喝里起程

作者在诗歌里，书写生活以外的诗和远方，更有一种热恋家园的情结。比较其他作者，他更依恋家园的一山一水，一草一木。在作者笔下，好多诗句都有家园的影子。

乡　愁

你的眼里铺满秋色
一程山向东，一程水向西

我，拾起你瞳孔里的忧伤
把思念揉碎

在回不去的路上
你早已习惯了孤独

诗集《渡口归人》必然有更深远的意境和内里表达，而我作为一名才学疏浅的普通读者还未完全发现。

如果时间允许，在那清水湾里细读《渡口归人》，寻找原林老师笔下的"渡口"，让我们随诗人笔下的文字，来寻一次最美的渡口，畅游在高原小江南的清水湾，只为遇见人生最美的风景。

让我们浅尝一下《杂粮饼》。

杂粮饼

那焦糖裹着青稞面、一层芝麻

和又一层面末粒儿

女主人递上白玉盘
上面盛着正在生长的甘蔗青稞胡麻麦子
和无尽的原野

你来或不来，《渡口归人》在那里，清风、明月在那里，线辣椒、舌尖上的美食也在那里……手抓羊肉、尕面片、暖胃的火锅、手工杂粮饼，红艳艳的苹果，再抿一口甘甜的八宝盖碗茶，然后在"英雄湾"里话英雄，所有的甘甜都会融在黄河岸边的甘甜里。在暮色里，品一下久违了的舌尖上的美食"妈妈的味道"，吃一顿农家铜火锅……清风翻开那一章章、一首首《渡口归人》的诗篇，诗情画意中，我们在黄河岸边的清水湾在等你。

铜火锅

将那山水入味
将那风雨入味
将那麦地和果蔬入味
将那阳光入味，让亲情和心中的爱入味
我们的火，熬过苦难，燃烧过梦想
土炕上围坐的亲人
在人世间品尝这一切
在二十四节气里找到忙碌的自己
那样子幸福极了

或借景抒情，或托物言志，留足空白让人遐想，这是原林老师诗歌的一个特点，也区别于其他诗人的诗歌，具有独特的诗性！

《渡口归人》中的很多场景是一个个生活化、理想化的生活环境，充满了诗意，能够感受到美好和宁静。很多诗歌通过对生活的体验和思考，深入思考自我的存在、与他人的关系以及对世界真善美的认知，来探寻和理解生命的意义。

诗集《渡口归人》很少有繁杂的诗歌结构和空泛的概念演绎，作者用极简的语言表达，践行自己长期坚持用质朴的语言表达对诗歌内涵高度的审美追求，即栖居诗意家园，感悟生命真谛。作者对自然的敬畏，对生命的感动，对家园的依恋，最终使他实现了从物质到精神的通透和彻悟。

作者简介：

高秀琴，笔名雪域清泉，青海省循化县积石镇人，系青海省作家协会会员。

致海子

玛吉阿米

从明天起，做一个幸福的人
喂马，劈柴，周游世界
从明天起，关心粮食和蔬菜
我有一所房子，面朝大海，春暖花开
从明天起，和每一个亲人通信
告诉他们我的幸福
那幸福的闪电告诉我的
我将告诉每一个人
给每一条河每一座山取一个温暖的名字
陌生人，我也为你祝福
愿你有一个灿烂的前程
愿你有情人终成眷属
愿你在尘世获得幸福
我只愿面朝大海，春暖花开
　　——海子《面朝大海 春暖花开》

年少时，读到海子的这首诗，沉浸在"面朝大海春暖花开"的幸福中，从那刻起海子便以某种美好的意义驻扎在我心间，他复活了，他复活在一个少女的心间，直至若干年后……

每每畅游在海子的这首诗歌里，我都有着满腔的言语与诗人隔着时空娓娓道来，诗人教会我的，我在生活里如品茗般细细咀嚼玩味……

捧着诗歌，带着真诚上路，我无比的幸福，哪怕路途崎岖坎坷，在磨难中我依然能够感受到"面朝大海春暖花开"的温暖……

诗人卧轨，消失的只是查海生，而海子以真诚的方式，以"面朝大海春暖花开"的方式，随铁轨延伸向世界的角角落落，并生根发芽……

渴望从诗人身旁走过

海子——如果可以——我想好好对待你，作为一个爱慕者，作为一个喜爱诗歌的人，作为一个能在文字里读出你无比柔软的心的人。我知道你真诚而自然，读你的诗我迷恋着你的所有！在你的诗歌中我蜕变为一个全新的我！我知道你在渴望一份真诚的感情，我可以给你，真的！经历过人生的很多磨难之后我更加懂得珍惜！懂得宽容！懂得忍让！懂得尊重爱人！相信，我将是你落寞时的归宿！我知道真爱来自灵魂深处，我也知道我将拿灵魂爱你！我亦懂得在茫茫人海遇到一个让自己心动不已的人是多么的不易！所以今天我要向你表达我的真诚。有时一个人会让你突然茅塞顿开，会让你懂得什么是人间至纯的渴望！一个人就那样进入你灵魂时，你会真正明晓所有结婚誓言的含义——"同命运共患难"真的是世间情爱的真谛！相信，生活中只要遇到令你心动的人，你是控制不住内心的渴望的，而诗人您就是赋予我这一切的那个人！什么都不会减弱那份诱惑力，只希望在岁月里这份巨大的诱惑力伴随的是责任与担当。 此刻我真的很想很想深深地把你拥在怀里，跟你说：读着你的诗歌，我漂泊的心落在了你的诗行，我的目光投向了你——我的诗人！

致湟水岸边的海子

　　如果可以，请绕开所有不愿意，请静静地看着我，今天我想真诚地向你表达我的爱恋！希望你能好好对待一颗爱慕你的心，面对倾于你的心，请千万不要践踏，或者轻贱！哪怕不曾谋面，但我确信你就是我想一生呵护疼爱的那个人！你我同是对生活有着那么深刻领悟的人，相信能在一起！如果你真的不要，那么你的拒绝就是一枚封印，我会把对你的所有渴望都封存起来，放在灵魂深处的宝箱里，每个想你的夜独自慢慢开启封印，绽开对你的所有情意所有的眷恋，让这份真情摇曳在我的岁月里……

　　如果你给我一份似我一样的眷恋，我会怎样呢？会不会世俗地蔑视与不屑呢？不，不会的！我会把它作为世间最珍贵的宝贝，捧在手掌心！因为我懂得得到一份真心是世间最大的荣幸！拥有一份不掺杂任何虚假，清澈如玉的真的情感——那是生命给予你的最好馈赠！如果你真的愿给我这样一颗心该多好！你给与不给，或者懂与不懂，我都深深再深深地眷恋着你！请千万不要把这颗眷恋的心在乱风里丢弃于湟水中！如果实在不赞同我，认为我无比莽撞，那么请把它作为粗拙的诗歌，给它冠以桃花香，那般，或许入你眼的不再是一颗可以轻贱的心！漫步河边，遥望苍穹，你如海子，海子如你，同样"面朝大海春年花开"！

　　赞美所有心里有诗歌的人！愿所有心里有爱的人"面朝大海春暖花开"！

作者简介：

玛吉阿米，循化县作家协会会员。

秋 思

黎 明

"世态人情,比明月清风更饶有滋味,可作书读,可当茶饮"——杨绛《将饮茶》。

清秋的清晨,远处的北山被云雾笼罩着,忽隐忽现,忽明忽暗,恍如仙境一般,那长长的云丝如绫罗,像极了衣袂飘飘的仙子在风中飘舞。

泡一杯白茶,茶叶放得多了有点苦,但茶香沁人心脾。都说"茶如人生,一沉一浮间品味人生滋味,一拿一放间尽显人生百态。善喝茶的人喝出清香,善品茶的人品出生活。愚者从别人嘴里了解茶,智者从茶中了解自己",一个人喝茶,喝的是独处时的清欢,独处时的轻松惬意,独处时的思考。"独酌泠泠水,煎熬瑟瑟香,诗书好闲处,冷眼看红尘。"

望向窗外,肆虐了一晚的狂风依旧在呼啸,飒飒有声,仿佛在宣告秋天的来临,恣意践踏着夏天残留的最后一点尊严。梧桐的枝干拨动每一片叶子的琴弦,落下一地的金黄,铺满生命的归途。有什么可以挽回一片落叶,让它重新回到枝头充满生机,鲜活如初?漫过秋色,循着季节的脉络长成秋天的模样,将一抹抹的青涩的绿与稚嫩的红变得成熟厚重。

这时候，最想到田野走走，吹吹风，给积攒在脑袋里一夏天的燥热与烦闷降降温去去火，把夏天的喧嚣吹走。早晚冷冽的风已透着凉意，站在街上，空气中仿佛已经弥漫着奶茶、糖葫芦、烤地瓜与糖炒栗子的香甜，这是专属于秋天的味道。

张爱玲说过："浮华褪尽，人比烟花寂寞。"

秋天的田野里，成熟的庄稼金黄金黄的，远远望着好像一片金色的海洋，农民们忙着收割着，丰收的喜悦是季节给予他们辛劳付出的最好回报，也是他们对生活的希望。

秋雨绵绵的时候，最适合三五好友围着火炉把酒品茗闲话桑麻。久违了，人间烟火气息里的闲逸。偶尔独处偶尔群聚，独处时不用周旋别人的情绪，迁就别人的言行，顾忌别人的心态，群聚是为了生命的张力，为了情绪的宣泄，为了不再孤独。一直都想做一个简单，温柔、纯粹的女人，可那一地鸡毛，柴米油盐的生活，哪一样能让人省心！哪一样不需要用碎银去换？两点一线的生活，圈子小到只有手机了，一个人其实我觉得也是可以的，没有顾虑，没有牵绊，没有期盼，简简单单只为生活而生活。

愿你有阳春白雪的诗意，也有拈花一笑的从容。

中年的生活，是不是都有那么一瞬间累得喘不过气来，想抛开眼前一切去一个没人认识的地方？是不是深夜咽下一些委屈后，在黎明擦干眼泪像个没事人一样往前走！没有人像白纸一样没有故事。

人生其实并不复杂，只是人心不能看透。当繁华落尽，简单就是生活本来的样子。在一杯茶，一首歌，一本书，一道烟火里，活成淡然从容的模样，是不是就成了你眼里独有的风景？把平淡烦琐的生活，努力过成自己喜欢的样子，渴盼暖暖的阳光灿灿的日子，像梦一样。不动声色的温润里，有着淳朴的温暖与安宁，安静的心境需要自己领悟，悠然的环境需要自己创造。

生活的琐碎，不如意事十之八九，就对生活少一些抱怨，多一份热爱，不争不辩，便会活得轻松。曾国藩在家书中告诫自己的家人们："牢骚太甚者，其后必多抑塞。"我曾一度在朋友圈里发泄抱怨，满满的负能量，过后也没觉得心气爽了，反而让卑鄙龌龊小人看了笑话去，现在学会沉默了，朋友圈里不一定都是朋友。

我依然饱含热情，寻找温暖的力量，寻找隐藏的诗意。

人生承载了太多情非得已和身不由己。生活赐我一路荆棘，我就还生活一个奇迹，并在薄凉的世界里活出自己的精彩来，才不枉来世间一趟。繁华终会被时间淡化，留下些岁月过往的痕迹，就像花开花落一样，就足以慰藉内心深处的荒凉。

沉浸于秋的绝美浪漫，静下心来，倾听自然的呼唤，走近大自然，秋风摇曳着树干，叶子舞动秋色的唯美，在一片片金黄橘红中沉醉了。去参与一场秋日的绚烂，或坚守住一日三餐，二人四季的平淡，自己喜欢就好。

即便是万物开始萧瑟，心里始终有感恩有美好，生活中就会多一些彩色，每一个日子充满了阳光与美好。做岁月里最从容的过客，无须纠结窗外是风是雨，是什么季节。

热爱生活，就是我最坚强的铠甲，足以抵御季节肆虐的寒风。

每一个季节都有独属于自己的那份妩媚，或多或少留下些什么。四季更迭，季节变换，一段风景必然被另一段风景替代，遗憾也好，快乐也罢，都是岁月必不可少的一部分。用自己的姿态，旖旎自己的时光，不伤春悲秋，以淡然沉稳的心态走过人生四季。

真想敬自己一杯酒，把平淡的人生活成传奇。每个人的生活都有着旁人体会不到的艰辛，每个人心中都有旁人无法感受到的难处。生命只有经历风霜雨雪的洗礼，才会强大，才会懂得珍惜。

如果把季节转化为年龄，中年就如这秋天，用不同的色彩来注释生命的精彩。走过四十载春秋，有无奈也别无选择。孩子的教育、心理及身体健康问题，自己的身体健康问题，都深感自己的失败与无能为力。怕孩子没出息，将来不能有很好的生活，怕不能在父母的晚年及时尽孝，怕什么都没来得及做，自己就看不见明天的太阳，让两个孩子生活在黑暗之中，是不是因为世事无常，生命的脆弱造成抑郁又或成顽疾？一次次崩溃，又一次次自愈，一会儿精神一会儿神经。还好，父母健在安康，不用分神去劳心劳力，少了多少后顾之忧。

中年多了沉稳内敛，多了风轻云淡。秋天是一年中的一个临界点，而中年就是人生中的一个关键点。现在的我虽然不是很完美，但却是最真实的，尽己所能，丰盈一个个实实在在的日子，有时候会累，也会抱怨，但却依然热爱生活！

作者简介：

黎明，青海省作家协会会员，喜欢读书与写作，用一颗简单的心，闲品五味人生，出版有诗集《彼岸花开》。

叙述的魅力

——浅谈《黄河从这里拐弯》

启明星

看完庆功先生历时六年之久书写完成的撒拉族首部长篇历史小说《黄河从这里拐弯》，内心涌起一股潮热，激起对先辈们历经岁月艰难却始终不忘初心的敬佩之心。对如今生活在祖国温暖怀抱安享幸福的后辈们而言，祖先们艰难困苦的足迹早已模糊，先辈们的故事随着老人们的离世渐渐变成梦呓式的记忆碎片。任何一个失去历史记忆的民族都很容易造成精神上的支离破碎。

八百年后的今天，撒拉族的一部分有识之士试图梳理挖掘和复原撒拉族先辈们的生存图景和生活画面。但除了那部珍贵的三十卷手抄本《古兰经》和人们辈辈口耳相传的美丽东迁传说外，再无其他任何关于族群信息的系统性记录。尽管有几套近现代循化县志等文献资料，但这些编年式的线性记录不足以全面展示撒拉族的内情外貌。而这部浸透着庆功先生汗血的长篇历史小说的问世，以绵密的故事情节呈现了撒拉族的外在民族风貌和内在的精神历程。捡拾起那些快要风干的往事，用笔触激活记忆，用文字唤醒灵魂，用情感注入温度。总算弥补了我们心头抹不掉的遗憾，填补了撒拉族人长久以来没有用文学记录自己历史的空白。在这里，作为一名普通读者，我无意放大这部作品存在的价值，但我始终认为，这部作品确实从一定程度上说古论今，衔接了撒拉族祖先们近现代以来的奋斗足迹，为后来者提供了认识那段历史的一扇窗口。这部小说以一个家族几代人的命运变化为切入点，比较客观地再现了撒拉人在积石山下黄河岸边这片土地上近百年的活动场景，全景式描述了先民们自1938年以来的生产、生活、婚丧娶嫁、宗教活动、社会政治等方方面面。但作者没有拘泥于一时一地，而是把撒拉族的前途命运和奋斗历程放到近代以来中国大地上波澜壮阔的历史进程中，在这样的宏观视野中寻找叙述途径。

在这百年长河中，撒拉族人民不畏艰险，无畏生死，积极主动地投身到中华民族的反侵略斗争，自觉投身到民族解放和新中国建设事业中，在中华民族的历史进程中书写了精彩一页。

这段历史给予我们太多的思考与启示，我们不应该毫无知觉地放过那段岁月，应该在深沉的回望中发现一点对后来者有用的东西。在作者笔下，撒拉人祖辈们肩膀上都扛着一个沉甸甸的家的重担，男人们为一家老少的生计常年奔波，女人们为一家老少的吃饭穿衣操劳。但他们是一群可爱的群体，可爱到可以为朋友两肋插刀，从不为利益出卖友情；为家人奔波四海。他们坦言生存的艰难，但从不为一口吃食而向路人乞讨；他们有坚定的宗教信仰和品格操守，极少干违法和有违社会公德的事情，一生努力完善着自己的人格修养。作者对故事情节的设计是按照时间的推移来层层铺开的。全文以主人公之一奥斯曼一家三代人的生活背景为素材，一个个与此相关的极普通人物依次登场。作者以描写人物的相貌、穿着打扮、心理活动、形态举止、言语对话、日常生活等为背景，把人物、动物、景物、事物描写得栩栩如生，活灵活现。一个个古榆般的面孔和火焰般的生产生活场景惟妙惟肖地展现在读者眼前。

作者通过对撒拉族前世今生的对照，试图说清楚今天生活的来之不易。全文透露着这样一个信息：撒拉族社会和作为这个族群主体的撒拉人，只有在新中国才能得到祖先们举族东迁以来的第一次真正的新生。事实也已经证明，历经八百年沧桑风雨的撒拉族，只有在新中国和中国共产党的领导关怀下才找回了民族自豪感和个人自尊，也只有在中国共产党的领导下，撒拉族人才能把日子过得更好，路走得更顺。

过去年代里，黄河似乎给了撒拉人某种信念和力量，他们习惯于把流经循化的这段黄河叫撒拉人的黄河。孕育中华文明的母亲河在这里意味深长地拐了个大弯。这仅仅是地理意义上的拐弯吗？显然不是的。循化人往往给清水湾赋予更多的情感因素和文化内涵，这就使清水湾至少在循化各民族人心里有了非同寻常的象征意义。跟作者的交谈中我们也了解到，黄河在循化的拐弯不仅是地理上的拐弯，同时也是一个民族的拐弯、无数生命个体的拐弯。拐弯，就意味着改变常态，是一种顺应时代潮流的文化选择。

我想，作者心中一条大河拐弯的弧度远比现实中清水湾的弯度要大得多。近百年间在这片土地上发生的惊天地、泣鬼神的一桩桩，一件件风雨往事，无时无刻不牵动着作者的心。他立志在自己的有生之年把这些尘封故事记录下来，留给后人们。

通览全文，没有高大上的叙述，也没有惊心动魄的场景，更没无中生有的猎奇之笔，作者用平实的笔墨讲述了自己身边亲朋乡邻们的平常故事，但凡像我这样能识文断字的读者也能看得下去。整部作品设计四部，总规模将达到200余万字，成书的是第一部和第二部，字数也有百万之巨。写作上，作者运用了现实主义手法，按第三人称叙述。整篇看下来，文字比较温和，立场比较客观中性，以一种理性的、正面的、积极的观点去把握叙述立场。

全文饱含着作者的执着和深情，浸透着作者对这个世界的爱恋和对自己民族的热爱之情。小说立足于挖掘撒拉族独立特性的精神品质，展示了主人公身上朴素善良的传统美德。在一件件生动有趣的故事情节中，通过描写人们细致入微的心理活动和恰当的肢体语言，比较形象地复原了撒拉人原生态的生产生活、生存图景和内心活动，破解了撒拉族人之所以与众不同的性格基因密码，纠正了以前学术界和社会学家们对撒拉族社会和撒拉人因不甚了解而造成的诸多误读，给读者展示了最原生态的撒拉人的性格特性和社会组织形式。撇开此书的文学价值，这本书起码帮助人们对撒拉族社会和撒拉人有了一个具体直观的了解。仅就这一点而言，本书存在的价值也是无可置疑的。

作者采用平铺直叙的大白话，读起来有画面感，感觉比较亲切，使读者能够融入故事当中去。这样的叙述使文字变得很温润,有血肉感,避免了纯历史文献和学术史料的苦涩乏味。在我看来,这部小说另外的意义在于,为撒拉族今后使用汉语进行大规模的长篇叙事提供了可能性,开启了由本民族人士记录撒拉族民族风情和演绎故事的先河,这种敢于吃螃蟹的探索性努力值得肯定。

纵观第一部和第二部展现的内容,撒拉人在这块土地上不是一帆风顺的,充满了坎坷、曲折、悲壮。撒拉族人耳熟能详、代代相传的尕勒莽阿合莽两位祖先的东迁故事在骆驼舞中能表现出来。前辈们的日子一生为吃饱穿暖所困,为居家过日子所累,一生鲜有安逸时光。新中国建立后,撒拉族才在政治、经济、文化、宗教、教育等各方面跟其他兄弟民族一样享受到平等发展的权利。但由于撒拉族在地域和文化上长期处于边缘化,人们缺乏文化知识和向外输出的生产技能,人才培养和技术储备不够,撒拉族社会生产力长期低水平运行,社会发育不全面,也不成熟,因而无论是精英层还是普通群众都缺乏长远发展的宏大愿景。这一点,在小说展现的开挖黄丰渠、开荒那尔都滩、圈打鼻子团长庄廊、苏及力河滩上架桥、千里荒原上淘金、开办乡镇企业等情节中有详细描述。这也是作者不惜笔墨费心费力的原因,把这样一个短板指出来的同时,也为后文中撒拉族社会的长足发展做了铺垫。作品通过新旧两个社会的对比,指出了困扰撒拉族社会可持续发展的深层原因。

作品通过奥斯曼一家三代人的不同人生轨迹,连带地塑造了一系列各具形象、各怀心态,各有所指的典型人物。在我看来,作者继穆斯林作家霍达和张承志之后第一次比较全面地面对和呈现伊斯兰文化,并以撒拉族为载体呈现给了读者,帮助人们对撒拉族有一个客观全面的认识。

作品中还能看出,撒拉族作为中华民族大家庭的一员,对中华民族的情感认同是从内而外的,是一贯的,也是清晰明了的,在培育和践行社会主义核心价值观、铸牢中华民族共同体意识的今天,这种文化自觉显得尤为珍贵,具有相当的进步意义。其实,作者笔下的撒拉族人从文化认同和价值认同上早已完成了自身中国化的历史进程。

小说就是讲述生活,讲述生活中形形色色的人和事。作者在刻画人物形象时中肯地提出了撒拉族社会中人性脆弱的一面。这一点,我们在哈牛这个人物身上看得比较清晰。哈牛利用做采购员的便利条件钻过牧民女孩的帐篷，在都市里和黑帮人物称兄道弟，与风尘中的女子有染，在淘金场打架斗殴，称雄逞能。即便是奥斯曼这个作者想尽力塑造得比较完美的人物，也免不了会做一些良心和道德不允许的事情，比如量粪员丈量他家肥料时他使了小手段，以次充好。穆沙面对副业客们分剩的钱款时也想贪点小便宜，他念念不忘的是临终前的阿爷什么时候说出埋在地下的金银财宝；一帮副业客在草原上陷入困难时，有人偷拿跟牧民借用的铁锅；不知事情轻重的阿辽迪贪图便宜捡拾荒原上散落的国民党敌特分子空投的宣传物品而引来公安的审问；刚摆脱被人穷追的厄运，一到顺境，人们又在背后议论刚刚带领大家讨来利益的穆沙的种种不是；人到宽处时，又在大队食堂海吃胡喝尽情浪费，引来历经风霜刀苦之难的奥斯曼的摇头叹息；帕朗保趁机霸占桂花；在后山村的萨廖队长像狼一样紧盯着少妇茹姑娅，但怵于她父亲的威势而不敢轻举妄动；游手好闲的黑旦整天偷闲吃喝，到处刺探韩志兴和萨廖队长的隐私，在民办教师韩志兴的宿舍里私会女人，身上散发着劣等烟酒的呛鼻味道；皇上阿吾趁放牧之便偷吃偷卖生产队的牛；哈目日书记为发泄对奥斯曼一家人的不服而堵死了对自己位置有潜在威胁的韩来福长子穆沙的提干之路等。通过对每一件故事的层层推进，作者把人性中不为人知的自私和恶的一面展现得相当充分。然而，是人就有缺陷，这就是活生生的现实中真实的人性。

　　同时，作者把奥斯曼对自己家人的严格要求和严谨的家风传承描写得生动活泼。比如有人诬陷他偷拿大队粮库里的粮食时，他以拆毁房子的决绝行动来证明自己的清白；听到外出搞副业的儿子偷了公家招待所物品的消息后，韩来福反锁家门躲在家里不让家人们出门迎接回家的儿子，直到事情真相大白时才释然。还有，奥斯曼临近无常前让家人用架子车拉到清真寺，向众人要"口唤"；让儿子到藏族群众家偿还旧债。所有这些细节，表现了一个人人性中最具光芒的真善美。

　　韩来福是奥斯曼的二儿子，是奥斯曼和中原汉族张氏女儿结合后所生。韩来福身上既有西北撒拉汉子的硬气，又有中原汉族人的柔性之气，他一生做事中规中矩；三儿子穆沙身上无时无刻不流露着农耕文明熏陶下的撒拉族人的粗犷。韩志兴是一个以汉文化和撒拉族传统文化高度融合起来的人物，他身上既有伊斯兰文化的中正入世思想，又有汉文化背景下的创新意识，两种文化印迹在韩志兴身上集中体现，以他为代表的撒拉族社会有识之士开始关注并思索社会问题。而缺失学校教育的哈牛对这个五颜六色的世界缺乏免疫力，困惑、烦躁、冲动、冲破清规戒律是他们这一代人的通病。

作者花大量笔墨描写了撒拉族社会中人们的情感世界。小说中作者讲述了民办老师韩志兴和少妇茹姑娅之间撕心裂肺的交往故事，他们酸涩而甜蜜的初恋长久地储存在韩志兴和茹姑娅心里，久久不能释怀。

奥斯曼也对小他几岁的妻子麦姆娜姑疼爱有加，血性汉子的温存之情跃然纸上，无不让人动容叹服。在作者笔下，撒拉人的豁达性格和阳光气质展现得比较充分。在战场上面对穷凶极恶的日寇，他奋不顾身冲锋在士兵们之前，把生死置之度外。而在平静的生活中他又表现出柔和慈祥的一面，面对即将临产的儿媳，作为一家之长的奥斯曼急得不知所措；为了表达自己得到孙子的喜悦之情，亲自下厨房做油搅团给儿媳妇吃。一个个人物都被岁月的风霜凝练成既坦然面对或穷或富的生活又不屈服于外侮的智慧人生，显示了"人穷志不短"的民族人格。

整部小说的语言感觉比较好，显示了作者运用和驾驭小说语言的能力。作者初次涉猎小说创作，就能推出如此宏大的长篇小说，可以想象这期间付出的艰辛。这事放在以前是无法想象的。作者生于斯，长于斯，缺少汉语言环境的熏陶，又没有接受过文学专业训练，凭的纯粹是一腔激情。尽管这样，作者凭借长期的写作积累和常人难以承受的孤单苦心，把这部期待已久的小说出版了，这是一件值得欣慰的事情。

由本民族作家讲述撒拉族故事的好处是，会尽可能地保证作品的民族风格，这是这部作品的亮点之一。作者用平实的口头语言讲述故事里那些男男女女的点点滴滴，读来如见其人其事。在对一个个人物、劳动场面、生产生活工具、人的心理活动、自然景观的描写中，我们会听到犹如绣花针掉地之后发出的细丝之声。

世间再苦的事、再枯的景、再苦的人、再苦的心，在作者笔下都有美的成分。作者尽力把它们挖掘出来，使美成为苦的背景，或者苦成为美的映衬，甚至干脆把美和苦融为一体，难分难解，把撒拉人的乐观、勤劳、豁达、困惑、小得意等方面表现得一目了然。这种刺痛自己的表达尽管是痛苦的，却是催人警醒的，引发读者对自身、对家族、对民族命运的一连串思考。

　　整篇叙述中作者极少用生僻字词，作品显得大众化，避免了阅读障碍，地域色彩也比较浓郁。作为史诗性长篇小说，作品既有浓浓的文学性，又有一定的史学价值。这部作品的问世，是新时期撒拉族文学创作的一大收获，对人们了解撒拉族民族文化的发展将会产生一定的推动作用。

作者简介：

启明星（1972.3-2023.1），男，撒拉族，青海省循化县人。

第四辑

时光侧影

等你轻声唤我

邓丽娟

纷纷坠叶飘香砌，夜寂静，寒声碎，真珠帘卷玉楼空，天淡银河垂地，年年今夜，月华如银练，长思人千里。

十二岁那年，在那个春风吹拂的季节里，一树一树的梨花开得灿烂的时候，我第一次触摸着了死亡，那么真真切切。

我踏进那间熟悉的房子里，熟悉的床上静静地躺着熟悉的他，只是那份沉重是让人无法明白的陌生。

我听到自己心脏颤抖的声音，如此剧烈。那飘落在一片雪白之上的无依无靠的痛楚，震撼了我幼小的心。

所有语言动作都胶片似的定格了，严严地罩向我的，不知是悲、是痛，还是悲痛的麻木。于是我小心翼翼地轻扶着关于他的记忆。

三岁那夜的仲夏夜，他拿着日光灯小心的烤着我烫伤的皮肤，我安然地在淡淡花露水的香味里睡去，他不知疲倦摇着扇子。

六岁那年的黄昏，我渴望一出幼儿园的大门看到他的笑脸，缠着他要吃奶油面包，闹着他买卡通手绢，他一直浅浅地笑着。

九岁那年寒冷的春天，他带着第一次写作文的我去看桥，桥头的石碑上的文字早已模糊不清，他用粉笔细细地涂着，用笔细细地记着，只为了我的第一篇作文，一篇关于桥的作文。

　　十一岁的儿童节，他挥洒自如地写下"自己动手，丰衣足食"八个字送给我，当时的我无法完整地念出这几个字，他轻轻地笑了。

　　我很想告诉他，因为他的悉心照料，我身上没有留下烫伤的疤痕。

　　我很想告诉他，因为他的爱，现在我学着他的样子爱别人。

　　我很想告诉他，因为他的启蒙，现在的我可以流畅地写文章。

　　我很想告诉他，因为他的字字教诲，现在我能够一个人处理事情，坚强地活着。

　　我很想告诉他，我不敢看黄昏时围坐下棋的老人，我不敢时常想他念他，我不敢提起他，哪怕是聊天中无意地提起，因为那样会使我无法自已，眼泪就像豆子一样落下。

　　我们每天都在这个世界的不同路上游游荡荡，经过了，相遇了；相遇了，分开了。每一刻，希望被另一个人捡起，而不再孤单。因为命运，他在路上捡到我，至此我不敢忘记。

　　歌里唱着，如果前世你是我的一滴泪，那我今生不会再哭泣。眼泪无法抚平心底深深的创伤，只有时间可以，一点一点抚平。

　　奶奶说，梦见他穿着灰蓝的衣服站在家门口，我无语。原来他真的回来过，回来割断他的不舍和留恋吗？远远地看着他的坟墓，静静地念着颂词。一下子，我望着身边的人，某年某月某一日也会离去吗？

　　经历了很多人的离去，我渐渐对死亡有了一个新的认识，小时候不懂事，不懂得什么叫死亡，亲人去世了，哭完好像就忘记了，随着年龄的增长，直到有一天开始惧怕死亡，怕自己来不及享受生命带来的种种，怕自己还有很多事还没有做，当看清这些后，又开始敬畏、坦然面对死亡了，总有一天我们都会带上自己积累的盘缠离开这个纷繁的世界。

　　我想，他一定带够了盘缠，一生乐善好施，虔心教门，感受过生活的苦，也品尝了儿孙绕膝的甜，平凡如野花，不谋他人雨露和甘霖，坚定地支持自我，不被夺去正直和坦然。只是下次我们再去那间熟悉的屋子，却再也听不到他的笑声了。

有人说，爱的最高境界是经得起平淡的流年。现在我很平静地写下这篇文字，很平静的回忆他的种种，很平静的流下眼泪又轻轻拭去。

愁肠已断无由醉，酒未到，先成泪，残灯明灭枕头，谙尽孤眠滋味，都来此事，眉间心上，无计相回避。

作者简介：

邓丽娟，撒拉族，80后，现在海东市平安区工作。

问茶龙井

索 南

杭州有西湖，西湖有龙井，龙井茶久负盛名。早在北宋时，位于杭州的灵隐寺香火旺盛，寺院侍以扁平绿茶，往来饮者赞不绝口，皆为所动。到了清代，乾隆皇帝下江南游览杭州西湖，对龙井茶盛赞不已，并将十八棵茶树封为"御茶"，由此，龙井茶驰名天下，问茶者络绎不绝。

"五一"假期跟友人相约，遂再次来到杭州西湖，不仅想要到这人间天堂再走上一遭，还要品茗谷雨前采摘的龙井茶，听说这雨前龙井最是细嫩鲜翠，香馥清远。

现如今，只要一提到龙井，大多人都知道这是一种名茶，却鲜有了解这地方的，这茶也就与西湖一样，成为杭州远播海内外的一张地域文化名片。

既然讲到西湖，便少不了捎带几句烟雨味："残霞夕照西湖好，花坞苹汀，十顷波平，野岸无人舟自横"。想必古时西湖岸人烟稀少，若不然东坡居士也不会因为被贬谪才来到这里。名曰"苏堤春晓"的西湖十景之首，正是为了纪念他主持修建的这一条堤岸。可苏东坡怎么也想不到，当时为治理水患用淤泥建起的堤岸，现在成了这人间天堂里连接南北两山一道妩媚的风景线：

杨柳吐翠，长堤卧波，桥影照水，湖波如镜。置身堤上，湖山胜景如画图般展开，万种风情，任游客领略。千年间，苏堤几经修建，湖水依然，而历史的变革，世事的沧桑尽写其间。可以肯定，今天游人所见的苏堤，一定经过了南宋以来无数次的增补修葺，整饬路面，植树造林，早已不复苏东坡修筑的原样。而且，那时的西湖定不像今时今日这般有各地游客往来拥挤，尤其这小长假，摩肩接踵熙来攘往的其中滋味，估计很多人都是能体会的。朋友和我都不是第一次到西湖，自然在人群里挤一挤逛一逛也就回住处休息去了。

酒店大堂的服务员十分热情，对我们哪里可以买到鲜采龙井茶的询问进行了详细又很体贴的答复，虽然对龙井茶情况只听了个大概，但听到她说买最新的龙井茶就应该到龙井村，不仅可以买到鲜茶还可以游览山水美景，我心里就已十分神往了。于是翌日天一亮，便从手机软件约了车，避开西湖景区的喧嚣与拥堵，和朋友施施然一同去往龙井。

龙井是隶属于杭州市的一个村，四面群山环抱，呈北高南低之势，这样的地势刚好形成了一道天然屏障，挡住了西北方向的寒风侵袭，为高山茶园提供了得天独厚的自然优势，所以茶树生长繁茂，茶叶远近闻名。

刚到村口，就看到龙井村的石雕牌坊，旁边竖着一块天然巨石，刻有行书"龙井问茶"四个大字，与我们此行游览的目的甚是契合。很多民宿和农家茶园依山错落，绿树红花映衬在篱笆院墙四周，阴凉处摆放着供游客喝茶休息的桌椅，看上去十分惬意。都说好山好水出好茶，这里青山绿水，空气清新湿润，山下梯田里的茶树排排成荫，在青青苍苍中，如若一幅笔墨浓重的文人山水画，令人心神俱醉。

向茶农询问得知，虽然过了谷雨时节，这时已经不是最好的采茶时节，但在谷雨前采摘的茶叶刚好杀青晒干成茶，正好可以尝鲜。看着新晒的茶叶，颗颗扁平而挺直，像极了清瘦的文人，翠绿中带着如玉的风骨，比起以往买到的茶叶只从外观上就觉得要鲜嫩特别许多。

据茶农介绍，从眼前远处的杨梅岭一直走到西边的鸡冠垅下就可以进入九溪十八涧，那里儿是这里最美的风景，于是来不及品茶便和朋友存好背包，向着这清泉淙淙，山鸟嘤嘤的林间溪水走去。

走至林间，石路顺着溪水曲折蜿蜒，景色天然混成，少有匠气。

再往前走，山林中的溪水一路上穿林绕麓，不知汇合了多少细流。九溪十八涧，果真是毓秀钟灵名副其实。沿鸡冠垅拾级而上，别有天地，在亭前眺望，远处烟波浩渺，水天一色的便是钱塘江的所在了。

徒步行走在高低不平的路径中，感觉迷离的雾气似纱如缎地笼罩着青山草木，真的有一种迷雾流烟扑面湿的气息。听潺潺的溪流涧水流淌在垂兰吊藤的山脚岭根，蔚秀之色，令人流连忘返。路遇不少着汉服的女子在此取景拍照，仿佛我们也已经穿越时空，走在天庭如梦似幻的长街上……

再返回至龙井村初到的农家小院时，我和朋友已经热汗淋漓，顿觉困乏，两边的景色也像是跟着变换了模样，看似聚在一处，实则包容万象，这边的人悠然地赏着景，那边的人在桌上喝茶饮酒作乐。朋友正好说饿了，我们便很快寻了位置，叫了几盘吃食，两杯龙井。

坐对青山，仿佛满山茶树天生天养，夕阳收敛光线时，寂静里的一丝清凉让人舒适和惬意，感觉人与自然合一的心性就演化在这布满梯田的层层叠叠的茶山上，诗人王维的独特意境和陶渊明的愿景是否就如眼前这般呢？想到几句古诗和山水画，而灿若星河的古代文人诗画实在太多免于引述，但我此刻想到的是，他们许许多多的困惑和惆怅最终都是在山水中找到了答案。在这陌生的地方，也让我有了一种久违的共鸣，仿佛半生困顿消散于此，我想，人们从古至今寄情于山水之间，其实是想获得以山水为表象的对生命本身的渴求挚恋，也就是把自然山水作为内在精神的依托，从中领悟自然法则和人生真谛，并使自己的内心能和山一起沉稳，和水一起灵动。大概也唯有如此，才能在山川大地中感受不同的心性，并与山水融合，交织出由心而发的景致。

朋友突然问我，龙井——这名字的由来。

我刚要思索作答，茶农端来茶食，圆形的玻璃杯底，那绿色扁平的茶叶无端地生出薄薄的寂寥来，在被热水冲泡中，渐次翻转舒展，蜿蜒浮动，活像一条条青龙戏水于井中。

作者简介：

索南，藏族，青海省作家协会会员，青海省书法家协会会员，海东市文联委员，海东市书法家协会理事，文学和书法作品常年发表于《华夏散文》《诗刊社》《青海书法》《青海旅游》《雪莲》《河湟》《莽昆仑》《西海文艺》等各类刊物和微信公众平台。

地震之夜

韩国明

一场在云端酝酿很久的大雪终于纷纷扬扬飘下来，驱赶了入冬以来不愿退场的暖和天气，在车水马龙的街道上，行人的哆嗦声中，传递着寒潮来袭的信息。傍晚，天边的一片火烧云吞噬了衔山而下的夕阳，川道里又增加一层冰冷的萧瑟景象。

喧嚣熙攘的城市像往常一样走进万家灯火的夜色，打拼生活一身疲惫的人们也像往常一样进入各自梦乡，谁也不会想到一场牵动方圆几百公里的大难将在午夜时分悄然而至。

2023年12月18日晚上11点59分28秒，伴随着一声天崩地裂的巨响，一阵抖动，再摇晃几下，紧张和恐惧顷刻间弥漫了整座城市。

手机屏幕上很快有信息显示：甘肃省积石山县发生6.4级地震。我很快反应过来，但又疑惑起来：6.4级，不算强烈的地震，怎么会在距震中141公里的西宁明显感受到大地十公里深处释放能量的冲击波？

来不及多想，持续12秒的摇晃让我在28层住宅里切实感受着坐过山车一般的眩晕，求生的本能促使我跑进比较安全的卫生间。刚迈出第一步，我就在剧烈的颠簸和摇晃中身不由己地倒退两步，踉踉跄跄爬到床头柜旁边，嘴里念着清真言，静静等待着不可预知的结局。那一刻，我的泪腺撕裂了，慌乱的思绪中，首先想到位于青藏高原东南角的循化老家，那里与震中区更近……刹那间，稍稍冷静后的大脑向潜意识发出第一道指令，促使我拨通了远在循化老家的母亲的手机。漫长的呼叫等待是一种煎熬，母亲的电话始终无人接听。这是少有的反常，一连串最不愿面对的悲情蹿上心头：老家房子是不是倒塌了？家人是不是被坍塌的废墟埋了……人在绝境中，才知生命的脆弱和渺小，才知道人类所拥有的知识在无穷尽的大自然面前不过是沧海一粟，才知道仅凭有限的经验穿梭于世俗社会还常常自以为是的我们是多么可怜！

我的心仿佛被无尽的黑暗吞噬着，流着眼泪，一遍遍地默念着……

感恩造物主的眷顾，令人心颤的摇晃停止了。我小心翼翼爬起来，深深吸了一口气，觉得与死亡擦肩而过的这一口气是恩典，也是劫后重生的希望。定了定神，让自己恢复到常态，不住地祈祷，为亲人，为朋友，为天下苍生，也为自己。很快连接到安装在老家院里的监控摄像头，当手机屏幕上看到熟悉的一幕时，一行热泪划过脸颊。担心震后断网，便迅速控制监控摄像头，查看老家房屋是否受损。内心充满感恩，整院房屋轮廓清晰，完好如初。又打开监控摄像头声控系统，传来家人说话声，悬在半空的心终于落地了，望着满天星空长长舒了一口气，感觉世界依然那么美好！

听到母亲打来电话的一刹那，平生第一次感受到老人家那带着磁性的亲切声音有多美妙。我顿时悲喜交加，五味杂陈。我们为了学业、仕途、生活，为了能在充满名利的世俗目光里活得体面一些、风光一些，没日没夜地奔忙，却忽略了用温情的目光和温热的心牵挂我们的亲人们。面对儿女，母亲总是把自己的烦恼撇到一边，用足够融化我们的爱心舔舐儿女们在风雨中裂开的伤口。这一次，母亲像没经历过惊恐似的，用平静的语气说："阿妈这边只受了点惊吓，别的没啥，你们好好待在车里，千万别进屋睡下，说不定还会摇，多留点心……"

挂了母亲的电话，又给亲友们发信息，挨个报平安。天灾之下，能做的，也仅此而已。

为防止发生次生灾害，我关闭了家里的水、电、气，手机时间显示凌晨12点20分。房间内仍然弥漫着让人不安的气息，总觉得地震的幽灵还在身边，有点响动，心里就"咯噔"一下，耳朵始终留意着什么响声。潜意识告诉我，这个时候不该贪恋温暖的居室，至少在下一个意外到来前应该选择室外。天灾面前的逃逸和躲避是人类的本性使然，没什么好犹豫的。于是，我一口气从二十八楼跑到地下负二层，来到车旁，已是汗流满面，像是被谁追赶似的，来不及喘气就钻进车里，飞快地发动车子，一溜烟来到大街上。

　　人们像出巢的蝼蚁，从一栋栋楼房里走出来钻进车里，加入大街上越来越多的车流中，毫无目的地巡游……

　　相对而言，我是个"凡事都溜一眼"的主儿，用"不知道明天和意外哪个会先来"这句话时时提醒自己，养成了平常始终加满汽车油箱的习惯，享受着油表指针停在F处的踏实感。今夜，这个在风平浪静的日子里似乎多此一举的习惯却额外地安慰了慌乱不堪的我。生活就这样，不经意间的付出，关键时刻就会有意想不到的回报。

　　熬过夜半三更，车窗外天边一道白线驱散了夜的漆黑。天逐渐明亮了，一夜无眠的我回想起昨晚的地震，内心的惊悚仍余波荡漾，脊背上一阵发凉，仿佛有一股寒气从后背传来。

　　世上唯一值得恐惧的就是恐惧本身。虽然岁月磨平了我们的棱角，但内心住着的那个胆小的自己还是因后半夜的两次余震而恐惧，害怕失去世俗生活中漂浮的生命以及搂在怀里的那些与性命连在一起的东西。贴着墙慢慢爬楼梯，小心翼翼回到家里，打开书房里的储物柜，拿起自备的工具和急救箱，锁好门，然后迅速离开。

　　医院大厅里熙熙攘攘的人群中传来"韩老师，韩老师"的喊声，回头张望，看见药房里的卓玛老师。她脸色苍白，一对黑眼圈显得格外憔悴，平常不爱说话的她低声问道："你们老家受灾怎么样啊？你买这么多药干什么？你要去老家吗？"我一一解答后，她再三叮嘱我去灾区一定要穿厚衣服，注意安全。这时，清水乡卫生院马瑞兰院长打来电话："喂，韩老师，你在哪儿？塔沙坡村受灾严重，你若有空，请过来帮忙……"

　　我没怎么犹豫，说声"呀"，就走出医院，把车直接开往高速公路。

两个小时后，来到像是阔别多年的循化，怀着沉重的心情梭巡道路两旁的房屋。三岔集镇除了比往日冷清一些外，似乎看不出什么异样来，行人的脚步也不怎么慌乱，紧绷着的心渐渐松弛下来。

回到家里，微笑着向父母道"赛俩目"。父母脸色苍白，目光呆滞，憔悴中充满了惊魂未定的神情。与家人简单寒暄几句后，便拿上设备排查院屋和电路受损情况。幸好家里的房屋都是榫卯结构的木头房，柱子和屋梁套得紧，虽然厨房、厢房等多处墙体开裂，但并无大碍。仪器表上显示各条电线的阻值和电流都正常。

排查完家里的安全隐患，向父母交代了注意事项，便火速赶往清水乡塔沙坡村。

塔沙坡是循化境内为数不多的古村落，2019年6月6日被住房城乡建设部等部门列入第五批中国传统村落名录。这里离积石山震中只有9公里，受灾程度可想而知。在狭窄的巷道里，多处院墙坍塌，眼前到处是瓦砾碎片，一片狼藉。位于村子中央初建于明代的清真寺也未能幸免于难，照壁、牌坊门、唤礼楼、礼拜殿、南北学房等受损都比较严重。望着满目疮痍的村子，泪水又一次模糊了眼睛。

记得去年疫情期间在清水乡卫生院当志愿者时，每次有核酸采集任务，我都被安排在这个村子里，与之结下了不解之缘。时隔一年后再次来到这里，眼前的废墟让我的心情久久不能平静。这里有撒拉族服饰国家级非遗传承人、有撒拉族特色建筑篱笆楼，承载着厚重的历史文化。这个躲在深处远离喧嚣的村落却没能躲过地动山摇的劫难，一夜之间失去了封存几百年的记忆。

站在废墟中眺望山脚下的黄河，我的思绪飞到13年前某一天凌晨，同样的惊恐袭击后顷刻间化为废墟的玉树大地的景象出现在我的脑海。

时隔13年，我穿着玉树抗震救灾时买的户外服，奔波在家门前的灾区。几天摸排下来，初步掌握了循化县9个乡镇受灾及急需物资情况。12月26日晚上8点40分，无锡市爱心单位捐赠的两辆车的棉被棉衣经物流公司运到循化，期待已久的900件物资终于到手了。在相关人士帮助下，卸完两车物资，已是晚上11点，又饿又累，但一想到明日可以把簇新的棉衣棉被送到灾民手里，内心充满着无比的喜悦。

第二天我雇了一辆厢式货车，装完物资已是早上9点30分，来不及吃早饭，赶紧将物资送到塔沙坡村。村里有124户490人，我给每户发了一条棉被和一件棉衣，将3000元善款交给寺管会。阿訇拉着我的手说："木了它几，俄比次个惊恐果次几，阿卜它阿了何开了啊……"（撒拉语，译为：辛苦了，给我们见识了地震的惊恐，需要好好反思。）

午后，行驶在崎岖不平的山路上，来到道帏乡铁尕楞村。老书记周代加站在村口，双手捧着哈达迎接我。这是藏族人对远方贵客的礼仪，无论如何得收下。我跟在老书记后面，依次给1队32户、2队66户、3队39户发放了棉被和棉衣。老书记让我给乡亲们讲几句。望着一张张憨厚淳朴的脸庞，我深情地说："大家好，你们受苦了，一年前我来过你们村，盛夏的铁尕楞村草木茂盛、牛羊成群，从这儿可以看到整个道帏乡和白庄镇全貌，给我留下了深刻印象。今天来到这里，看着一头头一只只牛羊的尸体，让我心里很难过。虽然房屋倒了，但人还平安着，这比什么都强！藏族和撒拉族是一家人，今天来慰问你们，给每户带来了一条棉被和一件棉衣，希望大家吃好穿好喝好，把正在建设的板房优先分配给老人和孩子们，生炉子取暖注意安全，彼此间互相帮助搞好团结，等熬过了这个冬天，来年等你们重建家园了，我再来看你们，那时喝一杯奶茶，吃个酥油糌粑……"

今年96岁的王告太老人泪流满面，拉着我的手，动情地说："俄撒格呢俄才索个吉做撒英白多，宋巴俄嘛桑个……"（安多藏语，译为：我以为地震是我生命的终点，活着真好……）此刻想起母亲说过的话："世人皆是母亲生养，经历劫难应该好好慰问……"

夕阳西下，我辗转来到道帏乡牙木村。牙木村是此次震灾最严重的三个村子之一，全村有83户，同样逐户送去了爱心棉被和棉衣。卸物资时我遇见了前来下乡的省住建厅葛书记和孙处长一行，顺便向领导们提了几条建议。

回到县城，已是晚上10点，回忆一天的行程，眼前浮现起清水乡塔沙坡村、道帏乡铁尕楞村和牙木村、积石镇伊麻目迁移户村、街子镇团结村，4个乡镇5个村子村民接收爱心棉被和棉衣时满脸感激的神色，顿时有一种难以名状的心情，赠人玫瑰、手有余香，体会到公益事业蕴含的魅力。临睡前在手机上写下："为家乡尽点绵薄之力真好，明天继续努力。"

震后第十天，才静下心来在家吃一顿早餐，喝着母亲熬的奶茶，多日在寒风中奔波的劳累顿时消散。出门前，母亲叮嘱我去看望一线医护人员和弱势群体。母子间真是心有灵犀，我也是这么想的。

这些天总能看到医护人员忙碌的身影，在关及人类生命的所有灾难中，流动的白色始终是一道亮丽的风景线。地震后，清水乡卫生院迅速集结村乡两级医护人员，第一时间救治伤员，并对院墙房屋坍塌了的人家可能存在的污染源进行全面消杀。

跟他们并肩奋斗的这几天里，看着那些承载着一家人希望的房屋坍塌成那样，看着山村人家稀罕的牛羊眨眼间变成一具具僵硬的死尸，看着村民们无奈、焦灼与伤心的目光，我心里很是难过。但发生的已经发生了，失去的已经失去了，难过伤心之后，应该想想往后的日子。因为谁也无法保证同样的灾难是否会再一次降临。

走进午后的白庄镇一户受灾人家，老人给我倒了一杯熬茶，从厨房拿来一碟炒熟的大豆让我吃。老人第一次经历了此生最恐惧的地震，却不怠慢来家里的客人，确实让人感动。他当着我的面穿上爱心棉衣，有点语无伦次，不断重复着感谢的话语。我感受到了中国老百姓最朴素的情感，他们欲望有限，要求不多，一缕阳光、一滴雨水也能触动他们内心深处最柔软的情愫。

恩格斯早就告诫过我们："我们不要过分陶醉于我们人类对自然界的胜利。对于每一次这样的胜利，自然界都对我们进行报复。"可是，遗忘是人类的本性，较远的庞贝古城，较近的汶川地震、玉树地震，都从我们的记忆中渐渐淡去。面对灾难，我们脑海中的侥幸总是大于理性，感动的泪水总是淹没理性的思考。但愿"12月18日"地震那一声轰然巨响能够长久地唤醒我们敬天畏地的灾难意识。

愿余生做一个知恩感恩的人，珍惜生命的每一天，好好活在当下。

作者简介：

韩国明，撒拉族，海东市循化县人，IT工程师，青海省作家协会会员。

脚步与翅膀的畅想

绽海燕

青海的七月,是一个蝶飞蜂舞、花香万里的季节,是一个妖娆多姿、盛情正浓的季节。这个季节,牧歌高亢,花海成片,牛羊欢跳。迈出双脚,心已插翅远飞;放眼望去,物我为一天如镜。我环绕在彩色青海湖的周围,看流云飘过一望无际的草原缤纷,看比大海更深的清透湛蓝。

汽车在宽阔平整的马路上飞驰,心却已飞出窗外,与蓝天白云、与高山流水徜徉。视线触及之处是无边无际的碧绿和湛蓝,伸出双手,指尖太瘦,接不住点点滴落的壮美,心底却荡漾着一波胜似一波的激情:这是勤劳善良的各族人民用大爱扶起的蔚蓝和壮观啊,梦想被托举得比天还高,精神在每一朵花的绽放里散香。花开千顷、香飘万里的油菜花,一朵朵,一簇簇,一片片,漫山遍野恣意芬芳,蝶飞蜂舞,成为全世界绝版的高原奇观。奇妙的狂想随心所欲地漫天飞舞。捧一把金黄,为单调的梦想做装饰,直至终老依然记得当初的模样。

浪漫寥廓的金银滩,好像是一张无边的彩色云霞落在了大地,又好像是色彩斑斓的锦缎铺在绿茵上:润润的,绵绵的,与山峰对眠,与湖水共枕。

索性仰面朝天躺在这多姿多彩的天然床铺上，以坚贞的誓言做枕头，放肆所有柔情和浪漫，做一场缤纷的梦吧，或许还可遇见"霓为衣兮风为马，云之君兮纷纷而来下"的仙境。此刻的你，就是草原猎手，就是牧马归人。微风过处，送来缕缕清香，仿佛远处帐篷里传来的深情恋歌，沁人心脾。各种叫不出名字的野花，竞相争艳。她们以不同的色彩，不同的芳香编织着不同的花语，把这片草原上有关季节的消息带给千家万户。梦境里，我仿佛看见一位古人，挥毫写下了千古诗篇："天似穹庐，笼盖四野。天苍苍，野茫茫，风吹草低见牛羊"，这正是七月的金银滩最好的写照。闭上双眼，我感觉灵魂早已逃离了身体，驰骋在无垠的牧场上，成为牧羊人鞭下的民歌，随风飘得很远，很远。静静地，我俯身贴近一种声音：一种明月般轻柔的声音，一种天籁般清澈入骨的声音：

"在那遥远的地方，有位好姑娘；人们走过她的帐房，都要回头留恋地张望。"

"她那粉红的笑脸，好像红太阳，她那美丽动人的眼睛，好像晚上明媚的月亮。"

"我愿抛弃了财产，跟她去放羊；每天看着她迷人的眼睛和那美丽金边的衣裳……"

这首传唱几十年的歌曲，让几代中国人如痴如醉。歌中那"遥远的地方"正是如今令无数人神往的金银滩。王洛宾，这个孤独的老人、深情的歌者，与西北民歌结下不解之缘。就是在这片金银滩草原上，与清纯如水的萨耶卓玛偶遇，演绎出一个美丽的传奇故事，使这片疆域魅力四射，生生不息，并载入爱情和音乐的史册，传唱着一代又一代千古佳话。此曲只应天上有，怎奈相识在草原！

看你，只需要一眼；忘记，却用尽了一生！余生的路很短，来不及执手相看，却成了回忆；余生的路很长，每走一步都有心念打成的结。多情的三毛远涉重洋，为这个西部歌王而来，为一段旷世之恋而来，最终将王洛宾的余生走成了思念，走成了绝唱。我在遗落的唇彩里看到彻骨的真诚，看见美丽的精灵应和着万籁的绝响，在蓝天上翱翔。举目远眺，天边的云朵聚了又散，散了又聚，像羽毛，轻轻地飘浮在空中；像莲花，静静地绽放。此时的天河，好像刻意在为你而弄姿着色：像峰峦，像河川，像雄狮，像奔马。一会儿跟湖水追逐嬉戏，一会儿在给湛蓝的湖水笼罩一个轻纱似的梦，真是千姿百态，变化万千。这时的灵魂在白云青崖间游荡，"转朱阁，低绮户"，何似在人间！我仿佛看到最美情郎仓央嘉措背着前世今生的执念怅然从天边走来，走在寥廓草原上，让沾满思念和衷情的诗文流淌在开满格桑花的草原。从此，这里的每一座山峰，每一条河流，每一朵野花都拥有了一个温暖的名字，拥它入怀，浅吟低唱，唱成了旷世情歌：

"那一夜 我摇动所有的经筒，不为超度 只为触摸你的指尖；

那一年 我磕长头匍匐在山路，不为觐见 只为贴着你的温暖。"

"执子之手，共你一世风霜；

吻子之眸，赠你一世深情"

……

这兴许是金风玉露偶相逢后的酣畅淋漓，却是多么撼动心灵！"问世间情为何物，直教人以生死相许"；"渺万里层云，千山暮雪，只影向谁去？"他与生命中的千山万水——抒情，一一作别，最后悄然离去，背影镌刻在千古诗文里，眼泪融进高原的忧伤里。多少深情的泪水，滴落在这千古美文里，使这条雪域情路变得短暂又漫长！

这真是一个婆娑世界，如果没有遗憾，给你再多幸福也难以体会快乐。我想，仓央嘉措留给世人超凡脱俗之美，正在于真爱与残缺共存吧！

远远望去，是被藏族人民称为"蓝色的海洋"的青海湖。湖水一片碧绿，像一块巨大的绿宝石镶嵌在青藏高原上。湖面波光粼粼，时而是比海更深的湛蓝，时而是比草稍浅的嫩绿，天幕好像沉入了湖底，浪花在柔光里跳跃。我想极目找寻一千多年前文成公主毅然甩出的宝镜落在了哪里？在这千万道流光溢彩里，哪一道是日月宝镜的痕迹？或许，她思念的泪水早已淹没了这些痕迹；或许，伟大的使命胜过对故土的思念，文成公主使唐蕃古道变得如此神圣而庄严。或许这只是一个传说，可青海湖宛若一个犹抱琵琶遮面含羞的少女，让人心驰神往，流连忘返！

-219-

堪称高原奇观的青海湖西北隅的鸟岛，更是让人叹为观止。这块不足一平方千米的神奇疆域里，却栖息着十万多只不同种类的候鸟，被誉为"候鸟的天堂"。每年春天，遮天蔽日的候鸟准时欢聚在这里，有的翱翔在蓝天，与白云共舞；有的栖息于岩石间，听海浪声声；有的悠然在湖面，与湖水嬉戏；有的耳鬓厮磨，传递爱的呓语……它们顺风而起，迎风降落。它们，让这片土地玄妙而热闹。它们是草原的精灵，穿行在人间仙境，在蓝天碧水间奏响一曲又一曲爱的赞歌。我站在车窗前看一树流年充满艰辛坎坷的旅程，如我不再年轻的人生：沧桑而丰富。长短不一的辛苦，在这里悄然落幕，即使风雨再来，可忧虑不再。山坡上建起的家园青青，沐浴在充足的阳光里，成为彩虹的故乡。低头啃草的牛羊，自由飞舞的青鸟，还有牧人不动而飞的心，浑然天成，组成一幅妙不可言的草原风景画。

太阳在这七月的高原临盆，光芒被走出帐篷的小舞女收藏，照得雪域高原银光闪闪，照得牧民冰清玉洁。牧羊姑娘马鞭轻轻，小曲悠扬，放牧着理想，放牧着爱情。不远处，一位健壮俊硕的青年正骑马赶来，将无数次的擦肩而过变成今生的最美相遇：

"我曾在远方把你眺望，我曾在梦乡把你亲近"

"如今依偎在草原的怀抱，就让这约定凝成永恒"

……

她彩色的衣裙和纯真笑脸告诉天地：人世间真有很多不期而遇的天机良缘，将"想你时你在天边，想你时你在眼前"化为"执子之手，与子偕老"的誓言，让尘封多年的渴望变为天长地久的完美。

夕阳西下，牛羊归圈，远远近近，高高低低都笼罩在一片扑朔迷离的祥和里。周围的山峰向天边展开白色裙裾，微风吹动七彩的经幡，落日余晖温柔地挥洒在翠绿的草原上，丝丝缕缕，柔柔的、薄薄的，将夜幕下的原野装扮得温馨而浪漫。帐篷内牛粪烧烫一壶壶热情，喝一杯酽酽的奶茶，唱一曲草原恋歌，听归人马蹄哒哒。剔透的湖水啊，淹没了梦里的千山万水，天地之间近在咫尺，梦里梦外没有距离。我陶醉在这没有粉饰的质朴圣洁里，陶醉在自小就会唱的牧歌里：

"美丽的草原我的家，风吹绿草遍地花。彩蝶纷飞百鸟儿唱，一湾碧水映晚霞。骏马好似彩云朵，牛羊好似珍珠"……歌声随炊烟飘向天际，引得星月携手行；歌声随霞光落在了湖里，引得湖阔凭鱼跃。这里，无数的牛羊马群为永恒的阑珊守夜，卓玛的笑脸如格桑花一样娇艳，祖先们一生也没有走完的路上，笑声朗朗，花朵正艳。我的心沉浸在这无边无际的绿色里，沉浸在这诗情画意的芬芳里。

我在心底小心地奏响缠绵的天籁情歌，让它缭绕在这片神奇的草原上，流淌在这深奥奇妙的湖水里。

作者简介：

绽海燕，循化县作家协会会员，出版有散文集《书签里的时光》。

等你万山红遍

牧 雪

在孟达的秋色里漫步，让我在秋天的落叶里驻足，忍不住回头看看曾经走的路。春天的花，雨中的泪，跋涉的水，向着一泓天池道一句：秋水天阔，相恋已久。

时光不会停下脚步，也不会为了我的相思停止秋风落叶，而我只在四季的轮回里留下一行诗句，挽留曾经的记忆！

我在秋天的山岗，不想告诉秋风秋雨，却能经受风吹雨打。就像生命的旅途里，我陪你走完全部里程，而不会不辞而别！

走到四季轮回，我行走在雨季中，雨中回望，期盼在回头时，你能在我身后微笑。

秋绪万千，风吹落的黄叶，轻轻柔柔，招惹了我痴情缠绵！何时再显杜鹃娇羞面容？

一声蝉鸣弹拨悲秋之曲，一叶桦皮相思写在千树密林，一片红叶落在眉间，万山痴缠一池娇媚。

风起染醉千叶，卷走春花，等你赏万山红遍。雨来，我等你烟雨孟达，等你森林尽染，等你依栏望池，等你叩栈踏歌，等你飞瀑虹练，等你……

作者简介：

牧雪，撒拉族，青海省循化县人，青海省作家协会会员，中国少数民族作家协会会员，中国诗歌学会会员，出版有诗集《风从高原来》《锄歌》。

时光侧影

落 梅

  一个阳光微醺的午后，迎来久违的困意，些许的温度足以呼吸这时间段所弥漫的温柔，安静播放一段轻音乐，依附在办公桌上，缓缓地闭上眼，余光中望着窗外。
  青藏高原昼夜温差大，以至于我们要应对随着每个时间段导致的气温差造成的心情的浮滑。
  不知不觉之中，在这片蓝天白云相间，碧水清泉满布的地方生活了三年，三年的时间给予我的不止是精神的填充，更多的是弥补了生活的缺憾。
  时光就像一面镜子，镜子里的自己每天扮演很多面孔，哽咽、哭泣、开心、微笑、悲伤。但唯独不变的是这面镜子在时光的推移下却一直矗立在那里，从未变换过自己的模样，有时被水的波光闪烁过，也有被黑夜笼罩，当擦拭的那一刻，他仍然保持着原有的透亮。
  我们试着掩藏真实的自己，有时明明怒不可遏，却也摆出一副好脸，有时明明面容憔悴，却涂抹更厚的粉底来遮盖。是否心中有愧，脸上有尘，镜子面前，摘下所有的面具，一个喜怒无常，暗藏心事，不善言谈，却也奋发图强的自己在时光的长廊里徘徊。

时光，请慢些走。那些染尘的照片，深深浅浅总是停留在每一个记忆瞬间，在记忆中纵横交错，淡淡的忧伤卷席而来，一片素颜的世界像雪一样洁白，却被染上了忧伤的色彩。在时光的走廊里搁浅，此时的我被时间打捞出一个不再被一面之词所动摇，慢慢用心体会，却总也无法分解那些暗藏的心事，无法看清那些被掩盖的人性和囚禁的灵魂。

而我也总习惯躲避唐突的言语，然后在黑夜中稀释，很多时候许多假象在心里产生过波涛甚至任性的呼唤、奔走，却始终捞不出自己，进而慢慢释怀。

不知是何时起就染上这样的一个习惯，习惯听着一首歌回忆一些波澜起伏的往事，透过忧伤的歌谣望见了黑色的我们，那一年，韶华正好，我们踏上青春的火车，在光影的流年里疾驰，突然，一个暴风雨在不经意间降临，仿佛又望见时光被现实的洪流无声卷走。回忆是一座桥，也是通往寂寥的牢。

回想这袅袅而去的时光，总是张开双臂拥抱些什么，抓住些什么，却发现，除了伸开的五指，似乎什么都不曾停留，唯有那些起伏不平的心绪依然浮动着。

爱，于人的青涩年少时，在菲薄流年间，就夜空中流星划过，如此的繁华，却又如此寂寥空落，缓缓一个转身，回眸一望，已泅染成殇，如此的不堪，一些事一旦注定要离开，我们总是显得无能为力。

时光，悄悄地从指间溜走，太多的昨天成为回忆，再磅礴的人生终将化为一抔黄土，能在记忆深处的自是刻骨铭心，无法挽留的终将远去，连同最后那一片涟漪也依稀模糊，直至平静如水。

春去秋来，夏暑冬寒，想来生活并非我们想象的那么深远，只是停留在字里行间沸腾着一些命运的情节，每走一步，其实，都是成长，所有的感悟与释怀，都是对生活的总结，经常寄情于文字，把一些淤积于心的尘埃稍稍拂拭，哪怕只言片语，无力惊鸿，也是一种自我安慰，自我和解的过程。

在音乐优美的旋律中透过一片玻璃，发现时光留下的一个侧影，一个自我搏击，激励的自己。

唯愿，各自用心生活，不管用哪种方式去驻留匆匆的一生，都会是别来无恙的美好。

作者简介：

落梅，原名才毛加，教师，循化县道帏乡人，毕业于西南民族大学，喜爱文学。

撒拉传驼铃琴声荡故里

——骆驼泉拾忆

韩国智

这是家乡一个寻常的早晨，赤红的旭日散发着无限耀眼的光芒，从雄伟的达力加山上冉冉升起，缕缕阳光穿透了这弥漫而又迷人的晨纱，阵阵清凉的晨风唤醒了正在沉浸于甜甜睡梦中古老而又神奇的高原小江南——撒拉尔故里。撒拉尔的白骆驼化石，静卧在水池中央，同样也沐浴着温暖的阳光。

清脆的泉水叮咚声就在耳边轻轻回荡，月光洒落在骆驼化身的白石头和后人为了纪念骆驼而雕刻的石骆驼上。泉边飘来酷似驼铃叮当的骆驼泉水声，泉口喷涌着晶莹透亮的驼泉水。一个个场景，宛如一幅充满诗情画意的画卷。

啊！清澈香甜的骆驼泉水，您给撒拉尔故里带来了丰收的喜悦，您给撒拉尔故里带来了无限的恩泽，您给撒拉尔故里带来了无限优美的风光。在您身边的撒拉儿女尽情享用着您的乳汁，出门在外的撒拉游子在塞外也能闻到您甜甜的清香。

几十年后的今天，我带着憧憬和对儿时的留恋，前往骆驼泉边拾忆。看到天真活泼的孩子们在泉水旁边戏耍，你追我赶，开心地无忧无虑，玩得如此地尽情。我听到孩子们在欢乐地唱着他们自以为最动听的歌,最欢乐的歌时,记忆的动车加大马力将我不由自主地带回了儿时的记忆中。

记忆中的小时候,和童年的小伙伴每每在骆驼泉边,明媚月光下无忧无虑追玩当时所谓的游戏。多少次从泉边玩耍回家,妈妈总是用慈祥而淳朴的笑脸,抚摸着我满是潮湿的头发和天真的小脸蛋,用质朴的言语重复叮嘱:"孩子,喝驼泉水了吗,多喝点啊,那是充满白日可提的水,能驱走心灵的忧愁和疾病。"诸如此类的话语,总觉得听的足使耳朵长满了茧子,总以为母亲唠叨。

细细回味母亲简单而又淳朴的唠叨语时。才真正感受到,撒拉尔故里的老一辈对这个神圣而又充满神奇的泉水的尊敬和期望;才真正领悟到,骆驼泉代表的民族象征;才真正感觉到,骆驼泉在撒拉人心中的地位及分量。

今天的情景,使我的人生变得再次激情生动,心灵深处再次感受到祖先悠远深沉的向往信念,眼前再次浮现出祖先东迁时长途跋涉的艰辛,耳边再次响起祖先一路上清脆的驼铃声。

也许您听说过"大漠传驼铃,琴声荡草原",可曾听说过"撒拉传驼铃,琴声荡故里"。撒拉尔故里的驼铃传说代代相传,撒拉尔故里的驼铃琴声始终如一日荡漾在家乡上空,撒拉尔故里的精神越来越焕发着青春气息,这就是循化的撒拉尔故里的驼铃清泉。

作者简介:

韩国智,循化县作家协会会员。

秋的私语

才让卓么

薄暮暝暝，人鸟声俱绝。明月数不完的阴晴圆缺，幸好有几盏灯光装饰了橱窗外的世界，能慰藉久居角落那颗脆弱而敏感的心。

煮一壶老茶暖暖晚风，殊不知，秋叶早已落满庭园。尘封的岁月悄悄推开了记忆的大门，看人间故事，仿佛都逃不过离别。看，秋风吹落叶子离开了大树，大雁终归南方，太阳衔山而去，又有谁不是看到"枯藤老树昏鸦"后，"断肠人在天涯"呢？

四季装扮了最美的人间，秋的美，又在无意间不知湿润了多少文人墨客的笔尖，流出千古佳句，然后宿命般地引起代代多愁善感者的共鸣。走在世间最美的路上，到最后又有谁不是吾谁与归的无奈与惆怅。

如果上苍有私心，那它一定偏爱秋天，秋甚美，美到她任何一种姿态都能够触动内心最柔软的地方，也正因如此，最是秋景使人悲喜交至，既害怕失去又不敢拥有。有时候在想，为何世间会有那么多人陶醉于莫奈的《睡莲》？是因为他用这幅画作把握了春天，把它留在了人间，又或许这是世人用来自愈的最好的处方罢了。

俗话说"此时无声胜有声"，秋天落于人间，没有春之百花，夏之繁盛，但最能阐释生命"一叶一菩提"，会解读人生"生如夏花之绚烂，死如秋叶之静美。" 秋天的路上缀满了叶子，随手拾起一片，便是一个很老的故事和长长的回忆。秋路漫漫，浅浅地走，看不清晰的秋叶线，或许只有有缘人才可以翻读。

秋天如期而至，在这个季节离开的人却永远地走了，西风吹散了老人眼角的泪水，但吹不走他暮年的悲伤。用红叶遮住烦恼，用白云掩盖悲哀，但拥进你怀里，吹你吹过的风，走你走过的路，其实我懂你，懂你的别有幽愁暗恨生，懂你的物是人非事事休。

伫立在季节的末梢，一杯酒，伴一缕清风，本以为举目望去是风景，才下眉头，淡淡的愁思吹起层层落叶。

张爱玲说："在白云悬碧空的秋日，在夕阳恋红叶的午后，当我重新翻开你的这一页时，依然会感受到潮湿的印痕。"秋是收获，有喜悦，也有遇见，但消除不了整个季节的离愁别绪，烟雾缭绕山丘，细雨绵绵田园，氤氲在文字里的清愁就是最好的证明吧！

作者简介：
才让卓么，循化县作家协会会员。

往事只能回味

马吉明

一

岁月轻轻滑过指尖，许多往事便渐渐弥散在如沙漏般的光阴里。时光的淘洗中，有一缕芬芳被我珍藏在心底，随着光阴的流转，更加迷恋。

2003年9月，我如愿成为循化教育界的一份子，虽然是一名普普通通的代课老师，但因依旧能为循化教育奉献自己的绵薄之力而深感荣幸。几番周折，我最终还是留在循化县白庄中心学校担任初中一年级语文老师。当我以一名老师的身份站在讲台上，给学生讲课时，我第一次有了当老师的感觉，那是一种源于内心深处的真真切切的成就感，我享受着这个只有短短四十五分钟的过程，这同时也带给我无限的欢乐。

二

快乐而又单一的生活一天天过去，每天上完课阅完作业就回家，进门就看见母亲在自家菜园子里忙个不停,每到夏秋季节天天如此。看着母亲瘦弱的身躯,我有种莫名的伤感,心里暗暗下定决心,再不能让母亲为此劳累,得改变这境况。母亲在村里是出了名的种菜能手,母亲的菜园里菜种齐全:碧绿的菠菜、卷心的大白菜、青绿色的豌豆叶、芭蕉扇般的青菜叶等在菜篮里绿意流淌。晚饭其他的蔬菜我可以不吃,但青菜是必须吃一根的,而且不能掐断,这是一直以来的习惯。

吃晚饭时一家人围桌而坐,尽享母亲做的美食。正中间坐着的是父亲,靠右是母亲、妹妹,靠左是我、弟弟,一家人其乐融融。快吃完饭时,父亲一脸严肃地说:"今天宣布一件事,我已经跟隔壁老马说了,给你找媳妇,你今年年底结。"事情来得太突然,来不及梳理,习惯性地"嗯"了一声,结果后悔得肝肠寸断。

爱是乍见之欢,非你不娶的勇气。过了几天,隔壁老马笑嘻嘻的来家里,那天正好是周六,我在备课。老马的大致意思是找到了女方,想要安排让我们见个面,看看双方满意不满意,就在今天下午。虽然心有一百个不满意,但为了不让父母亲难看,我还是答应去见一面。结果双方父母亲都很满意,说可以,而我硬是说不满意,因为我心里早已有了心上人。回到家父亲开始教育我,说人家姑娘怎么怎么好,家教如何如何好,你有什么不满意的……父亲情绪激动,我找个借口离开了。在外面转了一大圈,顺便串串门。等回去时已经是晚上,父亲坐炕中,母亲坐炕头,在等我,又是一次教育。最后我实在抗不过,就心平气和地半红着脸说:"爸,妈,您俩别生气。我一直都没跟二老说,我有自己喜欢的姑娘,所以才说不满意今天下午见面的姑娘。"父母亲先是一愣,我以为会大骂我一顿,结果却呵呵大笑起来,"好!既然你自己有喜欢的姑娘,为什么不早说,还害得我们为你担心。既然这样,改天约个时间,去见一面,人家姑娘父母如果同意,就把事办了。"

第二天,双方父母带着各自的孩子如约而至,因为大家有些亲戚关系,也算是知根知底,所以双方家长都满意,当然我也是。

"众里寻他千百度,蓦然回首,那人却在,灯火阑珊处"。因为之前我们去亲戚家开斋,在亲戚家见过。我知道那姑娘今年十八岁,早已出落得亭亭玉立。记得那天她头上披着红头巾,可红头巾怎能盖得住她的美貌。毛茸茸的睫毛活脱脱能说出话来，高而笔直的鼻梁充满了撒拉族艳姑特有的那种美，红红的樱桃小嘴包着洁白如玉的糯米小牙，穿一件大红色绣牡丹花的旗袍，身材如模特般均匀，一头如瀑的长头发，浓密而明亮，藏在红头巾下。说起话来，那个好听啊，如同莺歌一般，活脱脱一个美人胚子。

三

"桃之夭夭，灼灼其华"，正值青春的女子出嫁，一片灿烂欢喜。撒拉族婚姻一般都是注重"门当户对"，我们两家沾着点亲戚，也可以说是知根知底。于是按照"父母之命，媒妁之言"请来两位德高望重的村里老人说媒。很快就到了送定茶日，席间一来二去也把婚礼日定下来了。事情顺利的我在心里偷偷笑，感觉泥土的气息都是甜的。

传统的撒拉族婚礼一般选择在冬季举行，当然我的婚礼也定在冬季。一方面冬季农闲，另一方面便于储存食材。

婚礼那天阳光明媚，天边飘着几朵白云，两家人喜气洋洋，下午两点半左右迎亲车队浩浩荡荡地出发了。出嫁时撒拉族阿娜有一段必不可少的"哭唱嫁歌"，一般都称"哭嫁歌"。这一习俗是一代又一代流传下来的，是撒拉族传统口头文学之一，也是撒拉族文学的艺术精品。从门口出来，她由亲属搀扶着号哭着退出大门，同时倒着走，一步一句哭出对家的不舍之情，一字一行哭出对父母的感恩之情，泪水就哗哗地往下流，她哭得梨花带雨，楚楚可怜的模样更是娇弱动人。护送的众人无人不掩面抽泣，人群中她的父亲尤其哭得泪流满面。被姐妹们搀扶倒着走到婚车旁，绕婚车三圈后，在哭诉中被舅舅和姐妹们扶上迎亲婚车。从此，离开生养的地方，去陌生的地方开始生活。

迎亲车队犹如一条龙盘旋在柏油公路，一路上风景如画，每个人脸上洋溢着结婚的喜气，婚车浩浩荡荡停泊在我家门口。家门口早已被迎亲人员堵得水泄不通。车一停，男人们个个都去取火把，准备点鞭炮。在当时那个时候，结婚放鞭炮是一件大事，会叫上村里的朋友们一起来放鞭炮。新娘被舅舅在鞭炮声中抱着挤进门去，很快鞭炮声就盖过了迎亲的欢声笑语。

从此，我相中的姑娘被娶进来了。

我站在屋顶，享受着鞭炮声带来的幸福。细听鞭炮声，有着岁月的沉淀，像带有包浆的古董，令人陶醉，装点了人间的生活，带给我太阳初升般的美好希望，那清脆的炮声，穿越长空，给我如醉春风般的舒适；闭上眼，恍然进入一种空灵的状态，空气中似乎弥漫着某种神秘暗香的味道。

等鞭炮声结束，送、迎亲双方男人站成两排，相互握手欢迎，阿訇致祝婚词后邀请送亲人开始吃宴席，在热闹的说笑声中，享受着舌尖上的美食。此时的我，感激着每一个能来参加我婚礼的人，感恩生活，憧憬未来，幸福安康。

四

都说婚姻是爱情的坟墓，经得住风花雪月，经不住柴米油盐酱醋茶，可我和妻子没有爱情的前奏。婚后的生活，却将这柴米油盐酱醋茶的日子过成了春花秋月的向往。刚结婚时，妻子初为人妇，平常沉默寡言，只喜欢听我一个人的话，我便卖弄学问，高谈阔论。我为了不让她沉闷，一有时间便去和妻子说笑，渐渐地她被我棉花般的细心所折服，说的话开始变得多了起来。

陪伴是最长情的告白。自成婚以来，我们一直过着相敬如宾的恩爱日子，我的生活和普通的老百姓一样，在柴米油盐酱醋茶中，平平常常的日子一天天过去。父母亲早盼着想抱孙子，我们夫妻也盼星星，盼月亮，终于盼来了小女。

小女小时候身体瘦瘦的，脸白白净净的，眼睛大大的，细长的小腿，梳着长长的麻花辫，还戴着一顶橘色的毛线织成的洋娃娃帽子。记得有一回，太阳暖洋洋的，身材瘦弱的父亲双手颤巍巍的，推着脚蹬的老式永久牌自行车，在村里的老巷道里闲转，小女骑马一样坐在后座上，活泼地把小腿一甩一甩的，憨憨的样子十分可爱，这给我留下了很深的印象。

作者简介：

马吉明，青海省循化县人，热爱文学与摄影。

洋芋蛋的乡愁

王　君

　　自我来到气候宜人、风景优美、男俊女貌的积石山下，黄河岸边的青海"小江南"工作起，人们都称我为"洋芋蛋"，这称呼也让我很受用，每当朋友在饭桌上戏称我为"洋芋蛋"时，我也会爽快地答应，因为洋芋填饱了几代人的肚子，从我父母往上家族世代务农，日子过得是典型的早上炒洋芋、中午煮洋芋、晚上焐洋芋，我不就是纯纯正正的"洋芋蛋"吗？

　　童年有四年的光景是在老家卡力岗山上度过的，孩提时的记忆大概只有几个模糊的断断续续的片段。比如我与长我三岁的姐姐穿着挖金子回来的年轻的父亲从城里买来的新衣裳，姐姐穿的是粉红色，我是粉蓝色，脚蹬大红色小皮鞋骄傲又局促地站在全村小孩中间，让她们羡慕。又比如母亲外出下地干活，奶奶炒了洋芋、煮了羊奶之后隔着五六户庄廓，站在房顶上喊我们姐妹俩来吃饭，出了门，姐姐牵着我的手，天空瓦蓝瓦蓝的，风清凉凉的，路边小树林的白杨树叶哗啦啦的……

　　后来因父亲搞副业我们也被接到省城过起了"炒面头"的日子，家里租了房子，两个大间，两个大炕和一些简单的家具陈设就是我们在省城的第一个家。我想我们家应该是山上第一个搬到城里的家庭，因为每天我们家都门庭若市，客来客往，而且来的都是别的乡的人，只因父亲曾和他年少时在哪个山头放过羊，抑或父亲爷爷辈和他爷爷辈沾亲带故……客人带着一包老茯茶，便开启免费吃喝模式，而且一住就是小半个月。也有好客的父母邀请来的家族的亲戚为女儿买嫁妆的，家里人看病住院来借住的并不熟悉的老乡，通常是好几拨人一起住，男女分别挤在两个大炕上，母亲每天仿佛围裙没下过身，不停地给一拨又一拨的人做一顿又一顿的饭、煮一锅又一锅的肉、洗一池又一池的碗碟。

　　每年的暑假我们便会回到故乡美美地度个假。临走前父亲会带着母亲和我们姐弟三人买新衣服，回老家的包袱里包裹着的也都是母亲平日里不舍得给我们穿的八九成新的衣服。出发前父母会把房子收拾得窗明几净，再把自己收拾得利利索索，最后把我们姐弟三人归置得漂漂亮亮。那时候大家都坐班车，而事业小有成就的父亲则花"重金"包辆桑塔纳载全家回老家。一路上我们欢呼雀跃，看窗外美丽的风景，从县城到村子里的路不是柏油马路，而是崎岖、坎坷的土路、沙路，除去危险不说，到村时我们个个被颠簸折磨地没有好气色。我还会躺在父亲怀里哭闹，现在想来自己也是有小女孩的娇气的。

　　车子驶到邻村时爸爸会拭去我眼角的泪珠说："你看到了，不哭了，爷爷奶奶宰了羊在家里等我们。"破涕为笑的我会伸手叫醒在母亲怀中熟睡的弟弟。路上无论是庄稼地里干活的人，还是拿着劳动工具走在路上的人看到我们的车都会停下来伫立许久，目送着车子消失在天际。进村后所有晒太阳的人和玩耍的小孩也都追着车到奶奶家门口。下了车除了爷爷奶奶和叔叔婶婶及族里的亲戚，村里熟悉的人都在车前围得我们水泄不通，母亲拿出提前准备好的水果糖、牛奶糖给大人小孩散发出去，边发边和乡亲们寒暄，父亲在打完招呼后知会司机从桑塔纳后备厢取出给爷爷奶奶们准备的礼物。而我们姐弟三人也怯怯地躲在父母身后，看着一张张脸蛋呈枣红色的孩子们，觉得自己是城里来的所谓的"炒面头"。

　　回到家乡的我们是快乐的，父母也是快乐的。我们每天去不同的家里吃很多饭，比如大清早已经有四五家亲戚来爷爷家邀请我们，午饭刚进一家门

-235-

又有几家在排队，这可不单是我们从城里来的缘故，更是因为父母的好客，在城里时接待大家吃吃喝喝，席间客人们都在夸赞母亲从没摆过一个冷脸。我们姐弟仨就吃了鸡翅吃兔腿，吃了菜包吃糖包，当然农家饭也是将洋芋做成各种花样。老家在山上，高寒缺水，时令水果和蔬菜都是由山下"水地"的农民提供，他们开着拖拉机拉着菜瓜、水萝卜、葱、韭菜、苹果、杏子等停在树底下，村里的小媳妇们就都紧赶着回家拿粮食和平日里舍不得吃的鸡蛋来换取，那也是我第一次见到书本上神奇的"物物交换"，女人们将换到的食物放在竹编的笼子里愉快地提回家，给跟在身后的自家孩子一个杏或一个水萝卜，女人们的脸上也是满脸的满足与幸福。

有时候万里无云的碧朗天空会在一瞬间被黑压压的乌云占领，瓢泼大雨刹那间倾盆而下，十几个小孩子围坐在爷爷奶奶暖烘烘的炕上，盖着洗得发白的被子，被套上布满的小碎花早已失去了最初的艳丽。五叔的孩子们是长在爷爷奶奶怀里的，所以有了格外多的特权，比如小堂弟一哭闹奶奶便会用钥匙打开写字台上锁着的抽屉，取出一块黄色的冰糖，垫着围裙用菜刀敲开，给小堂弟一个整块，其余人都是几粒碎糖渣，我们姐弟三人虽然从城里来但也没能享受到什么特权，也会在心里不舒服的同时在行动上硬气地拒绝，心想："我家里牛奶糖多得紧呢！"这时母亲和婶婶们打了搅团，把我们赶下炕去，将橘黄色漆打底、手工描绘中国红的牡丹花炕桌搬上来，依次将准备的吃食和茶点端上桌，我是硬生生地抗住了驱赶依偎在爷爷怀里，络腮胡子的爷爷宠爱地给我的搅团调上鲜红的辣椒、醇美的陈醋、翠绿的蒜苗和剔透的蒜泥，到现在为止搅团都是我心中难以舍弃的家乡美味。傍晚时分，七叔赶着羊群回来了。羊的数量在五十只左右，我们透过窗户看着还稚嫩的他"唔噜噜"地把羊群圈在下院草房旁的羊圈里，然后到上院阳台上脱下满是污泥的发黄的白球鞋。他头戴草帽，浑身上下都湿透了。七叔换了衣服后来到炕上，奶奶慈爱地看着他，满眼的心疼，关切地问道："今天去哪里荡羊了？"七叔长得浓眉大眼，英俊帅气，他扑棱着黑宝石般灵动的大眼睛回答道："尕湾子坡呗！""你的袜子去哪里了？""袜子在我口袋里，今天在溪水边洗了。"说罢他便跑下去从脱下的衣裤口袋掏出洗了的袜子，我取笑他："叔叔，你的袜子全是补丁。"他有点羞涩地回答我："这就是农村的孩子，跟你们城里人不一样。"奶奶递上来热茶、馍馍和搅团，疲惫了一天的小叔叔在温暖的炕上，在父母关爱的注视下狼吞虎咽地吃开了桌上的饭菜。

父亲兄弟姐妹多，自然我们的堂兄妹也很多。褪去初见时的青涩，短暂的时间里我们这些孩子便拉起手在屋顶、草房、树林子里玩起来，也会去地里摘豆子、抓蛐蛐、捉迷藏、玩泥巴、采野花，哼着喜欢的小调，叔叔们也会给我们用粗绳做秋千，这也让我们的队伍庞大起来，毕竟孩子们都喜欢荡秋千。我们一开始疯玩便不听父母的话，不按时吃饭，衣服也脏脏的，沾满泥土及各种污渍，脸也晒脱皮了，所幸爸妈也不指责，我们便更疯了。农村的草房里有许多的鸽子选择在这里安家，淘气的我们会爬上草房顶端偷鸽子蛋还有可爱的小鸽子，而当我们把小鸽子捧回家时，六叔便会从我们手中接走小鸽子再爬回草房送到鸟窝去，他并不会斥责我们，而是温柔地说鸽子宝宝见不到妈妈会不吃饭饿死的。我们便不会再去偷了，但还是会每天爬上去摸摸它、抱抱它再回来。每一次下来从头到脚都沾满干草，可依旧挡不住我们下一次去看鸽子宝宝的心。偶尔爷爷奶奶或者爸妈给我们钱时，我们也会步行半个多小时到乡政府旁的小卖部去消费一把，那是全乡唯一的商铺，里面杂七杂八的什么都卖，但东西都不怎么好，我们还是会去买泡泡糖和牛奶糖，然后体验咂嘴的快乐，到家时我们也早已用嘴巴消费完了那几粒承载我们快乐的糖果，真是自在。

如今由于拉面产业的壮大，老家亲戚和乡亲都搬走了，拉面经济带活了一批又一批奔小康的乡亲们，他们开了路子、活了脑子、赚了票子，大家都把家安在了全国各地的城市里，我们便也没有亲可探了。那些"拉二代"和"拉三代"们也早操起了他乡口音，南腔北调的年轻人们也都不愿意再回到这个什么都不盛产、什么都买不到的山旮旯里，即使他们随长辈回家省亲，都会嘲笑小卖部里买的可乐早过期了，更会炫耀城市里的万达如何的红火。

几年前的深冬我随父亲回去了一次，记忆中曲折的小道早已被铺成柏油马路，偌大的村子只有四五户人家在生活。记得那天天气阴晦，乌鸦飞过天际，车子在村里走了一圈，没有了蓝宝石般的天空和棉花般白洁的云朵，没有了人们的家长里短和孩子们的嬉戏玩耍，没有了金色的麦浪和浓郁的油菜花田，荒凉、冷清是它给我最后的记忆。老家房屋多年未住人，建筑因年久失修而

—237—

早已坍塌、长满野草，早已是一片废墟，我怀揣着复杂的心情用手机拍了几张屋前破败不堪的木大门的照片，这是我对故乡的挂念，成为我满满的乡愁，一行泪下，拙朴的故乡再也看不到那挑着小商品的担货郎。

作者简介：

王君，笔名璟瑜，祖籍化隆，长期在循化工作、生活，喜欢在闲暇时光留一些文字。

我的外婆

胡钰顺

外婆离我们而去已有五十余天了,直到现在我都觉得外婆并没有走远,一直在用她的方式陪伴和祝福着我们。

有些离开也许会有所准备,但是始终会留下无数的悲痛和遗憾。外婆走得不是很突然,两年前开始外婆身体状况慢慢变差,开始出现浮肿、胸闷气短、健忘等诸多不适症状,渐渐无法正常活动行走。后来,外婆病情反复加重,在病痛的折磨和摧残下身体每况愈下,已认不清很多人了,我们心里都知道外婆陪我们的时光不多了,我们都很珍惜陪她和能见到她的日子。

因为工作、距离、疫情的原因,我没能见上外婆最后一面。那种遗憾和悲伤至今在无数个思念的夜晚涌上心头,打湿了眼眶和心底。

面对至亲的离世,就算有无数次的准备,还是会一下子悲痛、麻木、无措。亲人的离世,刚开始可能因悲伤而忘记了再也无法相见的事实,时间愈久记忆和思念就会时常浮现在脑海,她慈祥和蔼的面容在我心里一次又一次地划过,使我久久不能释怀。

外婆去世的三个月前我休假回家,特意和母亲去看了外婆,自从参加工作,只要有回家的机会，我就会去看外婆，做一些力所能及的事情，给外婆修剪指甲、洗脚之类的。这次她还记得我是从果洛回来的，说："路上要注意安全，距离太远了！"每次去看外婆时，母亲都会给外婆擦拭和洗护身体，换洗衣物、床单和被褥。在我的印象里，那种母女的情感在生活的细节里体现得更加珍贵和温暖。我记得，从小只要母亲去看外婆，都会给外婆洗头、梳头、洗漱，简单的举动，时间长了就成了爱的表达。

其实，在孝的天平上很多东西也许等价，但我觉得简单的陪伴、无微不至的照顾更胜一筹。对于老人金钱、豪宅、美食或许已经失去了意义，他们更需要的是亲人的陪伴、照顾、理解、温暖和爱护。但是，对老人的陪伴和照顾对于当下的人来说，尤其是年轻人来说，是很难做到的，但照顾父母、爱护老人是我们作为子女应尽的责任和义务，更何况是血脉和无私至亲的联结。

外婆走完了她平凡而又不平凡的93个春秋。从旧时代过来的她，这一辈子受了很多的苦和艰难。她育有9个儿女，4个女儿，5个儿子，最大的儿子已有70多岁了，外婆是有很多玄孙的，我们这一代的孙子大多都是外婆接生的，我们的童年大多都是在外婆家度过的。在我的记忆里，外婆有的时候也会烦我们，在我们小的时候家里条件还是不好的，父母亲为了出去打工或者去挖虫草，会把我们放在外婆家里。外公很早就去世了，听母亲说她没出嫁之前外公就已经走了，虽然当时很多舅舅和姨娘已经结婚出嫁立业了。但当时条件都很差，外婆和最小的姨娘生活在老宅里，其他的儿女都分户和出嫁了，因为小姨小时候生病致哑而不能说话了，所以一直和外婆一起生活，小姨虽然没有出嫁，但育有1女1子，是非常能干的，小姨的孩子都是外婆带大的，因为在老宅的原因，和我们是比较亲的。

因为这些原因，把我们放在外婆家对外婆来说也是一种负担，这么多人的吃喝是不少的开支，所以有的时候我们不太听话时外婆会生气地说："你们爸妈，把你们放在这里，一分钱都不给我。"当时我们知道外婆是很善良很疼爱我们的，只是当时条件确实挺差，那时候她也70多岁了，20世纪90年代和21世纪初在循化的农村生活普遍没有那么富裕。

外婆是童年里的重要回忆，因为有外婆我们的童年才那么温暖和开心。后来，上了小学，与外婆在一起的时光少了，再后来，只能在寒假暑假甚至春节才能回去看一次外婆。每次去看她，我都会磕上三个头，我觉得磕头是跟外婆拉近距离、寄托情感表达祝福的方式，大多数人可能会把磕头作为传统或旧礼。外婆也不会要求孙子们给她行礼，她对这种是看得很淡的，或许是受母亲的影响，从我记事起母亲每次春节都会给外婆磕头，后来这成了我们哥几个的传统，感觉没有给外婆磕头，心里就少了一种祝福和爱的真挚的表达。

如果人的言行和品德能潜移默化地改变他人，那外婆使我们从小在心里就有了善良和吃苦耐劳的种子。前几年，外婆经受了几次打击，我的两个舅舅因意外和病痛都先离她而去，耄耋之年经受了丧子之痛，后面又因牵牛而被牵牛绳勒断手指，她经历了几次打击之后依旧还是身体硬朗头脑清晰，对生死是非常看得开，经常说：“活得太长了，想早点离世，一直拖累和麻烦你们。"

每每见到外婆，那种尊敬和感恩感动之情都使我眼眶红润。那时，我上初中，外婆已有80多岁了，但身体依旧硬朗，去外婆家她依旧干家务活，有时还会帮着喂牛，有的时候她还挤牛奶。虽然家里人三番五次都阻止她干活，但她还是闲不住。我记得外婆80岁以后，就不太喜欢在外面说很多话了，不会去关注别人家的家长里短，也很少去人多的地方，但在家里还是会对子女操心和偶尔唠叨。她除了干活之外特别喜欢去嘛呢房念经，在家雷打不动的习惯是晨起、晚上都会点灯，换擦金水碗，在她手里最常看到的是念珠和转经筒。

随着年纪渐长，我也慢慢变得虔诚，学会了悲悯，对事物有了更多的理解和包容，这些都是外婆耳濡目染的熏陶和感化，我想这些会伴随我一生，是我永远的精神食粮。

在村里，据我所知，外婆是现今最高寿的人，也受到乡邻们的尊敬和爱护。现在人们常说：一个人生前好不好，要看送葬时人来得多不多。这可能有点片面，但这有时也能看出一个人在世时是否让人尊敬。送外婆出殡的时候，据说中库沟知道的每家的人都有来。

虽然我从医以来我看过的患者去世的已有几十人，对生死早已看得很淡然。但得知外婆去世的消息，我感觉我一下子慌张和麻木了，我知道藏族人去世后是不能哭的，泪水会使逝者在通向另外世界的路上大雨滂沱而无法行走，但那种悲痛还是会使眼泪在眼眶打转。从我工作的地方到老家有五百多公里，以前驾车感觉山连着山无法到达，但这次车到达之后我竟然不知道已经到了外婆家的门口，有的时候亲情的力量是无限的。虽然我知道您已经是人们眼里的高寿，但我多么希望您能长命百岁，能再陪我们久一些，不要离我们远去。

　　我没能见上我敬爱的外婆最后一面，我知道这种遗憾是无法弥补的，这一辈子我们的缘分尽了。在外婆走后的一段时间里，点灯祈福时，我是多么希望灯捻能再着得亮一点，再久一些，让我们在另一个空间可以相遇，能够使彼此看得清晰，能使我再叫您一声外婆！

　　在后来很多的日子里，看到慈祥的老人和我自己诊疗过的老年患者我都会想起我的外婆，我知道她走了，可贵的是我留有和她的合照，藏族人说生者所有的遗物都要烧尽，这样逝者走的时候才会无牵无挂，其实合照是我私底下留下的，有张照片使我以后思念时有个念想，每当想念外婆时，看看照片我就会记起外婆和蔼的面容。虽然留生者的遗物这种举动在信仰里是不允许的，一番心理的挣扎后，我还是遵从了自己的内心。

　　希望那无尽的思念能化成虔诚的祝福和力量，使我们生者更加坚强和懂得珍惜，希望这思念使您在天堂里没有病痛疾苦、永远健康幸福。

作者简介：
胡钰顺，青海省循化县人，青海省作家协会会员，医务工作者。

遇见张贤亮

李文芳

  2004年暑期学校组织九年级毕业班的老师去宁夏沙湖游玩。清晨五点钟我们坐着大班车出发，一路上大家说说笑笑，好不热闹！到了达力加山时因为车子的连续颠簸，许多老师开始晕车，于是校长提议稍作休息再出发。我迷迷糊糊地走下车正要嫌弃这山路怎么这么不好走时，突然被映入眼帘的美景惊呆了：雾霾笼罩下的远山犹如少女裹在身上的薄纱，山体的轮廓时隐时现，路边的野花含着笑，羞答答地向忙忙碌碌的飞虫轻轻点头，空气中弥漫着一股股晨露的清香，在微风的吹拂下扑鼻而来，这夏日的芬芳真让人流连忘返，带着这沉醉的味道我们继续前行。

  到银川当然要去镇北堡西部影城了，如果不是导游的讲解我永远不知道它的发掘者原来是张贤亮先生。因为电影《牧马人》，我深深地喜欢上了他并且读了他所写的诗歌和小说。站在《牧马人》的电影场景里，我难以相信那部优秀的电影就是在这样简陋又简单的地方拍出来的，我内心有点小小的失望，出于对影片里男女主人公的热爱，我希望他们的家是真实存在的，我也很希望他俩就生活在我们的身边。

不知什么时候我已离开了我们的大部队，我漫步在布置好的电影场景里，仔细地寻找小说里所描绘的一景一物。因为电影我读了小说《灵与肉》，因为小说我又寻找现实的他们，东看看西瞅瞅，我就这样走着……

突然周边人群的躁动声惊醒了我，就在我的对面，一群人围着一名戴眼镜的白衣男子朝我这边缓缓走来，我惊诧地望着那名男子：那不是张贤亮先生吗！我激动得不知如何是好，只有跟在人群后面慢慢挪动。张贤亮先生笑容满面地站在人群中，亲切地回应着每一个和他打招呼的人。他说这座城就是他最得力的一部作品，对他来说影视城就是他精心呵护的孩子，因为它最大的贡献就是解决了好多人的就业问题，也拉动了地方的经济……因为这次偶遇我对影视城又有了更多地了解。后来和导游谈起时，他惊诧于我有他不知道的一些内幕知识，还羡慕于我能遇见张贤亮先生。他说这次是因为有领导视察，张贤亮先生才陪同过来的。他也极少在这里碰见张贤亮先生，此是后话。不知不觉中我跟着人群走出了城外。临近城门口，人们一一和他握手道别。我木讷地站在他们中间，眼睛一眨不眨地望着张贤亮先生，我害怕一闭眼他就会从我眼前消失。"那位姑娘你让一让"，人群中有人在朝我喊叫，我愣过神时发现我站在了他们的中间并挡住了他们的合影。张贤亮先生微笑地看着我："那位姑娘你也一起来。""她不是我们的人。"我听见有人在解释，我尴尬地站到了人群后面。"没关系，你也过来一起拍。"一声亲切的招呼声打消了我所有的顾虑。我飞奔过去，羞涩地站在了张贤亮先生的身边。"没关系，你可以靠近一点"，这句话给了我合影的足够勇气。同拍的那位女士也很高兴地接纳了我，她看着我僵硬的表情笑着说："我真的要让一让了。"在我还没有整理好我的心情和表情之时，镜头"咔嚓"一声留下了这永恒的一幕。我眼泛泪花，木呆呆地看着一波又一波的人和他拍照合影。后来有一位男士走到我的跟前，他问我的通信地址说照片洗出来后要寄给我，他说是张贤亮先生叮嘱他的！

我目送着张贤亮先生随着人群离开，心里的喜悦和激动无法比拟。当我找到兴高采烈的同事们时，他们惋惜地对我说，"你怎么不去玩，难得出来一趟，把自己放开，好好玩。"在一片片好心的"指责"声中，我悄悄地享受着这幸福的小秘密，我想这是我一辈子的荣幸。我遇见了名人还和他拍照了！那位只在书刊报纸电视上看到的人，那位感觉离我很遥远的人，今天我真的碰到了，还和我说话了，还关心地叮嘱他人把照片寄给我。这样的幸运谁能碰见，谁能遇到。所以我非常理解那些追星的少男少女们，尽管价值观不同，但都是能够在精神上给予自己极大的安慰。

宁夏之旅结束了，一路上我美美地回忆着每一个细节，幸福的我嘴巴一直合不拢。有时候甚至还想高声吟唱出：何其幸哉！同座的人看着我的怪异，不解地问我怎么了。我幸福的秘密终于藏不住了："我遇见张贤亮了，我还和他拍照了。""不可能，你看错了吧，照片呢？"我的秘密被前后排的人听见了，"不可能，谁看见了？"门卫师傅问道："张贤亮是谁？"管他是是非非，管他无论与否。我遇见就是遇见了，我觉得我的这趟宁夏之行意义非凡，我还觉得这是我最美好的记忆。

我们的英语教材中有描述某学生因为偶然间看了一部英文对白的电影就深深地爱上了英语，英语水平一步步提高的情节。我也是因为偶然遇见了一位伟大的作家，从此对文学的爱好变得一发不可收拾。

在这里写此篇文章致敬怀念可亲可敬的张贤亮先生！

作者简介：

李文芳，循化三中教师，文学爱好者。

姐 姐

孙志强

　　有时一次遭遇将会影响人的一生。姐姐小的时候是一个乖巧、伶俐、聪明的孩子，不幸在四岁时因感冒严重引发高烧，得了脑膜炎。由于当时条件有限，姐姐无法得到及时救治，成为聋哑人。因此她的一生不得不在一个无声的世界里度过。

　　但即便是这样，由于生活困难，父亲年事已高，母亲身患重疾，再加上我们兄妹俩尚幼，姐姐早早地就承担起了生活的重担。扫树叶、拾柴、捡麦穗、摘野菜。秋收时分还要爬上树去摘被农场工人采摘后遗漏在果树上的果子。当别人在玩乐，享受童年时光，正在接受教育时，她却忍受着这个年纪不该忍受的重负。时常去三绒厂捡羊毛，去罐头厂削苹果打工等来换取微薄收入补贴家用。为了生活、为了帮助父母一把，她瘦弱、残疾的身体承受着不应该承受的一切，经历不该经历的艰辛。

　　因为残疾的原因，姐姐经常被别的孩子欺负。放到地边的编织袋不见了或自行车车胎里气被放完了的情况有很多，她受到委屈也不告诉家人，回到家里自己偷偷抹眼泪。我们看见了心里也特别难受，但又无力去帮助她。

还记得有一年冬天非常冷，她去罐头厂削苹果皮。因为厂房采暖不好，再加上空气湿冷，她的手冻伤了。手掌肿得像癞蛤蟆脊背一样肥厚，刺痛难忍，但她还是坚持没有间断工作。后来就感染化脓，打了好几针才逐渐好转。可以说她为了这个家付出了自己全部的童年时光。

姐姐虽为聋哑人，但她身材高挑、长相漂亮。早在她十四五岁时，就有人开着轿车（在那物资匮乏的年代轿车是很稀罕的）来相亲，但得知她是聋哑人后就退却了。就是这个原因，她婚姻遭遇了不幸。到了婚嫁的年龄受到他人嫌弃，也因此给婚姻埋下了不幸的种子。不得已招一女婿上门，但这个人好逸恶劳，不理家务。对此段婚姻不屑一顾，不久就撒手而去。后来又招了一位附近邻县的上门女婿，人虽老实，但脾气却暴躁，且常年不顾家。家庭的重担落到姐姐一个人的身上，很多时候我也想帮她一把，但我自己的孩子尚幼再加工作比较忙，常常是顾此失彼、力不从心。姐姐生了三个女孩，对此姐夫也颇为不满，经常是对姐姐漠不关心，姐夫常年在外不着家，孩子们就连一个电话也指望不上。即便是这样，我们考虑到三个孩子和姐姐自身的条件，仍然一忍再忍。但不知他什么时候能够回心转意，婚姻已使姐姐伤痕累累。

姐姐虽然身残，但却聪明好学。她的厨艺在我们这个村里是有口皆碑的。亲戚们每逢婚丧嫁娶都争着请她炒菜做饭。只要有人来找她帮忙，即便家里再忙再累，她都不会拒绝。她为有机会能帮助需要帮助的人而感到欣慰。

正因为姐姐有特殊的经历所以她十分勤劳。在操持家务的同时，又在家周围租借一块地来种植线辣椒、玉米和蔬菜。一是满足家中的蔬菜供应，二是为了卖点小钱补贴家用。线辣椒的种植异常辛苦。她时常忙完家务就去田间精心料理地里的那些"宝贝"，风吹日晒从不间断。她种出的品相总是比周围的人好一些，也因此能卖个好价钱。我们也曾多次劝她不要再种了，因为除去人力、物力根本不划算。她却认为虽然没有太大的收入，但可以吃自己种的新鲜菜，既方便又实惠。

她继承了父母勤劳、善良的优秀品质，从小就忙碌惯了，总闲不住。这几年闲暇的时候，她又认真学习绣花。一针一线仔细去琢磨，尽心完成。所以经她手绣出来的两幅富贵百花图十分逼真，以至于在装裱时被老板看中极

-247-

力想购买下来。

　　虽然姐姐生活那么不容易，但是在我拮据时，却仍然赞助我一万元，使我渡过了难关，这都是她辛苦打工积攒下来的唯一不多的积蓄。

　　我的生活中有诸多不如意，缺少笑容，遇到不顺心的事就沮丧灰心。姐姐虽然是残疾人，生活又那么不如意。但她总是很乐观，脸上总洋溢着灿烂的笑容、幽默风趣，闲时用手势跟同伴开玩笑，时常逗得大家捧腹大笑。

　　我想可能在人的一生中总会有诸多不如意，总要经历许多风雨，但美丽的彩虹总会不约而至地挂在蔚蓝的天空，想到这些，也许艰辛就不再那么可怕了，道路也平坦多了！

作者简介：

　　孙志强，撒拉族，青海省循化县人，喜爱文学，喜欢交友，愿和有志之士在文学殿堂里漫步同行，一起分享文字带给我们的快乐！

农民的春天

——记我的小姨

绽 愈

    时光是一条匍匐在日子里的流浪狗，一刻也不停地在我们身后嚎叫，好像没了它的追赶，我们就会永远停滞不前。在这条流浪狗的穷追不舍下，小姨前半辈子可真所谓一路惊险，一路狂奔。

一

    自我记事起，我对小姨的第一个印象就是小卖铺老板。那时候，小姨在循化县街子镇经营着一家小卖铺，里面卖的除了饮料、方便面之类的一些食品，还有一些诸如袜子、手套之类的生活用品。记忆中，小姨的小卖铺在街道旁的一个小巷子里，铺子北面是一个很大的旧货市场，里面主要经营着各种旧家具、钢材之类的东西，那里面每天都是车来人往，嘈嘈杂杂。而小卖铺的东面，则是一个盖满了出租屋的小院子，里面住的都是附近的商户，小姨一家也租住在那里面。我曾在那儿住过几天，每天天不亮，各种锅碗瓢盆便会不约而同聚在一起，共同弹奏出一曲起床交响乐。

那会儿，姨父在工地打工，一年到头也回不了几次家。打理小卖铺和照顾两个表哥的担子都落在小姨肩上，做饭、取货、看铺子，遇上那种找碴的客人，小姨还得手忙脚乱地处理各种矛盾。那时候的小姨每天基本上都是泡在时间里找时间，熬在日子里盼日子。庆幸的是，大表哥每天学习之余还能帮着小姨干些看铺子、取货之类的活。那会儿的日子虽说辛苦，但也算得上是一种平淡的幸福，至少一家人没病没灾，平平安安。

二

可生活总是喜欢在你毫无准备的时候给你制造一些意外。在一个和往常一样忙碌的日子里，小姨接到了远在广西的亲戚打过来的电话，说是广西那边饭馆生意很好，挣钱挣得快，还说如果小姨感兴趣，也可以去那边开饭馆。自从接完电话，小姨的心就没安静过。或许，在平淡的日子里熬久了，人就会对外面的世界产生一种欲望，总感觉他乡的月亮比自家的圆。在平淡的忙碌中纠结了几天后，小姨和姨父最终还是决定抛家舍业去广西开饭馆。他们把小卖铺转给了别人，又找亲戚们借了一些钱，便匆匆踏上前往广西的创业之路。

或许骨肉同胞之间有时候真的会有心灵感应，母亲和远在广西的小姨通了几次电话后，总感觉有什么地方不对劲，可她又说不出来。终于，在一个寒假，母亲和父亲商量一番后，便带着妹妹一起去广西看小姨，而我则留在了奶奶身边。父母亲走的那会儿，我心里装满了委屈，总觉得他们把我放在老家，带着妹妹一个人出去旅行了。可是，等他们从广西回来以后我才得知，他们这哪是旅游，这一趟广西之行可真是虎口脱险，差一点我就永远等不到他们了。

父母亲到那边以后才发现，原来，小姨和姨父并非真的在开饭馆，而是被骗进了传销组织。从小姨他们进入传销组织的第一天，他们就失去了人身自由，他们的一言一行都有专人在监控，甚至，他们在电话里给家人说的每一句话都是提前编排好的。这个传销组织的活动方式并不难，他们首先以入股为由骗小姨他们交入股费，每一股要交五千元，入的股越多，在这个组织内的等级就越高，收入自然也就越高。他们还编造了很多人因为加入他们的组织而暴富的故事，小姨和姨父从小就没有读过书，也就顺其自然地进入了虎口。小姨一次性交了四万元，直接被任命为小组组长，手底下管着几个和他们一同入伙的人。加入组织后，小姨他们的任务就是联系在老家的亲朋好友，以开饭馆为理由骗亲戚朋友去广西，而后进一步说服他们加入这个组织。叫过去的亲戚朋友越多，小姨他们得到的分红也就越多。那时候的小姨他们并不知道这是非法组织，对这种赚钱模式也是深信不疑，所以也叫了一些亲戚朋友去广西。

  这个传销组织有着特别严密的管理模式，小姨他们每一天的言行举止都被控制得规规矩矩，几点起床，几点吃饭，什么时候上课，什么时候休息，甚至每顿饭吃什么都有严格规定。父母都是读书之人，没两天就发现这是传销组织，便在私底下做小姨他们的工作，劝说他们找机会逃跑。在做通小姨他们的工作后，他们便商量好分批逃跑。父亲假装特别喜欢这个组织，并对外人声称如果不是因为自己是干部，自己也会参加这个组织。经过几天的溜须拍马后，他们打消了对父母的疑虑，觉得父母亲不会坏了他们的事。加上父母亲一开始就说自己是老师，这次过来就是单纯的探亲，没时间参加这个组织，他们便同意了让父母亲回家。不过，一路上，他们都偷偷派人盯着父母，以至于在火车上，父母亲都不敢睡觉。在父母回家一段时间后，小姨他们也找机会逃了出来。

  回来之后，小姨和姨父又在黄南州开了一家拉面馆，但好景不长，没过多久他们便关张歇业了。

三

  后来，在大姨父的邀请下，小姨和姨父决定去大姨父的工地谋生。每天，不等太阳升起，小姨就已经起床为大家准备早饭，生火、和面、蒸馒头、熬烩菜，小姨一个人伺候着二十几个工人的吃喝。等工人们睡醒时，热腾腾的饭菜已经在向他们招手。这些为了生活，为了子女，为了社会的发展，为了大家的幸福而挥汗如雨的铺路工人们，一边嚼着松软的白馒头，一边喝着醇香的菜糊糊，满腔的力量伴着八点的太阳冉冉升起。工人们上工后，小姨又开始收拾餐具，收拾厨房，紧接着又开始着手准备午饭。姨父则在烈日的监督下，抡着铁锹，一铲一铲，一步一步，一米一米地修筑乡村大道。

日子，就像倒挂在头顶的高峰，一点点被小姨和姨父的汗水融化，铲平。两年的时间，小姨一边艰难地干活，一边耐心地积累经验和人脉。终于，他们决定单干。小姨和姨父又回到了故乡黄南州，从承包最小的工程开始，他们雇了几个工人，姨父每天领着工人们铺路，小姨继续负责为他们做饭。又是三年，凭借着那股老实劲和踏实劲，小姨他们硬是在"修路工程"上开辟了一条属于自己的阳光大道。他们的工程越做越多，越做越大，成了远近闻名的包工头。

四

近几年，在国家有关政策的支持和鼓励下，小姨又创办了一家公司，还雇用了一些贫困户、建档立卡户当工人，她说自己一个人富不能算真正的富，她要带领更多和她一样普通的妇女同胞走上富裕之路，为黄南扶贫就业工作作出她力所能及的贡献。2022年，在黄南抗疫工作最严峻的时刻，小姨多次带领她的员工连夜加班为一线抗疫人员烹制爱心餐，当这群地道的农村妇女们亲自把香喷喷的饭菜送到抗疫人员手上时，自豪感使她们脸上绽放出一朵朵幸福的格桑花，她们为自己能在国家需要时尽一份力而骄傲，更为自己是中华儿女而骄傲！

2022年青海省"三八妇女节"表彰大会上，小姨被授予"全省农牧区妇女致富带头人"的光荣称号。捧着奖杯，她憨憨地笑着说："生在这个时代真好！"

尽管日子越过越好，生活条件也越来越好，小姨依旧保持着艰苦奋斗的习惯，她自己既当老板又当工人，用她的苦心、爱心和耐心认真耕耘着人生的每一秒。

看着小姨他们在粉条厂忙碌的背影，我仿佛看见了中国农民的春天：跟着共产党，顺应时代发展，在耕耘中幸福，在幸福中耕耘！

作者简介：

绽愈，男，青海省作家协会会员，作品散见于《星星》《河湟》《湟水河》等期刊，获2022年传承"两弹一星"精神中国青年英才论坛征文三等奖。

"父亲"是个柔软的词语

张旭蕊

  我的笔下好久都没有写到父亲了。岁月像是一艘无声的巨轮，不知道走得有多快，时光它早已远行。日复一日，年复一年，心安理得地告诉自己，一切完好如初，直到某一天的时候，你突然发现，父亲已经深了皱纹，日渐苍老。

  我看到一个父亲在期望中变老，一个孩子在烟火里长大，在我身后的父亲，是我一生坚强的后盾，我之前从不理解，只觉得责怪和批评总会成为我生活里的常态，看不到他的一丝笑容会让我总是小心翼翼的，但后来，在某个时刻，我知道我们之间会迎来一次漫长的离别。

  那一年，无数个清晨和傍晚相互交替，父亲第一次把我留在了另一个地方，让我自由生长，一颗种子一下子丢进了土里，全凭着毅力努力生长，这段日子让我学会了自立自强，送走父亲的那一刻，父亲的背影，也让我偷偷哭泣了好几次……

  后来，每一次回家都是我和父亲静坐谈心的时候，父亲总是习惯地点燃一支烟，告诉我平时听不到的一些话，我一直坚信，每一次的谈话都是亲密关系的建立和完成，与父亲的谈话让我记着来时的路该怎么走，说心里话，有怪过父亲把我丢在陌生的环境里这件事。

我不知道我经历了多少次这样的过程，但父亲是个柔软的词语，似乎能在与父亲的对话里学会所有东西，他不经意间的一言一句，使我渐渐知道如何与这个简单而复杂的社会对话，渐渐知道，安静和浮躁的行走才不至于将把自己淹没。我想这是父亲想说的话，父亲，把生活的所有样子都替我活了一遍，"理所应当"这个词，让父亲有了一直保护我的想法，替我遮风挡雨，渐渐看着我长大。

再到后来上大学的那一刻，我真真切切地感受到了父亲与我是分隔两地的，这一走是几年，父亲总是默默在我背后，而我却无法参与他的一切，我可能无法给父母摘下日月星辰，但我想捧上我对父母最想表达的爱意，愿时光不老，时间慢一点，飘拂的风吹得再柔一点。

我还想一起陪伴父母看风景。

这是我一直想给父亲的散文诗，我日记里的文字记录的是父亲严格而柔软的一面。

作者简介：

张旭蕊，青海省循化县人，是一名教育工作者，喜欢带有诗意的文字，希望在自己最好的年纪里接受自己喜爱的诗情画意。

那年秋收

韩 磊

金秋十月，秋高气爽。这是收获的季节也是希望的时节。又至周末，和风丽日，约了三五朋友驾车出行，收音机里是熟悉的老歌，单曲循环。初听不知曲中意，再听已是曲中人。听的是歌，想的是自己的故事，每个人都有只有自己才能体会的故事吧。

春种一粒粟，秋收万颗子。放眼望去，快割完的麦田，一堆堆摆放整齐的麦垛子，仿佛在告诉人们，那是一堆堆希望的明天，那是"汗滴禾下土"的杰作，那是四季"粒粒盘中餐"的体现。思绪又把我拉回到那年毕业季，那年秋收，那个少年一边在烈日下挥舞镰刀，一边在焦急地等待。等待鸿雁捷报，等待飞鸽传书，等待未来的希望。随着镰刀一起一落，一片金灿灿的麦浪倒在脚下，一堆堆的麦垛子，那是果腹的食物，也是求学的盘费，容不得浪费半点。他挥汗如雨，顾不得喝口水，怕短暂的小憩使我被旁边早已汗流浃背的母亲落下。此时母亲的心里比谁都焦急，秋天的雨，就像大姑娘的眼泪，说来就来，一场过雨，希望就会亏空一半，所以大家都在和天气赛跑，怕雷雨过去颗粒无收。虽有些夸张，但记忆中却有三餐芽面的日子。芽面富含麦芽糖，做出来的熟食黏黏的有些甜，吃一两顿是美味，三餐吃真的有些上头，那些年月，为了果腹，泡了雨水的麦子拾掇拾掇磨成芽面成了家家都有的粗粮美味。小小一盏经过大厨的加工，端上桌身价翻倍，成了很多城里人都可望而不可即的美食。呵呵呵，扯远了，还是继续聊一聊割麦吧。

徐徐凉风吹来，手里的镰刀没有了午后阳光下那般焦躁，速度明显快了很多，借着傍晚日暮的眷顾，麦浪间耍把式的"麦客"们都没有收手的意思，有些好手们借着月光还能挥镰自如。面黄肌瘦娇弱的我当然就只有羡慕的份了，手上早已起泡，腰杆子再就不是自己的了，就等母亲一句"今天就到这吧，回家"的话。实在是割不动了，索性就地倒在刚刚割下的麦杆子上，麦杆子被烈日炙烤，躺上去暖暖的，就像小时候妈妈的怀抱一样。合上眼，听割麦时"唰唰唰"的麦秆和麦秆碰撞的声音，还有田间地头蟋蟀的叫声，不远处传来青蛙"呱呱呱"的叫声，仿佛在说，不早了，快回家休息吧，明天还要继续呢。不知是睡着了还是半梦半醒，脑海里浮现出对未来的憧憬。高楼大厦，绿茵的球场，还有在那个年代才能有的最时髦的街景，因为在一封封和学哥学姐的飞鸽传书里早给自己绘画了一个美丽的梦。呵呵呵又扯远了！

收镰回家，简单地洗漱了一下，母亲在厨房里带着一天的疲惫，又在给我们准备晚饭。随手翻开借来的小说，翻看了几页，有些索然无味。合上书又不知道干些什么。那个年代，没有电视，没有智能手机，读小说是唯一的乐趣了。书非借尔不能读也，一本小说大家相互借了传阅，看得最多的可能就是武侠小说吧，真所谓每个少年都有一个武侠梦，说的就是那个年代的我们吧。

拿起笔随便地涂鸦，昏暗的灯光下就那么画呀写呀，一篇《秋收》小学生写周记般跃然纸上。以下是原文，没有精雕细琢，也没有华丽的辞藻润色，如同当时苦涩的年华。用简单的流水账记录一下那些泛黄的记忆吧。

秋高气爽，其不然。天越发的热得像下了火。此季正值农忙，家家都在忙于农活中——割麦。清晨吃过简单的早饭，带上水壶和干粮（白馒头），来到田间地头，放眼望处到处都是割麦的人，金黄的麦田在微风中吹出阵阵麦浪。麦浪间夹杂着戴草帽的半大小子，戴着太阳帽（自制布凉帽）的家庭妇女和小媳妇大姑娘。他们挥舞着镰刀，精神抖擞地弯着腰在麦浪间耍把式，汗水从他们的脸上爆豆子似的滚下来,他们的衣服都被汗水湿透了,衣服都紧贴着身子。在他们的身后,麦浪一片片倒下,麦子一个个立着,像整装待发的士兵,一个个都严阵以待。

太阳火辣辣地炙烤着大地,地上的空气闷得人喘不过气来。割麦的人们不时地用随身带的毛巾擦拭着脸上的汗水,偶尔抬头望着远方,希望能从远方吹来一丝凉风,好使他们能在凉爽的天气中更好地发挥他们的能力。

天,还是闷热闷热,风,还是一丝不现。割麦的人还是照样。为了不致使麦子因太阳的暴晒过多地散落到地上,他们不顾太阳的炙烤,不顾汗水流进眼里。你知道汗水是什么味吗?每个感受过劳动的人都知道,汗水是苦涩的。虽然汗水流进嘴里涩涩的,但他们的心里是甜的。每个人都在想,天气虽热,但能在这样的天气里平安地把麦子收完就已经不错了。农民们最不希望在这个时候碰到下雨天,一场过雨,希望会在倾下而下的雨水中瞬间就化为泡影。所以都宁愿天下"火"。

傍晚,夕阳西下。劳累了一天的人们该回家了,落日的余晖把人们的影子拖得长长的,西边的晚霞映得到处都是一片红,连人的脸都是红红的。割了一天麦的人们拖着疲惫的影子,说笑着,谈论着,三三两两收工了。他们希望明天还是个艳阳天,因为地里的麦子还在向他们招手,他们也许还要大干几天呢。

秋天是希望的季节,是收获的季节,愿今秋是个丰收年。

作者简介:
韩磊,喜欢摄影,也喜欢用简单的文字记录生活。

青海湖畔

韩玉梅

　　那是生命走向终点的方向，是我一生叩拜和向往的方向，如果可以，往西走吧，记得再走远一点，你会触摸到与我极度相似的灵魂。风好大，明明是盛夏，它却吹得猖狂。我想站在你的身边，帮你捋捋吹乱的头发，可你笑着说："不用了，别耽误时间，继续往西走吧。"

　　青海没有海，是那片湖让旁观者按字面意思误解成了海。青海因为有中国境内最大的咸水湖而得名，在青海的西部大部分居住的是藏族同胞，在藏语中青海湖名为"措温布"，译为"青色的海"。青海，和可可托海一样没有海，有的是一分湖水，一分草原，一分沙漠。

　　从远处可以望见的祭海台拐下去，十块钱的停车费就是这场旅途的开始，石碑上最明亮的字眼就是"中国最美的湖青海湖"，它是中国最美十大湖泊之首。在荒芜的清晨深呼吸，这是高原最新鲜的氧气，湖风吹过，在盛夏它也带着凉意，好像试探着远道而来的游客，初升的朝阳像希望给阴霾布满的心带来了生机，我慢悠悠地走着，脚下的沙土路已经让小白鞋泛起了淡淡的黄色，我也无心搭理，我只想跟着最强烈的光看到眼前的那片湖，在步行了一会儿后我就靠近了湖面，清澈的湖水一眼望不到边，真的跟海一样，有海水深邃的蓝色，最幸运的是遇上了难得的好天气，天空比宫崎骏漫画中的还要美，是湛蓝色，白云有规律地从东往西飘动，此刻你看着一切会恍惚到底是天在湖上还是湖在天上，我深深感慨："一眼万年的青海湖。"

　　山山晚晚，云云而川。从前觉得山和云都遥不可及，此刻的山与云与湖与地相连，又觉得那么近，可能是受湖水的滋养，周边的草原也像一幅画，我看到了牛羊成群，慵懒地低头吃草，还有与游客合照的大牦牛也被精心装饰，长长的环绳穿透鼻子，它站在湖边，清澈的双眼与我对视，我忍不住上前摸了摸它，它丝毫没有野性，可能也是被美景治愈了。之后我们再往里走，靠近了距离野生水鸟最近的地方，它们与湖水相衬，红色的长唇，头和尾巴是墨黑色，它们也不会觉得人类陌生，自由随意的靠近，当我想要和它发生点故事时，它又飞向湖面，那一刻，我是真的羡慕，能够像水鸟一样天高任我飞的惬意我什么时候能拥有。

　　最享受的还是吹湖风，你站在游艇上，跟着水鸟的方向前行，甲板上的风与湖边的风不一样，但我很爱吹，天上有云，地上有湖，船在湖中走，人在画中游。低头看，湖水又被叠加了一层蓝，在游艇的压力下泛起一团又一团的水花，我想张开双臂，发现身上的救生衣有些妨碍我，我无力地放弃，所以我还是静静地吹湖风。这里能看到全景，泛舟湖上，清风拂面，绿色的大草原，片区的油菜花田，成群结队的牛羊，蔚蓝的天空，湖面冲来的水花，山川湖海，山水一程，我感觉好幸福。

　　绕过山河湖泊的错落，时间竟过得如此飞快。我们走向休息区，在这里做生意的小贩把青海酸奶的价位提高到平时的两倍之高，就当是为好心情付了票，坐在老乡的摊位上来一碗酿皮，再喝杯正宗的酥油味很浓的奶茶，有外地的游客议论纷纷，老板答非所问的只能吆喝："牦牛奶啊，牦牛奶，原汁原味……"我笑了笑也没有多说，虽然我是地道的青海人，但我还没有完全将自己和这个浓烈的味道融在一起，来日方长吧。

　　看一面湖很难，我想自己走走，老父亲不放心地告诉我一会儿集合的地点，我漫不经心地答应着，我的旁边经幡被风吹动，很多人双手合十的绕经幡许愿，我很懂也不是很明白的路过，我还是喜欢湖水，双手插兜的我望着湖面，它真的越来越蓝,没有任何征兆的变化,湖边吹风的一对小情侣让我为他们拍照,我没有拒绝,我也享受快门按下时定格美好瞬间的快乐,这个镜头里的她身着藏服,和这里的美景绝配。

告别后我看着她的身影在青海湖畔想起了文成公主,这是家喻户晓的传说。在唐朝唐太宗李世民为了沟通汉藏两族的关系,将年轻漂亮的文成公主嫁给了松赞干布,在文成公主赴西藏的途中经过了青海,望长安而思乡,就在这里流泪哭泣,或许这里的湖水就有文成公主遗落的泪水,还有不远处的倒淌河也与这段佳话紧密相连。湖风又吹过,我压抑着悲伤,那位年轻的姑娘曾在这里哭泣,可她逃不过命运的安排,就像此刻太阳终于落在了西方,但这就是它的命运和归宿,让我欣喜的是它明天依然会升起再落下,遗憾的是看的人不会是我,生命的轮回也不过如此,日复一日,可每天不可能一样,也无法重来。

我的灵魂也喜欢西边,所以我曾用普通的双眼看了无数次人间的日落,也钟情于它,安静的时候我的情绪最稳定,我可以不想生活,只思考生命。我该走了,还有下一站,我再次紧闭双眼深呼吸,感受着风,静听着湖水声,牛羊也向西方走去,还有那为屈服于命运的姑娘也一路向西。

来一次青海吧,来看大草原,来听湖水声,来吹湖风,来看离天空最近的水鸟,来喝一杯正宗的奶茶,来听青海湖畔的传说,来看自己喜欢的风景,我长在青海,自然不是第一次看湖,但只有这一次我才看到了我想看的湖,是带着我的思想来看的,我很满足。

我离开了,可在最后我还是回头望了一眼水鸟的栖息地,心中五味杂陈,在湖畔我的心里都是那位哭泣的姑娘,长大后,其实我没有很大的理想,能看山看水看日落足矣,在青海湖畔,我祝你自由。

作者简介:

韩玉梅,撒拉族,青海省循化县人,循化县作家协会会员。

少 年

韩子伟

　　三年时光，越过了少年朦胧的过往，认识了很多有趣的人，但也失去了很多。

　　春秋的更替，代表着少年的经历和不知好坏流逝而去的回忆，留着老实本分的小寸头也开始随流梳起了新的发型。都说伴及人生的东西不多，一个伤疤、一支钢笔、抑或者一个鲜为人知的小绰号。说实在的，其实伴及一生的东西还算挺多的，一封书信、一份录像带、一段录音或三行情书。

　　人们之所以将这些东西留下来，我想可能是他们念旧吧。毕竟，少年就是如此，他们都说要向前看齐，旧去新来，而少年的回答却总是显得那么苍白单一："喜欢嘛"，听到这个答案他们也只好作罢。

　　耳边回响着周先生的《花海》："不要你离开，记忆化成海……"贯彻着少年珍贵的三年。少年一贯快马扬帆，三年总是在不经意的时间里逃亡，少年只有年龄在上涨，他的心智和行为还停留在幼稚天真的岁月，似乎从未改变。少年总说人生在世不应该被生活压垮，微笑面对惨淡世界，总会迸发出该有的美丽。

　　花儿还是照旧开放，时钟还是流淌，少年的昨夜也在重复，面对同窗的调侃，好友的相伴和在乎他的人，少年只会傻傻地笑，好友说少年是一个拥有两副面孔的人：在外一副处事不惊，经历过千重万难的老大哥，可设身处地的相处才会明白和发现却是"别有一番滋味"。

真情才是必杀技，有一位在少年心中占据重要地位的姑娘在不经意间闯入了少年的梦中，他乐开了花，夜里难以入眠，还幻想种种美好，有了奋斗的目标，希望看着她笑，老师及父母发现了异常，询问少年为何仰头歌唱，少年说心中有朵丁香在慢慢绽放。少年呀，总在心浮气躁，这一次像南归的候鸟，在途中遥望月光，享受月光的皎洁，沐浴风的滋养。

有一天，丁香盛放开出了妖艳魅色，他接触到了月色，吸收她的光亮，仰望在天之上的一抹鲜亮，沉溺在浅流之中，却以"暴烈之徒"自诩，实属玩笑。

"人有悲欢离合，月有阴晴圆缺。"一些难过的事情会将他打回牢笼里，在不断地流逝中，滋养出一些不断侵蚀少年的"寄生虫"，对此人们将它定义为——习惯，少年则在这浅流中染了一种叫作占有欲的"疾病"，这个疾病不断将月光掩埋，还把少年抛向火海之中，可终究是少年不一般，他以极快的速度将自己挥洒在阳光下，周而复始，他还是没能使心智成长，成为一个真正意义上的老大哥，一个符合他那不断增长的年龄，长满痘痘的脸，说得更直白一点——男人，我想这得多年以后吧，毕竟"年轻"的他还是如此无忧无虑，或许有一件刻骨铭心的事或者难以忘怀的人才会使他成长，真正意义上的成长。

少年在回望他的过往，他想看看诗和远方，他便开始他的奇思妙想，在纸张上留下了他的远方，一个不可能被他人欣赏抑或者被他人理解的远方。浑浑噩噩的远方，他也度过了青春的半场，他持笔妄想大杀四方，也是被脚下的石子弄了个趔趄。

在最后的终点，少年思忆以往，写下了这篇有关他三年的过往。

作者简介：

韩子伟，循化县作家协会会员。喜欢文学，在闲暇之余热爱创作，喜欢写作、小说、音乐、摄影。

花开时节

韩福兰

我不由得停下脚步。

"尽道春光已归去,犹有清香野蔷薇。"面前这一帘蔷薇真叫人欢喜到心颤啊!

过了立夏,浪漫的春天离我们渐行渐远,心情亦如高原的天气日渐浮躁起来,反反复复的疫情使人与大自然很亲近却又很遥远。钢筋水泥筑起的巢穴似乎也禁锢了生活的热情,日子过得单调又重复,偶尔到花店买两束花来插瓶,短暂的花期慰藉着短暂的欢愉。所幸,众志成城驱走疫霾,这个周末,回老家的计划得以成行,正好赶上眼前这满墙的、逼人眼的花儿迤逦成满院的欢笑在清风中荡漾。心,也跟着开起花来。

我急切地拿出手机想要留住她的风姿,奈何不善摄影的我摆弄半天也未觅得她的半点神韵来。索性,放下手机便痴痴地欣赏起她来。看她的枝蔓匍匐盘绕在苹果树上向着屋顶蜿蜒开去。分不清到底是果树的枝叶还是蔷薇的茎蔓,层层叠叠地竟要铺满了这三间玻璃墙,碧绿的叶间缀满了粉色的、红色的花朵,远远望去,似乎是被哪家调皮的小姑娘弄翻了胭脂盘,到处嫣红一片。这些小巧又丰满的花朵儿，粉的柔嫩可爱、红的热情似火，还有那水红色的更是叫人怜爱，似一位"犹抱琵琶半遮面"的女子甩着长长的水袖轻移莲步娉婷而来。耳畔不时有微风和着清脆的鸟鸣拂过，盈盈花香缠绕着鼻尖，急躁的心在这一刻都被化成了一汪柔水。

看，那一簇簇、一丛丛的、深深浅浅的红调皮地从枝叶间探出脑袋来，靠近苹果树根的花朵儿是橙黄色的，估计是光照不足的原因吧。蔷薇顺着果树越是往上爬，花朵儿的颜色便越艳丽，到达屋顶的似乎举着"胜利的火把"，眉眼微低、一脸红晕。此时，橙色的、水红色的、火红的花竟同在一根藤上起舞，倒像是有人刻意用丝线串起了一般。我或仰头或弯腰，肥厚的叶片在阳光下闪耀，绸缎似的花瓣被照得透亮，她们竟也藏不住心事！淡黄的花蕊簇拥着一头细细的花粉，惹得一群蜂儿忙、蝶儿舞……一首关于蔷薇的诗亦从远唐一路迤逦而来：

绿树阴浓夏日长，楼台倒影入池塘。
水晶帘动微风起，满架蔷薇一院香。

一

当年，撒拉族歌手韩晓春老师的一曲《撒拉阿娜一朵花》唱响了黄河两岸："撒拉阿娜一朵花，头上绿盖头，身上红夹夹，走路风摆柳，脸上飞彩霞……"作协前辈马明全老师更是将撒拉阿娜比作"火"一样的阿娜！他这样写道："或在村口，她们驻足侧身避过旁人，她们是蕴含丰富不事张扬的焖火；或在深闺，舌含口弦一唱三叹，她们是时明时暗欲说还休的烛火；或在泉边，香肩扶担挑起清泉，她们是风姿绰约随风摇曳的微火；或在田间，手拿铁铲踏青麦田，她们是可以燎原的星火；或在麦场，轻吟号子走步连枷，她们是众人拾柴热情奔放的篝火；或在家中，亲烹美食上得厅堂，她们是清亮透明温暖心灵的炉火；或在岗位，举止得体自信自立，她们是巾帼不让须眉必争先的烈火。"我想，马明全老师笔下"火"一样的阿娜，如果要用一朵花来形容，那就用集风姿绰约与铿锵坚韧于一身的蔷薇花来形容最好不过吧？火红的蔷薇花！热烈又雅致，多美啊！

撒拉阿娜生性爱美、爱干净是出了名的，衣不净、头不洁、不见人，地不扫、锅不洗、不出门。每天天不亮，起身第一件事就是拿起扫帚跑去大门清扫三丈开远的巷道，唯恐起迟了被左右邻里笑话阿娜脏又懒。勤谨的阿娜自然也是喜欢侍弄花花草草来装扮庭院。

在撒乡，不论生活富足与否、不论庭院大小几许，撒拉人的院子中央必定留一畦地块来做成花坛，再种些花花草草。海娜花（凤仙花）、兰草、山丹花、百合、月季、蔷薇、柴牡丹、大丽花自是不能少的，还有那些连主人都叫不上名字的、形似喇叭、状如蝴蝶的小花儿们，在阳光和雨露的照拂下，一派蓬蓬勃勃、热热闹闹！院子墙根和墙角也是不会浪费了的，任由那牵牛花和豆角缠缠绵绵去！砖砌的花坛边上还要放一圈盆栽花：各色的洋绣花、吊兰，还有杜鹃、夹竹桃、九转绣球、干枝梅等。阿娜因着花儿们朝夕暮处的陪伴而越发妩媚动人了！

在撒拉族故乡，婚后的阿娜被撒拉人热切地称呼为"艳姑"。

撒拉艳姑爱花更恋花。除了养花种草，就连铺在炕上的床单、被罩、毯子，用的茶盏碗碟也得有了花朵才会好看。艳姑们上街总喜欢买来各色新花样的床单被套、厨具碗筷，聚在一起拉家常总少不了比谁家收拾得更攒劲，比谁买的床单是最时兴的花样……艳姑们将繁花似锦的季节盛开在生活的每一个角落，更是用春夏秋冬的繁花芬芳生活的酸甜苦辣。心有繁花、一路芳华。

在撒拉族故乡，称赞阿娜美丽和贤惠，那就请您叫她"阿丽玛"！蔷薇花般的阿丽玛！

二

小时候，母亲也种了满院子的蔷薇、芍药、百合和菊花等各个季节的时令花，还有我们女孩子喜欢的海娜花。小时不识花，只当是寻常。一直以为蔷薇是"营养不良"的月季花。母亲吩咐我插花，庭桌和茶几上的玻璃瓶里总会有我精心挑选的几朵妖娆的玫瑰或是几枝艳丽的芍药，独独缺了蔷薇。

每年开春，母亲便早早地忙乎开了，整理花坛，仔细地除去花坛边边角角的枯枝残叶，然后松土、浇水、施肥。又从草房底下的果窖里搬出盆花来，仔细修剪旁逸斜出的黄叶烂枝。夏日清晨，母亲起床总要先去花坛看看，随手拔掉新长出的杂草，弓着身给那些直不起腰的蔷薇花儿插杆、引线。母亲对着她的这些"儿女"时而皱眉、时而啧啧有声，一番欣赏、整理过后才会一脸满足地去洗手做饭。

夏日炎炎，晚上乘凉，母亲从花坛一角采来几支海娜花和蔷薇，放进捣蒜的石臼里再加少许的明矾一同捣碎，吩咐我们轻握拳头，再把浓稠的绿汁连同叶片放在我们小小的指甲和手掌上，又仔细地用备好的塑料膜包了几层，又煞有介事地叮嘱我们："睡觉小心手，可不能放屁哟！要不然指甲会变黄了！"惶惶然的我们生怕睡死了一不小心放屁而熏黄了指甲，便伴着一穹星光互相讲故事，直到实在扛不住了才沉沉睡去。一觉醒来，我们急急地跳下炕去，迫不及待地用嘴撕开塑料膜，洗手，几个人伸手比较颜色，末了，总有一个人被我们一致认定为是那个放了屁的人。

要说花中最调皮又好玩的，非黄茉莉莫属了。

母亲说这花只有"哺礼"邦克声过后才会开花，一帮鬼机灵孩子怎么肯信这说辞呢？一股脑全钻进花坛中想一探究竟，事实的确如母亲所说，这种花在白日里像极了犯了错的孩子，耷拉个脑袋并不声张，而每到下午"哺礼"时分，正当其他花儿们昏昏欲睡时，这些看上去弱不禁风的花枝立马挺直了腰杆，顶着小花骨朵们抖擞起来！我们猫着腰，全然不顾身上、脸上被玫瑰月季的刺扎出血来，一个个把眼睛绷得似铜铃，死死盯住花骨朵不敢眨眼。

果然，此起彼伏的邦克声刚落下，瘦细的花枝先是轻轻抖动一下身子，紧接着，花骨朵似乎是憋足了气、攒足了劲儿，紧箍在身上的"黄衣"被慢慢撑破开来，一瓣、两瓣，是惊喜，一朵、两朵，是惊艳！大家争先恐后地散开了花衣，似乎动作稍慢点就会掉了队伍一般！这情景简直和电影镜头一模一样嘛！花坛里顿时热闹起来，不大一会儿工夫，噼里啪啦盛满了黄色的精灵，瘦瘦弱弱的花枝此时挺直了身子，个个身上都挂满了黄色的"小喇叭"，那样子简直得意极了！浓郁的香顷刻间铺开来，整个身子似乎漂浮在了花香里。小伙伴们闭上眼睛猛吸，将每一缕香收进肺泡，一呼一吸都被她的香浸了个透！

唯一美中不足的是这花的花期太短了，每天太阳落山前开花，到第二天正午时分便会凋零，让人好不难过！好在，隔天瞧见茂密的枝丫间又冒出来很多个花苞，太阳落山前，她们又会纷纷攘攘地开上花了，母亲则在旁边采些过于密集的蔷薇花苞、茉莉花苞放在窗台上阴干收起来。

立秋，母亲把注意力都转移在了菊花上。花坛成了菊花的主场，白的圣洁如雪、黄的灿烂如金、雪青的淡雅高贵、紫的像新娘子的锦缎旗袍。那细长、卷翘的花瓣犹如夜空中璀璨盛开的烟花。白露时节，高原昼夜的气温反差反倒随了菊花的脾性，开得更加肆无忌惮、无拘无束了。"采菊东篱下，悠然见南山。"如若我们都有这般的释然和胸襟，世间便不会有烦恼了吧！我时常这样想着。

立冬了，母亲很小心地剪掉蔷薇、月季的花枝，用落叶掩埋花根并用旧毛毡仔细地盖好、压实，那些盆花白天被我们抱出来晒太阳，落日前再一一抱进草房底下的果窖里，雨雪天气母亲就会生一盆炭火给花儿们取暖。下雪了，踏着草色出门的父亲也回来了！我们雀跃着、围着父亲索要礼物，顽童似的父亲总要我们表演完各自的节目，且一番认真"点评"后才会从衣领里、袖口里"变"出礼物，或者佯装很痛苦地从自己耳朵里"叫"出我们想要的礼物。母亲则端上一盘还在嗞嗞冒油的芽面饼、一碟香气四溢的葱花臊子手工拉面，吩咐我翻出夏天阴干的花苞，用炉子上已经笑翻了的开水沏开。母亲将她收藏的四季悉数端给父亲品尝，屋顶的热气里氤氲着父亲开怀的笑声……

三

父亲说，20世纪五六十年代，祖母一人拉扯三个子女艰难度日，虽说生活比榆树皮还苦，但她依然喜欢养花、画花，一手刺绣手艺更是远近闻名，绣出的牡丹、干枝梅、月季、菊花精巧雅致、栩栩如生。其中蔷薇尤为一绝，那含着露珠的神态更是惟妙惟肖、呼之欲出。

我想，祖母是极其喜欢蔷薇的吧！

母亲说，方圆百里，凡有娶儿嫁女的乡亲都要想方设法求得祖母的刺绣或花样，做成枕头或鞋面或肚兜作为嫁妆。一生好客仗义的祖母——应承。

白日里顶风冒雨忙于生产队的工分来维持生计，无数个夜晚，便在豆粒大的煤油灯下绣出一副又一副生态迥异、千姿百态的花鸟绣图，得到绣品的人爱不释手、无一不称赞。逢年过节，祖母家门庭若市，得过祖母绣品的人总会上门探望敬"赛俩目"。只可惜，待我长大记事，祖母视力受损。每每有人提起祖母手艺时，祖母却似孩子般羞赧，连连摆手，"都是从前老黄历的事了，不值一提！不值一提！"

光阴流转，时代飞速发展，撒拉族故乡也是日新月异。我们在收获信息化和高科技的同时，也在不知不觉中失去了很多珍贵的东西。令人欣慰的是，借着乡村振兴的东风，许多濒临灭绝的撒拉族非物质文化遗产、民间艺术、民族传统文化被政府和有心人不断挖掘和传承，撒拉族民族文化日益复苏、壮大起来。乡镇村集开设了撒拉族刺绣培训班，心灵手巧的艳姑们将阿合莽和尕勒莽先祖的遗迹和对美好生活的期盼跃然于绣架上，将一腔黄河般绵延的深情化作一缕缕金丝，绣成一幅幅美轮美奂的花鸟鱼蝶刺绣呈现在世人面前。撒拉族刺绣在提倡保留民族原始风貌基础上，吸纳、拓展其他文化元素，集传统文化、风俗、地域特征于一身，其刺绣工艺可与苏绣、湘绣相媲美。近几年，撒拉族刺绣作为循化旅游招牌产品而声名远扬，畅销海内外。

四

都说时间是这个世界最经不起消磨的奢侈品。一晃数十载，我已人到中年，祖母归真、母亲也日渐老去。年年岁岁花相似，岁岁年年人不同！只可惜花仍在，人却非，那个常在床头柜塞满糖果和罐头，一心等着孙儿们到来的祖母，也是在这样一个美丽的季节永远离开了我们。

祖母在世时，最令她引以为豪的是我们这几个儿孙和叔叔为她种植的这一帘蔷薇了。有一次，我和祖母坐在花下乘凉，我随口问："为啥这蔷薇能顺着苹果树爬这么高啊？""因为她有自己的目标啊！有了目标，生活才会有奔头。"我怔怔良久，这又何尝不是我们的人生呢？

此刻，站在花架下，看满墙绕树的蔷薇比往年爬得更高了。这一帘蔷薇虽没有玫瑰的浪漫多情、月季的热情豪放和牡丹的雍容华贵，但你仔细看她时，却一朵有一朵的姿势、一朵有一朵的风韵，似是从骨子里渗出一股子的娴静雅致和坚韧。忙碌转动的世界里，她们仍然这般从容、淡定。

"蔷薇花儿开，暗香透风来。"

花开时节，小院依旧清风徐徐，满院的清香笼盖了岁月，倾泻在这流年里。

作者简介：

韩福兰，撒拉族，医务人员，循化县作家协会会员。

我们走在大路上

马金花

在我心中有一首最悦耳动听的歌，一首振奋人心，催人向上的歌。我们走过的每一个脚印都是这首歌的音符，在历史的天空唱响了铿锵有力的旋律："我们的道路多么宽广，我们的前程无比辉煌，我们献身这壮丽的事业，无限幸福无上荣光……"

随着校园里这首慷慨激昂的旋律再次响起，思绪又飞回到孩童时代。我清楚地记得，那是三年级的歌咏比赛，我们大声唱着："我们走在大路上意气风发斗志昂扬，毛主席领导革命的队伍，披荆斩棘走向前方……"顿时感觉自己就像一位凯旋的大英雄，无比骄傲、无比自豪，歌声也比其他人响亮了许多，拿到奖牌的那一刻我们欢呼雀跃。

一晃三十年过去了，我的老师已经老去，而我却成了一名光荣而伟大的人民教师。教书育人成了我不可推卸的责任和神圣的使命。扎根乡村教育，在初中任教的第二年我有幸参加了辽宁省教育局和青海省厅联合举办的"青海省中小学语文骨干教师的培训"，辽宁作为对口支援青海的省份，为我们安排了最好的专家团队。尤其是农民教育家魏书生的讲座给了我很大的启发，也开启了我研究撒拉族地区汉语文教学的研究之路。根据撒拉族地区非母语教学的实践情况结合汉语教学、蒙古族教育、藏族教学的先进经验，我提出了撒拉族地区汉语文"板块"教学法，开展讲公开课及送课下乡活动，这一教学方法在中小学汉语文教学中得到了广泛的应用；在小学任教数学学科时，针对撒拉族地区孩子语言表达能力和文字组织能力很差的现状，我积极研究、实践七年总结的撒拉族地区小学数学"双语"教学法初见成效。当学生数学成绩名列前茅时，证明了我的教学方法值得借鉴和推广。与此同时，我看到我的同事和朋友也开始做课题研究，成为研究型教育工作者，教师不再是教书匠的代名词。

"教师是太阳底下最光辉的职业"，"教师是人类灵魂得工程师"。在教育这条道路上，我昂首挺胸勇往直前。虽然，有过迷茫也有过无助，但每一次教育政策的改革都让我有一种"山重水复疑无路，柳暗花明又一村"的重生感，作为一名人民教师虽然清贫但我无怨又无悔。

记得在我小学毕业的那年，哥哥考上了中专，村长带着很多人放着鞭炮来我家通知，面对捉襟见肘的家庭情况和一群未成年的孩子，父亲咬咬牙说再苦再难也要让孩子完成学业。同时，父亲又做出了一个出人意料的决定——他让我报考全县唯一一所可以住校的女子中学，他说县城的教育比乡下好，而且女孩子住在学校一起学习安全，而且还能有机会保送上中专。因为父亲的这个决定，改变了我和哥哥的命运。

三年后，哥哥毕业放弃了留在省城工作的机会，回到老家被分配到县人民医院，做了一名救死扶伤的医生；而我以全校应届生第一名的成绩考到了省外一所卫生学校。在填报志愿的时候，父亲犹豫再三说："孩子，爸爸希望你能上高中，考大学，将来当一名老师或律师……"

考大学成了我们唯一的期望。可是，教育进行了改革——以前，初中毕业就可以上高中，现在达不到规定分数线就要多交200元的入校费。就在这一年复读全面取消，初中毕业面临着三种选择。第一上中专，找工作；第二上高中，考大学；第三离开学校，步入社会。我身边的一些人陆续离开了校园，而我幸运地成为了一名高中生。

我们每天穿梭在城乡之间，春天迎着春风思考未来，夏天顶着烈日不知疲倦，秋天瓜果飘香我也迎来了丰收，冬天我踩着星辰再次启航，因为我深知我的父母的艰辛，我也知道作为农家女孩，家人为了我能走出农村所做的努力，我没有理由说忙也没有理由说累。

每当下雨的时候，自行车在泥泞的乡村路上无法骑行。为了上学，我和小伙伴们都把自行车扛在肩上，一步三滑地走出村口，以最快的速度赶到学校，可每次都会迟到，老师们也习以为常，他们不会批评也不会指责，眼里都是心疼，那慈祥的面容也是我们努力的源泉。

三年后一条宽阔的柏油马路穿过我们村庄，汽车的喇叭声划破了寂静的夜空，整个村庄沸腾了。偏僻的村落活了，越来越多的车不分昼夜不停地在马路上奔跑，一车又一车的农作物被运到远方的同时，村里越来越多的年轻人也离开了故乡。

我也如愿考上大学，但却陷入两难。因为政策改革扩招分数线有所下降，填报志愿时看着高昂的学费和生活费，大家都沉默了。随后遇到政策调整，大中专院校毕业的学生国家不再分配工作，十年寒窗，自谋出路。很多人都觉得如果不分配工作，那花钱上学还不如出门打工挣钱好。家长和学生都陷入了恐慌。"上学无用"的言论此起彼伏，越来越多的人开始走出去好，认为开饭馆是唯一的出路。

父亲斩钉截铁地说："孩子，大学你必须上，如果大学毕业国家还不分配工作，我们一家去上海开饭馆，你有文化，我们一家去哪都不怕……"那晚，我哭了，我发誓一定努力再努力。

大一时面对来自五湖四海的同学，连普通话都不敢说的我选择了沉默，大二时我拿到奖学金担任了创刊部部长，有了自己的办公室。大三时，我们迎来了校园大型人才招聘会。国企、私企、外企蜂拥而至，招募人才的信息在校园内随处可见。我准备好个人简历，穿梭在自己心仪的企业之间。咨询、投档、面试，有些人开始准备考研，脚下的路瞬间铺开，我们看到了希望也迎来了机遇和挑战。我放弃了保研的机会选择回到老家，应聘到一家金融机

-273-

构开始了我的新生活。

回到家乡的第二年，全国掀起了考试上岗的热浪，"竞争上岗"成为一种"时尚"，县人民政府张贴红头文件，组织公开招聘考试。老人们说："是骡子是马拉出来遛遛就知道了……"

"机会总是留给有准备的人。"那一年考试只招 100 名中小学教师。看着刚刚考取的教师资格证书，在父亲的鼓励下我犹豫再三还是报考了中学语文教师。结果以全县第二的成绩成为一名乡村初中语文老师，虽然我学的是经济管理，可是面对选择我只能迎难而上。"物竞天择，适者生存"大环境选择了我，那我就必须努力去适应。

随着考试制度越来越规范，"学好数、理、化不如有个好爸爸"的时代一去不复返，"上学无用"的谬论不攻自破。我在三尺讲台找到了自己的荣耀。莘莘学子埋头苦读成了一种习惯，作为引路人的我们，随着社会经济的发展努力去平衡社会教育、家庭教育、学校教育之间的落差和冲突。各类考试屡见不鲜，考试的透明、公平、公正日益体现着社会制度的优越性。从教 16 个年头，我的学生们相继成家立业，学有所成，各自走上了不同的工作岗位，为和谐社会的建设贡献自己的微薄之力。而我，依然在教育岗位上日复一日、孜孜不倦地送走一届又一届学生。

"师者，所以传道、授业、解惑也。"当我把教育学的理念和经济学的理念结合起来的时候，我就成了教育的践行者和传播者。从"应试教育"的填鸭式教学到"素质教育"的全民两基达标检测，再到"均衡教育""高效课堂"的全面推广，幸福教育的花朵遍地绽放，教育改革硕果累累，而在这条路上我既是践行者、也是推广者，更是一次又一次教育变革，社会进步的见证者。

我们走在大路上，一直都走在社会主义建设的希望之路上，目睹着国富民强的历程；我们走在大路上，沐浴在教育改革的春风里；我们走在大路上践行着中国梦的伟大事业；我们走在大路上，重温党史，那一件件历史事件是镌刻在我们心头永生的信念。

"向前进、向前进，革命气势不可阻挡，向前进、向前进，朝着胜利的方向……"雄壮的歌曲依然在心中回荡,我看到更美好的明天在向我们招手。

作者简介:

马金花,民革委员,循化县托坝村人。中小学一级教师,高级家庭教育指导师,高级绘本指导师。青海省诗词学会会员,青海省作家协会会员。"全国光影助学"工程公益大使,中国女摄影家协会会员,海东市摄影家协会副秘书长。文学作品在《青海诗词》《青海湖》《群文天地》等刊物发表。摄影作品见于《河湟风情,最美海东》。

在三江源，我在文字里遇见自己

韩 辉

一

在宁静的午后，我慵懒地坐在门口的椅子上，贪婪地享受着这片刻的轻松。阳光透过淡淡的云层照在门头上的五星红旗上，我像往常一样，拿出手机点开《循化青年文学》今天推送在微信公众号上的作品，然后静静地享受着文字带来的充实感，享受着文字里流淌出来的快乐。街上的汽车一改往日嘈杂的鸣笛声，隔壁的店中传来悠扬的音乐。厨房里煮的牛肉散发的香味和文中的书香混合在空气中，给清闲的午后平添了几分惬意。

我喜欢沉浸在平静的生活里，不凑热闹，不瞎转悠。这或许和我个人的性格有关，喜欢安静的空间，书写自己的喜怒哀乐。寒风侵袭我身，思念占据我心扉的时候，能慰藉我的只有那无言的文字。我习惯了在深深的夜里，在指尖下的按键上，敲打一些被自己认为华丽或有关心情的文字发表在朋友圈，享受文字带给我的快乐。有时候发完朋友圈，就像脱下外套一样，脱下内心的焦躁与不安，以文字的形式静静地耕耘着心中的一块田。

二

十几年前我刚从学校毕业，就迫不及待地踏上了拉面创业之路。年少轻狂的我也像很多撒拉汉子一样，怀揣拉面梦，有着挣不到钱，誓不返乡的念头，走进喧哗的都市，初入繁华的街头，没见过什么大世面的我，因眼前的霓虹灯迷失了方向，忘记了自己最初的梦想。

行色匆匆的背影里，我看不见生活的美好，拿着微薄的工资，穿梭在大街小巷。大城市的生活羁绊了我的身心，网络游戏夺走了我的大好年华。生活就这样潦草着，带着些拼凑的技能，在冬眠的状态中，走过了春季，熬出夏季，又迷失在秋季。周而复始，年复一年，除了年轮的增长，一无所获。辗转青岛、济南、潍坊、上海、台州等地。凌乱的足迹，写满了生活的一地鸡毛。

四年前的一个雪夜，一次偶然的机遇，我来到了曲麻莱县。我在社会上摸爬滚打多年，未曾经营过一家真正属于自己的饭店。而这一次我来三江源看到了一丝商机，几番周折，我如愿以偿地开起了人生中的第一家属于自己的饭店，这也可以说是我人生中的一个转折点。

在这离天很近的地方，我领略了高原骤变的天气，看到了冰雪覆盖的山河，还有那雪融线中觅食的牦牛、羊群。即使气候条件再恶劣，也能看到草原盛世的大美，还有可可西里迁徙的藏羚羊群。在通天河流域，我看见无数的溪流汇成一江一河，流向远方。

在追梦的路上我又听见了一种热爱生活的声音，在海拔4000米的高空响起。从牧民的黑帐篷中传出一阵阵高亢而深情的藏歌，赞美生活，赞美玉树。我面对高山流水，被三江源的自然风光和民俗风情所感染。从小酷爱文学的我，骨子里滋出一种对写作的欲望。对美好未来充满了向往和憧憬，从此我便开始有了写作的梦。

在三江源拼搏的日子里，历经重重磨难后，我看清了自己的不足，也看到了自己成长的一面，还认清了自己所要追求的方向。在孤独的深夜中去跟自己的身体对话，倾听心底的声音。写作的日子里，内心是平静的，能回顾自己的过往。总觉得人群之中，有着以前匆忙着的另一个自己，年少轻狂。

还好有对文学的执念，撑起了我心中的一片天地，可以让飘浮的灵魂在自己所爱的领域踏实地栖息。不管舆论怎样侵袭，始终吹不灭我内心深处烛火般的热爱，也消散不了我对文学的执着。大多时间，我们需要的是有一颗热爱生活的心灵，我选择从文字中崛起，进行阅读或者写作。从此之后我感觉灰暗的人生开始慢慢回暖，我不再沉迷于网络游戏，不再沉迷于短视频平台。慢慢地、努力地在现实中去突破自我。现在回头想想，我发现人生有趣之处就在这里，最大的宝藏和惊喜往往出现在最意想不到的地方。或许一个人在成长路上，往往需要经历一些挫折和磨难，然后才能打开自己的思维和视野，活在一片更广阔的世界里，认识自己，然后遇见自己。

在三江源开店的这几年，我每天都筏一叶小舟，荡漾在文学的海洋里，打捞最好的自己。

三

时光匆匆，岁月不着痕迹地从我们身边悄然流逝，留下的只有一片美好的回忆和感恩的遇见。如果说遇见是一种缘分，那我相信我遇见索南老师是一种缘分，正所谓"有缘千里来相会"。人与人之间的相遇，就像是一场命运的馈赠。我没有想过我会在高原腹地的曲麻莱，遇见十几年前的初中老师，也没想到因为他的出现，我证实了自己心心念念所追求的梦到底是什么，经过这么长的时间才发现，我遇见索南老师的同时也遇见了我自己。

我在尘世中修行，几乎花光所有的运气，才换来了一位良师益友。与索南老师的几次交谈中，他发现我喜爱文学。在他的极力引荐下，我很荣幸地加入了循化青年文学群，在此群我遇见了一群对文学充满活力的老师。三年多的时间里，我深切体会到老师们对文学的热爱，对生活的激情，也见证了几位老师出版自己呕心沥血创作的作品。一首首赞美故乡的诗歌和一篇篇富有诗情画意的散文被印刷在厚厚的书册里。

我在好多次跟循化文人老师的交谈中，感受最多的是满满的正能量和对美好生活的向往。看见一群热爱文学的老师，突然觉得自己的人生也被照亮了。看到他们对文学的喜爱高于生活，这种虔诚的态度让我对生命有了另一层的定义。生命的壮丽，在眼前打开，生命的激情，在文字里飞扬。时光在墨染中悄然流走，我沉醉在这文香满园中，欲罢不能。

近四年的时间里，我坚持每天勤读《循化青年文学》平台推送的每一篇文章，从不间断。无论店内店外多忙，我几乎都会抽空享受一下文字带来的视觉盛宴。既能拜读佳文，又有老师们的赏析评点；文字能解饥肠辘辘，又能饱餐文化营养。徜徉在文字里的世界里，染其色，闻其香，尝其味，心情像江河源头一样辽阔而平静。

循化文人老师们笔下的文字像骆驼泉的水一样涓涓流淌，从我心底流过。在文字中的意境里，我仿佛看见了黄河水在清水湾激浪拍打声中远去；看见了秀丽的孟达天池在层林叠翠的山林里更加迷人；还看见花海里的蝴蝶在花中翩翩起舞；还有那世外桃源般的灵秀尕楞在老师们的点缀下更加秀美壮丽。

有时读一篇文章，由于内心过于柔软，我竟然有泪水盈眶。读完之后，让我更加珍惜眼前的生活。文字的力量，大概就是这样的润物细无声，它默默地让我明白了许多道理，开拓了未知的世界。

在老师们的熏陶下，我心中也拥有了写作的梦想。起初我开始慢慢写一些短文，发表在朋友圈。后来经过多位老师的悉心指导下，我提升笔力，鼓足勇气写了几篇文章，发表于循化青年文学平台。把心中的美好织成文字，献给别人，也献给自己。

我越来越迷恋这种感觉，因为文字能给我的不只是眼前的快乐，还有深藏在烟火气里的幸福感。

我想，很多时候，是文字治愈了我。无尽的时间长河中，每个人都有不同的遭遇，在一次次沮丧和失望时，在一次次的打击和挫败时，在一次次获得和喜悦时，陪伴和治愈我的只有文字。它让我能够轻松面对世界的繁杂，它让我在困境中看得见希望，它让我能够在每一个细微之处，发现世间美好。

是文字、是文学治愈了我心底的浮躁，打开了一扇光明的大门，遇见了自己。

作者简介：

韩辉，网名追梦，循化红旗苏志人，循化县作家协会会员。

光打在你身后

安　飒

　　岁月不知不觉地逝去,而我们也就这样不知疲倦地长大。

　　今年青海的雪下得异常大,而我迎接初雪的时候不在故乡,心里十分落寞,归家心切。又听说因为下雪封路了,无法回去。给父亲打电话询问路况,父亲也不是太清楚,思慕良久,我点开了老杨的微信。

　　老杨,是我的高中班主任,第一次见到他,是高一的政治课,那时候的他一脸凶相,手里总拿着教鞭,也不苟言笑。事实证明,我的直觉很准。因为他的课我整整上了三年,三年里我们无一幸免都和戒尺有过亲密接触。但老杨虽然严格,却也十分可爱。

　　高二那年,文理分班,他顺利接管文科一班,成了我的班主任,而我阴差阳错成了班长。慢慢地我发现老杨待人其实挺温和,或许由于我跟他接触时间较多的缘故,我觉得老杨并不像他那个年纪的长辈一样顽固,反而十分开明,九分民主,一分专治。哪里能体现一分专治呢,就是……老杨同志喜欢在没课的时候看望一下学得聚精会神的我们,他会偷偷打开后门,跟讲台上的老师微笑点头示意,再慢慢靠近即将进入梦乡的你,轻轻地在你脑壳上弹一下，最后在你满脸惊恐和布满红血丝的眼神下微笑地远去。所以，当听到老杨请假一个月的消息时，我们举班同庆这来之不易的放松阶段。

一个月很快就过去了，老杨如期而至，然而他回来的第一天我们就闹得很不愉快，起因是他请假这段时间我擅作主张改了班规。导致他在课堂上大发雷霆最后摔门而出。而年轻气盛的我们丝毫不肯低头。所以在第二天，早操没人带队的时候，老杨就清楚地知道我们是故意跟他作对。他让我们停下，站在队伍前怒气冲冲地大声质问为何没人带队，没得到回应的老杨怒不可遏地喊了一句"想继续跑的向前一步！"四十多个人倔强而默契地都往前迈了一大步。于是，我们跑到个个面红耳赤，气喘吁吁，差不多一个小时之后，校长出面制止了这场闹剧。愤怒过后是理智、羞愧。这场闹剧以任性开始，以理性结束。后来在我找老杨道歉的时候，我清楚地看见老杨红了眼眶，哽咽着说"不怪你们"，这声音连他自己都感到意外，像是带了些许苦涩、些许内疚，语调温柔而哀伤。

后来我们就高三了，因为学习太紧张，高三，我对老杨的印象只停留于每日清晨5点半坐在讲台上守我们背书的严肃和他那拿着戒尺匆匆而过的身影。抱歉，我不想细细回忆高三，因为除了那偶尔的彩色，只剩天边紫色的朝阳与我日日紧张且失落的心。但我不得不承认老杨教给我们的不仅仅是政治知识，还有很多受用终身的哲理感悟。比如这句："新闻是一时的，生活是永久的。"我常常想起这些话，至今觉得句句在理。

高中的最后一次班会课，我代写了一份假条，内容如下：

请假条

尊敬的老杨同志：

您好，兹有您的学生2015级7班全体学员，因毕业需请假，请假时间为2018年6月5日至永远，望批准为盼！

学生：15级7班全体
2018年6月5日

等我读完，老杨已经走上讲台，全班陷入沉默，能听到有人隐隐啜泣，这次他没有变身哲学家围绕"好好学习，天天向上"这个中心思想，无限发挥出一堆废话，也没有提及他每节课必说的"高考之后你的人生就是一片光明"，他只是沉默再沉默，两分钟后老杨严肃又大声地说"不准，永远都不准！"然后，扬长而去，这次，我们都陷入了更深的沉默里……

该来的总会来，该走的也无法挽留。

后来的后来，大家匆匆照了毕业照、匆匆考完了神圣的高考又匆匆开始了全新的生活。我原以为等我高中毕业的那天，等我们考完试就会和同学们一起撕碎课本，从高高的楼道上撒下去，看一场浪漫的人造雪，而实际上那天，所有人都井然有序地从教学楼撤出，只腾出一座寂寞的空楼。那栋宿舍楼在18年的秋季又重新住满了人，然后我们才知道生命中的诸多告别，比不辞而别更让人难过的，是说一句再见就再也没有见过。走得突然，我们来不及告别。这样也好，我们永远不告别。

刚开始离家时总是兴奋异常，充满期待；到后来无论一路上是好还是不好，总是会想着家。对一个城市的归属感就是：无论你在一路上多么颠沛流离，你都知道有人会在这里等着你回来。而我能确定的是，老杨始终在等着我们回来，他始终都会笑嘻嘻地说："你们是我带过的最好的一届学生！"

"叮"是老杨的回信，信息只有短短四个字："通了，回来！"

走，回家，去见见那些好久不见的人。

作者简介：

安飒（笔名），循化县作家协会会员。

第五辑

依景纪行

微笑的朶斯湖

马永祥

无数次走过它身边,看着那片深蓝,我望尘莫及。朶斯库勒湖,在蒙古语中意为"镶着银边的湖",在撒拉语中同样很诗意,意为"欢笑的天鹅"。和它来次亲密约会,是我的一个念想,但至今未能如愿,或因公事缠身挤不出时间,或因没有交通工具无法前往。听人说此湖看似在眼前,但真正到湖边没那么容易。这跟沙漠中其他地方相似,虽然目标在前方,但就是不能到达,因为沙漠太浩瀚无垠了。

记得很早以前乘坐丹东黄海客车,从故乡返回单位,要行驶一千多公里的路程,傍晚时分才能到达茫崖。客车行驶在笔直的公路上,很远就能看到茫崖星星点点的灯火,但就是迟迟不能到达,只能对着那团灯火望眼欲穿。从第一眼看见灯火至到达茫崖,客车最少要行驶两个多小时,那种可望而不可即的心情着实让人焦躁,但走完漫长的旅程投进茫崖怀抱的那一刻,又着实让人快乐。

如今茫崖交通便利了,可以乘坐飞机,火车也很方便,乘坐大巴车颠簸的日子一去不复返了。但那时候心里很充实,坐在客车上,或观看车内播放的录像，或和身边的陌生人谈天说地，或欣赏外面壮丽的大漠风光。而如今，坐在舒适的机舱或车厢里，每个人拿着手机，沉迷在网络世界里，面对面坐着也无话可说，人和人之间的距离越来越遥远了，情感越来越单薄了，手机取代了一切，成了人们形影不离的伴侣，这是时代的发展还是人类的进步，我有点茫然。

无论去茫崖还是离开茫崖，行经在那条公路上，尕斯库勒湖就在路的不远处静静守望。迎送来往的人们，在它眼中，每个人都是南来北往的客，因为茫崖本没有主人，只有它和依偎在它身边的昆仑山，在这片遥远的瀚海中生存了千万年。

今年夏天，一次偶然的机会终于让我圆了和它相会的梦。一个周末的下午，我和好友开了一辆越野车，来了个说走就走的旅行，直奔尕斯库勒湖。到尕斯库勒湖没有直通的路，我们从一个垭口驶离了公路。在无路的荒漠中向着尕斯库勒湖行驶，几经周折，我们才看见了一片芦苇地，芦苇丛中有一条简易的土路通向湖边。稀疏的芦苇长得不高，但很茂盛，在戈壁滩中能见到一点绿色，也算是大自然的馈赠了。大概颠簸了一个多小时，我们终于到了湖边，下了车我们就迫不及待地跑向湖边。

正值傍晚时分，一轮夕阳在湖的尽头留恋地张望着尕斯库勒湖，张望着湖边的不速之客。阳光落在湖面上，湖水闪闪发光，有的地方呈现一条长长的光带，有的地方呈现一片闪烁的光点，整个尕斯库勒湖就像一幅水墨画，在茫茫瀚海中散发着迷人的光彩。尕斯库勒湖很大，放眼望去几乎望不到边，走在湖边的沙滩上，仿佛到了汪洋大海。湖水呈深蓝色，在风的吹拂里，层层波涛拍打着湖边。湖边没有岩石，只有细细的沙粒，那波涛亲吻一下沙粒便匆匆退去，一个跟着一个。此刻，它们也亲吻我的脚跟，我站在沙地上不动弹，让它们一次次亲吻我，因为这一吻来得太漫长了。

我索性脱掉鞋袜，卷起裤腿，向湖水中走去。好友焦急地叫唤，叫我别做傻事。我回眸一笑，为他送去一丝悬念。

走向湖水中，不为别的只为和它来个亲密接触，只为了却我久远的心愿。就像有些人见一面需要半生，再相会不知何时。脚下的湖水清凉爽滑，透过脚心直达心肺，让我有了爱的冲动，有了情的温存。我仰起头，伸开双臂，闭上双眼，做出拥抱夕阳的姿势，好友在湖边快速按下相机快门，留存了我的背影、湖的静谧和夕阳的余晖，将这如梦似幻的瞬间定格成永恒。

夕阳悄悄钻进湖水中，远处的昆仑山屹立在湖的尽头。在我眼中，昆仑山是一位英俊潇洒的少年，尕斯库勒湖是他心中的花儿。在他深情的拥抱中、缠绵的爱抚里，尕斯库勒湖四季妩媚妖娆、温柔漂亮，他们幸福着他们的幸福，甜蜜着他们的甜蜜，快乐着他们的快乐。在我心中，茫崖辛勤耕耘的男儿，便是巍峨的昆仑山，他们抛洒汗水建设着可爱的家园；茫崖温柔贤淑的女子，便是美丽的尕斯库勒湖，她们绽放青春装点美丽的家园。

我蹲下身子，双手掬起尕斯库勒湖的水，站起身又将水深情地抛向湖面，用这种方式和它作别。我悄悄离开尕斯库勒湖，纵然有万千不舍，但我不留下一滴泪水，因为它终归属于巍巍昆仑、茫茫瀚海……

作者简介：

马永祥，撒拉族，中国少数民族作家学会会员，青海省作家协会会员，就职于中国石油青海油田公司，作品见于《诗刊》《散文》《青海湖》《地火》《青海日报》《中国石油报》等刊物，出版散文集《天边的故乡》。

孟达天池回想

马秀芬

眼泪、欢笑，全是第一次……

浩渺无际的时空，上演着无数的悲欢离合的故事，情感宣泄的声音从远古的密林深处走来，如天籁般寂静，似仙乐般缥缈，把一段让人们情牵梦绕的心境挥洒在人间的仙境中，于是所有的感受凝聚成一滴天使的眼泪，悄然滑落在人们的心间，任时空流转，不改当初的心愿，时而泛起青春的涟漪，时而欢腾着爱情的浪花，诉说着万古不变的诺言——这就是孟达天池忧郁的眼神和扑朔迷离的心事。

那是1985年的夏天，承载着无数梦想的我们，怀着越野探险的心情，骑着自行车，奔向孟达天池。一路上，伴随着弯弯曲曲的山路和脚下欢腾的黄河，更使我们对向往已久的天池多了几许好奇，"无限风光在险峰"的感觉驱使着我们全然忘记了旅途的劳累，不知不觉来到了神往已久的天池脚下，放眼望去，四周各色树种围成的绿色屏障随山峦的起伏形成温柔的曲线，令我们目不暇接，心绪飞渡在这片斑斓的色彩中，不知何时，耳旁一声清脆的鸟鸣声，让我立刻感受到人与自然的倾心相见……

绿色肆意地展现自己，林间溪流轻轻弹奏着……我们忘乎所以地感受着这大自然的馈赠，尽情地吮吸着这人间的仙气，胸中的一切块垒瞬间化为乌有，一种拥有激情的幸福感充斥着全身，让人倍觉惬意和舒适，这样的时刻，让人情不自禁地想起"天池水"那久远的神奇的传说。

长期以来，各民族都对美丽的孟达天池有神奇的称谓。撒拉族、保安族、汉族中称"天池"；土族叫"神仙淖"（意为神仙池）；藏族称"他朗措"，"东日玉措湖"（意为"螺山碧湖"）。这个湖泊是何时形成的？我无法知道，可以肯定的是它是地壳运动或者是火山喷发后形成的一个山间盆地。而在当地撒拉族中，流传着好几个有关天池的传说，我更醉心于这样一种：据当地的撒拉族人说，原来积石镇托坝有一个神池，池水甘甜清香，周围土地肥沃，水草丰美。有个坏财主在某夜将脏东西扔了进去，结果触犯了神灵，神池飞天而去。人们最后在孟达山上找到了一个水池，一尝池水，与神池水完全一样，才知道神池降落到这儿来了。所以此湖泊名为天池，它已成为享誉青海高原的一个奇观。

带着神奇美丽的传说，我们不知不觉来到了天池边，在四周重峦叠嶂的苍翠掩映下，一汪碧水随傍晚的波光轻轻地颤抖着，如美妙的琴弦上弹着的乐曲，缓缓地滑过我们每个人的心田，舒展着，时空有多大，心有多大，让年轻而又不懂爱情的我们欢呼起来，跳跃起来。山的翠绿，倒映在碧绿的水中；水的涟漪，一波波将我们和我们的倒影拥抱在一起，天、地、人在这一汪池水中轻轻地荡漾，年轻而又不懂青春的我们，在此凝固。不知过了多久，有人喊叫起来，肚子咕咕叫了，于是大家七手八脚地拿来柴火，在一所石头房子里支起锅灶，开始准备晚餐，当喷香的油饼、碗菜做好时，早已饥肠辘辘的我们，狼吞虎咽地很快把饭消灭干净，三五成群地在池边散步，享受这大自然给予的恩惠。天色渐渐暗下来，大家陆续回到石头房子，当班长陕有才跑进来时，大家笑得前俯后仰，原来他到天池边洗了一把脸，感觉脸上好像有虫子在动，就赶快跑来了，我们一看虾米爬满了他的脸，一阵大笑过后，有人开始提议每个人表演一个拿手的节目，谈第一次外出的感受，伴着昏暗的煤油灯（当时天池还没通电），我们畅所欲言，欢笑、歌声伴随着我们，直到后半夜才沉沉地睡去……大概天快蒙蒙亮时，有一群刚到的游客过来，我们起床到池水边燃起了篝火，七嘴八舌地交谈着，静候着天池那美妙绝伦的日出。

黎明时分，曙光烧红了片片朝霞，万道金光慢慢地射向山林，给山林披上了金色的光泽，此时，群山在雾霭中缭绕，曙光在山林中跳跃、闪动，渐渐地一轮红日从崇山峻岭中冉冉升起，晨曦中的松林、池水焕发出斑斓的色彩，在无限的光波中泛着涟漪，令你感到自己正坐在一艘大船上缓缓地移动，在这无限的光芒中，树随山动，山随水动，一个绮丽的梦幻世界在眼前展开……

或许是天意，或许是我们年轻不懂爱情，所有的故事在这一刻化为永恒。但山、水、人的相濡以沫，让我们在未来无数的岁月里无法忘怀。到此一游的感受，凝聚了真、善、美结晶的人间仙境，陶冶了我们年轻的心，每每回想起来，那山、那树、那人、那岁月是那样的情真意切，那样地充满了激情的幸福感受，眼泪、欢笑，全是第一次……

原载于《文艺报》2009年3月12日

作者简介：

马秀芬，出生于青海省循化县积石镇，大学学历，青海省作家协会会员，曾供职于循化县委宣传部(县文联)。作品散见于《中国文艺报》《民族文学》《青海湖》《飞天》《湟水河》《青海日报》《海东时报》等报刊，著有文集《一棵开花的树》。

我的曲玛尔

马索里么

天边的曲玛尔

天边有一群牦牛,牦牛的背后是我的故乡——曲玛尔。

以苍穹为幕,以群山为靠,曲玛尔静静地安睡,数百年来,朝朝暮暮,从无更变。

从来都是赶着夕阳回家,在离家最近的垭口处,习惯性地回头一望,看见眼前苍山如海,残阳如血,薄雾朦胧,自然生发出一种唐诗宋词的意境,轻轻告诉自己:回家了!眼前是夕阳西下的曲玛尔,背后是绵延不绝的群山。不知道从什么时候开始,自己也算是归人了,从背后的千山万壑间急匆而来,转过这个垭口,进入曲玛尔的胸怀,那一刻是真的游子归乡。

今早算是第一次赶在太阳升起前回乡,车在群山间不断冲过,这条路不知走了多少遍,从少年走到青年,从懵懂无知走到遍尝五味。这是我回乡的路,也是我的成长之路,记忆之路。这条路上,每一处的风景,都印在我的脑海当中,四季风霜雨雪,枯荣衰兴,不一样的景色,构成了这片山水的永恒底色。我,一个离家离不开，归来又归不成的人，终究徘徊在这 30 公里山路，这步步有情的 30 公里乡路。

今早，我从黑暗里出发，伴着一路风雪，向日升的东方行来，终于在太阳升起前到达最后一个垭口，那个天边的垭口。天下的雪，再厚也盖不住一颗捂热的乡心；天下的风，再大也吹不断出口的乡音。群山万壑，一片又一片，我细细数着沟壑，淡淡看着南坡的雪。东方山顶逐渐相连的薄雾腾起，告诉我：近了，近了，近了……

在海拔最高的垭口，我习惯性地回头望望，群山被雾笼雪罩，融为一体，像极了一块巨大的宝玉，端放在大地上，接受众生的膜拜。回过头，惊喜地发现一个陌生的曲玛尔，雪山威严地端坐，东山之东一山更比一山高，太阳从东边升起，普照大地，银装素裹。

我在曲玛尔还未醒时回来，遇见可以刻印在心头的美。雪，是曲玛尔另一面，尽情地展现出山的雄壮，显露出山的妩媚，盛放出山的圣洁。脚下是山顶，被雪蒙住的曲玛尔，还在甜甜的睡梦当中，东方的鱼肚白，牵引几束伸展向天空深处的光线，把天空照得透亮，深邃，澄澈。东方有霞，被泽阳光，在重重叠叠的雪山之上，渲染夺目。

层山有情，我惊呼崇敬。将曲玛尔纳在怀中的山，迷蒙千里，宛若沉睡的玉龙，烟云升腾。曾经，在这些山上放牧过牛羊，看过云，见过鹰。那时，不觉得这些山有什么美好，只是重复承载着我的每一天，甚至我想要逃避，却逃不过早起赶一群羊过河，上东山，开始细数太阳光角度的变化。一根芨芨草，一块泥巴，或者一片空地，是我度过时光的全部陪伴。把芨芨草插在泥巴或者地上，看着阴影的角度不断变化，安慰自己时间又过去了一点。

再长大一点，对山有了一点依恋，牛羊却一点点变少，最终一个不剩！山还是那座山，我长大后，它却矮了，小了，不能再容纳我的笑声、哭声，我怕一哭笑风就溢出沟壑；不能再容纳我的奔跑，我怕一跑就跑出去。我仰躺在山顶，看着白云悠悠浮过，听着山风越过草尖，想着过去的影子踏遍青山。现在，每踏一步都会听到过去的回音，不敢踏多，怕踏出童年的呓语。

人与车停留了一会，似乎再停下去就会破坏意境，还是适着时刻离开的好。车朝着家的方向海拔一米米降低，蓦然抬头，被眼前一幕震惊：数十头牦牛，都头朝东方，偶尔回头一望，也是定若寒松，它们背上是瓦蓝的天空，脚下是冬雪深厚的大地。"天边的牦牛"，脱口而出。这是曲玛尔的牦牛，曲玛尔的牦牛立在天边，曲玛尔就在天边，我在天边行走。

牦牛，是品质的体现：沉默，强悍，坚韧！高原的牦牛，无可挑剔；高原的人，无可比拟！曲玛尔，这里是我的父母之邦，我的血脉之地，我越来越能解开这里人的性情密码。我的乡亲们，皆有山的品德，皆有牦牛的气概。山给了他们生存的韧性，牦牛给了他们生活的勇气。这一方水土，共同养育了包括我在内的一方生灵！我可以虔诚而又满是骄傲地说：我是这山的儿子，我是这土地的儿子，我是曲玛尔的儿子！

遇见踏地铿锵的牦牛，久久不能平复内心，我触到曲玛尔的内脉，表面沉默，内里热腾；表面沉稳，内里活跃。一早一眼，我看见曲玛尔的苍莽，也看见曲玛尔的俊秀。这里是美永远扎根的地方，里面的人每时每刻都在熏染，归来的人在一瞬间动了乡心。

曲玛尔在天边，一场风雪带我回归。

曲玛尔，永远不是终点，而是游子出发的起点。

如果，我们可以相聚在一个令人幸福得流泪的地方，我希望是在曲玛尔。

天边有一群牦牛，牦牛的背后是我的曲玛尔。

曲玛尔的黄昏

黄昏，是最能引起人内心幽思的时节，一阵风就能拨动心弦。

曲玛尔，在我脚下逐渐安静下来，一日日深沉若一位老者，沉默，睿智。

从没如此宁静地感受过曲玛尔，这片土地上所有生灵都归于沉寂之时，才是它最温情脉脉的时刻。我不是归人，更不是过客，我从来就在这里。黄昏降临之前，母亲从梦里惊醒，为我不断地编织记忆，不管多么普普通通的一天，我能带着这些记忆继续走下去。我知道，我与这片土地的联系，就是母亲与这片土地的相连。今天，我在残冬的黄昏立在巷道口，看着眼前的牛羊归圈重温过去的一幕幕，在天边彤云的冷色里遐想未来。

我挚爱曲玛尔的冬天，冬天在曲玛尔表现得淋漓尽致。裸露的大地，沉默的大山，遒劲的西北风，风雪交加之后的村庄，唤礼声过后升起的炊烟，共同勾勒出中国山水画般的意境，这幅水墨画古朴，大气，充满薄雾袅袅相连的柔情。什么时候的曲玛尔才是真正的画家描就的墨画呢？大概只有黄昏了吧。每到黄昏，我就很爱脑补李白《菩萨蛮》里的"平林漠漠烟如织，寒山一带伤心碧。暝色入高楼，有人楼上愁。"一阕。虽然李白写到的是游子眼中的暮秋，但我眼中的曲玛尔残冬同样有如此意境。只是现在的我不是游子，而是曲玛尔的孩子。暝色渐入农户，鸟雀从炊烟间归巢，牛羊慢悠悠地在家门口溜达。站在巷口的人，于寒风中默想，看一眼逐渐空了的巷口。

此刻，我无心抒情。

内心的幽思浓得早已化不开，关于一个人，关于一场不知何时结束的疫情。

如果没有这场疫情，或许我就不用沉闷如此。"一种相思，两处闲愁"，肆虐的病毒阻隔我们闲居两处，在全民群防群控的关键时刻，我们都是抗击疫情的一份子！虽然我们不能冲锋陷阵于第一线，但我们的战场却在后方。我们安定，前方的生死拼搏就有效果。所以，我们需要的是把所有的情感寄放在心头，等待春暖花开，一起倾诉相思。经受过时间和空间洗礼的情感，显得弥足珍贵。这两处闲愁，才真正是我们寻觅的爱，是我们以后可以共同叙说的话题。

人类最重要的情感如亲情、爱情和友情，是我们生命里最不可或缺的元素。爱情，这个被诗人们歌颂了几千年的情感，从来就没有因为世事无常而改变过。在曲玛尔的土地上，爱情可能有点单薄，这片土地一直维系的是我的亲情，直到娟的出现——那个诗一般存在的女孩。娟是我所有爱情预想的实现！我从娟的眼神里，能撷出一首首诗，能够飞抵岁月深处。余生是个最不可测度的名词，我不知道会有多长，抑或多短，但足以用诗来陪伴。

"此情无计可消除，才下眉头，却上心头。"李清照深知，自己相思如斯，赵明诚同样在那边望天尽思，情笃爱深，只有彼此连心的人才能感受到离别的疼痛。我们因为一场疫病分隔两地，心中隐隐生发的痛苦，刨出李商隐的"君问归期未有期，巴山夜雨涨秋池。"我们谁都不知道什么时候才是"却话巴山夜雨时"日暮寒山，空巷寂寥，我从满天彤云里看到寂寞，也看到彼此守望的希望。

冷风从村庄那头吹来，寒鸦栖息在槐树梢头，啄木鸟敲完最后一棵杨树飞走，我在残雪上留下足迹。巷口空了，空的像我眼神里的了无一物，空洞得如同深邃的暗夜。我知道，曲玛尔的这条巷口，会迎来阔别多年的游子，会踏出精神抖擞的牛羊，会飞起鸣叫不绝的鸟雀，还有早起的日和晚升的月。巷口永远不会如此落寞，总有一日定会人潮汹涌。

黄昏，我在曲玛尔的巷口，送走一日空空荡荡的风。曾经，巷口会出现母亲挑水的影子；以后，巷口会迎来一双相依相偎的影子。黄昏的巷口，空有光阴流转，我却从中看出完满，明天那里会有络绎不绝的往来客，留下时光里不可磨灭的印迹。

空巷的黄昏，是曲玛尔最真切的影子，我从中看到了母亲，娟和诗！

曲玛尔的夕阳

光影转动，牵引着我寻寻觅觅的眼光。

我在时光里等待与灵魂的相遇，沉睡已久的灵魂，就会在某一刻苏醒，我希望那一刻就是夕阳西下。

喜欢雨季的人，却格外钟爱夕阳，看夕阳静谧地洒满天地，胸中自有一番情思。夏日的夕阳，是最有诗意的风景，漫天的晚霞，轻柔的微风，映红的江水，飒飒翻动的树叶，哦，原来还有那么多可入诗的意境。诗里的暮归，就是夕阳最动人的样子。无数人吟诵的夕阳，真的可以深融进人的血脉之中，成为我们共同的记忆。我们的骨子里都有一幅黄昏景象的，可以用眼神和神态表现出来，化成千古风雨外的一册册诗卷。

生命是一场修炼，处处暗藏着顿悟的密语。

记得是一个黄昏时分，在山脚一处悬崖之上静坐，看着无言的夕阳残照大地。自西山至东山，色彩多变，西边是连绵不断的山脉被隐在暗色薄雾之下，像是可以让人归隐的远野；我近旁的树叶被风吹动，倒翻出粼粼之光，每一片树叶都在抖动，没有可挑剔之处，数万片叶子在一起摇晃，竟然摇成一条河，一条永不枯竭的生命之河。造物主真是伟大，在明暗之间隐藏了如此丰富的幽玄，在光和影之中绘出了如此的锦绣之美。

造物主的伟大，不仅在于夕阳西下的这一刻美景，还在于营造了我们生命的宁静。生命，这个干净到毫无杂质的词，无须描上色彩称之以名。我在那个悬崖之上，看着山河的壮丽，生发出一种从未有过的激情，但这种激情总会归于平静，令我惊讶的是，我顿悟了生命本该有的通透。我的双眼抵达之处，尽是一片禾苗疯长的田野，它们笼罩在家家户户初升的炊烟里，夕阳穿透烟火气味，把诗意洒落在每一棵禾苗之上。这是什么境界的生命？

我在众物之上，又在众物之下，行走于可抵达的世间阡陌。

人的一生最终会通往何处呢？子在川上曰：逝者如斯夫，不舍昼夜。生命的尽头是时间的终止，生命之河流向造物主的家园，我们是时光的影子，落在尘世的每个角落。如果人生就是一场不知如何的行程，那么行路人会告诉你，我们都是彼此的摆渡人。曾经的一位女同学，她倏然地去世，的确给我上了一堂深刻的生命教育课。原来一个人的归去，竟然可以如此无声无息，只有无穷尽的黑夜证明一切。听到她去世的消息，脑海里第一个奔出的就是前几日的一幕，她还在我弟弟的婚礼上忙碌不停，丝毫没有将无之人的征兆。与众人嘻嘻说笑，接盘送碟，手脚利索，行云流水。但时间却给人一重重的意外，或许我们这是彼此见过的最后一面。我还能看到夕阳，那就是希望，希望既然存在，我们大可不必绝望。

我是那么愿意凝望坟墓，新坟旧墓，荒草萋萋，淹没的不仅是尸骨，还有一生的沧桑。人，一生不可计量，最难把自己安放在花开的彼岸。活着，是最大的幸运，相遇，也便是最深的缘分。若干年后，我也会成为荒草根下的白骨，我的故事还会在世间遗留一阵子，随后也是烟消云散。人，是孤独而辜负的，身上有很深沉的情，时刻付出又含蓄委婉。这是人一生所必须拥有和付出的东西吧？庄子和惠子关于人有情否的讨论，于我们普通人而言，惠子的回答可能更切合些，庄子的回答就给了我们答案。曾几何时，我为这个问题苦恼过，如今夕阳会告诉我们：正是有情，我们才会看懂情。我不想被埋进坟墓之时，还不懂情为何物，还不曾将情交付一人。看到坟墓，我就看清了方向。

每个夕阳我都目睹，夏日就这样度过。我相信每寸光影下都有秘密，每段暗影下都有神祇，当我与它们融为一体时，天地静默，万物生辉。我寻找到了，原来我寻求的是给生命一刻欢喜与宁静，眼睫毛抖动堆积的尘埃，双眸看到殷红的晚霞笼住半边天。风景如画，我已折腰为天涯。

如果我有幸与苏东坡出游，可能苏东坡不只是借江月赋一篇《赤壁赋》，说不定我还会怂恿东坡居士再来篇《夕阳赋》壮怀寄情，或许新作品也会穿越千古，抵达今人的灵魂深处。苏东坡是我最喜欢的灵魂，若我能与他相行，我眼中的夕阳定会更有几分韵味。

千年前李商隐登乐游原，看到古原夕阳，写下"夕阳无限好，只是近黄昏。"如同今晚的我，从夕阳残落到月影斑驳，想得最多的便是生命的消逝。李商隐和我同样孤独，两个灵魂相遇，彼此互诉对生命的热爱，对人间的执着，对幸福的珍惜。爱到深处即是宁静的拥有，生命如此多娇，我们何必纠结是否会戛然而止，每一刻都活得温润又何其幸运！不论千年的烟雨是否能湮灭记忆，人类的情感始终一脉相承。

夕阳里充满顿悟的密语，那是造物主隐刻的启示，我们若能宁静地凝望，终会换得一生安宁。

曲玛尔的夏夜

夜，用黑色的眼睛发现光明。

这夜里有星光，有山的脊梁，有叶的翻飞，有蛙声虫鸣，有月光照着梦。

我踏着夜色出门，风悠悠地吹来，浑身在一股清流中震颤，高原的小暑，风依旧有些冷人。门口的巷道，从小走到大，小时候步子小，走得多；现在步子大，走得少。这一多一少之间，岁月如同墙角的杏子树，年轮一年年增多，蓦然回首，童年的影子还留在邻居的山墙上。这巷道里换了多少茌孩童啊，今晚却只有我一人回首往事，品咂童年的日复一日，时光真是不留情，把所有人推到命运的轨道上，一旦开始就没有回头。槛外长江空自流，谁还能手捧起岁月，让它饶过我们？不能了，我们的足迹被风，被雨，被尘土掩盖过，早已没有初踏上去的清晰。现在，要在水泥混凝土上踏出脚印，比寻找我们最初的足迹还要难！那就算了，保留于记忆也好，毕竟大家都认为往事如烟，往事却也如蜜！

走进夜色，就像回归到母胎之中，把自己交给母性的黑色。黑色，那令人心动的色泽，一大片，一大片，把整个天地塞满，不留一丝空余。每当黑色加深一分，内心便充溢一分，恨不能把一夜都装进眼里，把所有秘密隐藏其中。脚步深入夜色，身体便能感受到夜的抚摸和微语！黑夜里，我们适合会面，适合散步，适合去念一首诗。夏夜，是最能够把月亮熬醉的夜晚，黑色深沉，这深沉里有悠远思绪，有正在酝酿的深情。一阵风过，每片树叶都在诉说一个故事，每一棵草都在隐藏一件往事，每一粒石头都有一个幻梦，我要去寻找它们，它们会告诉我曲玛尔的脉搏，让我读懂无言的故土。

曲玛尔的夏夜，是空旷的，是寂静的，是孤独的。我站在巷道这头，望着那头的树木，唯有风可以贯穿，连倒影也斑驳无依。有飞虫，但无声，绕着路灯轻飞。人们这会儿已经上炕，没人愿意出门溜达，巷道就留给夜色了，任凭黑点满每一个角落。谁能忽略夜晚呢，树有树的风景，河有河的流声，星空有星空的深邃。我还不想把路灯归于光污染，相反，路灯还是艺术家，把黑刺树照成国画，把柳树照成茂竹，把白杨树照出瀑布。我的眼睛穿过夜色，去看山脉的脊背，黑黝黝的天空下，突然出现一道亮光，一道长长的亮光，把星辰和大山隔开，一边是仰望，一边是平视。山有多高，天空就有多低，这大概就是人间与天堂的距离吧。

曲玛尔的夏夜，是属于安静者的，是属于失眠者的，是属于夜行人的。你听，涛声，虫鸣声，树叶声，庄户人的咳嗽声，牛羊的磨牙声，听着这些心就能静下来，这些声音白天是听不到的，只有在晚上伴着星空去听，才能听入心间。那些声音是有魔力的，凭空能给你一丝温暖，给你空荡的心添加一些物件。停住脚步和影子，把这些声音揽入怀里，发酵成一种情绪，装在脑子里，供以后的岁月回味。我仰天望去，星空璀璨，明静深邃，无言无语，却能囊括一切。这份永恒呀，比起我的渺小，比起我的悲欢，又是多么直接，多么沉默！用脚步去丈量曲玛尔的路，这条路在夜晚显得那么长，那么新，让我处处感受熟悉，又处处感受陌生。如果可以的话，我愿意从祖先诞生之夜，走到我闭眼的那刻，感受夜如何呵护人们的心扉，让他们足以面对白天的苦难和幸福。

回到家门口，树依旧没静下来，风也继续吹着，涛声不断传来，我的心

-298-

却前所未有的宁静。回家的路不长，但从家出发后该走的路很长，这样偶尔卸下担负，变回夜的儿子，面对自己再真诚一点，面对夜再纯粹一些。看过星空，看过夜色，走过乡路，梦会明亮得如同月光吧？

曲玛尔月色

曲玛尔的夜晚，静谧，睡意蒙眬。

这里，雨季早早地显示她的能量，让人有种雨季从未离去过的错觉。高原的雨季，清冷无处不在，眼能看，心能感受，身体能体会。人们对温暖格外的期盼。温暖，需要从骨子里涌出，人才会真正感受到幸福。像岩浆从地心千辛万苦上升，所向无敌，终能溶解一切。

今夜，无雨。难得的一个晴天，星星亮身，月亮斜倚，浮云自由。

我感觉到一种牵引，似乎有声音召唤，让我仰望今夜的星空。我跟着召唤走出栖身的小屋，看见一轮新月跃动在浮云间。内心激动，这么一丝儿月亮，是拥有什么样的力量，把我从重重尘事中唤醒，指引我来到旷野。既然她有能力拨开我内心的层层云翳，今夜就把这颗心交给她，让她给出久违的启示。我始终相信，这片星空藏有一种密语，镌刻在太空当中。浩瀚的星空，深邃的宇宙，有无数玄妙在等着我们，等着我们解开所蕴含的秘密。

走在旷野，我就是天地间独有的风景。我的思绪透过无数山河，穿过千年的历史云烟，一刻不停地朝着远方散去。雨后，天空显得分外澄澈，没有一丝杂尘。那一轮新月，就高高挂在天幕，干净，素练，像是某个女生用心思擦拭过一般。我想把自己融入其中，与清冷的月光一起生灭。生命呀，就该如此明亮。

那么长的路，我没有感到丝毫的孤独，每一步都是和灵魂相携而行。这条路走得越长，越能感受到前方的丰厚。我希望与山鬼撞个满怀，只为她不再"怨公子兮怅忘归，君思我兮不得闲。"只愿看她"若有人兮山之阿，被薜荔兮带女萝。既含睇兮又宜笑，子慕予兮善窈窕。乘赤豹兮从文狸，辛夷车兮结桂旗。被石兰兮带杜衡，折芳馨兮遗所思。"屈原是孤独的，但他可以遨游九天，可以寻荷衣仙袂。或许，我在路上还能遇到个曹子建，边吟《洛神赋》，边找那"翩若惊鸿，宛若游龙"的洛神。这些人都是属于月夜的。白天太喧嚣，容不下很多重情的人叙吟，只有夜晚，只有月夜，才能用她那广博和深邃，接纳每一个流浪的灵魂，给每一个悲伤的灵魂一份温暖。

夜晚很美好。那一轮新月，如婴儿，如秋水。浮云在天上演绎着生命的自由，广阔的星空足以让它生灭自如。浮云无形，浮云无相，却能让世人如梦初醒。我突然有种释然，那是对生命最初的和解。我再也不会轻视生命，也不会亵渎生命，生命自有其厚度和意义，我想，我应该离生命的本质不远了。

我的躯体总会有一天衰老，我的肉身总有一天会腐朽，能留下什么呢？只会留下一丘黄土，最终还是会被一堆荒草没了，几阵大风吹散了。想想真是可怕，我们来到这个世界，原本不是为了湮灭，而是为了延续，延续祖辈的传统，传遗子孙的使命，在这人类的历史长河中，我们就是这样活出自己的时代，印刻自己的痕迹，创造自己的历史。总是在这个时候，会想起很多人，过去的，现在的，但过去的人给我的触动更大。当生命终结之时，我们能有怎样的力量改变丝毫呢？人类何能？人真该像陈子昂一样，登临一次生命的幽州台，看看古人，望望来者，明白自己此刻的空远，天地之间，浩浩渺渺，人真是沧海一粟。只有看过去，看未来，人才会有敬畏之心，一个心怀敬畏的人，当是人生的英雄。

我在想，有谁还在今夜仰望星空，期望能够明晰生命的意义。思考，一刻都不停；追寻，一步都不落。我想，仰望星空的人，总是孤独的，但绝不是寂寞的。宇宙中的亿万颗星辰，在用光年的速度向你发出光芒，告诉你什么叫"自己"。找到自己，做好自己，这就是最大的责任。从星空中找到启示，内明于心，外化于行。造物主时刻都在给人类答案，只是人类习惯了仪式感的获得，而忽略了修炼灵魂的道理。在我眼中，灵魂比肉体高贵，品修比财富高贵。生命的意义，从其价值中体现出来的就是那一份赤子之心。

与影子为伴，生命是温暖的。在永生不灭的生命的长河里，个人和民族总是联系得那么紧密，如果这点联系成为秘密，那么这世界该多么的寂寞。我会选择最后和自己和解，从寒冷和孤独中走出，伸展伸展身体，告诉自己：原来，我还能露出笑容。这是一个近乎玩笑的宿命，但命运就是这般妙不可言。每一个将自己的命运和民族前途结合在一起的人，是真正开明之人，是活的灵魂。每一人都无法做到长生不死，不死的人都活在人们的心里，活在人们的记忆里。如是老子，如是孔子，在逝者如斯的时间长河里，久久地活在古今中国人心中，我觉得，他们长生了，而传说之中的彭祖如今安在哉？

因此，我每到黄河边都有一种感慨，今夜，月盈月亏；那时，黄河滔滔。我瞬间觉得二者融为一体。在我脑海当中波涛汹涌的黄河，涌入月光冰冷的天空，一扫玉宇澄清。

一看到月光，我就想起了黄河。今生一世，我对黄河情有独钟。黄河，中华民族的母亲河，撒拉族的血脉之河。这条大河，不仅孕育了傲立东亚的中华神州，也养育了《诗经》、唐诗和宋词等绝世辞华。有那么一夜，我徘徊于黄河岸边，皓月当空，我是独属于黄河的浪子。也是在那一夜，我最近距离地靠向苏东坡，听见他在舟上扣舷而歌。那时候，苏东坡的朋友变成了我，我听苏子曰："客亦知夫水与月乎？逝者如斯，而未尝往也；盈虚者如彼，而卒莫消长也。盖将自其变者而观之，则天地曾不能以一瞬；自其不变者而观之，则物与我皆无尽也。"哈哈哈，我无言，唯有舀一江河水就着月光喝下。还有什么不能释然的呢？我的生命不是独一的，而是融入这民族之河，它流淌多久，我的灵魂就漂流多久，何必管他肉体湮灭于何时呢？

这算是自赎吗？应该算。有月的夜晚真的美好，她用广博，深邃，接纳每一个流浪的灵魂，给每一个悲伤的人和灵魂一丝温暖。人啊，真是最应怜。突然我想起了初寻道时的孙悟空，它还未脱痴性，却能"见世人都是为名为利之徒，更无一个为身命者。"何不多了悟了悟《好了歌》？或许还能为明天准备些东西。毕竟日月轮回，宿命难逃。有月亮的夜晚很不适合早睡，每一寸月光都带有启示，你双眼多睁一会儿，或许就能多领悟造物主的密语。

在月光中走过无数圈，我在想，顾城是在一个什么样的夜里写出："黑夜给了我黑色的眼睛 / 我却用它寻找光明"（《一代人》）会是这样的一夜吗？或许是的。就像我，在一片漆黑里，逐渐走向温暖。不仅是顾城，中国的无数诗人都在月下顿悟，或是在月下豁然。你看，李白一醉醉了大唐的夜，醉了中国千古的夜，醉了月下长长的河。带着酒气，带着诗气，带着玉盘盛的月，醉倒了卷册里无数的梦。他是月下最美的诗人，便有着写月最美的诗。

真好，今夜我能想到那么多人，还能听得见自己的足音。足下踏着月光，

-301-

心里装着一夜的心思，从一粒粒月光中拾得心动，又在一丝丝月光中放开心扉。在我眼中，每一夜的月亮都有着不同的蕴意，新月，圆月，残月，都在不经意间影响着人，让人憧憬，让人喜悦，让人悲伤。我也一样，我从月亮看出自己的内心，找到自己的方向。喜我所喜，爱我所爱，每一帧都在时间里焕发生机。生命是厚实的，怎可轻许浮华，经不起一场大风之烈。傍一条大河，将干裂的生命交给流水，那产生于大地和天空的哲学，会逐渐在体内积起高地，让生命在高处永恒地眺望远方，若水若月，永不枯竭。

月亮躲进厚云层里，许是累了，那我也该回家了。我不知道今夜会梦到什么，但这月光会整夜流溢于窗外，流进我的体内，流进我的梦里。我的影子怕是舍不得月光，它们亲昵地流转半夜难舍难分，反而会责怪于我不解风情吧？

作者简介：

马索里么，撒拉族，2019年毕业于青海民族大学，青海省作家协会会员。出版有长篇小说及散文集《西北望》、诗集《出黄河》。

又做天府客

宛如兰

赏游荷塘月色

我喜欢四季的花儿。

造物主用五颜六色的娇美和千姿百态的玲珑装点着四季，我们怎能用忙碌和疲累来敷衍这一生精心设计的造化呢。

毕竟西湖六月中，风光不与四时同。

接天莲叶无穷碧，映日荷花别样红。

小学时就背过这首杨万里的《晓出净慈寺送林子方》，"接天莲叶无穷碧"的壮观与美丽的意象常常浮现在脑海，挥之不去。于是迎着七月的炎炎烈日，我与夫君去了一趟离高原最近的赏荷胜地——天府成都。

走出车站，一股猝不及防的闷热紧紧地簇拥着来自夏天常年22°的我们，"好热呀！……"我与夫君几乎同时脱口而出。在阴凉处稍作休息，又立即乘坐地铁赶往此行最重要的目的地——成都三圣乡荷塘月色景区。地铁里，空调营造的凉爽暂时缓解着所有人的闷热。迎着心情的急切，地铁使我们很快接近目的地。入住的酒店亦是宽敞凉爽，这是夫君提早在网上预定好的。有他相伴的一切行程，我不用操心吃住及票务，我只需带上好心情。

　　下午4点左右重振精神的我们步行去荷塘月色。也是在平日里，但凡能步行的情况下我会毅然决然的选择步行，哪怕车就在身边。适度的步行，除了健身更有利于思考，也能调整出人最佳的状态。一手牵着夫君一手拿着凉饮漫步1公里左右，不远处两朵亭亭玉立的粉色荷花透过桥孔跃入眼帘。果真是"田田初出水，菡萏念姣蕊"。赏荷的情绪倏然雀跃起来，心湖不断泛起愉悦的涟漪，层层叠叠地晕开去。等我们走近，才知道那是一处私人荷塘，塘边立着个牌子写着醒目的提示语：欢迎喝茶赏荷，拒绝采摘。除了迎接我们的那两朵荷花，其实40平方米大小的荷塘已经没有几支荷花在绽放，全然是一片翠绿的荷叶在迎风摇曳。"荷花已经谢幕还是未曾登场？"我内心忐忑并暗自思忖着，也便加快了前行的脚步。

　　大约走了五六分钟的样子，眼前豁然出现一片荷叶田，延绵十里。欢喜交织着遗憾，我们缓步走进如画的荷塘月色景区。木制栈道蜿蜒逶迤，延伸到荷塘深深处，一眼望去满目苍翠。木制栈道两边的荷花的确只是三两支地盛开着，诗人所云"十分荷叶五分花"的景色的确如此。中间零星地点缀着花儿凋谢露出的青绿色莲蓬，"接天莲叶无穷碧"的壮观只是针对荷叶的。万亩荷塘的拥挤，挤挤挨挨的荷叶的确壮观。行至一处，在另外一片荷塘里却呈现出与前景迥然的"小荷才露尖尖角"的盛景，虽然还未盛开，但是千朵万朵的花苞粉粉嫩嫩地挺立着，总是让人心情愉悦与充满希望。与挤挤挨挨的荷叶相映衬的还有如骤雨般倾泻的蝉鸣，常住高原的我，还是第一次感受到如此之多且聒噪的蝉鸣，感觉千里迢迢的奔波恰好赶上了来自四面八方夏蝉的某个盛大集会。别样新奇，还有些许吵闹。时间从我们漫步的脚下渐渐流走，时至夕阳西下，我们决定次日清晨再来赏荷。

　　晨曦微露，我便迫不及待地出门。

　　"啊，原来荷花是日出而开，日落而合。"

　　清晨的荷塘月色与下午时全然不同。入口处有硕大的荷花粉雕玉琢般娉婷盛开，恰如清丽娇美的少女走出闺阁，迎着晨曦遥望。美的极致应该是这般与世无争的天真与纯洁的画面吧。但凡诗人，都写尽了荷花的娇美高洁与清丽脱俗。

"惟有绿荷红菡萏，卷舒开合任天真。"

重新走近木制栈道，一缕缕似有似无的清香漫过鼻尖欢喜着飘向更远处。这儿一两朵，那儿三四支，荷花迎着朝霞美丽地盛开着。眼前的美景，与心里预期的开成一片的壮观景象是有出入的，但正因如此更加衬托出荷花的清丽脱俗与绝世容颜。在那片"小荷才露尖尖角"的荷塘里，此时已经是半池红荷一隅清香，场面蔚为壮观。在美与香的痴缠交融里，真是令人沉醉不知归路呢。

复作青城客

青城山是游不够的。

每每到成都，想登临青城山的心情在胸腔里总是不停地雀跃。因为两次培训的机会，我在天府成都学习生活了4个多月，而青城山只登游了两次。青城山前人山人海，后山多峭壁逶迤清幽。夫君是第一次登临青城山，这一次我陪同他走正门前山，中途隐入另外一条小径，绕过了道观香火与游人如织。

清晨的一阵淅沥小雨逼退了部分暑热，加上青城山的植被繁茂，树林葳蕤，青山滴翠、云烟环绕，凉爽舒适铺满了林间小路，还不到上午9点我们已经融入青城山的山山水水。心情，怎一个惬意了得！遇仙亭、接仙桥、天然图画，青城山的亭台路桥名称均别致新奇又令人浮想联翩。在小憩的片刻里天马行空的在脑海中合着遇仙亭幻想一副幻世图景，得意的神游片刻，又自嘲的付之一笑迎着启程的脚步将"仙境"抛向九霄云外。

"小憩自然凉何幸今生来福地，登临莫畏苦会当绝顶看朝阳"，这两行带着清凉的气息与勉励的文字正是篆刻在怡乐亭两旁牌匾的词句。正是应着文中的勉励与奇景，多少游人走出清凉的空调房，在酷暑的季节汗流浃背出行攀登至此，不仅要感受"青城天下幽"的宁静，还要亲临舒爽逶迤的山间小径，享受就地取材浑然天成的纳凉亭，感受凉风徐徐、蝉鸣阵阵的惬意，更要掬一捧潺潺流淌的山泉水带走额头脸颊细密的汗珠，切肤地体验山间的那份清凉与舒爽。

"啾……"

在如"大珠小珠落玉盘"似的蝉鸣声中，但闻其声不见其踪的一声清脆悠扬的鸟鸣，仿佛使人瞬间飞升飘移，倏然越过了千山万水，顷刻间到达了更为幽静的彼岸。正所谓"蝉噪林逾静，鸟鸣山更幽。"

感受着幽静与清凉，满目苍翠复苍翠。沿着青苔小径缓步攀登，脑海里情不自禁地涌出许多平时冥思苦想而不得的美丽文字，正当在美景与美文里畅游徘徊时，低头的一刹那，猝然撞见白素贞第十代弟子"小小白"从我眼前急速地横游而过，一眨眼的工夫钻入草丛不见了踪影。儿时遇蛇昏厥的记忆与当前猝不及防的恐惧交织盘亘在心头，不禁使我浑身战栗失声痛哭。才觉着美丽的白素贞还是乖乖地待在电视荧幕里比较好，一旦出来真是吓得人够呛。夫君忙不迭地赶上来扶住惊慌失措的我问其缘由，短时间内我止不住啼哭与颤抖。等平复了情绪告知方才的惊险遭遇时，夫君哈哈大笑，出人意料的反应又让我破涕为笑，心中残余的惊恐落荒而逃。

"呔！好你个'小小白'，不在峨眉山好好修炼，胆敢来此吓我娘子，还不快快出来受死！"夫君义正词严的竖起食指，像手握一柄长剑指着草丛教训起"小小白"，其神态俨然一副要与之一决生死的模样，令人忍俊不禁，捧腹大笑。

在片刻的时光里经过了痛哭流涕与捧腹大笑的极致，脑海中涌现的那些美丽的文字如同枯竭的泉眼随着"小小白"的消失而消失，却神奇的，内心里突然感觉无比轻松畅快，似被巴蜀轻柔的小雨浸润洗涤了一番，除了纯澈与愉悦，什么都没留下。

拜读"杜甫草堂"

"杜甫草堂"曾经过了两次却未能一睹芳容。几年来心中氤氲似薄雾的遗憾今朝终究得以弥补。

为何要说拜读"杜甫草堂"呢？于我而言原因很简单，我喜欢诗歌，也喜欢杜甫的诗。尤其杜甫在晚年创作的诗篇当中，我最喜欢的便是《茅屋为秋风所破歌》。诗歌是文字高度凝练和浓缩的心情表达，杜甫创作过程中的各种人生境遇和生平经历是不能被忽略的。否则读者只是看到了一行小巧、工整、精致的文字，无法产生心灵共鸣与情感激荡。在经过了科考落第、官场失意及"安史之乱"的家国动乱之后，一直处在颠沛流离当中的诗圣杜甫，自己生活贫困，却仍能以悲天悯人的情怀想到千千万万的苦难学士们，写下了："安得广厦千万间，大庇天下寒士俱欢颜！风雨不动安如山。呜呼！何时眼前突兀见此屋，吾庐独破受冻死亦足。"在他晚年的诗篇当中，几乎离不开推己及人、忧国忧民的主题。因此他的诗篇更让人从心底产生悲悯与敬重。

"杜甫草堂"是诗圣为躲避"安史之乱"，携带家眷来到天府成都，在风景秀丽的浣花溪畔搭建的几间茅屋。在这里，一直颠沛流离的诗圣得到了暂时的安居与家人的团聚。也是在这陋室暂居的4年，杜甫创作了近240首诗歌。天赋般的才情与高贵的灵魂，无论在怎样的境地都能熠熠生辉，使观者仰慕赞叹与肃然起敬。杜甫离去，茅屋当然就不复存在了。但是敬仰他的后人们为了纪念这位可敬可爱的诗人，便在旧遗址上建造了占地面积为19万平方米的"杜甫草堂"，成为中国文学史上的一块圣地。诗圣在《茅屋为秋风所破歌》中的愿望一语成谶，经过了千年后的今天，纪念他的后人们也算是为他实现了"安得广厦千万间"的夙愿吧。

重建后的"杜甫草堂"，其环境清幽秀丽、建筑古朴典雅自不必说。我却偏爱那环绕着茅屋叠翠的竹林与池塘里静默盛开的一支支素净的白莲，一如诗圣的品质：正直、高洁。

四叠阳关，唱到千千遍

我与夫君在天府成都为期4天的赏荷之旅终究是落下了帷幕。带着手机里拍摄的荷塘月色美景与如骤雨般聒噪的蝉鸣和鸟儿出尘清脆的欢唱，踏上了归程。此刻的内心里装满了对夫君一路相随和陪伴呵护的感恩，更加感恩于创造这一切美好的造物主让我这般如愿与顺遂。正当感恩与欢喜的浪花在内心激荡澎湃之时，在等候夫君取票的十几分钟时间里，让我目睹了一场肝肠寸断的别离。

游人如织的火车站入口处，一对母女的别离深深地吸引了我的目光。我把静默与专注统统给了这对母女。年近50的母亲将刚刚20出头的女儿的头紧紧揽在胸前，母亲由泪眼婆娑逐渐变成小声抽泣继而放声大哭。女儿阴沉的脸预示着她也并不好受，只是我好奇母亲哭成这样，她竟一滴眼泪也没有，只是冷静、沉默地看着母亲悲伤的流泪。

"妈，别哭了，到这儿是过来玩儿的，咋哭成这样？"

轻轻地扶正了母亲的头，女儿依旧是冷静地劝解着。母亲情不能自已，将女儿的头再一次紧紧地揽在胸前，哭成个泪人。启程的时刻到了，母亲不得不放开拥着的女儿独自进站，三步一回头地过了第一道安检，又急匆匆地拖着行李箱跑到栅栏旁，扒着栅栏伸出手想再摸一摸女儿的脸。女儿一个箭步上前握住妈妈伸过来的手连声说着"回去吧，回去吧妈！"妈妈含着泪不舍又无奈地望着女儿轻轻地点点头，转身边走边拭去脸上的泪水。女儿目送着妈妈的身影消失在第二道安检口，才悲沉地转过身，低着头迈开了脚步，消失在人来人往的车站里……

人世间，有哪一场别离是带着轻松与欢笑挥手的，又有哪一次别离不是内心的一场炼狱。但，正因有了一丝忧伤及些许对下次相见的期待，别离，便成为人生回忆的长河里最深情瑰丽的一朵涟漪吧。

作者简介：

宛如兰，名马秀兰，常用名伊米雪儿，撒拉族，现居西宁市，80后职场女性。青海省作协会员。其文字常发表于网络自媒体平台、《海东日报》、《黄南报》以及《西部穆斯林》杂志、《驼泉》杂志等。喜欢徒步，去听清风呢喃，去观微雨摇曳，去感受山川河流的叹息。喜欢阅读，让心灵穿越，去亲临作者的喜乐伤悲。喜欢写作，用文字勾勒最旖旎的风景，叙写最生动的心情。

孟达天池三步曲

马建新

月　色

　　夜幕轻轻地降落。此时，整天舞蹈的天池便平缓下来，静静地躺在群峦的怀里。一缕月光透窗而入，把房内照得通亮。我猛然站起，披上衣走出屋外。

　　皎洁的月光如轻纱一般，披在清澈的池面上。满地盛开的野牡丹在这月色里，显得比白天还要妩媚，还要馨香。

　　我漫无目的地踱着步，置身于柔和的月光里，感觉失灵了，心也随着恬静的月夜而陶醉。池水绵绵地平躺着，安然地享受月光的爱抚，像慈母怀中含乳甜睡的婴儿。她柔柔地、亲亲地吻着岩石；她悄悄地爬上沙滩，把可爱的小蝌蚪送到我脚下，而后转身溜走了。

　　我走在松软的沙滩上，岚风徐徐地拂面迎来，锦缎似的水面上泛起一圈圈涟漪，如少女那飘缈的裙裾，又像是蒙娜丽莎迷人的眼睛。一片扁石划过，裁出闪闪碎玉，不觉间又恢复了宁静，重绽笑靥。

月儿升至头顶，把光泽倾洒到墨绿的诸峰中，倾洒到像手臂一样伸展的秃枝上，倾洒到醉人的湖水里。那些横空欲飞的奇松，此时却露出逼人的狰狞，枝叶的罅隙又像千百双吓人的魔眼，或者叠成一堆堆密集的黑暗。这期间，只有林中的鸟儿，在酣梦中断续发出几声短吟。

　　绕过几棵灌木，沿着峭崖山径直上。倚栏俯下，四周群峰与水嬉戏相融，起舞在池面的那弯明月，亮晶晶的，特别醒目。倏地，飘来一团浮云，悠然地在明镜般的池面上滑行。那山，那水，那月，那云汇集在一起，玉体天然，美轮美奂，又像是珍珠般飞溅的幽泉下裸浴的嫦娥，我不知道自己在人间还是在天宫。

　　仰望着宽广的苍穹和那弯明月，我的思绪飞扬起来……

　　纯洁的月光啊！今夜我终于体会到你的博大，"人有悲欢离合，月有阴晴圆缺，此事古难全，但愿人长久，千里共婵娟。"此时，远离他乡的亲人一定会在这美好的夜里遥望着明月。看远处的树林里，燃起一堆篝火，一群青春男女在尽兴歌舞着，共享这美好的天池月夜。

　　不知过了多时，一阵寒风袭来，我由不得打了一个冷战，这才想起——噢，该回屋了。

冬　韵

　　隆冬的天池，是变了样的天池，浩衮的池面被雪裹住，周围的树木垂下了沉重的巨爪。望昊天，阴沉沉，灰蒙蒙的。在这天地之间，鹅毛雪花纷纷扬扬，飘得可恶，舞得毒辣。

　　雪夹着寒风越下越猛，那些山坳处的树上仅剩下的几片残叶被寒雪打得凄凄切切，离开枯枝，回旋乱蹿，栽入雪地。唯独傲立昂首的迎客松愤然搏击长风，爱抚天池，并使劲摇晃身躯，发出尖刻刺耳的呼啸，把刚落到冠上的雪片狠狠甩掉，像是有意地蔑视冬天。

　　一会儿，一团团雾霭风起云涌，渐渐往下滚，最后将低处的天池也给笼罩起来。雪与雾交融一体,一片溟蒙,形成一幅迷离恍惚、阴森可怖的画面,使人心惊胆战,毛骨悚然。

雾霭退去,盖上雪衾的天池终于露出乳汁般纯洁的面庞,暴风雪也收敛了,之后就平静下来。

我踩着松软晶莹的白雪在池面上一边踱步,一边观赏琼树玉枝的风姿。当我无意识地蹲身拿冻僵的双手拨弄脚下的积雪时,我惊呆了:怎么会在晶莹的,玻璃似的冰块下闪烁那么多的五彩冰花呢?有的像翡翠,有的像玛瑙,有的像一块用银丝刺绣成的碎花手帕,显得格外迷人。若逢雪化天晴,在这巧夺天工的冰场上滑冰,游人一定会神魂迷离于其间。

姗姗移履,我不知不觉就来到一堵峭崖下。蹙额仰望,看见憔悴的小鸟们在崖缝里很沮丧地探出脑袋,眨巴着眼睛,像鬼怪一般,带着无可奈何的愤怒呻吟着、焦躁着。这期间,头顶飞来一大群老鸹黑压压地混在一起,呱呱地叫着向南山飞去,简直像开来了一支军队似的,它们的叫声是承认腐败的表示,有黑暗的味道。

天池西滩,灌木臃肿,雪地上走动着十多只蓝马鸡,也许是被我惊动,它们仿徨地离地起飞,在空中引吭高歌,振翅翱翔,飞到远方一座黑暗的山后去了。置于天池西北边缘上的那百岁海棠树下,有一只毛色像火焰一般的褐黄色的香獐,立在后脚上,刚竖起耳朵,就灵巧地跳跃着跑开,溅起朵朵雪花。它的毛色多么漂亮,身躯多么优美啊!它的跳跃仿佛散发着生命的气息,就像鲜花散发出阵阵的芳馨一般。

转身东眺,一股炊烟从天池坡面的桦树间婷婷袅起,升向天空。炊烟下隐隐约约地显露出萧瑟而伶仃的篱笆房,很像瞑目的卧牛,遮上它的殓尸布。

朔风又徐徐地吼叫,天色渐变,山里的生灵忙着躲藏,疋块疋块的乌云像放纵的戾马从银峦的四面奔来。

啊!暴风雪又要来了。

来吧!桀骜不驯的暴风雪,让你来得更凶猛些。

-311-

秋 景

　　天池的秋季煊灿多彩，美得让人心醉，让人神魂颠倒。在这里，能感觉到天底下最纯净、绚丽、豪爽、娴静的美。

　　踩着软绵绵的落叶，在树林间一边踱步，一边赏景。不知不觉中，总有点孤独凄切的感觉。在这个季节里，来这里的游客很少，周围也看不见鸟虫花草，满是彩色的落叶和赤裸裸的树干树枝。树上树下，身前身后全是逍遥自在的松鼠，好像觉得天池的秋季是属于它们的。

　　我驻足而望，天池四周美不胜收，令人欣喜。瞧！东南面山高沟深，生长着华山松和桦木，看上去像是宽广碧绿的草原上盛开着朵朵大黄花。在两座峭峰的夹缝里，挂着一个大水帘，水珠猛冲下来，撞到脚下的岩石上，碰得乱碎，像千万个翡翠，四处散发，美得不得了。天池西面是一片杨树林，银白色的树叶灰沉沉的，给人以沉闷、哀愁和悲怆的情愫。再看北面，红叶尽染，有一种撩拨人心火的力量，什么玫瑰红、橘红、深红、曙红等皆争艳撒娇。耀得我眼花缭乱。是因为地势气候的缘故吧！这里山峦低矮，灌木丛生，大都以青冈、五尖槭、锦鸡儿、大叶钓樟等树种最多，其间耸立着零星的几棵柏树。一股寒风猎猎袭来，树上的叶儿猝然脱离树枝，纷纷凋落，像一群飞鸟一般，在空中飞翔，或像仙女散出的鲜花一般，飘飘落下。落到水上的树叶又被涟漪推到池岸，形成花圈把天池挟裹起来。

　　我把目光又转向树林，一棵棵高大的华山松，相互挨得很紧，像是热恋中依偎的情人，而每棵树又是耸立着冲向天空，向四周伸展着碧绒绒的枝叶。较远处一株桦树从万绿丛中挺然而出，在空中圆润得恰如美女修长的玉体；一株烂空的柳叶树干，紧靠桦树背后，露着银灰色的树丝，纵横交错地散乱在光秃的树干间。

　　我蹒跚地走到池边，当我蹲身掬水狂饮时，一股像融化心灵的蜜汁便立刻穿过我的胸膛，像触电似的，接着完全变了模样的我，觉得有一种不可思议的欢悦袭满了身躯，像醉汉一样，瘫倒在池边。

不知过了多时，我苏醒后一看，在不足百米的地方，站着一对善男信女，女的接连地磕着长头，男的奋力向池中抛出手中的谷物袋，嘴里还默念着什么，像是在祈求神灵保佑他们健康平安。

夕阳西下，余晖倾洒在池面上，形成无数颗珍珠般闪烁的波光与倒影共舞。魅力的天池像是在再次勾引我的灵魂，我不能再木呆，只好转过身沿着原路惋惜地回去了。

作者简介：

马建新，撒拉族，1963年生，青海省循化县人，现为青海省作家协会会员、循化县作家协会会员，供职于循化县职业技术学校。文学作品先后发表于《中国民族报》《青海日报》《西海都市报》《海东日报》《青海文化》《中国土族》《河湟》等报刊，著有散文集《我的撒拉乡》（陕西旅游出版社出版，2004年）。

园中客

张文婷

　　小园就在那儿，是被方方正正四面墙围起来的那一个。就是所有人都能想到的那样，包饺子似的裹着四间旧砖房和一点空地，连这墙都是经了多年岁月侵蚀的那种老墙。

　　这一小块地方由横向东南西北、纵向平田高地构成，整片宽广的天地分布着众多花鸟鱼虫，在匆匆如流水的时光里演绎了许多活色生香。小园在我看来说是神仙府邸也不夸张，才不是什么平平无奇的模样。

　　从我3岁开始多少日常三餐穿插四季光阴，间隙里那么多的点点滴滴，有些遗失在光阴的海里，有些藏在心底隐秘的角落。回想起来，所有最美的风物变化好像超越了时间空间的禁锢层层折叠在一起，用灰尘来掩盖全部光华。

　　那时我家搬来不久，屋里边的地面用水泥打平。可能在孩子眼里时间全都漫长到无边无际，这地面过了许久竟还没干透。幼时的我因穿了新鞋，得意忘了形。不小心，一脚踩在水泥面上。紧接着挨了我妈一顿收拾。挨打的事我记着，挨打的原因也没忘，毕竟那几寸大的脚印就留在那儿，看上去像是一弯永远挂在天边的小月牙。

好久之后，水泥总算干透了，地面光滑如镜。水倾倒在上面，不及时擦净极容易使人滑倒。夏季，偶尔会有蒲公英绒球状的白色棉絮在地上咕噜噜转走如车轮滚动。这东西我们常称其为偷针贼。天真的孩童坚信它必定会乘人不备偷光家里的针，所以一心防备着不让它得逞。

地面这时积了些许的灰尘，偷针贼在滚动过程中顺走了一些微小的尘埃。小孩必定欢喜地拍手叫唱："偷针贼跑了，偷针贼被我们吓跑了。"

小园最美的就要数夏天，沿北屋往东走到尽头，一小窝土地栽着凤仙花，叶形狭长如刀，锯齿状边缘质地却是轻柔的。叶子下躲着美丽的花朵，艳艳的，亮着正青春的色泽，还得斜斜撇着弯钩。

从台阶下来是砖路，整个夏季都不曾见它完全干过。好些地方的砖缝间还密密匝匝地长满绿茸茸的青苔。凤仙花旁有粗壮的葡萄藤。树藤虬结，向上生长。然后日日沿着支架，甩出柔弱的卷须。这卷须锚定某一个目标不放松，叶片从旁边开始生长蔓延。像勇敢的战士在战场匍匐前行，绝不言退。

伴着卷须伸出的叶子小小的，闪着嫩绿的活力，像小婴儿的手爱捕捉太阳温暖的光芒。一天天叶子慢慢变大，越来越像大人的手，连颜色也变成暗绿色，叶背面舒张的脉络清晰到让人难以忽略，充满了生命蓬勃的鲜活力量。

葡萄藤架下放着一张床，躺在床上，可以看见深绿色的叶子赶着前面稚嫩的新叶，欢快的新叶又推着柔弱的卷须。终于有一天，所有叶子布满了这一小方天空，只肯捉迷藏似的让几缕阳光偷偷溜进来。

这里一面是墙，另一面用许多线拉成帘幕，上面缠着紫色、粉色的喇叭花，这些喇叭花被肥厚的叶子往上托举着，在风中摇摆着。还有纱织似的朱红色的豆角花娇娇嫩嫩地探着，还笑着。整个帘幕上堆着密密匝匝的叶子，热热闹闹的花。像风和日丽的天气里，年轻人你来我往地对山歌。引得许多蜜蜂赶来鼓掌，蝴蝶翩翩伴舞蹈。

头顶的葡萄叶里不知何时钻出绿色的一串什么东西。教我总分不清，那到底是花还是未长成的葡萄。只是看着看着眼前浮现出颗粒饱满，蒙了白霜。个头足足有指头大小的绿葡萄，嘴巴酸涩得竟像要引着口水溢出来似的。我手里的扇子马上摇得飞快，想要驱散脑海里这过于逼真的想象。

说到夏天的饮食，炎热午后要是来盘黄澄澄的甜瓜最好了。不过得先来盘豆面搅团，细细地淋上香醋、蒜汁，再浇上一勺红红的辣椒油。一筷子下去嘴里层次丰富的酸、甜、辣各种味道同时冲击着味蕾，带给你舌尖极大的愉悦。

之后还得有当地的酸奶和甜醅作补充，才算一顿圆满的晌午饭。眼见一碗浆水面盛到跟前，这时你可能觉得已经吃不下了。但只要你尝了一口，就绝对会端起碗把这碗面连汤带水一扫而光。不止如此，最后你可能还想抹把嘴，啧啧叹道：真是好面。

终于等到一盘酿皮作为这一餐的压轴，让你无从拒绝美食的诱惑。好吧！就最后一口，我只是尝个味道。你摇摇头，又拿起了筷子。

这么一桌美食在前，也有美景作陪，美食美景不相辜负。好友结伴对坐谈天说地，世间烦恼全部抛之脑后。

小园有客来访自然是热闹的，没有客人时却不见得寂寥。花开、鸟鸣、鱼游、蜘蛛结网，所有生灵来者皆是客，良辰美景无限欢喜。

我常在葡萄藤下看书，从绿荫中向外看去，园中所有景象尽在眼前，从外面却看不清里面。可能因为这藤下的小床实在太舒服的缘故，起初我是坐着看书后来慢慢地卧倒在床上索性就这样睡着了。过了不知多久，眼睛总算睁开了，心却还像浮在水面上，悠悠荡荡晃出些轻微的涟漪，是风动也是心动。

好多次大半天时间就这样无声无息地过去了，就是现在大家说的浪费时光。可是，一个人待在这里，感觉世间真美，所见所闻所思所想都那么恰到好处，没有遗憾。于是，消磨时光也变得浪漫起来，像雨滴跳入池塘一样理所当然，不值得谴责。

在园里我常做的事就是趁着岁月静好的时光，看些无关紧要的闲书。花前树下一捧书，旁边还有一杯茶为友就算最妙。

常人以为书必要苦读，方有收获。必得有什么高深的见解，提炼出什么深刻的思想。相比之下，我更喜欢有趣的书，喜欢那些新鲜的志怪传奇。至于那些讲道理的书和辩论驳斥的书常使我内心感到疲惫，容易想起讲台前挥动教鞭，板着脸严肃讲课的老师。

那本泛黄的《搜神记》里，干将、莫邪天下无双，当看到莫邪之子为报大仇与王同归于尽时，忍不住用手拍案，为眉间广尺的少年惋惜不已。

翻开《红楼梦》我仿佛是刘姥姥进大观园，面对这粉墙黛瓦富丽堂皇瞧什么都觉着稀罕，一双眼睛简直都不够看。只得感叹这园里一瞧，竟比那画儿还强十倍。或者是那不知人间愁苦的贾宝玉，连声催问刘姥姥雪地里抽柴草的小女孩，后来怎么样了。

也曾跟随《水浒传》，和鲁智深经历拳打镇关西，眼见情势不妙故作镇定，一头骂，一头大踏步去了。又在五台山将所有清规戒律犯了个遍，惹人怨却不自知。终于酒足之后，指着金刚，喝一声道："你这厮张开大口，也来笑洒家！"一页页纸翻过，一篇篇章节之后，径自大闹五台山终于无法挽回。过往看了，果然真个莽和尚。

我看黄河，从《沉河》里回首家园旧梦也眺望远方云海，那《红星照耀黄河》里心怀信念的人们碧血丹心被永远铭记，那《黄河从这里拐弯》一个充满希望的民族肩负着过往去拥抱未来。

且看且醉，且醉且看。以书看山河波澜壮阔，锦绣无垠。经文中英雄命运起起落落，百转千回。又叹息微尘草芥人生颠沛流离的无常，仿若雨打浮萍身不由己。白纸黑字道不尽悲欢与离合，诉不完物是和人非。

在书中，我见了天地，从天地中发现了隐藏的自己。书中说，此身如寄皆是客。当时未觉得什么，如今直说天凉好个秋！嬉笑怒骂后刹那顿悟，得失方寸间终于释然。

作者简介：

张文婷，循化县作家协会会员，期待以文字捕捉人生中的几缕光阴。

寻访祁连山 拜会岗什卡

韩 瑜

或许此行还未能称之为真正意义上的寻访。

若是寻访，无论从内心到外在，都需做充足的准备，而我只是在一个阳光明媚、恰逢假日，又有友人积极响应的冬日，踏上了寻访祁连山、拜会岗什卡的旅程。

横跨青海甘肃两省、东西绵延800多公里的祁连山，岂是轻易便能寻访的。因此与其说是寻访祁连山，更多的是拜会岗什卡雪峰了。岗什卡雪峰，又称冷龙岭，是祁连山的主峰之一，位于门源县北部。

多年来，岗什卡雪峰是我心目中一位尊敬的长者，一位需要谦心聆听其诉说的老者，更是一位可启迪和引领我们的尊贵者。我无数次地关注它、了解它，甚至走近它的脚下却又失之交臂，从未能真正走进它、聆听它、欣赏它、拜会它！

车缓缓行驶在依山而建的公路上，时而弯曲陡峭、时而笔直平坦，可无论如何，两侧的山巍然不移，积雪覆盖，阳光充足之处稍有融化，若深若浅，层次显著，山崖上的树木凋零、暗淡无光，阳光直射积雪，远远望去，反射光线使得灌木丛林越发灰暗，这也便是西北独特的气候了，四季在这里变化明显，春天发芽、夏天成长、秋天收获、冬天休憩。

而祁连山上的冰川并未随着季节的交替而变化，千百年来，祁连山上3000条冰川将数百亿立方米的水以固体的形式储存在这里，若冰川全部融化形成的水量足够一个2000万人口的城市使用大约20年。

大西北雄伟的山峰啊，以它广博的胸怀和气度包容着西北大地的一切，也孕育着冰川、草原、沙漠、丹霞等风格迥异的自然景观。万物生灵在它的怀抱里得以短暂地休憩，在它的抚慰中养精蓄锐，待开春之时，蓬勃发展。而无论花开花落、云卷云舒，它屹然挺立，它是这广袤无垠的土地上的框架，以山峰为界，使大地分界，也使大地呈现差异性变化。因此而言，山峰已超越了其地理意义上的存在价值，挺立在天地之间，它便担负着属于它的使命。而在这山峰环绕之下生存的我们，是否也有着各自的使命呢？

我想是有的，只是个人使命有大有小吧。记得读《牧羊少年奇幻之旅》时记忆深刻的一句话：那是表面看来有害无益的力量，但实际上它却在教你如何完成自己的天命，培养你的精神和毅力。因为在这个星球上，存在一个伟大的真理：不论你是谁，不论你做什么，当你渴望得到某种东西时，最终一定能够得到，因为这愿望来自宇宙的灵魂。那就是你在世间的使命。

如此我们便可欣然接受我们的差异，坦然面对我们的使命，不再强求自己要成为谁，你是你，是这世间无可替代的生灵！

驱车前行，靠近岗什卡雪峰，山顶晶莹瑰丽，熠熠闪光，山下便是广阔的草原，冬日的草原枯草遍野，成群结队的羊群在荒草中低头觅食，时而夹杂着几头孤零零的黄牛，使得苍茫草原又充满了生机。放眼望去，远处弯弯曲曲的河流和早已结冰的湖泊与这一切交相辉映，构成了一幅独属祁连山山脉的风光画，加之冬日西北广袤而湛蓝的天空和稀疏的白云，无不让人怆然而涕下！难怪久居青海的朋友放言，有朝一日离开青海，最难以割舍的便是青海的蓝天，走到哪里再也不会看到这般蓝天了！

而这样一幅造物主创造的壮丽山河中，一项人类的杰作与其巧妙结合，那便是沿着山脉而建的高铁轨道，站在制高点眺望，丝毫看不出钢筋水泥架起的铁轨与眼前这幅画作的不和谐，而更多的是震撼。千百年前，游牧部落

-319-

沿着山脉而繁衍生息，历史变迁、岁月更迭，这里的游牧经济向农业经济缓慢过渡，尽管如此，游牧生活依旧占据着主要的地位。进入新时代，高铁将古代中国汉地同西方世界进行政治、经济、文化交流的重要国际通道——河西走廊连接起来，实现人员、货物等的迅速流通。无论是对于千百年前经历河西走廊繁荣昌盛时期的人们，还是现代社会感受着百年之巨变的我们，时代都是最好的时代！可未来历史的车轮将驶向何方，渺小的我们总是无法言语，可千年屹立的祁连山脉会见证它的全部！

我们俨然成为自然风光绮丽、历史完美融合的画作中的一抹色彩，甚至只是一个卑微细小的元素、一个符号，而能欣赏和参与这幅画作，是何其的幸运、何其的幸福？感动、感恩与敬畏油然而生。

当我将自己与眼前的一切融为一体时，恍然体会，一直以来想要寻访的祁连山和拜会的岗什卡是何其的神奇，也逐渐感受到他扑面而来的深邃丰厚的神韵和峻拔飘逸的气质，犹如一位历经生活和光阴的磨砺，却依旧昂首挺立、充满智慧、眉宇间散发光芒的男子，他款款地向我走来，从容而不失热情地迎接我们的到来、低调而不失内涵地解答我们的疑问，我们驻足沉默、我们高声惊叹、我们静心思悟。我们历经多少岁月，才可拥有这般的神韵与气质？

车行至无路之处时，便到达了岗什卡雪峰半山间的七彩瀑布。尽管生活在西北，可见到壮丽秀美的瀑布结冰后形成的冰瀑，依旧让人怦然心动，这是一个冰雪的世界，这是一个白色的宫殿，里面住满了绿藻、虫儿们，可这一丝一毫都未有人类加工的痕迹，全然是从天而降的成品。

正午的阳光正好，照射在冰瀑上折射出五彩斑斓的颜色，蓝中透绿，绿中又泛着黄，站在冰瀑前，造物主为岗什卡雪峰谱写的色彩尽收眼底。走进冰瀑，融化的雪水渐渐沥沥地流淌，已形成一条浅浅的河流，河底形态各异的石块被清洗得纹路清晰，河中还飘挂着细长的绿藻，干净透亮，我本是爱水的，眼前如此清亮的高山雪水更是让我欢喜极了，连忙伸出手，掬一抔水撒向天空，还要闻闻这融化的雪水是什么味道，又舀水到鼻子前，细细地闻，除了清冽无任何味，难怪古人说真水无香，视之无色，嗅之无香，却是滋养生命的水，源远流长，蕴含生命的真谛。

水顺着指缝流掉了，摘下眼镜，将冰冷的手放在双眼上，让长久以来干涩疲惫的眼睛得以湿润，更是让清亮的雪水照亮自己的双眼，让自己能以更加明亮的视角欣赏自然的伟大创造、见证感受人间的大爱。

形态各异的冰挂让冬日的七彩瀑布更为生动、活泼，细细长长的冰挂犹如矫健的大树伸出的玉臂琼指，缠绵缱绻，难舍难分；圆润矮小的冰柱却似婀娜多姿的少女适才发育的乳房，羞人答答，躲藏在绿藻丛中不敢见人；而那些颇受阳光垂怜的冰挂像是冰瀑最小的孩子，已经开始慢慢融化，水沿着冰挂流淌，滴在河里，泛起阵阵涟漪，生意盎然，一圈圈的波纹是生灵的跳动，更是生命的蓬勃。

横亘于中国地势一二级阶梯分界线上的祁连山脉，尽管地球板块的抬升运动，使得祁连山南北两麓产生了巨大的海拔落差，但生命在这里不断生根繁衍生息。我还未曾沿着祁连山脉行走，未曾听到生活在这里的人们的故事，可我坚信祁连山脉必将造就他们广阔而坚韧的生命。这不是凭空的坚信，而是在岗什卡，在七彩瀑布，鲜嫩而膏腴的绿藻、富有丰富矿物质的泉水和冬日自然结成的冰挂而浑然天成的生态系统，让人不难坚信祁连山脉孕育生命的能力。在城市，我们费尽心思、绞尽脑汁地打造自然生态景观系统，可总是干了水、枯了草、死了鱼，总是未能有如此的景观让干瘪疲惫的心灵得以慰藉，聪明的我们未及自然智慧的冰山一角。

脚踩着一块又一块的石块，小心翼翼地行进，不愿些许风景在自己的一颦一蹙间错失，行至大块平坦的结冰处，索性扶着一块与冰面结为一体的梳状石块，一股脑坐在冰面上，顾不得湿了裤子和鞋，双手抚摸着冰面，犹如抚摸着一块珍贵的玉石，又似充满爱意地抚摸着孩子。其实在那雪山环绕的天地之间，我已是天地的孩子，与这雪山、冰瀑同为同胞兄弟姐妹，如此叫我如何不爱恋他们呢？

寻访祁连山，拜会岗什卡，寻访什么？拜会什么？

在1832年，美国艺术家乔治·卡特琳在旅行的路上，对美国西部大开发对印第安文明、野生动植物和荒野的影响深表忧虑。他写道："它们可以保护起来，只要政府通过一些保护政策设立一个国家公园，其中有人也有野兽，所有的一切都处于原生状态，体现着自然之美。"

爬行至雪峰高处，层峦叠嶂的山脉、积雪覆盖的山崖、辽阔无边的天空、若隐若现的羊群和放眼望去犹如蚂蚁般的欣赏冰瀑的人群在一副巨框中呈现时，我却不再有乔治·卡特琳的忧虑，而更多的是欣喜和憧憬。

祁连山，不再只是为青海和甘肃孕育着非凡的生灵和卓越的人们，而是为国人成就了祁连山国家公园，不久的将来，我们将亲历祁连山国家公园，我们更会成为生活在国家公园的人们。

作者简介：

韩瑜，女，撒拉族，90后，文学爱好者，青海省作家协会会员，青海省公安文联会员。

后 记

《黄河乡恋》是一部由循化县作家协会征集编辑的作品集，收录会员文学作品五十二篇，共计二十余万字，是近五年除结集出版的专著之外文学创作成果的集大成。按内容分为《黄河乡恋》《山水家园》《文心词境》《时光侧影》《侬景纪行》五辑，既展示了近年来循化作协整体发展状况以及文学创作成果，也从多民族多视角多维度体现了中华民族共同体意识在循化文学界的实践硕果。

一部文集，囊括了一片河谷之地的万象千态。朴素生活、朴实民众的喜怒哀乐，淳朴善良定格在《黄河乡恋》的扉页之间；诗和远方的地理空间和心灵空间刻画在《山水家园》里的山水物语中；因阅读而点燃的思想火花，在《文心词境》中打通了一条互评互促、共进共勉的"心桥"；化不开的浓浓乡愁，凝结成《时光侧影》，在生活和记忆中游走、回眸；游子和归客在行旅之美中各走一方，脚步和心灵的旅途写进《侬景纪行》……

一部文集，剪出了这个时代一群黄河儿女的侧影，梦想中的现实和远方的家已模糊了边界。在《黄河乡恋》中，这些写作者背负命定的夙愿，同时也担负起这个时代赋予他们的使命，成为心怀梦想、筑梦河畔的文学匠人。

不仅如此，文学的芳香还在音乐中弥漫、在书法中沁润、在画作中氤氲、在诵读中缭绕……

《黄河乡恋》是从《循化青年文学》藤蔓上摘下的一串硕果，从播下第

—323—

一粒种子到发芽，到开花，到结果，遍尝辛酸，而又无比甜蜜。

《循化青年文学》自创办之日起，坚持每日推送作品一篇以上，到现在累计刊发文章近七百万字，收获了比较稳定的读者群，不但成为培养写作者的园地，还是县域文化建设的前沿阵地、宣传循化的窗口。

举办《循化青年文学》创办五周年座谈会等一系列活动之际，部分作者倡议编辑一部推出旨在展示县作协会员创作成果的作品集。这一倡议得到了各位会员的高度赞成。在大家的共同努力下，很快完成了征集作品、校对、排版、提升等工作。马明全和牧雪老师对作品集名称的确定提出了独到的见解，马成龙、马索里么、韩艳蓉、马永祥、韩国明、马国忠、赵娜、才让卓么、马振等作者有着强烈的担当精神，只想《黄河乡恋》早一天面世，从不说累不说辛苦，一心高质量完成各项工作，使人折服于他们从未改变的文学情怀。

总体而言，《黄河乡恋》收集的作品内容积极向上，格调高雅，文风朴实，既有对家乡、乡情、人文、自然的赞美，也有对生活、人生、未来的思考；既有对文学故土的热爱，也体现个体使命和民族担当；既有成名作家的新作，也有写作新秀的作品……写作者们对风云激荡的社会、对纷繁复杂的生活、对起落跌宕的人生感悟在文章中得以表现，具有非同寻常的现实意义。

借这部文集出版之际，我谨代表循化县作协全体写作者，对循化县委宣传部、青海人民出版社、循化县文体旅游局、文化教育界、企业界以及各族各界热心读者的关心支持，一并表示衷心感谢！

由于征集、编辑等方面经验不足，《黄河乡恋》可能会存在不少问题和不足，热忱欢迎读者朋友们提出宝贵意见，我们将认真借鉴，以便更好地促进文学创作发展。

《黄河乡恋》主编　韩原林

2024年1月1日